U0639028

2020年中国女性文学选

张莉 ○ 编

天津出版传媒集团

天津人民出版社

图书在版编目（C I P）数据

2020 年中国女性文学选 / 张莉编 . -- 天津：天津
人民出版社，2021.3
ISBN 978-7-201-17183-8

Ⅰ . ① 2… Ⅱ . ① 张… Ⅲ . ① 中国文学－当代文学－
妇女文学－作品综合集 Ⅳ . ① I217.1

中国版本图书馆 CIP 数据核字 (2021) 第 013281 号

2020 年中国女性文学选
2020 NIAN ZHONGGUO NÜXING WENXUE XUAN

出　　版　天津人民出版社
出 版 人　刘　庆
地　　址　天津市和平区西康路 35 号康岳大厦
邮政编码　300051
邮购电话　(022)23332469
电子信箱　reader@tjrmcbs.com

策划出品　跨界文化
策　　划　沈海涛
责任编辑　张　璐
特约编辑　康悦怡
装帧设计　程　语

印　　刷　天津新华印务有限公司
经　　销　新华书店
开　　本　850 毫米 ×1180 毫米　1/32
印　　张　16
插　　页　1
字　　数　301 千字
版次印次　2021 年 3 月第 1 版　　2021 年 3 月第 1 次印刷
定　　价　68.00 元

文学为什么要分男女

张莉

《2019年中国女性文学选》出版后，受到很多关注，也被媒体认为是中国文学史上第一本女性文学年选。这是最初编选时未曾想到的。当然，也有很多朋友提出困惑——文学就是文学，为什么要分男女？

一

在中国文学史上，尤其是中国古代文学史中，大部分的作家是男性。偶尔也会看到一两个女性作家的身影，比如薛涛，比如鱼玄机，比如李清照。但大多数时候，我们看不到集体涌现的女诗人、女词人、女小说家、女戏剧家。如果有，也是屈指可数。世界文学史也多半如此。

原因当然很多，一方面，女性受教育的历史相比于男性是短暂的。在漫长的时间里，女性的受教育权是被剥夺的。没有受教育权，直接导致了女性缺乏书写的能力。而另一方面的原因，在于我们长久以来对女性价值的片面理解。

在传统价值观里，女性价值是在家内体现的。生儿育女，操持家务，照顾丈夫、孩子、老人……这是女性的义务与价值所在。而"贤妻良母"，则是家庭内部对女性价值的"褒奖"。换言之，在传统价值观里，我们对女性的价值判断是在家内，而不是家外。因此，女性写作并不被鼓励，也不被支持。

在古代，中国女性的自称是"余""奴""妾"，她们写的文字也多是出现在家书里，几乎不能流传在外。一百年前，事情发生了变化。新文化运动时期，为了体现对女性的尊重，我们的先驱创造了"她"字——"她"诞生于现代，和"他"是平等的，这个字非常直观地表明，她和他有相同的部分，也有不同的部分。

《玩偶之家》中的娜拉说"我是同你一样的人"——她说的是同丈夫一样的人。男人是她的参照，是一个标准，因为她还找不到别的标准。《伤逝》里的子君说"我是我自己的，谁也没有干涉我的权力"——表达的是女性个人意志的觉醒，"我"拥有掌控自己的权力。但是，这个声音是小说中的，是作家鲁迅笔下人物发出的，现实中如果一位女性要在文学中发声，她得拿起笔写作才可以。

是的，大约一百年前，大部分中国女人才开始有机会和男人一样接受高等教育、拿起笔、写自己的故事。只有现代意义上的女性开始书写，真正的中国女性写作传统才会确立。冰心、庐隐的写作，最初的表达并不连贯、流畅，她们喜欢写别人的故事，而不敢写自己。因为她们需要时间去寻找自己的声音。如果不像鲁迅、周作人那样写，应当怎么写呢？

直到丁玲、萧红、张爱玲的作品发表后，我们才发现，女性写作时与男性的立场、腔调、视角竟是如此不同，她们实实在在丰富了现代汉语的表达，而写作成就又是可以和男性比肩的。

二

之所以讨论女性文学，是在平等的前提下尊重差异。一直以来，我们对好作品的判断有个潜在标准，或者说，长久以来有一个潜移默化的认知。比如，如果你对一位女作家说"你写的一点也不像女人写的"，一般情况下它会被当作一种褒奖，夸奖者和被夸奖者都默认。可是，几乎没有人会对一位男作家说"你写的一点也不像男人写的"，因为大家明白这个评价并非夸奖。这便是我们习焉不察的文学事实。

所以，当我们强调这个世界上的写作没有男女之别时，是不是应该停下来想想，我们有没有忽视女性的处境，是不是为达到一种普遍的、一致的、整齐划一的标准而无视那些本来的不同？在女性声音和女性处境被忽略的情况下，关注女性和强调女性，应该是现代社会的基本常识。

当然，谈到女性文学时必须谈到女性文学批评。女性文学批评是基于女性身份和女性立场的阅读，但也不仅仅如此，更准确地说，是站在失语的、边缘的女性视角的阅读。《阁楼上的疯女人》是典型的女性主义文学批评著作，这部著作里，简·爱的故事有了另外的读法——如果你站在罗切斯特的角度，会觉得这个女人是个疯子；站在简·爱的角度，会觉得这个女人阻碍了她的幸福；可是站在"疯女人"的角度呢，她是被社会压抑的、无法发出声音的女人，如果她可以说话，那么罗切斯特很可能是一个冷酷无情的、令人厌恶的男人。以前我们习惯站在简·爱的角度，"疯女人"和她虽然都是女性，但立场和视角并不一样，这让人意识到，在女性群体内部，也是有阶层、阶级与立场之分的。你看，在这个解读没有出现之前，我们对《简·爱》的理解是多么单一，而这一批评方法则让我们看到了那些不应该被忽略的人，看到了更阔大的世界，也更好地理解了这部作品。

所以回到最开始的问题：为什么要强调女性文学？因为女性文学里，有被普遍忽略的女性视角、女性感受和女性立场。

三

2020 年是令人难以忘记的一年，也是女性劳动者被更多人看到的一年。这一年，我们看到无数女性工作人员奔波在抗击疫情的第一线。这一年，我们看到远去的拉姆，看到那个被称为"喂"的女人……有许多女性的遭际上了微博热搜，成为我们时代的热点话题。当然，这一年，也有一个词语"飒"被收进 2020 年的"十大词语"，指的是英姿飒爽、有独立精神的女性。

这本女性文学选，是以女性的视角、文学的方式对这一年的记录。这本书收录了 2020 年二十位不同代际、不同地域的女性写作者所写的故事，当然，她们所写的与新闻热点上的女性际遇并不交叠，她们所写下的，是万千女性的爱、悲喜、远方，以及远方的声音与秘密，那里有我们这个时代真切而鲜活的女性表达、女性生存。

为什么要编女性文学年选呢？我希望能将每一年散落在网络及各种期刊的女性短篇小说收集在一起，形成多声部、多维度、众声喧哗、杂花生树的女性之声，从而建立文学意义上的女性共同体。我所期待的是，女性文学年选能表现我们这个时代各阶层女性的生存状态——既有这个时代最普泛意义上的女性生活，也有那些遭遇了不平凡经历的女性命运。由此，从这本年选里，作为读者的我们既能看到遥远的她们，也得以照见切近的自己。

2020 年 12 月 21 日

目录

爱

秘密

远方

爱

风中的母亲

邵丽

怎么说我们那个村子呢，我要说她是一个美丽的村庄，显然有些夸大事实。但若是我告诉你村子里的那些事物——香甜澄明的空气，亮晃晃金灿灿的阳光，新盖起的红瓦白墙，蹲在墙根儿晒暖阳的老人和狗，奔跑着的男孩女孩，道边栽种不久的果树，开着各色的花或者沉甸甸挂满果子的树木，雨后碧绿鲜亮的叶子……你是不是觉得很向往呢？然而，真实的情况是，一整个村庄都找不见一棵大树。一个没有大树的村庄，总是有那么一点虚张声势、底气不足。许多新盖起的房屋都空着，院子里荒草丛生，院门也被荒草所包围。偶尔遇见一只狗，也是怯生生地夹着尾巴，好像随时准备挨打的样子。

其实这并不是一个荒废的村庄，像绝大多数村庄一样，村里的年轻人大多都到城里打工去了，老人留在屋里看家。说是老人，到底有多老呢？也就四五十、五六十岁吧，当然还有更老的。这些人要么年轻的时候在城里用命换钱，得了各种各样治不好的疾病，再也跑不动了；要么是上有老下有小，拽住腿走不出去了。

前些年，在城里打工的年轻夫妻还会把孩子送回来。后来全国上下都在声讨"留守儿童"什么的，弄得政府和农民工两处都不显好，把孩子送回来的也越来越少了。一个村庄，没有年轻人，没有孩子，也没有猪牛羊，怎么看怎么不地道。街道寂寞而肮脏，到处是狗屎和塑料袋。风一吹，尘土就飞起来，眯了人的眼睛。耕种过的庄稼地也不再齐齐整整，有些土地还荒着，举目望去，倒很像南方人说的那种瘌痢头。很少有人家种瓜果蔬菜了，太操心，也太费工费力。于是，他们像城里人一样赶集买菜。后来因为人越来越少，集市也撑持不住，散了。超市取代了市场，开超市的去城里买菜，然后再卖给村庄里不再种菜的农人。

爱惜土地的老人都逐渐死去，他们埋在地下，成为最后一批土地守护者。剩下的这些男人和女人，怎么说呢，他们都生在新时代，都随时代改变了心性。男人不再热衷于种地，也不再热爱土地，他们宁可到城里做一些又脏又累的活儿。虽然出了苦力，但来钱快，麻烦事也少。女人也不再做针线，她们到集市上购买衣服和鞋袜，又省力又好看，比自己做的还划算。

我妈就是那些个赶集的队伍里最积极的一个。

我妈活了五十岁了，在人烟越来越稀少的村子里，她的的确确算是一个老人了。她宁愿相信她是一个老人，因为她的父母，她父母的父母，都是在这个年岁上成为老人的。她不信主，谁都不信，什么都不信。或者说，她不知道该信谁。婆婆在的时候，她信婆婆的。婆婆死了，她信老公的。老公也死了，她就无人可信了。别的女人信了主，或者信了佛。主也好，佛也罢，离她那么远，怎么好相信呢？她就是这么想的，也是这么说这么做的。有时候，信主的一拨来拉她，她一脸迷茫地看着人家，突然口出惊人地说，你信主，你能不能让主跟我说句话我听听？信佛的那一拨过来，她也是这样，慢悠悠地问人家。她不是讽刺这些人，她根本不会讽刺人。她脑子里就是这么想的。

有时候我从城里回来看我妈，那些人就做我的工作。我说，主也好，佛也好，反正都是教人向善的。自己不生气，也不与人吵架。我妈天生的好脾性，她不懂得生气，更没什么可以吵架的人。你们何必再让她多一道手续呢？

我妈就钦佩地看着我，笑。我觉得她现在只信我。

我奶奶死的时候我还不省事。我爸是我奶奶寡妇熬儿养大的独苗。我爸说我奶奶可是个过日子的好手，麸皮子掺野菜，她都能在锅里炕出味道鲜美的饼子。我奶奶最拿手的就是做茄子面片儿。把茄子切成一寸见方的薄片，拌上面，放在地锅里干炕，不放油，就那么三翻两翻，待两面焦黄，放上葱花姜末儿，加水。稍等片刻，滚出汤味，再把擀好的面片儿切成菱形放入锅，待起锅时点几滴香油，再放一把荆芥叶，能香半条街。周围邻居还以为我家天天吃肉呢！

你奶奶面擀得好，薄得能照见人影儿。下到锅里那个筋道啊！我爸说，你奶奶做的饭可香死人了！

然后每次他都把我奶奶做饭的流程，细细给我讲来。我不记得我吃过奶奶做的面，但爸爸说的那个过程，色香味俱全，听一听都好像面含在嘴里，香得流口水。

但他从来不讲给我妈，因为他知道那没用。我奶奶见我妈第一面，还没说上三句话，就知道是个中看不中用的。我奶奶觉得娶个这样的媳妇，太不值，吃了大亏。因为我妈在十里八乡长得出了名的好看，娶我妈花了比别人家多一倍的钱。但奶奶没办法，我爸死活愿意娶她。我爸从小到大都听我奶奶的，但在娶不娶我妈的问题上，他说了过天话。他说，要不让娶她，就让洪家断子绝孙！我家姓洪。

我奶奶看着这根独苗儿，妥协了。

媳妇娶到家没几天，我爸就跟我奶奶说，他要出去找活儿干。他兑现了求娶我妈时的谈判条件，挣的钱都交给奶奶。

我奶奶忧心忡忡地看着儿子，说，缘分这东西，会弄死人哩！

奶奶答应了我爸娶我妈，觉得我爸我妈都欠着她。所以奶奶活着的时候，一家老小吃什么穿什么用什么，都得由她说了算。我爸挣多少钱，给谁了，怎么花了，我妈问都不问一句。时间长了，再比比左邻右舍，我奶奶觉得这个媳妇也不算差，省心。邻居家的婆媳之间就没见消停过，整日斗得鸡飞狗跳。有婆媳见天不说话的，也有过不下去干脆上吊死了的。婆婆吊死了，就若无其事地埋掉，儿子和媳妇照样过生活。要是媳妇吊死了，家里就会折腾一阵子。娘家人来闹事儿，有大打出手的，也有闹得倾家荡产的。有的娘家人门户小，不敢来闹事儿，男人就会跟自己的亲娘闹，找个女人容易吗？不闹一闹，心里的气儿出不来。有时候闹得当娘的也活不下去了，一根绳吊在梁上，死了，事情才算有个了结。

农村就这点子事儿。被这些事儿热闹着，倒也显得不那么萧索。

我爸说，他找了我妈，几处省心。我妈省心，我奶奶省心，我爸也省心。我爸说，你呢？你不省心吗？从小到大你妈没动过你一指头，没骂过你一句。

我爸说这话倒是真的。我妈从来不和我爸生气，更不跟我奶奶生气。我奶奶说往东，我妈绝不往西；我奶奶说赶猪，我妈绝不撵鸡。我妈不爱操闲杂心，话都不多说。我奶奶觉得娶来个媳妇，就像在院子里栽棵树一样，让开花就开花，让结果就结果。不赶刮风下雨，连个动静都没有。

我奶奶还不算老，家里地里的活儿都做得动。我妈说我奶奶身体好得很，直到有一天，做饭的时候一头栽在灶台边死掉了。那天好像是刮大风。我妈说，刮风天多了，也没见刮死过人，但我奶奶硬是被风刮死了。

我奶奶死的消息很快就传开了，毕竟她的死有点出乎大家的意料。一家人，没吵过，没闹过，不缺吃也不缺穿，怎么说死就死呢？村里人都跑到我家看热闹，大家都盼着有点故事。我妈胆儿小，我奶奶死了她一眼都没敢看。对于奶奶的死，她比村里人更加错愕。她从来没想过这个问题，她更没想过，我奶奶死了她该怎么处置？看热闹的人都笑我妈，说她不精细，婆婆死了哭都不会。在农村，"哭婆婆"可是一件技术活儿。

但终究死了就死了，人真正躺在那里，脸上蒙着黄表纸，大家指指点点热闹一会儿，也就没人说什么了。一把火烧了，前几天还擀面条的奶奶，被装在一个小盒子里，再买一口棺材，埋在自家的麦地里。我爸撇下我妈和我，又出门打工去了。

我妈长长地出了口气，好像重新托生了似的。但她也从此觉得生活过得更没意思了，没个人管她，她也没任何人可管，等于没个依靠，没个抓手。

后来我生了儿子，想想都有点后怕，我压根儿不知道我是怎么长大的，我妈一辈子连一顿像样的饭都没给我做过，更不要说教我做饭了。她老是买一筐馒头，放那儿干着，每天咸菜就干馒头，哪天高兴了还会烧点开水，放点盐，滴几滴香油，就算是有点汤水了。要是遇到冬天，我们家不会吃一根青菜。她会去买人家腌好的咸菜疙瘩，切开让我们吃。我小小年纪就便秘，好几天不解一次大手，到了春夏就好了。我妈最会做的菜就是凉拌菜，拌黄瓜、拌水煮的青菜叶子。别人家拌黄瓜青菜都弄个蒜汁什么的搅拌一下，我妈就直接撒点盐放点香油，她懒得捣弄蒜汁，麻烦。哪一天她高兴了，西红柿切一切，撒一把白糖，好吃到我连碗底子的汁水都舔得干干净净。

后来我跟着她啃干馒头啃厌烦了，一点点大就会自己泡方便面吃。有时候懒得泡，把一包方便面拍碎了，装在书包里当零食吃，其实也是当主食吃。二十多块钱一箱的方便面，我爸每次从城里回来都给我买上几箱。

有时候我爸从工地上回来，想吃家里煮的面条。我觉得那是我爸对老家唯一的念想了。那时候虽然我爸老是跟我讲奶奶做饭的故事，但我还不会做。我妈也不会，她就到面条铺里换二斤面条。水烧开，就把面条和一捆洗好的菜叶一起放进去煮。我爸要是说咸了或者淡了，她就把我爸的碗接过来倒进锅里，淡了撒一把盐，咸了添一瓢水。有了我弟弟后，我爸越来越不愿意回家了，在城里挣一点吃一点，睡涵洞都不回来。

我爸曾经骑着他的旧摩托车载我到城里去过几趟。城里人多车多，热闹得我透不过气来。城里的树木草地和画上、电视上的一模一样，高楼像山一样高，山上那么多屋子，都空着，楼道里也空空荡荡的。我爸说，这楼还没盖好，等装修好了人就多了。我觉得那没盖好的楼也比农村强，怎么就没人住呢？我爸他们也不住，他和那些农民工夹着破旧的铺盖卷儿，就住在工地附近的涵洞里。夏天还好将就，冬天就像躺在冰窖里。我爸说一大片人挤在一起不怕冷。休息的时候，他就带着我到处游逛，给我买好吃的热乎乎的食物。我喜欢城里的食物。那时候我就想，等我长大一点也到城里打工，只要别让我住涵洞，什么活儿我都干。

要是手上有了点钱，我妈会一个人去逛市场，买好看的衣服。她很会给自己挑选衣服。村里女人都笑话她，说她买得又贵又不实用，但我觉得好看。我妈是我们村子里最好看的女人。有时候，我妈也会给我买条花裙子。我上了村里的小学，我很瘦，瘦白瘦白的，穿上城里孩子才穿的花裙子和皮凉鞋，老师和同学都很羡慕。但我总是饿着，连嘴唇都发白。

我妈二十岁生了我，三十二岁生了我弟，我和我弟一个属相。我妈生了我弟弟，就完全不干家务事了。那一年过春节，我爸割了一大块肉回来——工地上发了点钱，再加上老婆生了儿子，于是就割了肉。我们父女俩把肉洗了，放在水里煮了整整两个小时，就为了闻那味儿。肉香得把我妈的馋虫都勾出来了，她前后到厨房看了三回。

我爸毕竟在工地上干过，见过世面。他给我二十块钱，让我去小卖店买了一棵白菜、两棵葱、二斤豆腐、一捆粉条。我们把所有的东西都放在肉锅里一起煮。我爸说，他们在工地上天天都吃这。我没吭气儿，只顾低着头吃。我去过我爸那里几次，反正一次都没吃过。那天我吃了三碗，我妈吃了四碗。

我长到十二岁第一次吃这么好吃的烩菜，好吃得都快哭了。我妈怎么不这么做呢？她难道真的是不会做吗？我的亲妈，她从来没给我，也没给我后来出生的弟弟做过一顿像样的饭菜。好在农村的孩子不金贵，吃啥都能长大。虽然我在我妈的凑合中长大，但长得像模像样的。村子里的人都说，模子好。

　　我妈就只会给我弟弟喂奶，其他什么都不干了。我爸于是决定不让我上学了，他说，你闺女家，反正长大也是在村里寻个人嫁了，念书也没啥用处。再说了，你弟得有人看，你上学走了，把这一摊子扔家，谁洗衣服谁做饭呢？我看看我妈。我妈像没事人一样。于是，我爸的决定就这样落实了。其实我爸早就看透了，只是没说而已。家里有个女人，能给他生儿育女，他就很知足了。

　　其实我也挺高兴的，我跟着我妈啃干馒头啃怕了，听说做饭的事由我当家做主，就两眼放光。与不上学比起来，这更加实惠，不上就不上吧！那学也确实没什么可上的，况且就现在，我也比我妈识字多，也比她会算账。

　　我那年十二岁，由于对吃的恐惧和渴望，我很快就长了不少本事。我会熬米汤、蒸馍、炒菜，虽然没有学会像奶奶一样擀一手好面条，但顿顿能吃上炒菜，也是一步登天了。其实炒菜也没什么难的，小卖店里什么都有，一桶油、一瓶生抽、一盒十三香，就解决了所有问题。萝卜西红柿、豆腐大白菜、鸡蛋香椿叶，我能弄出好几样炒菜。我爸最爱吃我做的大烩菜，说我比他那次做得好吃多了。

吃饱了肚子，一切皆好。什么我都不觉得苦，冬天洗衣服，手上裂的都是大口子，我没有丝毫怨言。看看那些上学的孩子吧，他们更苦恼，每天天不亮就起床去学校，冬天的寒风把腔子吹得冰凉冰凉，夏天的太阳把头发晒得焦黄焦黄。迟到了要挨老师骂，考试不好要挨爸妈打。那是什么样的日子啊？想想就后怕。幸亏我退学了。我妈又不操心、不管事儿，一天吃几顿，吃什么，什么时候吃，一切皆由我做主。我在小村庄里欢快地自由穿行，活得比满坡的苹果树都自在。我们村子里那几年时兴种苹果，家家都种苹果。那时还没有网购，开始的时候人家还来收，后来种的多了，苹果卖不出去都烂掉了。于是村子里的女孩子们都学我，上着上着都退学了，拉着架子车，满世界卖苹果。后来苹果树也砍掉了，我们就跟着男人们进城打工。

我妈每次给我打电话，十有八九都是弟弟的事儿，而弟弟的事儿就是钱的事儿。你弟初中没考上，借读费得两千。你弟想学画画，总不能让他长大像你爸一样去工地打零工吧？你弟弟去上学害怕家里有急事儿找他，想买个手机……

但有一次要钱，却不是弟弟的事儿。我妈说，你爸在工地上从脚手架上掉下来了，头撞在墙上，肋巴骨也摔断了几根。包工头躲起来不见面，不交钱医院就不收。

只要是跟我要钱，我妈准表达得很清晰也很有条理，一点不像个糊涂人。但她每次跟我说这事儿，没等她说完我就问，多少钱？

然后就把钱给她打卡上。这次说到我爸，开始我也没在意。听完才觉得不对头，就问她，我爸？我爸怎么了？她说，你爸在工地上摔下来了，死了。我的天！我爸死了她还这样跟我说话，像没事人一样！我放下电话就往家赶。

我爸确实死了。他跟着一家装修公司打工，安装一块户外广告时，突然一阵狂风，把广告牌刮倒了，砸在梯子上。我爸连人带梯子从上面摔下来。颅内出血，因为没人交费耽误了救治，死了。

我爸死了。村里管事儿的人就让我们穿上孝衣，头上扎上白布条子，到工地去跪着。我妈也要跪，管事儿的人说，你可不能跪这儿，你是当家人了，好多事儿你还得应酬呢！于是我妈就呆呆地站在我们身后，手足无措地看着我们。好多人围着我们看，他们指指点点，有说我爸死得可惜的，也有夸奖我们母女俩漂亮的。还有的说，这娘俩可惜了，要是生在城里，嫁个好男人，还不活得跟仙儿一样？

大家说说笑笑的像看戏一样，他们说这些我已经见惯不惊了。现在农村都是这样，死了人有跳脱衣舞的，结婚也有大打出手的。反正是丧事当喜事办，喜事当丧事办。

管事儿的领着工头来了。工头提着一个袋子，看见我妈，刺啦一声把袋子拉开，里面是一捆一捆的钱，整整十万块。我妈没见过那么多钱，看了一眼，赶紧把目光移开，求助似的看着我。我走过去要跟工头讲理，被我妈死死拉住了。她是怕我得罪工头，这钱就没有了。

工头指着我说，开工之前就说好了，出了事故我们不管。然后他从口袋里掏出一沓纸，在另一只手上摔打着，干一天活儿发一天工资，你们自己不小心摔死了，按理我们不该给你们一分钱！他又转头对着我妈，出其不意地笑了一下。那笑把我妈吓住了，下意识地往后退了一步。工头说，我是可怜你们母女俩。你还这么年轻，你要是愿意啊，可以来工地上给大伙儿做做饭，挣得保证比你男人都多！

我妈闻听此言，眼泪立刻成串掉出来了。她怎么可以想象给工地上几十个男人做饭？那不是难为她吗？工地上土气大，每一滴眼泪落在地上就砸出一个坑。我妈突如其来的眼泪把包工头吓坏了。包工头扔下钱，说，我只说让你来干活，你这是怎么了？还想讹我啊？

包工头可真错看我妈了，他是高看她了，我妈她哪有讹人的心计？

我十五岁出门打工，端盘子洗碗家政服务员什么都干过。我遗传了我妈的长相，村里人都说我比我妈长得还好看。女子长得美，多喝半盏水。同样是打工，老板总会多赏我一点。其实也不光靠颜值，我干活麻利，在餐馆里洗盘子洗得又快又干净。和我一起干活儿的女孩喜欢偷懒，后来俩人的活儿我一个人都干了。本来洗一天八十块，老板喜欢我踏实，干脆把另一个人辞了，一天给我一百。客人剩下的饭菜，他们让我随便吃。我是个不生事的，我和我妈一样话不多，稳稳当当倒像个有知识有家教的女孩。我有时被家政公司的人带着去人家家里搞清洁什么的，也都尽职尽责，干完后地缝里都找不到一丝灰尘。我从不打碎东西，主人给什么吃的我也不嫌弃，安安静静地吃。

有位阿姨很喜欢我，这个阿姨好像很有学问，家里到处都是书。零用钱就在窗台上随便放着，她一点不防备我会拿。那天干完活，我离开的时候阿姨要了我的电话号码。晚上下了班她来接我，非要请我出去吃饭。我一句都没问为什么，毫不犹豫就跟她上了车。路上阿姨说，我就喜欢这样大大方方的孩子，不扭捏。我没说话，她又问我，愿不愿意在她家里做事？我说，愿意！

阿姨扭头温和地看着我笑笑，问，为什么愿意？

这倒是把我问住了，刚才答应她的时候，我想都没想。其实我想说，您看着就像个好人。但是我说不出口。

我后来在这个阿姨家里做了两年，吃住都在她家里。她一个月给我两千块钱，还给我买一年四季的衣服。那衣服可比我妈给我买的质量好太多了，就是我自己也没舍得买过那么贵的衣服。一条裙子几百块，一双鞋也是几百。我刚进城的时候赶时髦，跟着女孩子们把头发烫了染了，头发乱得像个草窝。阿姨亲自送我去理发店，我在店里待了一下午，做了营养发油，剪了个齐刘海的短发，整得像个城里的高中生。阿姨看了高兴地说，我还真是没看错人！

阿姨家就她一个人，她在家我就做两个人的饭。但她常常出去吃饭，说是应酬。她有时也带我出去吃饭，跟她的朋友介绍说，这是我女儿。大家都拍了手笑，说还真是长得像。除了公务活动，阿姨做什么都带着我，吃饭逛街做头发蒸桑拿。我有时候睡觉睡糊涂了，真的觉得我就是这个阿姨的孩子，我做梦都想有个阿姨这样的妈妈。

但她毕竟不是我妈。我有妈，我妈住在我们村子里，她每个月都要等我寄钱回去。我妈只要知道我还活着，她从来都不想知道我是怎么活的。我干什么、在哪里干，我妈好像从来没问过。

好日子总是不长久的。阿姨要调走了，她的丈夫在深圳，她要到深圳找她丈夫团聚去了。走之前她说，孩子，要不你跟我一起去深圳吧？深圳？我没去过深圳，在电视上看到深圳，就觉得远得我这一辈子也走不到。所以我很高兴，毫不犹豫就答应了。那天我跟阿姨说，我要回去告诉我妈这件事。可是走着走着，我却犯了愁。我走了，我妈和我弟怎么办？主要是我妈怎么办？于是，走到半道我又回来了，我告诉阿姨，我不想去了。我不想去那么远的地方，我不喜欢。

在阿姨家干了两年，我跟她学了许多东西。我吃过日本牛排和三文鱼刺身，我穿过几百块钱的衣服和鞋子。最重要的是，我还跟着阿姨，坐飞机去过海南，在天涯海角照过相。我穿着短裙站在南国椰子树下的那些照片，在我们村子里曾经成为一个炽热的话题。村子里没有比我更见过世面的女孩子了。

阿姨走了，走时给我留下很多东西，许久我都没舍得打开用。

我知道那是我最后的幸福。我偷偷哭了好几个晚上，我觉得我再没有好日子过了。

我越来越和我爸一样，在城里干什么活都行，就是不愿意回村里去。我在城里挣钱，我挣的钱除了自己简单的生活费，都用来养我妈和我弟弟了。我妈不爱操心管事儿，没有我爸了还有我。家里缺了钱她就管我要，反正我总能挣到钱。我妈觉得我养她和弟弟，是天经地义的。

后来阴差阳错，我到了小牛家的洗浴中心做了大堂接待。洗浴中心不大，是小牛家的一栋旧房子改建的。因为是在市场边上，生意倒是挺好的。我长得好看，举止得体，很受客人欢迎。老板娘就是小牛的妈。那次是去洗浴中心做保洁，小牛的妈觉得我干活踏实，人长得又好，当保洁工可惜了，就让我留下来在门口做接待。

在那里干了一段时间，我觉得小牛的妈是看上我了。她跟人家夸我说，我虽然文化低点，但见识却不低，关键是人长得好，性格也好。我觉得他们家小牛也不错，除了长得不好，其他都好。小牛头大个子矮，人倒精明得很，眼睛小，目光贼亮。小牛知道了他妈的意思，或者说他把对我的意思，变成了他妈的意思。反正他们俩都喜欢我。就这么撮合撮合，我们就经常在一起了。后来小牛还给我买了一条施华洛世奇的钻石项链。他很有眼光，项链比真的钻石都漂亮。我戴上项链穿上新裙子，大家都说这姑娘像是从画里走出来的。

我不知道小牛家有多少钱，他家是城中村的拆迁户，家里做着好几门子生意。小牛的妈很会做饭，家里有保姆，她也亲自下厨。小牛的爸只吃他老婆做的饭。每顿饭都有好多个菜，汤水齐全。

　　每天晚上下了班，小牛就带我出去吃烤肉或者涮肉。他头上打了彩色发蜡，脖子上戴着大金链子，即使只我们俩，他也点一桌子菜，看着就像一个大老板。他点的菜简直要把人的肚皮撑破了，吃得我眼泪汪汪的。我觉得跟着小牛吃这么好，就是真正的幸福。他会娶我吗？真有这样的好事，能嫁到城里吃香的喝辣的？后来小牛问我愿不愿意嫁给他。我想都没想就答应了。这事儿我不用征求我妈的意见。我妈不会管我的任何事儿，她也不知道该怎么管。反正闺女大了要嫁人，至于嫁到哪里，她不会管。其实我妈不是个贪心的人，她不懂得嫁女儿是可以要彩礼的。这一点让我婆婆很意外，她因而对我们母女两个更加另眼相看了。

　　我妈二十岁生了我，我二十岁生了我儿子。我婆婆生意上的事顾不过来，非让我把我妈接过来。我妈来了，还带着我弟弟。我弟弟初中没上完就不上了，整天和一帮小混混在一起耍。反正他也不缺钱，我挣的工资都是给他花的。我弟弟跟我一样，长得都随我妈，生得面皮白净，看起来文文气气，穿得戴得像个有钱人家的公子。

　　我婆婆人不错，对我妈和我弟弟都很好。可是我妈过来能干什么呢？我把困惑告诉了我婆婆。我婆婆说，看你妈生得好模样，利利索索一个人。乡下的女人又没啥事，怎么不会做饭呢？你们这俩孩子怎么养大的，能帮我给你做做家常饭也好啊。

我羞愧难当，无法为我妈辩解。我妈倒没觉得有什么，理直气壮地辩解说，如今乡下的女人都不怎么会做饭，村里有小饭馆，男人在外头打工，女人就在家打牌，输了回家啃干馒头，赢了就下馆子吃饺子。

哦，怪不得呢！我婆婆说了这句意味深长的话，就没再说什么。她也是从乡下嫁过来的，她小时候在娘家，小牛他姥姥擀面条、蒸馒头、烙油饼、塌菜馍、做疙瘩汤，几乎样样都会。结婚之前她就跟着母亲一样样地学，把全套手艺都学到了手。

晚上我把我婆婆的经历说给我妈。我妈说，都怪现在的风气，怎么都出去打工啊？你姥姥也是什么都会做，那时候不兴打工，男人种庄稼，女人就做饭，一大家子人顿顿都不能将就。轮到我嫁你爸，农村男人都出去干活了，剩下老的少的吃饭不讲究，做熟就行，所以我就什么都没学会。我也没法指责我妈，就随口说了一句，你说农村人现在连家常饭都不会做了，这乡村不就毁了吗？我妈一脸迷茫地说，毁了？毁什么，我觉得还怪好哩！

我婆婆人真不错，尽管我妈什么都不会干，她还是留下了她。我生了儿子，给婆婆家长了脸。小牛他们家亲戚，没一个能生儿子的，要么一水儿都是女儿，要么不会生。婆婆让我给我妈里里外外都换上了时尚的新衣服。我妈虽然从来没离开过农村，但是她没干过农活儿，家务也不做。不操心的女人有一样好处，就是活得轻松，活得年轻。她换上新衣服，很像个样子，跟城里人也没啥差别。她不爱说话，忽闪着天真的大眼睛。别人说话她就安安静静地听，看上去心里蛮有数的样子。

我婆婆晚上去跳广场舞也带上她，大家都夸亲家母又年轻又好看。我妈也真是个人模子，她上辈子难不成是个跳舞的？百八十人的舞群，人乌泱乌泱的，我妈跳了两三天，就出了头，比人家跳三个月甚至跳三年的都好。跳着跳着，她从最后一排跳到第一排。领舞的也不领了，立在旁边看她跳。舞曲一响，我妈就不是她自己了，好像她是上天派下来专门跳舞的，多高难度的动作都不是个事儿。她好像完全变了一个人，顾盼生辉，喜笑盈盈，完全没有了惯常的生涩。河岸上香风吹荡，杨柳摇曳。可那怎么比得了我妈的腰肢！它摇得比杨柳都柔软，比白云都飘逸。连我都吓到了，难不成我妈的春天来了？她怕是要开窍了。有一次，她跳得实在太起劲了，连着跳了两场也不休息。我过去喊她，她好像没听见似的，沉浸在音乐里。我去拉她，她对我打断她的舞蹈怒不可遏，狠狠地朝我手上打了一巴掌。那一巴掌，让我疼得差点跪倒。那是我第一次见她发怒，我吓坏了，赶紧逃到一边，迷迷糊糊地等着她跳完。

跳了一段时间广场舞，有一个人看上了我妈。他是小牛这个村的坐地户，比我妈大十来岁。老伴儿去世了，有一个女儿在别的城市生活。人家倒不嫌弃我妈带着儿子，通过我婆婆，常常带我妈她们去吃馆子。开始我妈也不知道他是什么意思。待明白了，就想拒绝。我婆婆笑着说，城里人都这样。人家也不吃你，你不吃白不吃。后来那人就直接请我妈了。我婆婆觉得这是一门好亲事，就竭力撮合，反复跟我说，你妈要是能嫁到城里来，你弟弟可不有着落了？咱们离得也近，互相还有个照应。

后来那人要带我妈到他家里去看看。我妈不想去，但禁不住我婆婆可劲儿劝诱。我婆婆说："事情还是你说了算，你去看看他能黏住你？"那人住得离我们不远，也在村子刚刚开发的小区里面。两室一厅的房子，一个人住着，收拾得还挺干净。那人跟我婆婆说，他也没什么要求，一是看我妈长得有模样，带出去不丢人。二是能有个人做做饭说说话，比找个保姆强。

我妈勉强去了几次，每次回来都绷着脸说，累得骨头都散架了。我婆婆说，人家让你扛麻袋还是搬砖了？我妈脸上愁得能拧出水来，那倒是没有，我就是做不来饭。我婆婆说，嗨！那还算是事儿？我现教你。小葱炒鸡蛋，醋熘土豆丝，小白菜炖豆腐，肉丝青椒……先学会一样是一样吧。做饭对我妈可真不是个轻松活儿，再怎么教，不是咸了就是淡了，菜弄得皮焦骨头生。做顿饭手忙脚乱，把个厨房弄得跟个事故现场似的。

那人也算个好说话的，说做不好饭就不做吧，咱们天天买着吃，又不是没钱。他让我妈坐下聊天。那人让她坐哪儿就坐哪儿，半天也没个动静，动都不动一下。她也不会聊个什么天，话都不知道该怎么说，人家问一句她嗯一声，拘束得像根木头。

那一段时间，我妈哪儿也不去了，吃完饭就打扮得干干净净的，坐在家里等着人家约她，好像那是一件必须要办的事儿似的。可是那人再也没约过我妈，他跟我婆婆说，你亲家空长了一副好皮囊，是不是脑子不够数？我婆婆便回来开导我妈，怕她心里不舒服。哪知道我妈得了婆婆的话，一下子松弛下来，就像解开了捆绑一身的绳子，高兴得跟个孩子似的。从此再不肯和人家见面了。

　　我妈是有可能改变身份，变成城里人的。但她错过了。其实错过了是我和婆婆的遗憾，她好像并不觉得。我用我的私房钱给我弟弟买了个车跑出租，虽然他挣的钱还不够自己花的，但毕竟是进了城。我妈害怕我婆婆再张罗着给她介绍男人，死活非要一个人回村里待着。村子里修了路，安了自来水，街道上还安了几盏高高的路灯。她一个人在家里，想吃吃，想睡睡，也蛮自在的。后来我又生了龙凤胎，可把我公公婆婆和小牛高兴坏了，天天笑得合不拢嘴。我婆婆恨不得把我供起来。我给我妈和我弟弟花那点钱，她也根本不在意。

　　我妈现在独自一人住在村子里，她和村里的妇女在一起，明显比在城里舒坦。我妈在城里见了世面，又学会了跳广场舞。跟大家伙儿说起来，人家都撺掇着她教跳舞。她从城里回来时我婆婆送了她一个小播放器，有好几十种广场舞歌曲。她就教村里的妇女们跳广场舞。我妈穿得洋气，身材越跳越苗条。村里的干部表扬她，说她丰富了乡村文化，还作为成绩上报到乡里。乡里书记、乡长带着人来观摩，表扬了村里，奖励了一套音响，号召外村的人也来学习。

我妈可找到自己喜欢的事情做了，天天教人家跳舞，很快在乡里成了远近闻名的能人。乡里管文化的副乡长到我们家，亲切地接见了我妈。副乡长要和我妈握手，我妈连忙把手背在身后，羞怯地说我不会，我不会。大家都笑起来。副乡长也笑了，他说，现在新农村建这么好，村里妇女要是都像你这样打扮得漂漂亮亮的，跳跳舞，唱唱歌，新农村建设可不就有新内涵、新发展、新气象了嘛！

后来县里要在我们村开现场会，说是乡村文化建设搞得扎实有效，值得在全县推广。乡里领导决定让我妈参加会议，代表村里发言。还专门安排一个人写好稿子，让我妈背下来。我妈高兴得不得了，她一辈子都没有这么兴奋过，天天拿着稿子，吃完饭就站在屋子后面的空地上背，好像面对着无数听众。甚至有时候还学着电视上的女人把一只手抪在腰上，另一只手挥舞着，蛮像一个真正的女演员。

终于到了会议召开的时刻，我妈抹了粉底子和口红，换上了她最喜欢的衣服盛装出席。一进会场，看着那么多人西装革履的，都坐在下面，大眼瞪小眼地看着台上的人，心里就发了怵。当大会主持人宣布她发言时，她突然感觉胃疼，疼得浑身打哆嗦，然后扩展到全身疼，胳膊腿都动弹不得，嘴也好像打了胶似的。她眼睛一闭就倒在地上，任谁也喊不应她。到底也没发成言，闹了个大笑话。

从此之后，我妈的广场舞再也不跳了。

我妈越来越爱打牌。打牌不用说那么多，话越少越好。大家都喜欢跟她打牌。她一天能打十几个小时，端坐在那里，你不说走，她绝对不会中途退场。输了赢了都很淡定，一句怨言都没有，可谓宠辱不惊。如果初次见她，肯定以为她是个娴雅淑静、里里外外一把手、办事干脆利索的人。她也越来越懒，每天都去小馆子吃。经过了城市的历练，她确实比过去进步多了。过去她不会做饭，也不怎么会吃饭，填饱肚子就行。现在她会吃饭了，觉得小馆子真好，南甜北咸东辣西酸，什么都有，也花不了几个钱，简直太好了！日子就这样过下去，有什么可发愁的呢？

村子里信主信佛的人还是常常来找她。但在我母亲看来，那些信了主信了佛的人，生活过得大多都不如她。她们干了家里的活儿就去忙地里的活儿，吃得也很差，喝一碗面条也要祷告半天。辛苦不值得嘛！即使有儿女在城里打工，也很少给她们钱。如果有个没结婚的儿子，那简直就不是人过的日子了。过去娶媳妇，人家要十万块钱彩礼，农村人就觉得比老天爷都大。现在娶媳妇可好，要修屋盖房，要买辆车，还得外加三斤六两一百元老头票。老天爷，即使是新崭崭的票子，也得十五六万哪！娶个媳妇累死爹娘，可不是闹着玩儿的！你想想，她们不信主，信谁？信了主，大家的苦乐都在一起比对着，上下也都差不了多少，比着比着就想通了，好歹也算有个安慰。

我妈觉得她在村里是过得比较好的。闺女常常寄钱回家，手里没缺过活便钱。亲家也答应了，等小牛自己的公司做大了，就让儿子跟着他，不用再开着车满世界找客人了。她还想什么呢？她越来越懒得动，竟然一天天胖起来，像一个羊脂球。有时候实在找不到打牌的人，她就满村子转。路过村文化广场，看着那些穿得花花绿绿跳广场舞的女人们，她也会坐在路边的台阶上看半天。那里面很多都是她教会跳舞的，都是她的学生。她内心骄傲着，这些人没一个有她跳得好的，可跳得好又如何呢？什么都改变不了。想想自己，想想那些曾经风光的日子，想想那次开会发言所遭到的羞辱，竟觉得世道混沌无常，恍若有隔世之感。

有一次，她在那里整整坐了一个下午。人家跳完走了，她还在那里看着空空荡荡的广场。起风了，开始风很小，她没怎么在意。可是后来越来越大，刮得垃圾尘土遮天蔽日。她害怕了，赶紧给我打电话，说：刮大风了……我说：你赶紧回家啊！她忽然抽泣起来，刮好大的风……

我想起奶奶，想起我爸，他们都是在风中死的。心里也莫名地难受起来，但没紧张。我觉得我母亲这么从容的人，是不会被风刮死的。不过也不好说，她这一辈子，虽然从来没有坚强过，但也从来没有如此软弱过。我说：快！赶紧回家，到家再给我打电话！

原刊于《当代》2020 年第 4 期

你什么时候原谅你的父亲

盛可以

一

亲爱的 V，恐怕你是这世界上我唯一可以谈心的人——这是我搜寻多年得出的结论，我从未如现在这般想跟你说话，像二十年前我们在海滨长谈，仿佛海鸥与大海，一直聊到黑夜掳走夕阳的余温——彼时青春碧绿，我记得你问了一句："你什么时候原谅你的父亲？"

这些年，我像吉卜赛人一样生活，一个地方住熟了，就会惶恐，于是不断逃离，扔掉的总多于随身携带的。而你几十年不挪窝，像楼下的老榕树一样扎根，从容安定，讨厌变化，享受那份喝茶看报旱涝保收的工作。其实若是和你在老榕树边过日子应该也不算坏，但那时我只想要飘荡，像一朵云，这儿看看，那儿待待，青春里深裹着对父亲的怨恨。

此刻我在 Yaddo[①]，将在这里完成一个写作项目。这是一个金融家遗留下来的庄园，一百年前开始向艺术家敞开大门。这块土地的杰出程度超过了全世界任何一块土地，一百多个艺术家分别获得普利策奖、国家图书奖、诺贝尔文学奖，索尔·贝娄、凯瑟琳·安妮·波特、杜鲁门·卡波特、西尔维亚·普拉斯……名单很长，你可能读过他们，也可能没有，我忍不住列出喜欢的几个。如果你去读老舍先生的日记，你会发现他曾于 1946 年在这里写作，经常和那个与毛泽东、朱德很熟的外国女记者艾格尼丝·史沫特莱结伴去餐馆吃饭，还邀请不受待见的黑人同桌——这些话其实也是我想跟父亲说的，他应该会高兴听到这些吧。

我抵达时正值深秋。森林。湖泊。寂静。色彩喧嚣。碧空如洗。风景美到极致时便呈现一种严峻的温柔——这令我整整一周无所适从，终日将目光投向湖面及远山，或在森林里漫步，聆听风声，看树叶飘落的姿态。没多久雪就覆盖了大地，来自伦敦的剧作家点燃了壁炉，大块的木头熊熊燃烧，照亮不同肤色的作家，突然间，火光中闪烁出父亲苍老的脸。

我对你说过，如果说年少时有什么梦想，那就是梦想父亲死

---

① Yaddo: 艺术家社区，位于纽约萨拉托加温泉的庄园中，旨在通过为艺术家提供一个在支持性环境中不间断地工作的机会来培育创作。

掉，不用再看到母亲被暴打，自己不必再待在角落里瑟瑟发抖。后来我甚至写信几乎都是挥着拳头警告父亲务必善待母亲，仿佛在为母亲复仇。我没想过父亲收到子女的威胁是什么心情——他那时头发已经白了。

亲爱的V，我还没告诉你，父亲已经去世三年了。我向你描述过的那个专制暴君，临终前耗尽最后一丝薄力，抬起手臂搭上我的脖子，而他最爱的女儿，并没有俯身拥抱他，脑袋反而从他的臂弯下钻出来。

手臂落下去，呼吸同时停止。

说到这个情景，我止不住眼泪奔涌，如父亡时一样。

在一片哭声中，我让父亲听到了我的沉默。

我还没写过一篇关于父亲的文字——我试过像别的作家那样，著文纪念，催人泪下，但总以失败告终。我思绪纷乱，每一个词都失去了它应有的含义与准确性，语言像灰烬被风吹散，不再服从我的组织。

最大的痛苦无法言说，最深的愧疚难以描述。但就在这舞蹈的火光中，我又觉心如刀割，再也难以独自咀嚼。亲爱的V，此刻我比过去任何时候都需要你，如果说过去我告诉你我有多么仇恨父亲，现在我就要告诉你我有多么想念父亲——他原本是有机会多活些年头的，而我们——主要是我，并没有为父亲争取活着的机会。

二

　　父亲的离世似乎对我远方的生活并无影响。父亲原本就像一个遥远的符号，一个概念，一个称谓，一个背景。在过去屈指可数的与钱有关的来电中，我被打造成家庭支柱。你知道我有哥哥姐姐，他们全部怪罪父亲导致了他们叵测的命运，他们心中的怨恨远比我更深更具体。如今他们仍是贫地的野草，并且越长越矮。我以前跟你讲过他们的事，不想再次唠叨——这不是我给你写信的目的，何况我已不再认同他们的观点。

　　亲爱的V，如果我告诉你，我多少次在深夜为失去父亲而哀号，你会相信吗？当我在鞋柜前为母亲挑选鞋子，习惯性地捎带看适合父亲的款式，猛然意识到自己是没有父亲的人了，再也没有父亲穿我买的鞋子了。我拿着新鞋的双手僵在那里，心里的空缺变成悲伤的漩涡卷我至深渊，我憋着不让自己哭出来，却在镜子里看见那个手拿鞋子的女人眉毛都拧红了——你会相信我在心里喊出了我从未喊过的"爸爸"吗？

　　幼年时我用土话喊父亲"耶耶"，后来方言进化，侄子辈喊"爸爸"替代"耶耶"，可我离家太久，方言早已涩滞，听着父亲吐出最后一口气，两种称呼在我脑子里闪现，却没有哪种蹦出嘴来。我不知道如何使方言涂上哀伤，我又从没喊过"爸爸"，这于我是一个生词——然而没有父亲的日子里，我想到的都是"爸爸"，好像我已经这么称呼他几十年了。

眼看着死亡的淡青色慢慢浸洇父亲的面部，称呼却如鱼骨卡在喉咙里。我紧攥着父亲的手，这是从未有过的；另一只手放在父亲的额头上，这也是破天荒的。父亲活着时，我和他从未有过任何碰触，没有父女间的拥抱，连童年也没有亲密的记忆。

难道死亡是某种神奇的黏合剂？堵在我与父亲之间的壁垒自动坍塌，被划开的水面自动融合。

每当我走在路上遇到与父亲相仿的老人，就止不住幻想父亲还活着，即便老得背都弯了，就那样弯弯地活着也很好啊！就算他坐在轮椅上，就这样让我推着他活下去，那也是天大的喜悦啊！亲爱的V，我相信你知道我是如何被自己蒙蔽的，你理解只有父亲的死亡才能照出那个真实的女儿。死亡就像一面镜子，一个人一生被这么映照一次，就会脱胎换骨。

三

Yaddo下雪的冬天，和老家过于相似，好像这样的冬天父亲仍在。我怕见这熊熊炉火，带木香的轻烟，噼啪的炸裂，明灭的火光……我记忆中的每一截木头都与父亲有关，每一丝冬天的温暖都由父亲打造。亲爱的V，过去我尽拣父亲的不称职并对其大肆渲染，丝毫不提及父亲的付出，这极失公允。我甚至还附和过一种观点，"一个人婚姻情感的不顺归结于原生家庭的不幸福"，并粗暴地给父亲"罪加一等"——顺便说一句，我现在极为反感这种论调，这缺乏对父辈必要的理解。罪咎于父辈，无非是给失败者提供一块心灵的海绵垫。我知道，如果不是要做一朵游荡的云，和你在老榕树下的日子是挺好的，可我偏是那种要远方、要陌生、要放逐的性格。你结婚生子，日常生活从未能将你拽入庸俗，你人在原地，思想却并不停驻，你当初对我精神的影响仍然在发挥作用——我视之为思想启蒙——你教会我思考，明辨是非。

我对你说过父亲重男轻女思想严重，拒绝供我读书，其实这也有失公允，客观说责任在我自己。是我听课时无意识地用笔头敲击桌面，被那个戴瓜皮假发嘴巴如刀痕的女老师拎到讲台边惩罚羞辱，我愤而弃学，想返校时没得到支持，贫穷是主要原因。我不过是将自己的失败与仇恨合理化而罪责于父亲。父亲一个人拿工资养活七口人，我们自动屏蔽了这个事实。

我没跟你讲过，有一年返乡一大桌人吃饭，父亲高兴，酒喝过量，那是我第一次见他流泪，他说他后悔当年没送我多读几年书，他认为我没上大学都这么有出息，上了大学就更不得了。且不说父亲的逻辑是否合理，这证明父亲心里多年来压着这件事。我们从未谈过这个问题，此后也不曾有任何沟通，这是乡村绝大部分父子关系的写照：一方面不习惯表达自己，另一方面的确很难像知识分子一样剖析自我与他人。

亲爱的V，你知道没书读曾是我多年的痛苦，一路上饱受歧视，有人问到总要遮遮掩掩，自卑自动转化为对父亲的怨恨。但你知道我刻苦求学并不仅仅因为这些。我读书是因为我热爱知识。你是唯一可以让我坦诚自在的人，你鼓励我赞赏我，我那时刚开始发表一些豆腐块——这事应该另起一篇，现在我只想跟你说父亲，说我在巴黎接到家人的信息时，那种深恐不能见着父亲最后一面的惊惶。

四

父亲在他生命的最后五年，经常去医院小住，很少麻烦子女。我们一直认为他是摆享受公费医疗的谱。他这辈子仗着拿工资养活一家人而专制独断，但对医生唯唯诺诺，药拿回来谁也不能动，每天吃很多种，空盒子存起来，死后积了一麻袋。他脾性冷硬得让人讨嫌，听不得任何反对意见，虽不再动手打人，但母亲还是怕他，不敢吱声。当然这些都是我听来的，有些事情仿佛因为距离太远，传到我耳边时已经扭曲变形，我也以为那不过是一个老干部耍威风，跟着嘲笑他。而父亲独来独往，看病吃药，更勤奋地侍弄菜地，蔬菜一季季蓬勃旺盛，他的心脏却在我们的轻蔑讥讽中渐渐衰竭。

我们——多么不可饶恕的冷漠啊！

亲爱的V，我现在像写小说一样描述一个老人正不被察觉地走向死亡，他像忍受病痛一样隐瞒他将死的预感。事实上，他曾有所流露，只不过这种警示如蜻蜓点水没有落在儿女心头。父亲去世前两年我回乡下，他带我在后园里转，大片花草是母亲的地盘，瓜菜塘荷属父亲的成果，没有谁的菜地像父亲的那样整齐肥沃。他指着那些新栽的灌木丛对我说："你哥哥太老实了，我现在画出地界线来，免得他以后受别人欺负。"我当时脑海里有过父亲在处理身后事的闪念，但并未往心里去——不妨这么说，我认为我不会难过于父亲的死亡，我在经济和物质上对父亲从不吝啬，但我从没认为我对父亲有多深的感情。

　　父亲的小腿被牛皮癣折磨，痒起来用刀刮得鲜血直流，我一直给他买昂贵的进口膏药缓解病情，也许我有为他的痛苦难过，但我从没让这种难过停留。我好像并不介意看到生活附加给父亲的惩罚。亲爱的V啊，你现在知道我有多么残忍了吧，父亲将冷硬的光环遗传给了我，他要为天然的血液承担一部分责任——当然我现在不这么想了，我要跟你表达的，全都是我的罪咎之情。

　　在纽约大学演讲那天接到父亲住院的消息，我仍然以为那是一个老干部摆享受公费医疗的谱。我接着到巴黎准备另一场演讲。不知道你相不相信感应，到巴黎后我心绪不宁，我好像听到了父亲的召唤。晚上九点，家人发来图片，父亲穿病服垂死的样子——不过半年未见，我向你描述过的那块孤傲、固执、冷漠无情的石头，像一团枯草萎缩，看起来将随时撒手人寰。

亲爱的V，我不得不提到我的二哥，他先于父亲半年病逝，死前半个月不再说一个字。我知道他至死都没有原谅父亲。二哥出殡时父亲昏厥倒地，精神与身体同时崩溃，一直在住院，家人最后迫不得已才告诉我病情。我连夜更换机票收拾行李穿过凌晨三点的巴黎赶早上六点半的航班，路上曲折到了机场跑来跑去居然看不到一个工作人员可以询问。你不知道我多么着急，蓬头垢面一身汗，担心错过航班不能握一握父亲还活着的双手，看不到他灵活转动的眼睛迸出鲜活欣喜的光芒。各种懊悔在我内心翻动，如果我参加二哥的葬礼，我肯定会让父亲避开二哥出殡的时刻，我不会让老人经历那种场面——连我自己都无法承受。也许家里人并没料想父亲会这么悲痛，大家看得见父亲和子女间冰冷的距离，却看不见父亲最深的内心。

我赶到医院时父亲鼻孔里插着塑料管，已经不会吞咽，但还认得我，谢天谢地。

五

生物钟和林中的鸟一样，我的苏醒是第一声鸟叫。光线刚刚够眼睛辨识事物的轮廓，那只老鹿便带着一只小鹿出现在周围，我听得见它们跑动，踩响枯枝，必须躲在帘子后观察，因为一旦发现你，它们就会迅速跑开。

你说，那会是一个父亲和它的女儿吗？

我们各自待在房间里写作，早午餐自己弄，厨房冰箱是满的，水果、奶酪、吐司、果汁、蔬菜，什么都有，我带了一瓶自制剁辣椒，十来个人你尝尝他试试，很快就剩下空瓶了。如果他们并不习惯但是出于客气友好甚至是文化尊重就那么尝掉了我赖以度日的剁辣椒，那便堪称两败俱伤。后来我想重做一瓶，跟采购员描述买什么样的辣椒她总不得要领，有一回她的确买了 Red Pepper，那是包装好的红干椒。我不得不放弃了做剁辣椒的念想。

晚餐总是很正式，有专业厨师伺候。大长条餐桌，红葡萄酒、白葡萄酒、汽水饮料、烤牛排、三文鱼、鸡扒、羊腿、沙拉……这时能看到所有驻地作家，走进餐厅时每个人神情恍惚似乎还陷在虚构中，但都面露笑容相互问好，在美食的填充中精神渐渐饱满、气氛趋于热烈，饭后意犹未尽总要端着残酒下桌，烧旺壁炉——森林中的木头可是应有尽有啊，大雪纷飞时不烧难道要等到夏日酷暑吗？而我依恋这燃烧的炉火并不仅仅是享受暖融融的高谈阔论，我在青烟与木头的香味中想念父亲，不用费劲，过去的记忆轻易地闪现，有时泪眼模糊，所有人的眼睛都因火光投射出异常的亮点，我的悲伤就这样混迹在这些愉快美好熊熊燃烧的夜晚。

三年。生死两隔。万里之外。我没带父亲到过北京——他曾说他想去北京看看——我没带父亲到过任何地方，我根本没当回事，就像我没把父亲的牙齿当回事。他老掉了一些牙齿，牙龈发炎，牙疼得吃不了饭——他说他想全部敲掉装假牙，我知道他指望我的经济支持。我的确考虑过，但考虑考虑就考虑忘了，因为我在遥远的地方见不到他吃饭时痛苦的样子，见不到他疼得辗转难熬的夜晚——在这些无理的借口后面，你一定再次发现了我的冷漠，任凭老父亲不得不放弃很多美食，得不到足够的营养补充——要知道在最艰难的过去，父亲也从没让我们挨饿啊！

愧疚锥心。但我从没向家人说起。

父亲走后的第一个春节，按习俗隆重祭拜完死者，我们烧柴烤火。树蔸子还没燃透，青烟格外浓烈。树皮冒着水泡与蒸汽，散发树木的芳香。每个人都盯着树蔸子，等待它烧起来，以至于忘了说话。抹去烟熏的眼泪，掏挖火盆灰烬，抖掉裤腿上的烟灰，手探到火边灼烤冻疮，咳嗽清理嗓子，这些声音动作使沉默变得合理。当树蔸子噗的一声燃起来，绿火摇曳，青烟转白变淡，大家如释重负，似乎刚才都使了不少劲。

我的父亲曾经坐在竹椅上，皮肤像树蔸子一样暗褐，纹路纵横，两只手抱着膝盖，听晚辈们说说笑笑，身上火光摇曳。树蔸子烧到最旺的时候，父亲的身影矮了下去，我发现原先在父亲屁股底下显得促狭的竹椅，已是宽豁有余。后来这竹椅一直空着，摆在火盆边，谁也没去坐。竹椅被父亲的身体打磨出玛瑙的色泽，浸润在火光中。

烤火间的一面墙上挂着蓑衣、斗笠、草帽、谷筛，另一面墙边码着父亲劈好的干柴，粗细分类，树蔸子独放一角，锄头、耙子、锹子、镐堆在旮旯里。我们聚在烤火间，烧柴取暖，将陈年旧事和瓜子壳吐在火中。屋子中间垂着一根铁钩，几串腊肉悬在火堆上空，被烟熏得黑里泛黄，油光闪亮。青烟憋满一屋，缠裹着人类的情绪涌出门外。偶有邻居穿过青烟，进门蹭火，说起庄稼牲畜。火星炸溅，像小型烟花。烟灰如头皮屑落满肩头。每张脸都红通通的。

　　我们家的烤火间是村里有名的。熏得乌黑的墙壁证明了烧柴的历史。秋季劈柴是父亲一年中的头等大事，制造一个暖和的冬天，以及火光熊熊的大年夜，保障一大家人不受寒冷侵袭。每年父亲劈柴的样子并无不同：阳光中、地坪里，泡茶，磨斧，脱下外套，卷起衣袖，朝手心吐口唾沫，只听见"叭""咣当"——木头一分为二的声音。阳光震颤。我的童年浸染着木头的芳香。我嗅得出香樟、苦楝、梧桐、桑葚、柑橘等树木的不同气味。

　　模糊的人影在墙上颤动。火灰中烤得焦黄的糍粑，像癞蛤蟆一样鼓起来，火钳在糍粑爆开之前夹走了它，两只手将其拍来揉去，很快被嘴巴分食。我记得有一回，我们的注意力被糍粑吸引，父亲默默离开了烤火间。他起身时略有摇晃，手撑住椅背，那只手干枯龟裂，每一道深纹都是暗黑的。他跨门槛时扶住门框，脚尖磕到门槛，几乎摔倒。我们看见他稳住身体，没有人叫他小心，没人去扶他，等他消失在视线里，还低声议论父亲，说他像个大势已去的暴君，一个不能再发号施令的光杆司令，他能教训的，只剩下园里的鸡、圈里的猪，以及看见他就放平耳朵的狗了。

六

亲爱的V，我一直在想，为什么有的事情非得要通过死亡才能解决。死亡像一把深镐，一下就挖出了压在岩石下的脆弱。死的岩浆流过父亲的皮肤，慢慢灼为焦土，但他眉目舒展，看上去在隐隐微笑。当强悍冷硬的父亲放弃与生活的抗争，变得如此慈眉善目——那样子正是我无数次幻想过的那种温和善良的父亲啊，难道只有死亡才能揭去一个人脸上的面具，灵魂才会因此水落石出，我们的眼睛才能透过死亡看清事物？那到底又是什么篡改了真实的父亲。

那一天我们烤着父亲挖出来的树菀子，用语言围剿八十岁的父亲，翻出陈年老账。父亲没吃晚饭，待在房间里。母亲告知我们他在哭。谁也没去安慰他。我们紧攥着父亲对我们的亏欠不松手，有意要父亲反省。谁也不知道那次笑声飞扬的声讨对父亲造成了多大的伤害。

亲爱的V，我愧于讲起这些，然而要搬开这压在胸口的巨石，正是我给你写信的目的，不因羞愧而逃避，不因扎心而放过自己，说出我们这些做子女的极不人道的一面。父亲挖出来的树菀子炸出一把火星，燃过的部分像龙身，每一片龙鳞都是火红的。母亲用火钳戳下这些火鳞埋进灰罐中，存到夜里为房间加温。父亲的第一个曾孙正坐在他母亲的膝上玩火，点燃了手里的小树枝，划来划去咿呀说话。我记得父亲当时低声辩驳过，他说起他六岁便死了母亲，而他的父亲是个常年不着家的赌徒，也说起了自己用草绳捆住裤头放牛的饥饿生活。我们没当回事，甚至有人说"你那是在旧社会"草草了结父亲的真正苦难。

我们成年后都离开了父母，聚少离多。我们不知道年复一年父亲劈柴的声音有了变化，一斧子下去，木头一分为二的脆响听不到了，变得像啄木鸟似的，一斧一斧地啄。柴堆仍旧会高高地码起。大年夜依然火光熊熊。烟灰如落雪，将父亲的头发染得灰白，再也没有褪色。没有人体会父亲用斧头啄出来的柴火与劈出来的有什么不同，反倒羡慕别人家烧蜂窝煤，烤无烟炭，轻视父亲没有能力改善现状，抱怨父亲没有创造更好的生活条件。自私的我们从来没有想过半路出家当农民的父亲，他那被割伤、跌伤、碰伤、蚊叮虫咬，皮肤像斑驳老墙的双腿。

树蔸子卖力燃烧，情绪随火焰高涨。这并非一场蓄谋的声讨。但刀子已经扎进了父亲的心脏。父亲的脸颊通红，神色局促，他两眼盯着树蔸子，眼里火光明灭，没有人在乎那是不是泪。我们早就形成了习惯，回来聚我们的，聊我们的，似乎有意显示我们的独立自主，让父亲在自己的家里变成局外人。而父亲并不要求参与。他可能一上午就在杀鸡、剖鱼、清洁内脏——他知道谁爱吃鸡肝，谁爱吃鸡胗，谁喜欢鱼肠，谁对鱼脬情有独钟——我们打牌时，他在旁边瞄上两眼。这种状态持续了很多年。也许这便是中国乡村家族的典型特征，父辈与子辈间是两条永不相交的平行线，中间是浑浊不清的河流，或者荆棘错乱的荒野，仅仅因为血缘的关系，彼此遥望指认。拳头和冷漠，武断和固执，天性和习惯，这些东西在巩固并证明父辈的权威，我们从血缘的天然矿井中捡起缺乏形状的亲情，不得不承认自己的根源。

七

　　森林里气温格外低，空气都好像冻住了。湖面结了冰。雪还时不时地下。房间里暖气正好。我的书桌对着窗外的湖。高的树木和低的丛林。雪地上有动物的足迹。我们见过熊的脚印。亲爱的V，我尽量扯一些题外话，以便我能够平静地讲下去。如果我控制不住情绪，就会语无伦次，一想到给我生命的那个人不在了，而他原本可以多活些年头，我就会敲打书桌，揪自己的头发。

　　亲爱的V，当我到达病房，护士正在给父亲清洗口腔。父亲眼神呆滞，他看了我一眼，没有表情，他早已不在现实中了。他身上伸出来的管子连向屏幕闪烁的仪器，或者悬挂高处的瓶瓶罐罐。我并没有如自己设想的那样握住父亲的手，抚摸他额头的皱纹，也没有替他轻捶憋闷的胸口。我只是像个质检员一样捏了捏那些塑料管子、橡胶管子，阅读那些根本不认识的医学术语。

我也没去抚摸他那被针扎得瘀青的手背。我不知道该做些什么，好像忽然被推到舞台上出演一个你根本不知道的角色。我甚至都不知道具体的病情，心肌梗死？老年痴呆？中风？我没有问。可能全是。我第一次觉得一切交给医生便大可放心，而且父亲有公费医疗，也不必担心经济支出。我也不是完全没想过带父亲离开这个小医院，到省城的大医院治疗。但那只是一闪念。我马上想到买房欠下的债务，手头没有足够的资金——当然，你知道，这也是借口，我完全有能力解决这个问题。

事实上，我们毫无道理地相信，在全家人的照顾下，父亲会好起来。我们还讨论了轮椅，好像等着霸道的父亲因此变成一个顺从听话的父亲，照顾轮椅上的他远比平时和他相处更令人期待。

时间混乱黑白颠倒，父亲时而暴躁，时而呓语，形象癫狂。家人甚至请了民间巫师来医院给父亲驱邪。我知道这十分荒谬，我不信这些，但我没有反对。那一刻我突然理解了人们为什么迷信。

医生很快告知我们积水已经淹没心脏，父亲随时可能离开，他建议带老人回家。

我们的神经都很麻木。父亲鼻孔里插着的管子像大象的长牙，让人想笑更让人心酸。我们租了氧气罐，办了出院手续，扔掉了所有住院物品。父亲到家后意识突然十分清醒，和前来看他的乡亲说话，笑得十分开心，一点也不像将死之人。而我们则着手准备父亲的后事，订寿衣、纸钱、千年屋。这情景也算得上荒唐。当时整个现状都不太真实。我打开电脑选照片为父亲制作遗像，拷贝好照片开车去城里。

沿河的水泥公路有父亲的功劳，他找熟人争取了政府的拨款。车平稳地行进，河岸的风景变化很大，但依然很美。我想起很多年前父亲吩咐我去镇里买农药的情景：酷日当头，地上热得烫脚，我踩着泥巴路上绵细的尘土，一路上咬牙切齿——我本可以躺在凉席上吹着阴凉的南风午睡，而父亲却等着农药去田里杀虫。我也想起从家门口望见父亲走在长堤上，用刚领到手的工资买回了猪肉和日常用品，不用多久厨房就将飘出辣椒炒肉的浓香。而现在以及此后的千年万年，父亲的身影再也不会出现在这河岸边。他再也看不到金黄的油菜花，再也看不到河流静淌、大雪纷飞。再过几天，他的名字就会刻在一块木牌上，和祖先的牌位一起放在堂屋的神龛中。

在冲印店等待处理父亲的照片时，我接到家人的电话，说赶快回来，父亲不行了。

亲爱的V，你可以想象我是怎么离开凌乱的市区，在一条两边是民居的乡镇公路上把车开得鸡飞狗跳，比从巴黎往回赶还要惶恐。我大骂自己太愚蠢了，赶回来原本就是想陪伴父亲，关键时刻却跑到城里来弄照片。我不知道为什么满脑子想的是给父亲做一张什么样的遗像，就像一个家里失火的人慌张中只想到抢救那些无关紧要的东西。谢天谢地，父亲在等我。就如我之前告诉你的，他伸出手臂挽住我的脖子耗尽最后一口气。

亲爱的V，不知道你是否理解，父亲住院的那段时间，我们的家庭氛围达到前所未有的温馨。父亲清醒时像个听话的孩子，十分顺从依赖，我们得到了与父亲相处以来最轻松愉悦的时光，这时候我们都没想过没有父亲是什么样的景象。

八

我现在想跟你说一个小插曲。有天早上我正在厨房烤面包，那个在《纽约客》发表过诗歌的美国女诗人一进来便朝我大发脾气，她打开消毒碗柜拿出没洗的碟子朝我吼叫，语速极快声音很大，连续几分钟情绪激动到匪夷所思。一开始我是蒙的，慢慢才明白她是指责我将脏碟与消过毒的干净碟混在一起，不尊重她的劳动成果。我没说话，一半因为没整理出英语句子，一半在消化面临的莫名攻击。能这样安静地面对挑衅我也算是修炼有成。我默默洗净脏碟，放在铁篮里晾，继续做我的早餐。我想了三天没想明白，跟主管写了封信，要求女诗人道歉。主管认为最好由我自己跟女诗人沟通，因为我提出了种族歧视问题，一旦公开化事态就会非常严重。

晚饭后照样在壁炉前聊天，大家准备回屋休息时我叫住了女诗人，我说有话跟她谈。我开门见山，微笑但也严峻地说，脏碟不是我放的，我不知道你为什么指责我，我感觉受到了伤害，我现在要求你跟我道歉。我刚说完女诗人就已经泪流满面，哭得我乱了阵脚。我理解女诗人的情绪，但对她这样狂风骤雨毫无逻辑的表现还是感到困惑。她依旧语速飞快地说了一堆题外话，包括她的敏感、孤独、神性质，似乎也抱怨了生活艰难，等她缓下来说出她上个月死了父亲时，我一下子就原谅她了，道歉也不要了，也不管她父亲的死跟洗碗有什么关系，跟着她泪如雨下。

亲爱的V，过去你触摸到我内心的硬核，现在你可能感觉到父亲的死改变了我的整个性情与人生态度。那天晚上我跟女诗人聊了很久，火光中跳跃着我们各自的父亲画像，说的都是遗憾与后悔。她说她后悔搬去法国离父亲那么遥远，羡慕我守在父亲身边看着他离开，而她的父亲脑出血骤死，让人措手不及，死亡像一堵墙突然横在眼前，每天都在撞击她的额头。

我不知道骤死与病重衰亡哪一种会让亲人好受一点，人们总会将在医院的最后一段时间视为"尽了自己的责"，可是谁知道我们还有多少欠下的债？谁又愿意面对亲人饱受疾病折磨却无能为力的现实？亲爱的V，你的父亲在医院住了好几年，最后在重症监护室待了几个月，依旧留下太多遗憾，他走后你一个人游历欧洲，你是否在旅行中想清楚了困扰你的情感？一个人没有了父亲他还能不能在世界上找到自己的根源和归宿？我知道很多人将父亲的死亡视为父亲使命的终结，他完成了将我们带到世界上来的任务，人们的注意力更侧重于自己的儿女。但我相信你不会同意父亲的存在就是这么简单。父亲并不是以父亲的名义这么走一遭的，父亲的存在一定有更深的含义，不然为什么没了父亲我就感觉世界有一半被抹成了灰白，不然为什么我走到哪里心都会空空荡荡？

炉火将熄时女诗人又加了一根柴。整个夜晚只有木头燃烧的声音。她准备写一组关于父亲的诗。我说到父亲本来可以看到我特意献给他的书，那本关于故乡与童年生活的绘本，记录了小时候和父亲钓鱼，随父亲进城的生活，还有我们当时的煤油灯、贫穷、棉花地。但不知何故，出版社忘了将我的献词印上扉页，父亲没看到"献给我的父亲"，我也没有说出这个失误。

我在下半夜谈到了母亲。母亲也是在我们的烤火间火焰熊熊时，讲起了父亲挖树蔸子的情景。根据母亲的描述，我的脑海里形成了活动的画面，那完全不同于父亲劈柴的样子。劈柴的父亲是从容的，即便是后来啄木鸟似的叩击，也能听出父亲对生活的信心与内心的执着。母亲说，从来没有哪一截木头，像这一个大树蔸那样让父亲精疲力竭。父亲不自觉流露出来的老态，让母亲担忧，她提议等孩子们回村一起挖，父亲却要逮住难得的秋阳暖日，尽快将树蔸子码进柴房里。为了打赢这场战役，他带上足够的"枪支弹药"——锄头、斧头、耙子、锹、镐、铲、锤，两碗米饭填饱胃，嚼着杯底的茶叶，戴上白线劳保手套冲锋上阵。父亲的身体已经弯了，这使他干活时显得虔诚，似乎对眼前的事物充满了敬重。他很容易够着地上的工具，但摆幅和力度只能做到七八成，挥砍和挖掘的姿势显得怪异。以前一个树蔸子几根烟的工夫就可以挖出，这一回却花了三四天。紧攀地球的茁壮树根，几乎耗尽了父亲余生的体力，将树蔸子挪出深坑，他在地上坐了很久。

我在父亲死后的第二个冬天才得知这些。我不得不离开烤火间在寒风中呼吸。远处是父亲劳作的田野，他葬在那里，坟上还没有长出杂草。

亲爱的V，如果你知道我们就是烤着父亲耗尽体力挖出的树蔸子燃烧的火焰对他发起了那场集体围剿，你便能理解为什么我的心总会被火焰灼痛。Yaddo的天空蔚蓝。我走在没有路的腐叶上，森林里传来父亲的砍斫声，像啄木鸟一下一下地叩击树干。静默的每一棵树都在等着父亲的斧头，深埋的每一个树蔸子都在等着父亲的挖掘。而我，一个普通的人类，却不知道自己在等待什么。

壁炉的柴火渐渐微弱。夜仿佛深到了地狱。女诗人说了一句"天快亮了"，两个没有父亲的女人伸开双臂拥抱告别各自回房。那以后的晚餐她总是坐在我旁边，一个共同的秘密使我们亲密有加。

九

父亲的手臂落下去，眼睛合上了，他的躯体变得很长。我托着父亲的下巴，抵合他只剩三颗牙齿的嘴。葬礼很隆重。一切都顺利如意——这么说有点荒唐，人都没了，哪来的顺利如意呢？但乡下讲究这个，一个美满的葬礼预示着时运的好转，活着的人带着缅怀会有好的生活。五年前我给父亲拍的照片做成了遗像，他穿着我买的黑呢大衣和格子围巾，日夜在墙壁上望着母亲。父亲的衣服叠得整整齐齐，仍旧放在衣柜最方便的位置。母亲一直在哭，动不动就流眼泪。这让我想到他们感情很好。

亲爱的V，没有父亲的家空空荡荡。我在屋子周围走动，父亲到过的所有地方都成了父亲留下的遗迹。土地和蔬菜在想念我的父亲。我最后来到父亲的杂物间东翻西看，我不知道自己在找什么。这里堆积着旧书桌和废弃的东西，挂着父亲劳动时穿的工作服。我摸了摸父亲用过的钳子扳手、修理绿化的大剪刀、喷洒农药的手动水箱……我打开书桌抽屉，里面有剩余的毛笔和宣纸、翻烂了的《毛泽东选集》。一个用绳子呈十字状扎绑得像食品包的东西吸引了我。那是一叠父亲的老病历本，封面印着毛主席语录，有一条是这么写的，"应当条件积极地预防和医治人民的疾病，推广人民的医药卫生事业。"给父亲看病的医生恐怕早已故去，他们用难懂的字写下不同的病症：瘀伤、肝区疼痛、右上腹隐痛、胫骨痛、头疼、肺部如针刺、因外力打击导致脑震荡……

我对父亲的病史一无所知。

我没去问母亲是什么外力打击，她现在不宜回顾多年前的事情。她需要平静。

离开时我带走了那些病历本。我珍藏着父亲的疼痛。母亲在夏天告诉我，我撒在父亲墓地的波斯菊花籽已是遍地鲜花。你知道，那盛开的全是我的愧疚。

亲爱的 V，你说，我的父亲会原谅我吗？

原刊于《作品》2020 年第 6 期

对岸

叶 弥

月夜的开始，是月亮升起的时候。今夜，月夜开始得很早。

祝风一点钟醒来，写到中午十二点钟。然后简单地吃了几块饼干，倒头又睡。一觉睡到月亮挂上半空。她掀开窗帘看一眼，想，农历十五，六点钟就有月亮。好长的月夜，但与我有什么关系呢？

为了让这个月夜与自己产生一点关系，她拿起手机给一个叫"爱与美"的微信群留了如下语音：

> 姐妹们，每当满月，纯洁完美的月亮挂在天空上，我的心就好孤独。——彩云咖啡馆见。

很快，她的手机响起几声短信提示声。她也不看短信内容，穿好衣服，走出她的别墅。到处都是树，地上却没有影子。她的人也是，没有影子。空气里弥漫着花草树木的香气，这些没有影子的东西，黑魆魆地聚在一起，分不清楚，仿佛密谋着什么。

从去年开始，姐妹们的时间多了起来。首先，储角的美容院门可罗雀。武清河的珠宝店经常关门歇业。宋啸云有个上市的装修公司，去年，有关部门把她好一阵子查，没有查出多大的问题，她也从此想开了，放松了工作，三天两头地出来玩。阮红心在一家外资企业做高管，外商正准备撤资，她有大把的时间消费。祝风是个著名网络写手，她的时间自然可以由她自己支配。

她们能不时地聚会，得益于有共同的无害话题：婚姻的创伤、股票、时装、抗拒岁月的美容手段、吴郭城里流传的各种小故事。

今晚，和往常一样，她们每人开着一辆不同颜色的玛莎拉蒂，来到了彩云咖啡馆。以前，大家在汽车的品牌上较劲，后来约定买同一个品牌，既解决了争强好胜的不良后果，又拉近了彼此的距离，仿佛共同爱着一个男人似的。

她们没有喝咖啡，只是泡了一壶菊花茶，坐在湖边看月亮。从这个举动来看，她们对今晚没有什么期待和预谋，只是想喝了菊花茶回家休息。

湖里不远处有一片浅滩，上面的芦苇随风摆动，芦苇中偶尔传出鸟类咕咕的几声低语。

储角说："看到这些柔弱的随风而飘的芦苇，流淌不停的河水，我心里好孤独。我以前会哭，会心酸，现在除了孤独，什么也感受不到。"

武清河、宋啸云、阮红心表达了相同的情绪。

那么现在就面临着一个问题：她们要做些什么，才能让今夜充实起来，不要带着孤独的情绪回去睡觉？

祝风提议道："这样吧，我们讲出每个人心里最后的秘密，从来没有人知道过的秘密，好不好？"

她把"最后的秘密"说得又快又狠，大家听了以后一阵沉默。

储角打破沉默说："祝风，你是提议人，那你先说说你最后的秘密吧。"

祝风说："我有一个可怕的秘密，从来没有告诉过谁。我从小就咒我爸死……就是这样。"她听到大家倒吸了一口冷气，没有人敢问为什么。

储角接着说："我也有一个秘密，我从来就没爱过男人。"大家又是一声惊叹，她说了以后，谁也不敢问什么。储角，有过多少风流韵事的储角，九十年代初，她二十岁出头，就是吴郭城里著名的花心女。

武清河说："我十年前就得了精神病，严重的焦虑症。每天都要服药。"她语速很快，蹦出来的字，两个一组地在舌头上打着架，舌头和牙齿也纠缠不清，离远一点就听不清楚她在说些什么。

这次没有人发出惊叹的声音，但大家张着嘴，嘴里喷出惊讶的一团一团冷气，这些冷气被微风吹到湖面上，凝结成浓雾，在湖面上飘散开来。

宋啸云和阮红心互相交换了一个眼神，低下头喝茶，表明她们不想再说可怕的秘密了。她俩的决定是明智的，因为大家已经心情沉重，再也装不下更多可怕的秘密了。

咖啡馆的老板娘和她们很熟，她们不走，老板娘绝不会下逐客令。她们沉默着，不停地喝茶，这一夜好像会无休无止，藏着无尽的空虚，所有奋斗过的人生，像一样无头无尾的怪物。

祝风说："我们不讲自己了。我们讲别人的故事好不好？每人讲一个。"

她的提议马上得到了大家的同意，讲别人的故事至少很安全。老板娘适时地靠过来，对她们说："各位美女，今晚上咖啡馆里除了你们也没有什么人。我厨房里有半斤一只的湖蟹十只，还有下午从渔船上买来的四斤重的大白鱼。前几天蓝湖开湖了，总能买到好鱼好虾。不如温点黄酒，大家一边吃一边讲故事，好不好呀？"

老板娘的尾音拖得很长，显得温柔而时尚。穿着打扮最前卫的储角不由得多看了她一眼。

这回轮到宋啸云和阮红心先讲了。

宋啸云说："我们以前班上有一位个子很高的女生，坐在最后面，体育很好，但是很傻，功课很差，不知道你们还记得不记得？"

阮红心说:"哎哟,怎么不记得?不怎么说话的,一说话嘴里就带出乡下腔,又硬又土。叫什么妹……柴云妹,好土的名字。哪像我们五个的名字,洋气、豪气、大气,不知道的话,人家还以为是男人的名字,这一点要感谢爹娘。"接下来她说了一长串英文。没人理会她,她也不做解释。

祝风叹了一口气。

黄酒先温了,服务员端了上来。然后端来了水煮带壳花生、新鲜红菱角、蒸糖藕。

宋啸云说:"听我老宋仔细说来。柴云妹高中一毕业,她爸就逼着她结婚了。她反抗也没用,听说她不愿意结婚,就撞头,把头撞在桌子角上,就跟祥林嫂一样。不过她比祥林嫂更惨,祥林嫂撞的桌子是木头的,她撞的是金属包起来的桌子角。"

阮红心说:"只有乡下人家才用金属包角吧?"

祝风问:"我就不懂了,她为什么不肯结婚?"

宋啸云呛了她一句:"为什么?她有她的理由的。就像你不肯再婚,不是也有你的理由?"

武清河听得焦虑起来,咳了一声,伸出戴了一只冰种翡翠手镯的玉腕,把一碗黄酒递到宋啸云嘴边。于是宋啸云抿了一口酒,说下去:"她为什么不肯结婚呢?是因为她那个搞笑的爸。我只消说一件事你们就明白她爸是个什么人。那一年,她爸晚上搭了顺风车进城找工作,刚进城,就尿急。他就四处找厕所,结果没有找到。他心中大怒，赌着气，憋着尿，朝城外走了十五公里，找到一个加油站里的厕所，才把尿放了。"

听故事的四个女人爆出一阵大笑。

宋啸云自己也笑得合不上嘴，过了好一阵子才继续讲柴云妹的故事："有一回，一个小偷进了她家的院子，偷了她家晾在外面的一件女式羽绒衣穿在身上。她爸追出去，追了五十多公里路，捉住了小偷。他没把小偷交给派出所，反而带回家来，让他给柴云妹当了倒插门的女婿。柴云妹的爸说，这小偷不是惯偷，长得身强力壮，拿他当一个劳动力使唤也好。她就这样嫁给了一个小偷。听说后来生了一个女儿。"

宋啸云说完，阮红心说："轮到我讲了。我刚才也想起一个故事，也是柴云妹的事。是谁讲给我听的，我忘记了，大概也是哪位同学聚会时讲的。说柴云妹高中毕业后，进了国营丝织厂立织车间当女工，三班倒。她工作上肯吃苦，是一员猛将。后来犯了一个错误，被丝织厂开除了，只好自己在外找事做。不过后来国营丝织厂也倒闭了——这是后话了。她当时还是市三八红旗手，出了事以后，市妇联给她发的光荣册都上交处理了。"

武清河催了一句："你倒是快快地朝下讲呀。"

阮红心说："立织车间都是女人，只有一个男人，就是机修工。女工们仗着人多势众，经常'调戏'这位机修工，给他讲黄段子，说荤话，摸他的脸、大腿、屁股。这位机修工还没有结婚，刚从别的行业调过来，很不适应女工们的行为。他认为这是女工们对他的欺压，他要求调到别的车间去。但是领导对他说，天下的丝织厂都是一样的，女人霸权。这个车间的玩笑还是有分寸的，女工们从来都不脱男人的裤子。"

储角想起自己的美容院，自从开辟了男士美容项目后，老有年轻貌美的美容师找她告状，说某某男士给她们讲黄段子，某某男士又对她们动手动脚……要是她们有丝织厂女工的胆量就好了。她浮想联翩，咯咯地笑出了声。

阮红心说："领导的话马上就传到了女工们的耳朵里。那位年轻的机修工没有任何心理准备返回立织车间时，女工们捉住他，把他掀翻在地，不顾他的反抗，摁住他的手和脚，脱下了他的裤子。就是这样。"

听故事的四位女士面面相觑。

阮红心说："我闻到螃蟹蒸熟的香味了，我要赶快把这个故事讲完。因为吃东西的时候讲这个故事，有点让人倒胃口。女工们把机修工掀翻在地，脱下他的裤子。脱裤子，就是脱掉男士的长裤。里面的内裤，就像如来佛贴在五行山上的封印一样，没人敢去揭开。别的车间的女工，再疯也是到此为止，被脱裤子的男士，一般来说，从此把女工们奉为神明，唯唯诺诺。所以大家脱下年轻机修工的长裤，一个个就笑着住了手。没想到柴云妹不罢手，也许她继承了她爸莽撞固执的个性吧，或者说她就是疯魔了——反正不知道她是怎么想的，她又撕又扯，拼力扯下了机修工的内裤，跑到外面，把他的内裤扔到外面的栾树上。"

阮红心话音刚落，老板娘就端来了一大盆香喷喷的熟螃蟹，时间卡得正好。

祝风敏锐地问阮红心："这件事，是在柴云妹结婚以后还是在结婚以前？"

阮红心回答说："我不清楚。"

宋啸云、武清河、储角也是一脸空白。

这时候，老板娘忽然开口说道："是结婚以前的事。"

热腾腾的螃蟹渐渐地冷了。它们呆乎乎地伏在盘子时里，红着脸，完好无缺，看上去栩栩如生，还能思考的样子。边上就是无边的湖水，波光粼粼，散发出生机和梦想，对它们简直是个莫大的讽刺，也着实让看着它们的人感到尴尬。

老板娘拿起蟹，每人面前放了一个，温柔地说："吃吧吃吧。"

五个女人你看我一眼，我看你一眼，机械地开始吃起螃蟹。

老板娘说："祝风，到底是作家，思考的问题就是与众不同。"

祝风站起来，把放在地上备用的一瓶黄酒，喝了个底朝天。她酒量一般，这种喝法是她的极限了。喝完以后，她对老板娘说："柴云妹，这一瓶酒，我喝了，给你赔个不是，也是庆祝一下我们重逢。"

老板娘，现在应该叫她柴云妹了。柴云妹站起来，双手合十，给大家鞠了一躬。她礼数周到，仪态万千，一点也想不到她竟然扒过男人的裤子。

储角上下打量着柴云妹，满心不快地说："你也太会迷惑人了，变得连我都没看出来。"

武清河脱下手镯，拉住柴云妹的手腕，硬把这份贵重的礼物送了出去。

宋啸云拍着桌子说："柴云妹啊，我记得你以前个子很高，现在怎么变矮了？"

柴云妹说："宋姐姐，我以前是很高，但是我出了高中以后就不长了。你们五个人很奇怪，又长高了一点。我的脸以前是圆的，经历的挫折太多了，脸上的骨头都显了形。再加上化妆……还有，每次你们都是夜里才来。我是认识你们的，你们第一次来，我就认出来了。"

阮红心一直在边上没说话，此时她赶紧说："这么多年，你吃苦了。"

现在，是六个女人坐在湖边了。

柴云妹说："我也讲个故事给你们听，不是别人的，是我的。"

五个女人同时朝后一仰，好像散步到了悬崖边上，猝不及防。然后慢慢地回正身体，正襟危坐，摆出一副赔小心的样子。

柴云妹低眉顺眼，开始讲她自己的故事："有一天，我和几位女友约好到郊外的一个农家餐馆用餐。我后来搞股票，赚了一些钱，投资在房地产上面。这些女友就是我在商界认识的。我有意去的早了两个小时。你们都知道，我本来就是乡下妹进城，心里对土地总是亲的。这么多年忙忙碌碌，不大去乡下回味小时候的生活。我停下车，就去散步，看见一条陌生的河，就站在边上看。我站的时间可能太长了，来来回回的人就以为我在等什么人。一位当地的老爷爷对我说，前面有个人，也在一条河边站着，可能也在等什么人吧。老爷爷让我去前面看看那个人，我没有去。又站了一会儿，我突然发觉，自己好像是在等什么人，等一个喜欢的人出现。这种念头越来越强烈。我就想啊想啊。"

五个女人同时笑了起来，并且不约而同地把身体放松下来。从等一个人到等一个喜欢的人，这里面出现了一个很大的逻辑空洞，只有女人们才能听懂这句有逻辑空洞的话，所以她们笑了起来。

柴云妹拿了一只蟹开始剥："我想啊想啊，想到了一个人。那个时候，离丝织厂那件事已经十多年了。被丝织厂开除以后，我跟我爸收留的男人结了婚，生了一个女儿。连他都看不起我了，才结婚一年，他就找了个理由和我离了婚。平时他经常问我一个问题：一个没结婚的大姑娘，为什么敢去脱男人的裤子，冒犯一位无冤无仇的异性？这个问题也是我想搞明白的。离了婚以后，这个问题越发像一条毒蛇死盯着我，折磨得我日夜不得安生，我后来就像武清河那样得了严重的焦虑症，然后就像储角一样到处找男人。不知道的人，以为我们水性杨花。我们自己明白，就是心里没有自信，想从最亲密的人那里得到肯定。越是想得到，越是得不到……我像宋啸云、阮红心一样再婚两次，又离婚。每次都是只维持一年就离了，以后就一直没有结婚，就像祝风一样不思婚嫁。我有一个本事，就是一个人也能把住的地方住暖，不管这个地方有多大。一个人住着，就像有一大家子住着一样，温暖安稳，处处显得有人气。反而是每一次有男人共同生活，就会把我住暖的地方搞得僵硬冷清，气息凌乱。这种情况一直到我看见一条陌生的河，想起一个人……"

阮红心插了一句话："我也有一个人把屋子住暖这个本事。"

大家都暗自点了点头，证明她们同样也有这个本事。

柴云妹说："我们来喝一杯吧。"

大家把面前的酒一干而尽。

祝风在听柴云妹讲话时，脑子里尽在回忆关于柴云妹的事。她记起了一些事，隐约感觉到，柴云妹想起的那个人可能是高中时的班长方啸天。因为柴云妹有一次上体育课，突然提出要和方啸天掰手腕。方啸天拒绝了她，但还是受到了男生们的取笑。男生们笑话方啸天缺少男子气，所以被女生约战。柴云妹采取了她自己独特的方式，找到一位取笑方啸天的男生，把厚厚的《汉语成语词典》朝他的脸上狠狠地砸了过去。祝风记得当时方啸天也在场，他一脸惊愕，仿佛挨打的是他。

柴云妹给大家的酒杯里满满地倒上酒。

月亮升到空中了，微风从远处过来，掠过水面，就带着凉了。

柴云妹说："再喝一杯，暖胃祛寒。"

大家又一饮而尽。

柴云妹叹了一口气说："就快讲到关键部分了，我心里慌得不行。我想起了一个人，这个人你们也认识的，就是高中时候的班长方啸天。"

除了祝风，另外几个女人发出惊叹。祝风给大家倒了酒，自己先喝了一大口。

柴云妹说："我的女朋友们都来了，连我一起，也是六位。我们开始喝酒，闹。喝到管不住嘴的时候，我把我心里的秘密说了出来。有一个女友说，啊，那是你的初恋啊！还有一位女朋友说，她正好认识方啸天，两个人有生意的往来。就有人提议把方啸天叫来，那位与方啸天有生意上往来的女朋友，趁着酒兴，把方啸天叫来了。后来发生的事情都是趁着酒兴了。方啸天是在一个饭局上过来的，来的时候已经喝了不少，到了这里他坚决不喝了，盯着我看，说，没想到我现在变得这么漂亮，不说的话，他不会想到是我。如果他要再喝下去，那就显得愚蠢了。我的女朋友们一看情形，马上起哄，说今晚她们要成全一对新郎和新娘。不由分说，她们给一家五星级宾馆打电话定了六间房间。当时还没有酒驾犯法这个规定，她们一人开了一辆车，一共五辆，把我和方啸天塞在其中一辆，风驰电掣地开到那家五星级宾馆。我的女朋友们很贴心，给我和方啸天定的这家宾馆是在另一个城市。她们说，干这种事要离开家乡。那个城市不算远，开到那边也才一个多小时。她们七手八脚地把我和方啸天塞到套房里，自己也住下了，说要等着我明天出来，给我放炮仗庆贺。因为我从第三次婚姻出来后，五六年了，没有碰过男人。难得今天找到初恋之人，又对爱情感兴趣了。那间套房很大，很宽的一张大床，睡四五个人都可以。两个洗浴间，娱乐室，摆放着花草的大阳台，小吧台上放着红酒和咖啡。小储物箱里，一大堆包装好的各色零食中，还有两包避孕套。总之，气氛不错，我和方啸天两个人，趁着酒兴，什么都不用去想，只需把一场风花雪月的艳遇完成就行。

"但是……什么都不用去想，怎么能做得到？即使我现在脑子麻木，我也想起来问他一句：你有家庭吗？

"他毫不犹豫地回答：有。

"我倒是一愣。随即问了他又一个问题：你背叛妻子，不内疚吗？

"他也马上就回答了：内疚。

"我笑了：那你怎么想的？

"他说：没怎么细想，我和我老婆结婚十几年，从没有出过轨，不是不想，而是怕烦。但是看见你，我就不怕烦了。

"我理所当然地问他为什么？

"他说：我在高中时，就知道你的厉害。我想知道，一个敢扒男人裤子的女人，她究竟是个什么人。"

几个女人听到这里，浑身不由得都是一冷。

柴云妹望着远处。远处，天与水连成一条线的对岸，若隐若现地显出道路的轮廓。她看了一阵，回过脸对着大家说："我好久不抽烟了。你们谁有烟吗？"

只有武清河有，她说她特别焦虑的时候，连吃药都不管用，就靠着抽烟度过一个个孤独的长夜。

大家每人都抽上一支烟，烟头猩红的亮点在夜色中此起彼伏。

柴云妹说："我也告诉他，不管他出于什么目的，我不会后退。谁怕谁啊？于是我们各自去洗澡。我拉上浴帘，洗盆浴，他关上浴室的门，洗淋浴。那个洗澡盆特别舒服，放满了温水。我把盆边的干花、鲜花精油、泡澡的浴盐，一股脑儿放进水里。我全身浸在香喷喷的水中，半沉半浮，肚皮老是想朝上翻起，很淫荡的样子，惹得我想笑。我听见方啸天很快就洗好了，并且把电视机开响了。可能受电视机里面的嘈杂声影响，一刹那，纷繁的生活迎面扑来，我心绪不宁了，开始莫名地慌乱，害怕。我是趁着酒兴来的，现在酒意还很浓，当人酒意浓重时，不会考虑到道德这种细腻的问题。我重复地说一遍：我没有考虑什么，我只是莫名其妙地慌乱和害怕。"

柴云妹为了描述当时的慌乱和害怕，说了许多话。所以，很多年过去，祝风还能很清晰地记得那夜她描述往事的样子。她说她除了慌乱和害怕，她当时的行为隐约具备了某种仪式感，仿佛是命运让她走进了一个祭坛，而不是一张床。

慌乱和害怕是什么样子的？是一片空白，是什么颜色都没有，是一个天大的空虚。不是世界消失了，而是她消失了。世界还好好地在那儿，坚不可摧，强悍到无形，并且每一天都在加固。她像是没有存在过，所以是没有价值的。她在世界之外，任何人无法命名她是一样什么。但有一点是可以肯定的，她和这个世界没有发生过任何联系，她的呼吸从来不曾与任何人的呼吸发生过接触，她吸进去的空气也与任何人不同……那么，她到底发生了什么？

她紧张地从浴缸里站起来，有一个念头快要接近事物的本质了，她小心地屏住呼吸，清扫大脑中多余的思维杂质，一个她从来没有过的念头发出呼喊：她恋爱了。

但是这个念头光告诉了她的状况，还没来得及输入一丁点恋爱的方法，就消失得无影无踪。她一下子瘫在浴缸里，呛了一大口水，惊得又一次站起来。就在站起来的当口，有一种莫名的喜悦瞬间拥抱了她的身心，使她感到前所未有的力量。

她现在好像不空虚了，拥有了一样最重要的东西，这样东西会让她的人生绽开理想的花朵，这就是爱情。她虽然结过三次婚，却从来不懂爱情。不懂爱情，也是她刚刚意识到的。浴缸对面有一面镜子，照出她纤细而柔润的身体。那么今晚这具身体将代替她谈恋爱了，也只有这具身体能掩饰她不懂爱情的灵魂。

就像要回答她的想法似的，她的身体突然一颤。紧接着，一缕细细的红线从双腿间流过，流到水里。她看到红线钻进水里的瞬间，好像有了生命，像蛇一样，打个水花，然后沉到水底不见了。

她明白了，她的身体用这种方法拒绝了她，身体不愿意单独上床赴会。她是个非常健康的女人，经期从来准时，今天离正常到来的时间还有十天。她说：你吓坏了吧？这句话，好像对自己说的，又好像是对腿间流下来的那缕红线说的。

她哭起来，哭得十分伤心。哭完，她浑身轻松，宛如重生。因为她刚刚谈完几分钟的恋爱，已经知道了爱情的可贵。

她擦干身体，处理完一切，裹上浴巾出来。她看见方啸天已经穿好衣服准备走了。

方啸天说："你在浴室磨蹭半天，我就知道今天不是一个好日子。我要走了，回家。让今晚这个小插曲到此为止吧。"

她带着她特有的坦诚说："是的，今天不是一个好日子……我吓得例假提前十天来了。很对不起你呀。"

方啸天做了一个鬼脸，说："你要原谅你自己。人是肉做的，不是钢铁做的。"

她恍然大悟，花了十几年的时间，此刻才明白，当初脱掉一位异性的裤子，只是一个恶作剧而已，并没有特殊的含义。

她原谅了自己。她躺在床上想，我们其实都是孩子。我们没有那么强，要做的就是原谅自己。

这一夜她睡得十分安稳，没有焦虑，没有失眠。她已经多少年没有睡得如此之香了。

后来她没有再与方啸天见面，或者说，方啸天也没想与她见面，他知道她是个什么人了。

柴云妹说完了，这就是她的故事，听来惊心动魄。

咖啡馆外面响起几声规律的按喇叭声，柴云妹说："接我的人来了。"

武清河问她："你的焦虑症后来怎样了？"

柴云妹说："多少年不服药了，也不失眠了。"

一会儿，走来一位男士，远远地看着我们，柴云妹站起来跟着他走了，两个人走到僻静的地方就搂在一起了。

武清河先用手机找了一个代驾。一会儿，她的代驾来了，她先走了。看她脚步那么轻松的样子，也许她在今夜放下了许多莫名的焦虑，把自己当成一个孩子，原谅自己，也原谅别人，然后睡一场清清白白的好觉。

接着，宋啸云、阮红心、储角分别找了代驾，回去了。宋啸云临走时对祝风说："柴云妹说得对，我们都是孩子。"

往常这个时候，祝风还在电脑前码字，回去也不会睡觉，所以她一时还不想走。今晚实在是让人拍案惊奇，她得想点什么，或者说，当她发现自己也是一个孩子时，她要有一点时间接受这个事实。

原刊于《十月》2020 年第 2 期

字字双

张怡微

一

在英国拿到博士学位之后，安栗顺利回家工作，赶上了海归博士还吃香的年头，在高校开始了安静艰苦的"Tenure-track①"之旅。从外表看来，她好像就没出过国，或者，只是去了外地几年，那几年还不如留在上海赚钱或嫁人，那样的话，现在孩子都能很大了。去英国读书这件事，在安栗身上并没有留下什么实际的光环，她既没有拿到身份，没有留在海外高就，也没有发财。好处是，也没人非找她代购。家族里的男性亲戚们从不会跟她谈论脱欧、足球、梅

①Tenure-track：一种人事制度，"非升即走"（Up-or-Out）的预聘－长聘制。

根和哈里王子的移民趣闻，或者哭着下台的梅姨，他们只会有意无意地嘲讽她："我们听人家说，不在牛津剑桥的中国留学生，一般就只说自己在英国读书，不然他们就会说，我在牛津或者剑桥读书，哈哈哈。"舅舅们说这话的时候，仿佛跟安栗没多大关系，也不为了专门嘲讽她。他们就是要说一说，不说憋着就难受。他们既不知道安栗在做什么，也不真的想知道。她，就是一个女孩子，家里的一个女孩子，还是一个书呆子，静静地冒着傻气。平日里，安栗吃的、穿的、用的，都和四五年前没多大变化。上海房价的变化，远超过她的变化。就连母亲，在凝视她半晌之后，最多说一句："你也有点见老哦，不过不仔细看也看不出。因为你老得也不算难看，像我。"

在现实世界，没有人知道，两年前她在莱比锡大学举办的研讨会上遇到了伯乐。那位英国业界"大牛"看了她的研究很感兴趣，他特别喜欢中国，觉得中国人奇异，奇异又压抑。他手上刚好有一组书在编，要编很久。那个书系，后来收入了安栗的博士论文。书做得很漂亮，封面用了一张老人与天使的照片。这简直不可思议，极少有年轻学者有这样的待遇，这为安栗后来的求职营造了光环，她确实有所获得，从社交中，从研究方向里，甚至是从"亚洲"的符号里。同侪并不那么看，他们觉得那些虽然都是她的好运，但安栗身为年轻女性的原罪也不遑多让，对猎取好运是有极大助益的。于是逐渐有传言，说安栗是研讨会花蝴蝶，人虽其貌不扬却很会跟大佬联络。也有人说，安栗英文并不好，却有人免费为她润稿，这是为什么呢?怎么会有这等好事呢?谁知道呢?还有人索性说:"她啊,早就被殖民了。"圈子很小,说这些话的人,安栗都认识,有的人一起吃过饭,有的人她陪游去参观过牛津剑桥,有的还跟她请教过投稿的问题。开始时,听到这些话,安栗是会难过的。时间久了,就习惯了。她觉得别人眼中的自己,好像要比真实的自己强大得多。尽管他们的表述,是在揶揄她"其实也没那么强"。她对自己说,同行和同性的敌意都是勋章,就好像电动游戏里的自己一样强悍、自信、藐视天地。

更多的批评来自豆瓣网,来自全球不到百人的阅读量中,她并不认识的同行。那些触目惊心的差评,就好像是命运的十字架,提醒她"好运"的背后标定着连环债务,还也还不清的。她唯有更努力,才能挽回一点点颜面。例如,每一年的发表、引用,同行只言片语的评价,研讨会的邀请。但无论如何,那些价值的总和依然超不过那本书。所以,令人悲伤的是,即使安栗一直在努力摆脱那本书,她的内心又是极需要那本书的。是那本书改变了她的命运,让她被人看到,被人批评,让她有了今时今日的生活。和她枯燥的日常生活相比,那本书是她人生的高光时刻,第一次也是唯一一次,是她的理想自我。

同侪和后辈以看似客观的态度评论道:"这本书的绝大部分内容在中国都是没有现实意义的(如果用中文写一遍,根本无法出版)。""如果论文可以这么写,去英国读个博士也不错。""她为什么不发在公众号上？那样更适合她呀。"安栗每天早晨刷一遍豆瓣，有时也能刷出一两个好心人对空言说，"去除猎奇的问题，田野还是做得不错的"，"可惜即使不是老人与残疾人，生活问题也是很复杂的啊"，以至于他们给的"三星"打分，都能显出温存的人情味来。这让安栗后来在看待别人的著作时，多了一些慈悲和体谅。事非经过不知难。有的人明明也被难倒过，却硬装作没有，她不想成为那样的人。如今，安栗手中拿到同行评议的论文，即使再糟，她都心存善念、手下留情。原因就是她每天都在豆瓣刷新评论，是那些评论照亮了她的软弱和不自信，成为她的心病，她是在意他们的。尽管她问心无愧，她说服自己只是"好运"。她负隅顽抗（其实并没有几则）舆论，也负隅顽抗"好运"连带的污名。

　　这些事，安栗的家人并不知情。他们仿佛生活在另一个次元，也挺热闹的，挺激烈的。女孩子有了稳定的工作，周围人便只关心她有没有结婚。这听起来是中学生必读世界名著中的第一句话，其实不尽然，周围人还会关心她每个月赚多少钱，有没有房子、车，一年出国旅行几次，家里有没有戴森。如果她嫁给了爱情，那周围人会发自内心地感到惋惜，静候着好景不长，爱是最靠不住的，图别人对你好，最贪婪。如果她嫁给了金钱，他们又会觉得她本来就不配拥有爱情，应该知足常乐地走向死亡。至于她的工作，那几乎是没什么要紧的，能有个工作就不错了。她的工作被人挑剔，那一定是她不够聪明。而且她还需要工作，这本来就低人一等了。所以相比现实世界，安栗更喜欢豆瓣上的世界。那里也很势利，观点矛盾，刻薄尖酸，但到底清明一些。家人嘛，永远属于现实世界。好在母亲不这么看，她会跟周围人说，"我的女儿用英文写了一本书。她的同学都没有这样的机会。"尽管母亲连她的书名都说不清楚，只知道说"老人天使"，仿佛是一幅世界名画的名字。

说母亲完全弄不清楚，她有时又知道一些的。她会跟安栗说，"你是研究我们老人的，你要多跟我们老人在一起说说话，不要老是一个人闷头写写写"，又或者"你一个女孩子，为什么脑子里都是些乌七八糟不上台面的事情，像个男孩子，为什么人家谁谁谁，学的就是莎士比亚"。母亲用八块钱在拼多多买了两大捆芭蕉，吃得安栗夜里胃酸倒流，她把着马桶吐了一会儿，想到母亲还说过"妈妈用手机里的拼多多买芭蕉，你可以写成英文的论文哇？"又觉得挺心酸，她没真心嫌弃她，她也想帮她的。所以安栗说，"可以的，谢谢妈妈。"好像是完成了一个爱来爱去的动作。母亲从来没有认真问过她为什么会有这么一本用英文写的书，写的到底是什么。写的时候她去过哪里，跟哪些人在一起。是谁帮助了她，会不会有人骂她，他们骂得对不对呢。母亲就像是站在另一个世界里，跟女儿挥着手，每每看她一眼，她就跟你挥一挥手。但是心里的话，安栗永远都说不出来，母亲也听不到的。

安栗总不见得一本正经地去问母亲："妈，你的欲望对你的人生还有推动作用吗？"就像她田野时去问别的老人那样。

二

"嫁出去的女儿，就是泼出去的水。"长大以后，安栗在认识的人嘴里听到这样远古的中国话，还是在拆迁组抵达的爷爷家现场。派出所拉开的警戒线似乎意味着事情并不简单。安栗在脑海中反复琢磨这句中国古话在英语里应该怎么说，可能是"A married daughter doesn't belong to her parents any more"。大概是这个意思，可不知为何，用英文说上一遍，就显不出那种中国脸盆里的水的凉意了。如果不是高度紧张硬生生地唤起记忆，安栗都快忘记母亲的户口还在爷爷家里，爷爷反而住在养老院里，她好久没有看到他了，她一直在看别的老人，也不知道是为什么。警戒线外看热闹的邻居们，安栗都不太熟悉。喊出这话的人，可能把她们错认作来分房子的女儿了。想要息事宁人，最方便的就是搬出祖宗的训导。可惜没用好，反而把孃孃们都排挤出去了。

父亲工伤过世以后，母亲的户口就变成了一个隐患，又或者是赌注，埋藏在安栗与父亲家族的关系中，令他们日益疏远。爷爷家的亲戚，难免当她们母女是外人了，还是敌人，尤其是在拆迁这样的大事里。隐隐的张力居然淡化了母亲的悲伤，但她从没有忘记在任何一个节日，祈求父亲在天之灵保佑她们能拿下这场战役。总之，这一天迟早要来，与之相关的每个人都时刻准备着，反而显得很从容。外围相关的每个人，也都觉得这场硬仗自己可以出上一点力，兴奋得很。匪夷所思的是，在爷爷家，安栗看到了所有的舅舅们，就是那些从不与她谈论脱欧、梅根和哈里王子、梅姨的老头子们，他们居然齐刷刷躺在警戒线里的水门汀上，年纪之和超过了三百岁。安栗母亲也在地上躺着，像另一摊水，泼向这家的水。安栗从来没有见过这样的场景，这真令人吃惊。躺在地上的母亲对安栗使了个眼色，手机却一直对着片警拍视频。

片警态度很好，其实他们什么也没干，就只是站着。有位警察主动靠近过来，问安栗，"你是这家的女儿吧？"并用手指向地面。"你爸爸不在了吧，和妈妈过得还好吗？他们这样都是为了你吧，你看你开心哇，那么多人为了你躺在地上……"安栗听了心里有些酸楚。"你和他们气质倒是不太一样的哦。"他又继续叨叨。这位警察虽然年轻，倒是颇懂人情世故，先发制人。安栗要怎么开口解释呢，她有什么好开心的。就算有，那也不是一种字面意义上的"开心"。心里的酸楚也很微弱，不足以撼动被荒诞揭开的生活场景。她连说一说"你们也可以不要这样"的勇气都没有，说了也不会有人听的。她就问了问地上的母亲，"你冷吗？"母亲说，"不冷。"她就没话说了。虽然没说话，安栗却发自内心地感到了某种兴奋，感到了爱，奇奇怪怪的爱意，产生了奇奇怪怪的画面。大地上的他们太团结了，团结到根本不需要她，携手把她推出了画框。但画里的意境是她，主旨也是她，她来自他们，来自他们的团结、无赖和诙谐。真的要坐在桌边一起其乐融融地吃饭，他们又是谈不到一起的家人。没有她说话空间的一家人，很奇妙的。

安栗想到小时候，家里房子还很小的时候，自己与母亲、父亲也是这样躺在地上的。他们一家，跷着脚看电视里抗洪救灾的晚会，团结的力量让人相信什么事情都可以战胜，但表面上，他们就只是跷着脚躺在地上，心里波涛汹涌，热泪盈眶。电视画面里的脸盆里，总会出现被解放军救起的婴儿，场景很像是《西游记》里的水难，那个孩子聪慧异常，从小就要去做和尚，名叫江流儿……家里地上的脸盆呢，则装着一只有很多很多籽的西瓜，像甜蜜生活的瑕疵，怎么也挑不干净。挑干净了，西瓜瓤也就千疮百孔了。电风扇在一旁呼呼旋转，人还是被热成了坍塌的雪糕。父亲走了好多年了，安栗就连他的脸都快想不起来了。但是如果父亲还在，他们就不需要做这些戏剧化的事了，他们就可以体面一点地在饭桌上做亲戚。她就还可以是父亲家的女儿，不单是母亲家的女儿。安栗心想，要是没什么事他们一家也能这么躺着就好了。父亲如果还在世的话，不知道他会选择和她一起站着，还是和他们一起躺着。而她，一个出过英文专著的青年学者，在这样的场景里，究竟是应该站着，还是进去警戒线里躺着。她的职业伦理也没有教她这些。如果受访对象采取了激烈的、突发的群体行动，她应该参与，还是永远保持远观？

这只是个开始。

母亲的微信里说得非常平淡，"你下班来爷爷家，他们要开始搞了。"安栗最终决定做的,就是给这家人拍了个照,母亲也拍了拍她。安栗突然觉得自己也应该躺下来的,但不知为何,有种强大的力量将她与他们隔离了开来,她好像又回到了某个田野现场,和一群有欲望的老人们在一起工作。她的任务,只是记录他们的欲望,修改他们的欲望,拍一张普利策奖风格的黑白照片并发表出来。这张照片会出现在国际研讨会上,出现在她上课的 PPT 里。她不知道自己是消费了他们,还是在帮助他们。她将终身被这样的问题拷问。

隔几日,按照正常流程,拆迁组给爷爷家停了水停了电。其他亲属都签了字,母亲在她哥哥们的帮助下,坚决不签字,坚决要房子。舅舅们还在钉子户的房子里,主动接上了水电。为了不留下话柄,大舅舅去虬江路买了电表水表,也给好好地安上了,提醒母亲不要忘记去支付水电费。要是玻璃碎了,舅舅们能配玻璃。要是床塌了,舅舅们还当过木匠,可以做出一张床来睡。要是有人推推搡搡,小舅舅还有一张不知道哪里搞来的残疾证,作为道德施压的法器……安栗想,如果外公在天之灵能看到这一切,他一定会感到很欣慰。他们这一家人是多么团结啊,仅仅是为了"泼出去的水",都能如此同心协力,互助发电,为财产而战斗。

二入派出所的时候,母亲让安栗去警察那里核对笔录,还是那位警察。安栗挑出了几个错字,播放了手机视频,提示他们虽然发生了激烈的口角,但是并没有"推搡",谈判也在进展中。民警修改了笔录。他总是瞄她，像一个熟人般的。

"那个，我查了你的论文，"民警说，"你去过台湾哟？"

安栗说："我去做田野。"

民警说："我觉得你的研究很有意义，手天使我还是第一次听说。"

安栗说："在国外，欧洲和日本也有义工组织，叫白手套。"

民警说："在台湾他们有多少人？"

安栗说："几年前也就几十个人。在很多地方，这些职业是合法的。"

民警说："其实我们社区里也有很多残疾人。"

安栗的手心开始冒汗了。她理应对这些问题不再感到紧张了。她甚至对着镜子训练过自己的表情管理，为自己的研究方向据理力争，显出专业性来。但她却不敢看民警的眼睛。

民警继续说道："可惜我们还没有，没有考虑到那么全面。对了，我还去豆瓣看了你的书，你会出中文版吗？"

这下安栗吓出一身冷汗，借口有事，签了字就跑出了派出所。她的母亲和舅舅们还在后面聊着天。他们好像在说，等拿到了房子，要做什么，什么，和什么……他们仿佛在齐心协力地爱着她，隔着十分遥远的距离。

"你一个大学老师，以后在派出所不要瞎跑，要镇定。"七十多岁的大舅舅后来对安栗说，"你又没做什么见不得人的事……见不得人的事我们去帮你做了，你妈说了，你是读书人，我们不会要你干啥的。你跑什么呀，年纪那么大了看到警察还怕，还脸红……"

三

在《阿甘正传》里，安栗第一次看到残疾人嫖娼。在《亲密治疗》里，安栗第一次知道国际代理治病师。在宜家的咖啡吧里，安栗又看到了许许多多叔叔阿姨们在关关雎鸠、蒹葭苍苍。那好像并不是一个灾难场景，相反带着某种抵抗的生机，反抗着老龄化社会所谓"手机难民"的刻板印象。和躺在地上的舅舅、母亲一样，他们好像和我们生活在同一个复杂的世界，共享着一些似有若无的价值。也许他们的世界更加井井有条一些，更加有水有电，有理有据，有股票有房子，有爱戴祖父的精神，也有保护妹妹的文化。然而，人的欲望是从不被讨论的。安栗的欲望，母亲的欲望，舅舅们的欲望，很难在一个没有框架、没有理论、没有猎奇和特殊性的前提下被普通人关注到。在中国，在英国，都是一样的。没有人真的关注大地上的他们，他们也不关注安栗这样的人的内心。他们为她争取的一切，都是保卫她的外观。她其实也在为他们争取些什么，纪念些什么的。有时安栗觉得自己的生活是极其怪异的、断裂的。她对于身边的人没有具体的交流与深刻的共情，反而对于不认识的人带有蓬勃的热心。她毕恭毕敬地走入他们的内心深处，毕恭毕敬地将之当作安身立命的责任和义务。哪怕那些事情是那么幽微、隐私、禁忌。

有个受访者说，只有看到志愿者的那一刻，他才觉得自己是个人。有个志愿者说，看到申请人，她才意识到有些事一个人的确做不了。大自然使人成双成对，不是让人谈恋爱玩的，而是让人互相安慰面对困难的生活的。即使是父亲过世的时候，所有的舅舅们都提醒她们母女，以后要开始被男家欺负了，安栗也没有感到过真正的恐惧。墓地和产房的画面，都不足以让她感到恐惧。而当安栗看到英国政府会发一笔钱给障碍者，让他们可以到性工作的场合寻找性工作者时，当安栗访问得知，一位四十岁的残障女士提出申请时都不知道自己的阴道在哪里时，她却有了一刹那悚然的震撼。是那难忘的恐惧点燃了安栗内心的羞耻，使她开始走入这项研究，使她获得了一些晋升机会，彻底改变了职业生涯，仿佛一种命定。陷入越深，她越感到愧疚，总觉得自己有责任做点什么，又觉得自己承担不了那么大的责任。

那她知道爱在哪里吗？三十多岁了，谁知道爱在哪里呢？即使是健全的人，爱是不是也存在于我们尚未发现的地方？它一直生长在我们的身体上，可是通过个人，我们是看不到、体会不到的呢。有没有这样的政府，给需要爱的残障人士一笔金钱，让他们去找一找爱在哪里？又或者有没有这样的人，实在是找不到爱了，他一生将有三次机会提出公共性的爱的互助服务，排队长达两年以上，历经复杂的个人考评，才能等到这一社会福利，等到有一个专业的志愿者，愿意来和自己聊一聊爱长在哪里？而后，那个欣慰的人将写下看似很普通很普通的好句子："今天，我终于来到了这个房间，这个房间好美。"

"今天，我终于来到了这个房间，这个房间好美。"也是母亲（和父亲、舅舅们）为她奋斗争取的一种未来，物质的未来。细想起来，这个"房间"一样又不太一样。怎么会那么不一样呢？这是一个洋葱一样一层层的爱的世界，每剥开一层，都仿佛是新一轮的刺激，新一轮的浸染，新一轮的让人泪眼模糊，难以睁开眼。

"你有那么多英文书，总是需要有一间房子放一放的。妈妈还没有要死，我也没地方给你放啊。如果你有一间房子，就好多了。"母亲对安栗说，"你以为会有一个男人娶你，还娶你这些书回去吗？你知道上海的房子一个平方米多少钱吗？你这些书放在家里，每一本都要加300块房钱。以后就算有人喜欢你这个人，也不会把这些东西搬走的。你要让我和这些纸一起养老吗？你知道我们隔壁邻居顾阿姨说啥吗，她说给她两万，你这些书她也不要收在家里。她觉得你是一个书呆子。"

"她给我两个亿，我也不愿意给她一本书。"安栗没好气地说道。她居然有点生气，为了这么荒谬的事，为了顾阿姨随便说说的话。母亲这就乐了，说："你这些英国书里都写的啥？你说给我听听？人家女孩子去英国读书，都带回来一些好看的照片，带回来一个外国男朋友。你一张照片也没有，就带回来一堆纸。你说说纸上写了些什么？"

安栗语塞，那些纸上的东西，她怎么好意思说出口，书里面也没什么阳春白雪，一点也没有。无非是老人、儿童、移民、劳工、婚外恋、QQ空间、杀马特、弹幕、快手、抖音、微电影、绿茶婊、屌丝、人造人，还有母亲熟练使用的拼多多。这些研究论文，用英文写一遍，好像会比中文高级很多。而我们的日常生活，真正的日常生活，却又是写不进去的。这些生活被挑选过、布置过，用另一种语言爬梳一遍，就仿佛配上了外衣，但也损失了筋肉，变成了一种异化的纸面生活，研究里的生活，研究者眼里的他人的生活，确凿却失真。这些被母亲形容为没有人会娶回去的东西，的确是没太大意义，好像是别人生活里的烟云，时代的烟云，转瞬即逝。唯有欲望，欲望是永恒的。欲望是令人燃烧，又令人泄气的。令人看到自己、他人，也令人迷惑。

她的欲望是什么呢？

被抚摸有那么重要吗？

在写论文时，安栗只能认为那是非常重要、非常重要的一种人的权利。在不写论文时，她又会觉得这是一个根本无法讨论的问题。它是那么偶然、那么随机，有时有，有时很久都没有的一种……权利。像爱一样，都是瞬间涌起的短暂的甜，以浩瀚无垠的苦衬托起来的东西。

四

春和景明。

那一天"春和景明"到好像是母亲亲自挑选的一个好日子。母亲坐在安栗的书桌边，问她要吃三种甜点（其实就是青团、松糕和栗子饼）里的哪一个。她静静地看着她喝水，又看着她吃了一口栗子饼，帮她擦掉了书桌上的饼屑。然后母亲突然问安栗："你有男朋友了吗？"安栗望着她，一头雾水。

母亲又说："其实如果是女朋友的话，妈妈也是可以听得进去的。妈妈一直上网的，老人上网，你懂的，是你研究的吧。虽然……最好是不要哦。"

"我没有。"安栗答。

"你上次在网上跟人说，有些事不是一个人可以做完的。是不是真的？你看我就是有哥哥们帮忙，才能争取到属于自己的利益。不过你这个观点，我是同意的。你想啊，你也没有几个观点是我听得懂的。"

"残疾人他没法自慰。我说的是这个。"安栗心想，却不敢直接回答。

"你爸爸在天上保佑你，你看你叔叔伯伯都让步了，这样的话，你以后不结婚，我也放心了。你七月半要去庙里给爸爸烧烧香。我这次就不去了。也有些事你总要一个人去做的。"

安栗想了想问："是你有男朋友了吧？"

母亲就笑了。

"舅舅们觉得怎么样？"安栗问。

"关他们什么事啦？"

"那就是不太满意咯？"安栗说。

"是我想住到崇明去。那边空气很好的，还有鸟。"

安栗注意到母亲有些紧张，从茶杯边缘偷看她，好像她才是母亲。她冷不防想到那天躺在地上拍片警的母亲，怕是那个时候就有了一点可爱的变化，只是清晰程度还不足够。她想到母亲，又想到那位不知道自己的阴道在哪里的可怜的女性，心里略有一丝复杂的滋味，觉得人和人真是大不同。母亲也很苦，但还是赢过很多人。

那位男士究竟是一个怎样的人呢？

"你们会结婚吗？"安栗问。

"我们没有要结婚，就是聊得来，说说话的。他也有女儿的，也是一个读书人，跟你很像的。"

"她也见老了吗？"安栗吐槽道。母亲倒是没有听得很明白。

"我和你爸爸，工厂里介绍认识，天天上班，都没时间说话，总觉得以后还有时间还有时间，结果你也不爱说话，你爸爸又这样……不过他这一世算是一个很好的爸爸。他一直跟我说，他没有读过书，希望你多读一点书。你那本《老人天使》有没有烧给他啊？"

"最好不要啊。"安栗说，"我以后写得好一点再烧给他啦。"

"我觉得你烧给他也没有关系的，他也看不懂英文，但是他会开心的。他就想看到你这样，不想你再过苦生活。你不要觉得舅舅们没读过书，他们对我们还是有照顾的。警察都这么说，说我们一家人感情好。"

"我支持你啊，舅舅他们不支持你，我支持你去看鸟。以后拍给我看看啊，那个鸟。"安栗说。

"你真的是老人天使。"母亲看来很高兴，"说到拍，你知不知道我拍到什么？本来用来谈判，后来也没有用上。我发给你啊。"

母亲搬到崇明之后，安栗的生活清净了许多，好像回到了博士时代，回到了英国。今日重复昨日，明年重复今年。她不用再清洗舅舅们的茶杯，不用再叫一个家族的外卖。细想起来，回国以后的日子，都仿佛是那一场大战的准备。仗打完了，大家也就散了。真像一场梦。

母亲每天都会发一个视频给安栗，果然有鸟群，有滩涂，有日落。重要的是，有她心里的生活，有看着她建设心里生活的人。虽然他从来没露面。母亲居然给那边家里的水龙头和水管都织了毛线套子，她显然是喜欢那里的。她做了一些原来不会做的事情。认识母亲三十多年，安栗这时觉得对她的了解终于到了30%的程度。

一年后，安栗通过了"Tenure-track"，拿到了稳定的教职。那仿佛是一个生存仪式，而非普通的考试。有一天，当她再刷豆瓣，看到了一则评论，评论人的头像是一个警长猫。评论说，"见过作者，人很仔细，能感觉到作者对老人们的温柔。在法律的边界之内，是一个很好的社会话题。我家里有小儿麻痹症的亲属，一辈子没有站起来，从来就没有人关心他的生活问题。有些事不是一个人可以做完的。期待作者新书。"

这个人，安栗好像记得，又好像忘记了很久。他是唯一一个给这本书打五星的人。

安栗突然想起母亲说起过的那个视频。一直没有看，就忘记了。她从手机里找出来播放了一下，发现母亲用镜头的死亡视角，拍摄了一位警察。安栗一出现，他就一直在看她。被警察盯着可不是什么好事，更何况，那位警察还被母亲盯着。那一天，父亲的在天之灵，在帮助他们争取权益；外公的在天之灵，在观摩家庭子女团结协力。那真是一个底层生活纪录片般的现场啊，一个田野的现场。虽然有奇奇怪怪的爱在大地上凝聚，也有奇奇怪怪的观看。早知道，她就躺进去了，好像也没什么了不起。躺进去了，母亲就拍不到她了。安栗这样想，简直不像是一个中年人。

还有舅舅后来说，"你一个大学老师，以后在派出所不要瞎跑，要镇定。年纪那么大了看到警察还怕，还脸红……"

谜一样的生活啊，真是笑死人。

原刊于《小说界》2020 年第 5 期

她

蔡 东

关严房门，拉上窗帘，我是我自己的了。

身体像叠起来的被子几下抖开来，在床上摊平。攥紧的拳头变软，手指离开掌心，一根根分开，过了一会儿，并住的脚趾也松开了。在外游荡的神魂缓缓落回到身上。我依次感觉到额头、脖子、肩膀、膝盖的存在，它们作为我的一部分，此刻跟我一起，等待着沉入宁静。跟我一起等待的，还有一些本来不属于我的东西。比如，左边后槽牙里用来填充龋洞的白色复合树脂，大概十年前它成为牙齿的一部分。还有五年前到来的一小段镂空金属管，撑在胸口的动脉里，让血液得以顺畅流过。最近这几年，右眼增添了一样东西，来回飘动的黑影，并非实体，无法碰触，却始终跟随，如此真实。它来了就再没走，于是黑影也成为我的一部分。

所有这一切，一直属于我的，后来成为我的，都随我一起陷入细沙般柔软的寂静中，越陷越深，寂静的尽头有一个安全的小山洞，我终会到达那里。我翻个身，挪到床的另一侧。靠窗的一侧是她躺过的地方。我的小迷信，以为在她躺过的地方入睡会更容易梦到她，这样就能在梦里见个面了。这是相见的唯一方式。然而只是我的臆想，哪有什么规律，她偶尔出现，并且梦里我不知道这意味着什么，没有紧紧拉住她，也没有急切地倾诉。梦总是全然自由又毫无逻辑的。醒来时，梦境迅速退去，我重新闭上眼睛，反复回想，在梦的断壁残垣中久久徘徊。

在她躺过的地方醒来，有那么一个瞬间，又忘了，叫她的名字，声调从低到高。女儿在外头应了一声。我的心一沉到底，身体坐起来，把房门打开一条缝，问，这就上班了吗？

走出房间，看见女儿连芯子斜倚着墙，站着穿鞋。临出门时她四下看看，钥匙，车钥匙呢？我说在沙发背上，边说边拿起钥匙，快走几步递给她。

姥爷再见！防盗门关上的时候，外孙女道别的声音传过来，跟关门声一样清脆利落。

早晨的匆忙和紧张也被关在门外。门合上的一刹那，我瞥见外头的白昼年轻明亮。屋里，纱帘只拉开一道缝儿，我站在柔和的光线中，搓搓手，准备开始我的一天。早饭是热面条配腌黄瓜，吃完我来到楼下的花园。

工作日的花园属于老人和孩子。会走会跑的孩子们荡秋千、溜滑梯、跳沙坑、坐跷跷板，哪知道什么叫累，一玩就是半天。小一点的孩子躺在婴儿车里，老人们推着车，沿着彩砖铺成的小路一圈圈地散步。

我坐在一棵凤凰木下。

时值秋天，眼前仍是大片的碧绿。清晨的阳光照向菩提树的树冠，光线从心形的叶片间漏过去，充盈的光线中绿叶更加清透，毫无杂质的坦然的绿色。露珠晶莹，垂荡在菩提叶子细长的叶尖上，风吹过，一颗颗掉在地上，滚动着滚动着不见了。花坛旁的扶桑开着深红色的花，花瓣如绉纱，花蕊长长地向外伸着，几棵夹竹桃也还开着。到底是四季有花的南方。

花园西南角有几棵大叶紫薇，花期已过，树叶还是密密的，叶子吸纳着阳光，看上去比春夏时分还要油润饱满。风雨连廊旁，冬青和红叶石楠被修剪成一个个圆球，细看过去，红叶石楠的几片叶子变红了，透出一丝淡淡的秋意。

不知道谁家的窗户里传来弹钢琴的声音，一开始若有若无，似林中小径起伏隐现。接着，小径出了林子，宽阔起来，向着前方伸展得越来越快，琴声逐渐激扬，最后一连串的敲击，为清晨的花园降落一阵骤雨。

一只棕色的巨型贵宾犬拖着一个老太太走。经过凤凰木时，我认出了他们。记得第一次遇见他们是老太太牵着狗，慢悠悠走过来。离近了看，我的第一反应：这只狗是假的。全身羊毛般的小细卷，分明是一只玩具狗。狗摆动着四条腿往前走，我跟上去，心想难道是电动狗？细看上去，狗鼻子表面像黑色的荔枝纹皮，鼻翼潮湿，微微颤动，还是不确定，直到看见它抬起前腿去够老太太的肩膀，用侧脸蹭她的下巴，才相信这是活生生的小动物，只有真正的狗才会露出这般热切依恋的模样。

老太太头发雪白，驼背比前几年更厉害了。她应该也能模糊记起我来吧，正这样想着，她转身冲我点点头，我也招手致意。狗在一棵龙眼树下细细闻嗅，然后拖着她继续往前走。

老连？是你吧。

循着声音看过去，一个穿枣红色坎肩的男人踱过来。我赶紧起身打招呼，也叫不上他的名字来，只记得姓王，住在三栋，心里暗自称呼他为"三栋的"。以前他总是一手推着婴儿车，一手擎着手机，音乐外放，曲目循环。不知别人做何想，曲子对胃口，我也就不怎么厌恶。这会儿他独自一人，看上去精神很好。

下来转几圈？孙子呢？上幼儿园了吧，真快呀。我感叹着。

太慢了。他笑着说。接着问，好几年没见，回老家了？

任务完成，早回去了，现在孩子都上小学二年级了。我伸出两根手指。

闲聊几句，他看看四周，这趟跟老伴儿一起吧？

我闭上眼睛又快速睁开，脑子里出现短暂的空白，漫长的几秒后，我说一起一起，她出去买菜了。

他拍拍我的肩膀，说多住几天。

我点点头，说，她也该回来了，我往门口迎一下。边说边朝着东边的铁门走去。

东门旁边有一排木质长椅，我坐过去，不停地望向门外，像是在等人。等着等着，我以为还是以前，好像坐在这里等她就真的会出现，提着一袋子鲜菜水果，欢欢喜喜地向我走来。我等呀等，地上的影子慢慢拉长，她怎么还没回来？心里有点害怕，手哆嗦着，从裤子口袋摸出手机打电话，提示音还没响起，我整个人一激灵，全身冰凉，只眼眶里暖暖的。等泪全部流下来，我用手背抹抹脸，又向门外望了两眼。

连芯子提前给我说，今晚末末有兴趣班，要晚些回家。九点刚过，她带着末末回来了。对了，末末就是我外孙女，这小名儿还是我起的。女婿姓周，他们刚结婚的时候我开玩笑，以后孩子小名儿可以叫末末。几年后孩子出生，旧话重提，两夫妻正发愁呢，当即采纳，连芯子人裹在被子里，声音传出来，末末，小末末。

末末头发高高绾起，身穿黑色连体衣，腰间围着短裙，是玻璃纸一样的蓬蓬裙。这是我头一回见末末穿舞蹈服的样子，恍惚间想到另一个人。连芯子看着末末，忽然转头问，我妈那时候都跳什么舞呀？

我一愣，说只知道跳得好，哪叫得出名字。

没亲眼见过她跳，但妈的气质真是不一样。连芯子说着，不自觉地调整体态，挺直了后背。

我点点头，思绪一下子飞走了。所谓气质，并不玄妙，她明明穿的是睡衣，看起来却像身上挂着一件希腊式裙子。她早年的舞姿凝固在胶卷时代的几张旧照片上，照片并没有放进相框摆出来，现在也不知道变成什么样子了。泛黄，虫蛀，变脆，一拿起来就碎成几片？

末末的身影从眼前掠过。今晚学的是爵士舞，末末一边说，一边踮起脚尖，五根手指向上伸直，然后她的头好像从一根长杆下钻过去，接着肩膀、胸腔、腹部依次向前送，再往回拉，我的眼前出现了一个柔软完整的波浪。

趁着末末演示新学的动作，我压低声音问女儿，小周经常出差吗？一出去就好些天，顾不上家呀。她说，刚带着项目转去另一家公司，开始会忙一点。她显然没有往下讨论的兴趣，这情况她也改变不了，我不好再说什么。毕竟，我真正参与她生活的日子已经过去了。气氛滑向凝重，她语气轻松地说，放心放心，幸福会遗传的。你和我妈幸福了一辈子，我也尽得真传。

我笑笑说，能有什么不放心的。一边又暗自打定主意，趁这几天在能帮她一点儿算一点儿吧。

这天晚饭后，我让芯子坐着，刷锅洗碗擦灶台都是我来。先让她歇歇，不一会儿又要辅导功课，孩子睡下她才能喘口匀和气儿。上周末一起去商场，我发现一处室内游乐场，两眼一下子亮了，买了张通票让孩子进去玩，换她一两个小时的清闲。后来在卖甜品的地方我买了两支草莓冰激凌，一支给她，一支给末末。

厨房收拾完我准备下去散步，芯子笑着说，爸，你越老越贤惠呢。我嘴上说，一直贤惠，心里说，你妈生病后我就什么都会做了。

花园里转了两圈，依旧坐在凤凰木下。这是老伴儿夸过的花树，说凤凰木开花不扭捏，成片成片地开，开满花的树冠在空中横铺，像一个跳舞的人正展开身体。躺在病床上的时候她还说过一句话，等我好了再去女儿家住几天，看看楼下那棵树。

凤凰木初夏开花，一树金红，是我见过的最热烈的色彩。

音乐声随风飘过来，听见这声音便知道三栋的老王也在园子里。二胡演奏的《汉宫秋月》回荡在夜色里，渐渐地，空气变重了，像含满水分一样含满惆怅。一想到老王家的孙子听《汉宫秋月》长大，我就哭笑不得。老王倒是个讲究人，记得早晨的时候是古筝曲，明快一些，晚上才是二胡。

月亮升起来，待在半空中，像是正好停在楼上一户人家的窗前。一天一天地，它瘦下来了。注意到月亮的模样，算算来这里已近半个月，我寻思着该去下一站了。

接下来几天我为女儿家做大扫除。细细擦拭地板、台盆、镜子、家具，又收拾四处散落的玩具，码进几个收纳箱里。有整整一箱都是毛绒玩具，猫、松鼠、海豚、小熊、长颈鹿，还有一些有名有姓陪着孩子长大的人偶。

搬起收纳箱走进卧室，把箱子往松木床下面推，床下有东西挡着，推了几下推不进去。我跪在地板上往里够，手碰到一个毛茸茸的东西。看也看不清，心一横，拽了出来。

是个毛绒猴子，满脸尘灰，一只耳朵不见了。我用半湿的布把猴子抹干净，放在窗台上晒，等猴子全身暖过来，它没进收纳箱，住进了我的行李背包。

家事是无穷无尽的，接下来我在屋里转悠，看看还能做点什么。洗衣机上有一堆衣服，担心洗起来有讲究，拿起来又放下。阳台花架上放着几盆吊兰，是缺水的样子，我挨个浇了水。

这一天真短。很快到了下午放学时分，末末被专职接送的阿姨送回家。小姑娘迅速跑进自己房间，我站在门口试着跟她说说话，她不理我，沉浸在另一个世界里。嗯，这孩子具备专注的天赋，我因此心生感激，轻轻为她带上门，转身忙自己的事情了。

跟女儿告别之前，先跟凤凰木道别。我走到树下，心里默念：我替你来过了。树枝间的鸟扑棱着翅膀飞走，几片叶子缓缓落下来。

来之前，我在电话里对女儿说，想你了，来看看。别的什么都不提。若说是为她妈来看看凤凰木，白惹她一顿伤心。年轻人的力气全用在应付生活上了，不够伤心的。

明天我启程去往下一个地方。

车子在山脚下等着，待客满后开始上山。沿着盘旋的山路，车子转过一个弯，又转过一个弯，随着山势逐渐向上攀升。路旁山间有一条小溪，时隐时现，树木稀疏处显现出一道白亮的溪流，到了植被茂密的地方，不见溪流，只隐约听到流水的声音。

目的地是一座建在半山腰的小镇，抵达的时候，黄昏已至。找到一家宾馆住下，洗把脸，向外看，最后几缕光线已然消失，天色暗了下来。第二天醒来拉开窗帘，窗玻璃上一层冰纹，推开窗户，漫山遍野白茫茫的，下霜了。

吃过午饭，我往镇子西边的小酒馆走，一路想着酒馆的名字，叫什么来着，想不起来了。走到了抬头一看：归林酒肆。

时候还早，酒馆里没几个客人。我在窗边坐下，让店家温了一斤黄酒。等着吧，我要找的人深夜之时才会陆续到来。

傍晚时山里升起青色的烟霭，两杯酒的工夫，天黑透了，远处的山融进夜色，几乎看不见了。不知道过了多久，外面传来一阵笑声，我往门口张望，见一条美人鱼正婀娜地往里走。她化的妆很浓，眼皮褶里嵌着两抹深紫色的珠光。黑色羽绒服敞开着，里面的上衣像一层闪闪发亮的鳞片，紧紧包裹住她的身体。她手里拎着长长的尾端开叉的蓝色鱼尾，进门后将鱼尾放在长凳上，店家马上为她端来热酒和几样小菜。

接下来进来几个侏儒。他们扮成外国人的样子，头上戴着假发，身穿黑色礼服。坐定后，他们摘掉假发，随便擦擦脸上的彩色颜料，开始大口大口喝酒。

夜渐渐深了，舞者、柔术艺人、拿着手杖的魔术师，还有一些游客，陆续进来，酒馆里越来越热闹。我找的人一直没现身。接近午夜时分，一个裹着军大衣的高个子男人走进来，他肩上站着一只鹦鹉，身后跟着一只孔雀。他在我旁边的座位坐下，点了半斤酒，配菜是花生米和酱猪蹄。他跟我打招呼，问我是哪里人。我说北边，这下才看清楚他的脸，半边脸上有一大块紫红色的胎记，灯光下看着颇为可怖。

聊了一会儿，我瞅个机会问他，你常年在这里，见过一个人吗？他马上说，啥样的人？话出口就觉得不对劲儿了，既无名字又无相貌特点，让他怎么回答。我往嘴里倒一口酒，环顾四周，回忆像一股流水从地底下慢慢涌上来。

说起来是六七年前了，我和几个刚退休的朋友来镇上泡温泉。也是晚上，也在这家酒肆。

泡完温泉全身放松暖和，加上几杯酒落肚，恩恩怨怨便开始泛起，又到了陈芝麻烂谷子时段。有咒骂单位领导的，大家跟着附和，有不满自己老婆孩子的，大家打哈哈。忽然有人夸起我的老婆来，夸她人善安静，脸上总带着笑，说话不紧不慢的，气质还那么好。我心里得意，嘴上说气质什么，都一大把年纪了。不知道谁问了一句，她年轻的时候跳舞吧，怎么后来也不上台了？我说，自己不愿意跳了，跳舞哪能跳一辈子。

我们说着笑着，后来也搞不清到几点了，有两个人已趴在桌上睡过去了。我强睁着眼睛，准备叫店家结账。这时候，坐在我们前桌的人慢慢回过头来。整晚他都安静地坐在那里，背对我们，一动不动。

我看见转过来的脸，酒醒了一大半。

一张戴着面具的脸。煞白的鬼脸，仿佛被一双手用力拽着，拉得长长的，脸部下方是歪斜的血红大嘴，嘴里两排尖利的白牙，再往上，一个带钩儿的鼻子，鼻子上面是两个不规则的孔洞。接着，一辈子再也忘不了的一幕要出现了。面具留下的孔洞后面是这个人的眼睛，我看见眼泪充满了他的双眼，泪水颤动着，颤动着，终于流下来，两行泪流过煞白的面具，一滴滴，落下来。

我别过头去不敢多看他，谁知道他主动走向这一桌，还醒着的人忍不住倒抽一口冷气，身体往后缩了缩。他说羡慕你们亲兄热弟，不像我孤零零一个人，父母妻儿都过世了。我问他是不是当地人，他说不是，接着解释所为何来——在哪里做表演都能糊口，这些年一直待在镇上是因为桥东住着个盲人。我们还是云里雾里的，他正正身子，低声说，那盲人能看到死去的人，知道他们在哪里生活，过得好不好。

我只觉得脊背冰凉，其他人脸色也变得青白。我们勉强陪他喝了几盅，他还想继续说，跟我一起的朋友朝我使个眼色，说不早了，我俩把趴着的人拉起来，一起离开酒馆。我回头看鬼脸面具人，桌旁只剩他一人了，看不见他的脸但我注意到他的眼神，他留恋地看着我们这几个陌生人，见我回头，他抬起右手向我挥动。

胎记男人听我讲完，啜一口酒，问，你的什么人没了？我说，老伴儿，我妻子。他摇摇头说，所以你又来到这里，也算个痴人呀，酒话也信。

我说，当年不信，现在信。

人就是一心盼着解脱得救，盼出些大骗子来。桥东哪有什么盲人，以前有几个摆摊算命的老头，这几年也见不着了。胎记男人说。

是，去看过了，现在那里是一家奶茶店。

胎记男人沉默下来，神色变得黯然，半天才说，真有这样的奇人就好了，我也找他打听点事。

突地，他肩上的鹦鹉发出清亮的口哨般的声音，伏在地上的孔雀站起来，头上的羽冠一颤一颤的。我以为它要抖开尾屏，不料它左右看看又趴回地上，尾羽收拢在身后，泛着金属色泽的绿光。

青灰色的月光照着一座青灰色的石拱桥。我跟胎记男人来到桥边，不，现在我叫他老苗了。我俩互相搀扶着走到桥的最高处，倚住栏杆往桥东张望。

河水缓缓流过，小镇在夜色中徐徐铺展开来。青瓦屋顶一重重高低起伏着，一道道飞檐柔软地弯向天空，巷子曲曲折折，伸向前方的黑夜，路灯稀疏，站立在大树的身旁。

此刻，我站在半圆形的桥拱上，低头往下看，还有一个半圆映在水里。

老苗叹息一声，说，生老病死，谁也逃不过。一阵风吹来，我身体来回摇晃，那种感觉又来了，胸膛是中空的，就像脚下的桥孔。我重新回到那一刻：医生宣布她死亡，有什么东西硬生生穿过我的身体，我被开了个大洞。

一年过去了，那个大窟窿还在。

老苗拉我一下，嗐，谁不苦呢，你看看我，打小儿没人疼，自己养活自己。你至少有工资，退休也能吃上饭。来，别闷在心里，说说她长啥模样，什么性格脾气，会跳什么舞。

我心里一惊，问，你怎么知道她跳过舞？

这就忘了，刚才在酒馆里你自己讲的。老苗双手举过头顶，扭动起身体来。

我推他一把，说别瞎闹。提到跳舞都是老皇历了，但这么多年来她的身姿始终自然挺秀，像清晨阳光下的一棵小松树。我说，她跳过一阵子，很多年前了，快记不清了。

后来呢？老苗问。

我说，还不是跟大伙儿一样找份普通工作，上上班，照顾照顾家里。

是个贤妻良母吧，她一撒手你日子就难过了。

当然，她是个好人，好女人。我迟疑一下，补上一句，舞跳得也好。

那是我第一次看见她跳舞。也许过往的记忆都已模糊不清时，那个片段仍免于湮灭，随时能从一团晦暗中跳出来，放射异彩。

二十世纪八十年代，每到腊月，市里会举办一场迎新春文艺晚会。那年的晚会在工人文化宫旁边的礼堂举行，她的节目安排在相声后面。两个相声演员退场，大幕合拢，舞台上传来急促的脚步声，接着，红色天鹅绒幕布往两边拉开，灯光先是很暗，随即舞台上方打下来一束光，她出现在那束光里，闹哄哄的礼堂安静了下来。

记不清舞蹈细节了，但我一直记得那场舞给我的感受。一开始能注意到舞台两侧几束柱光的存在，还有她耳垂下方流苏耳环猛然闪出来的一道光，后来没人在意这些了，她跳跃、旋转、摇摆，她本身就是发光的物体，吸饱了日精月华，自行发光。

如果说舞蹈动作是一种语言，那我并未完全听懂，但我感觉到很复杂也很澎湃的情感，一波波撞击着我。我听见旁边有人议论，说她就是文汝静，跳舞上过几回电视，还在省里拿了奖。

音乐节奏逐渐加快，礼堂的气氛沸腾了。台上那是个野孩子，风吹，日晒，雨淋；天然，快乐，恣意。最后，我看到她在燃烧，像天地未开时一团混沌的火焰，渐渐地，那团火焰长出骨骼、皮肤和毛发，诞生，接近诞生了。就在诞生的前一刻，灯光熄灭，音乐戛然而止。我盯着黑暗的舞台，整个人像发高烧一般，从头到身子都滚烫滚烫的。

离开温泉小镇，我前往此行的最后一站，一处名叫青林泽的湖泊。

从高处看，湖泊像一个葫芦，住下的地方在葫芦嘴旁边。

门廊下坐着，四下寂然，恍恍惚惚地，我以为自己待在墙上的一幅画里。近处的树木和房舍显得很大，远处的水和云不过寥寥几笔，比一场梦还要缥缈，我在哪里呢？大概是白房子旁边那个黛色的小点。

旅馆前台告诉我，湖边的篝火晚会还是在葫芦下肚那里。我提前往那边走，沿着湖岸，走过葫芦的长颈、上肚、腰线，湖面变得开阔起来。岸边有片芦苇丛，这时节芦花已谢，清瘦的芦苇一秆秆站着，几只水鸟伸着细脚立在秆子上，看过去一派萧索冷清。

秋天欲走冬日将来，湖边没有几个游客，四处都安静，虫叫和鸟鸣清晰完整，还能听到黑夜一步步走近的声音。直到有人点燃一堆干木头，夜晚的火光照亮一小片湖水和天空，人们这才从四面八方走过来，汇集到火堆旁。

我凝视湖水，如果湖水也看着我，不知它有没有认出来。那一年站在湖边的是两个人。

为了庆祝结婚三十周年，我跟文汝静来这里旅行。白天游览湖中小岛，饭后在湖边散步，等篝火点起来的时候，很自然地牵手萍水相逢之人，一起围着火堆跳舞。

那天晚上真是她吗，我到现在还有些怀疑。那天晚上看到的似乎是另一个人，至少不像那个年纪的她。篝火正旺的时候，她从游人形成的大圆圈上把自己解下来，悄悄靠近火堆，等我注意到的时候，她正独自起舞。

原来舞蹈可以模拟流水。大水从高处落下来，涌向弯曲的河道，迂回蜿蜒地流过去，前进，拐弯，回旋，随着河道的形状和地势的下沉抬升，水流曲尽变化。不仅是四肢，她身体的每一个部位都在起舞，包括脊柱、血液和魂魄。她的身姿越来越柔软，好像快要化作雾和烟，乘风而去。眼前的一切让我感到震撼，同时又暗自盼望这震撼赶紧消散。我也脱离圆环，走过去拽住她的衣角，她没有停下来，挽起我的手，带着我旋转。我抗拒的身体渐渐变得松弛，跟上她的步伐，宛若随水漫流，涨涨落落。

那是婚后头一次看见她跳舞，也是最后一次。

此时，火堆驱走水边的寒意，烤热了清冷的空气，乐曲声响起，人们拉着手，从成年人的忧愁和戒备中挣脱出来，不管左右两边是谁，一起享受这忘情无忧的短暂时刻。

我在湖区待着，每晚都来到篝火旁，回想我俩在湖边度过的日子。有一天，我在湖水里看到一个身影，是个倒背着手的人。吃了一惊，以前觉得真正的老人才会这样走路，转念一想，可不到岁数了，也该是这个模样了。

除了年老力衰，微薄的退休金亦不足以支撑漫长的旅行，房费一天天往上涨，再不舍，还是要回家了。

我害怕回自己的家。家里很挤，归置着多年生活的物件，满满当当没有缝隙，同时又萧条冷寂，仿若一间空房。在那处房子里，我历经了她的后半生，她看上去不胖不瘦刚刚好，她膨胀，再膨胀，迅速变瘦，干缩脱相，直到成为瓷罐里的一把粉末。

火车擦着一座座城镇的边缘呼啸而过，迎面而来的不只田地、树林、隧道，还有连绵往事。坐在车上，仿佛正驶向时间的深处。

徐阿姨提到她的名字，我以为听错了，文汝静，她不是在南方跳舞吗？徐阿姨没详细说，只强调人早就回来了，工作也找好了。我妈很快站起身来，前来说亲的徐阿姨只好也站起来，她心有不甘，似乎还有很多话等着往外倒，我妈妈轻轻说了一句，女方大两岁呢，别忙活了，回去吧老徐。徐阿姨走后，我妈冲着我爸说，咱这里不知是第几家了，鞋底都磨薄了吧。她说给我听的，我知道。

那是我这辈子唯一一次力排众议。大姑上了点年纪，多次委婉规劝，拖着长音说，你这样老实，这样可靠，后面就没有话了，无尽之意全在空白里。我几次都不接茬儿，她就直接表达个人观点了：搞文艺的女人，开放，不安分，哪有心思好好过日子呀。我妈见势也跟着说，长得好，又爱打扮，看她好像扎了耳朵眼儿呢，边说边吸气，不停摇头。

什么年代了！我气愤地说。

堂弟居然也捣乱，阴阳怪气地说，名人呢，见过她，在操场上跟几个不良青年在一起。别说你不知道，就是那几块料，烫着鬈头跳迪斯科，扭胯，抖啊抖，不知羞。

我胸口一疼，何至于被人这样说。她舞动的身体，好像携带着难以尽述的罪恶。不光女性长辈不喜欢她，很多小伙子也只是远望她一眼，等她走下舞台就躲开了。我想起第一次约会看电影时的情景，她穿淡蓝色连衣裙，头发往后梳，在脑后用橡皮筋随意一扎，露出小巧明净的额头。我心里感叹，这是跳舞的人才会拥有的美好额头。她很腼腆，并不比别人更擅长调笑。想着想着，血气上头，这叫什么事呀，我愈发想对她好一点。

图她什么，穿得露，会扭屁股？大姑神色鄙夷。

那是艺术！我高声说，额上的青筋暴起来。堂弟嘿嘿一笑，做了一个具有色情意味的下蹲动作。

大姑憋着一股劲儿，你是见得少！

我也憋着一股劲儿，相信我俩能和别的年轻夫妻一样，恩恩爱爱过日子。事实的确如此，我们勤恳上班，养育了一个孩子，住房从平房换成楼房，存折从没有变成几张。当然啦，渐渐地她也不再穿带颜色的内衣，大部分是肉色的了。粗看细看，这都是一个幸福的家。唯一的危机，是的，危机，那时我脑子里的确闪过这个词。

女儿刚上幼儿园的时候，忽然有几个旧日的朋友来找她，我在里屋听着，似乎是拉她一起去排舞。他们走后，房间里还飘动着一股危险气息。我嘴上没说什么，心里其实不愿意她去，我们已过上安稳生活，我害怕她想起舞台上的自由和激情、荣耀和掌声，那些光鲜东西的后面，从来都潜伏着动荡、混乱和破坏。我甚至忌讳想起那两个字来，仿佛有剧毒，仿佛是洪水猛兽。

她不知道从哪里翻出来演出服和头饰，在灯光下翻来覆去地看。我偷偷瞄一眼，发现服装看起来很粗糙，毫无光彩，头饰也不像在舞台上那么鲜艳，一堆廉价塑料。

她到底没去。年终岁尾的时候单位有人撺掇她登台，她推说身上有伤，怎么也不肯。她也很少跟我谈起舞蹈和舞蹈家了，再往后，跳舞的经历绝口不提，有人羡慕她自然舒展的体态，难免问起来，她脸上的表情略显尴尬，复又坦然。后来演出服也看不见了。所有的痕迹消失，无人记得那些旧事。我们白头到老。

广播里传来报站声，下一站到家，我忍不住打了个大大的冷战。

最后的那段日子，她会突然叫我的名字，海平，连海平。我回过头去，她欲言又止，呆呆地看着我。我知道她又想起以后了，为她处理后事时我还能撑着，等后事办完我一个人回到家，剩下的那些日子，可怎么过呢。她强忍眼泪，艰难地用胳膊肘把身体支起来，说，一开始难熬，总会习惯了，看眉毛你准是个长寿的人，不知道还有多少福要享呢。我听了，几步走到她看不见的地方，捂着嘴哭一阵再回去劝慰她。我们互相哄着,哭哭笑笑,又苦又甜,直到,她永远合上眼睛。

那段日子,她身上柔软的脂肪和有力的肌肉都不见了,一层薄皮勉强挂在骨头上,像披了一件不合身的宽大衣服。夜里她侧身躺着,我从后面搂住失去水分枯瘦如柴的她,她挨紧我,都知道这是最后的相依为命。她病中的神情跟以前一样,脸上带着笑,安详满足,让人看见她的脸就觉得舒心。

那段日子,我偶尔回想起第一次见她跳舞的情景,那联结着爱意滋生的隐秘瞬间,一阵冲动上来,想谈谈越来越遥远的过去,临张嘴又觉得没什么可说的。我这个年纪,愿意把所有的事情归结为宿命了。也许每个人年轻时都沉迷过几样事,并误以为自己在那些领域具有神秘的才能。

我打开背包,拿出一件东西抱在胸前,是从女儿家床下找到的毛绒猴子,它被遗忘在黑暗里,头上只有一只耳朵。这一路走下来,我琢磨着它要有个名字才好,一次湖边漫步时想到不如就叫"独耳大圣"。

在自家门口站了一会儿,我对独耳大圣说,我们回家吧。

我的手,大圣的手,一起推开门,走进去。自她去世后我启用新的纪年方式,将这一年称为"分离元年"。门打开,分离元年的一幕幕涌出来。

保留她的毛巾、牙刷、拖鞋、杯子，一切生活用品，好像这个屋子里还是两个人在生活。

天变冷了，找到她常穿的一件棕色开襟毛衣，挂在门口衣钩上。

有时把枕头被子搬到床的另一边，在她的地盘躺下。有时待在我那一边，她那边也不空着，照样铺两床被子，躺下后我的手从被子下面伸过去，抓着一角被单，好像握住了她的手。

多少个早晨醒来，迷迷糊糊的，我的手去找她的手，那是幸福的时刻。每个误以为她还在的时刻就是我最享福的时候。

一开始茶几表面的灰尘像一角硬币那么厚，眼睁睁看着，灰尘变成一元硬币的厚度，再后来，我从自己家逃走了。

站在灯下，看着影子，我确信自己回来了。我让独耳大圣坐在沙发上，接着打开电视，不管什么台，只要有声音就行。

睁开眼，看见窗帘缝漏进来的阳光，听见外面传来电视广告的声响，这一年多来，我头一次庆幸自己活着。我走到客厅，抱起独耳大圣，一下一下摸它的头。我熬过了第一晚。

也许，可以去她的小房间坐一坐了。

小房间是她常待的地方。多少回了，我想把一件好玩的事情告诉她，推开门来，下一秒我意识到，她已经不在了。多少回了，我听见小房间传出声音，推开门来，她当然不在，是风把什么东西刮到地上。我总是站在门口看一看，不敢再往里面走。

一切保持原状。窗下放着一把木质靠背椅，那是她经常坐的椅子，椅背上还搭着她的衣服，一件绞花羊毛外套。小桌上放着一本书，拿起来，看到书签别在 157 页。我坐在她的椅子上，从 157 页开始看。

自然光渐渐不够了，我合上书，转转脖子，活动活动酸痛的肩膀。猛然看见一个人，勾着头，弯腰驼背坐在那里。再一看，是镜子里的我。墙边放了一架穿衣镜，正好能照见椅子这边。看到自己在镜中的形象，我下意识地调整，收回往前探的脖子，打开背，挺直腰。

就在这时候，我忽然想到什么，过去的画面一帧帧快速从眼前闪过。

无论穿着睡衣还是戴着围裙，她始终身姿挺拔。她端坐在沙发上，头和背在一条直线上。她晾晒衣服，手臂在空中划出一道柔美的弧线，她剪脚指甲，抬腿，收腿，宛若仪式。隔一段日子她就把我的四季衣服找出来，细细检查一遍，将纽扣松动的放在一起，然后她拈起一根针，举到光线充足的地方，另一只手捏着搓细的棉线，对齐了，在清透的阳光中，棉线极富韵律地穿过针眼。

一幕幕黯淡的家庭场景逶迤而来，它们从没像现在一样清晰、优美、光华闪耀。

她无时无刻不在秘密起舞。

回到那一晚吧。我宽厚地一言不发，她反复摩挲演出服。多么平静的夜晚，无声的对话比能说出来的话意味更明确。

我走到瓷罐面前，想解释些什么，话哽在喉头，该从哪里说起呢。

　　盼望在另一个地方找到她。也许她还是生病时的样子，头发掉光了，黄黄瘦瘦的，我会用最热烈的目光看着她，我会如少年扑进母亲怀抱，如父亲将女儿搂进臂弯。不，以赤诚的情诗中丈夫热爱妻子的方式，不用她开口，我就自愿化作她需要的任何东西，腰间的一根银链，手腕上的一束飘带，一束追逐她的光，甚至是她足底的一双舞鞋。如果她张开双臂仰起脸庞，说来一场雨吧，我就化作一朵云彩，飘到她头上，为她降落一场温柔无声的细雨。

原刊于《十月》2020 年第 2 期

养生

淡 豹

在雨中我钻出地铁站回到办公室。我们这家老人照护机构的实际办公地点和宣传册上写的不同，不在市中心第一长老会教堂对面、Barney's New York 商场隔壁，而在城西，植物园角落一座废弃的房子里。

以前这里是植物园的爬行动物馆。去年雪灾停电，蜥蜴冻死，我们搬过来，推销我们以差异化和高科技为卖点的照护服务。

我原以为自己三十一岁时会在比较文学系讨论苏门答腊、苏轼、王朝云，现在我在城里各个地方探望老人。臭公寓，拥挤的公寓，由酒店改装的带门童的摩天大楼里的高层公寓，有猫的，有老鼠的。上午拜访两位老人，下午一位，略做拖拉就可以一天只拜访两位。撇下的那位,电话留言,择时再议。老人找不到网络申诉系统的入口,这些美国老人也不能让孩子来替他们骂人。

老板是俄罗斯裔犹太人,狡猾又严肃,在拉投资中逐渐陷入疯狂。他的脸是正方形的,婴儿时期大概就长得像八十岁,总是很努力在开玩笑。他每天鼓励我们,"一流的""太棒了""加油""呜——喔——",我不与他击掌。入职时我在自我介绍里说我有皮肤接触恐惧症。他必须理解我。当然每个人都有某种精神症状、恋物癖、千姿百态的性向,这里是美国。我坚持用同事的姓称呼他们,现在他们相信这是全体中国人都持有的文化怪癖。

老板的妻子叫萨拉,长得很可靠,常常突然爆发出尖锐的笑声。他们没有孩子。

萨拉说,她祖母曾经告诉她,过于相爱的夫妇的孩子就像孤儿一样寂寞。

你们相爱?

萨拉说,对,当然,我们把自己奉献给对方的生命、对方的事业与欢乐。

老板在苏联解体前来到这里,其间过程细节未曾透露。他经常建议我要高兴起来。

老板说,我不知道你身上发生过什么,但我希望你能快乐一些。

仿佛如果不过寻欢作乐的生活,就会显得愚蠢,就会放射出公有制的危险电波。

我们机构也把追寻快乐当作提升人生满意度的秘诀。手册封面上印着："我们能为老人提供量身定做的快乐。"只有很少傻子买账。

每天，每时每刻，邻居家的狗都会趴在二楼窗台上。它期待我回家。门口那条街在大修，我通常走后门进去，经过巷道，推开垃圾桶旁鳄鱼皮颜色的绿门。假如有人来做客，假如有人来采访我，我会提醒对方推门时还得将门把手向上拎一下，像拧药瓶盖那样。没有人来做客，没有人来采访我，所以我睡在一张灰色的二手沙发垫上。

醒来时我的嘴闻起来像湖南餐馆的泔水桶。

坐地铁时我通常听新闻播客。九十六岁的名媛珍妮塔·帕拉德去世，四十多岁时嫁与第四任丈夫室内设计师杰米·帕拉德后至今居住在西班牙南部。纽芬兰渔民。东海岸油田。一个小男孩与狗的情谊。每年全美在膳食补充剂及维生素方面的消费超过十五亿美元。中国某乳品企业完成了对美国保健品公司"维他命世界"的收购，董事长称中国和亚洲市场对高质量保健产品的需求日益增长。美国已准备好采取军事措施阻止德黑兰获得核弹。雷克雅未克机场疑似遭受恐怖袭击。

能将大把时间花在路上是我喜欢这份工作的原因之一。每周去两次办公室，其余时间，忍住冬季、雨天、想要跳下地铁月台的念头，就足以去老人家里完成探望。而且我可以骂他们。我最喜欢玫瑰，她七十四岁，管我叫蜂蜜糖。

玫瑰擅长攻击。她问候我，劳拉，你显得很累。

你呢，每天花几个小时打扮，手抖得涂不准口红，系丝巾盖住脖子上的皱纹，仅有的外出是推购物车坐电梯去公寓大楼一层的有机食品超市买菜。除了我和维修工，还有谁看到你？

玫瑰患了肺癌，我有时在她家抽烟，她闻到烟味时愉快得像一只老猫。

她假惺惺地劝阻我，烟对你的健康不好。

我说，我想开了。

丁字裤也对健康不好，但你必须穿。丁字裤和其他都已经成为时代要求。四年前一个男人来这个城市看我，我们一起看了一出叫《我们在变老》的舞台剧。穿黑蕾丝睡衣的女主角从床上抬起头，对观众说她不想舔男主角，在她心中此事有某种神秘的总数，每次她都觉得自己离用掉一辈子的限额近了一步。这是我们共同身处其中的迷信吧，此事如同排卵和月经，无聊、自然、略为痛苦、非做不可，无论你阻拦与否它几乎总是准时到来。晚上我告诉那个男人，与她不同，我正面思考，把这事看成是对死亡的搏斗，他显得挺高兴。后来我没再见过他，他偶尔发来邮件，罗列出他最近的成就。

昨天我在思考蕾丝丁字裤作为隐喻所指向的存在困境。我告诉玫瑰，蕾丝丁字裤是一种自我否定的命题。发明丁字裤的目的之一是隐去内裤边，但蕾丝注定会绞在一起，令裙子凸出细痕，这种发明是自欺欺人的典范。

空中有一条鞭子始终抽打着我们，让我们穿上又脱下丁字裤，舔对方，让我们健身，吃沙拉，听音乐，洗牙。这个国家无法逼迫你快乐，但它逼你以快乐为理想，即便痛苦也要向往重生，即便抑郁也要发动自己去约见精神科医生，另一种春蚕到死丝方尽。每个人都十分怕老。如果不做出努力追求快乐的架势，其他人就会对你丧失希望。可以不快乐，但得乐于找乐。曾经有哲人认为人生就是悲惨的，也曾有人认为快乐和痛苦交替到来是世之常情。到如今，这个国家以快乐、积极、自我发展的催眠术为常态，配合以亢奋的穷兵黩武，认定低落只是暂时的"不振"，你们这些新教徒的后裔怎么混到了今天？快乐来自多样选择，有时靠钱，有时靠青春，有时靠科技模拟。不以青春为暂时状态，而以之为理想；不以行动为艰苦，而当成人的条件；不以选择为奢侈，而当成自然权利。"更多选择、更多欢笑"成为一种国家精神，麦当劳在这块国土开天辟地，诚不我欺。我在这里做着自己不相信的事情。在我的语言中，生活不易，死亡也不甜美，没什么轻而易举的解脱。生死中年两不堪，生非容易死非甘；一样伤心悲命薄，犹吐青丝学晚蚕。[①]然而即便是我国的文明如今也受了传染，北京的写字楼底层挤满咖啡馆与健身

---

① 郁达夫的诗，《病中作》。

房，什么都要人斗志昂扬，要人醒过来，广告上的身体肌肉发达，电视中的脸庞笑得一年比一年大，笑成梯形，东方比西方还要西方。东方每天都在自我解放，经历洗礼后回归为道家，做找乐世界里的Late Bloomer①。过去这些年间发生了怎样的变化，这究竟是为什么？

穿丁字裤是因为全球变暖。你烟抽得太多了，明年就会得肺癌。玫瑰诅咒我。

烟节省酒，我说。

今天雨大，我建议你今天早点回家，玫瑰说。

我在这里没有家，我家不在这儿。你指的是我住的地方。我纠正她。

"早点回家"，像我妈妈会说的话。注意安全，照顾好自己，好好吃饭，安全第一。

她是医生，但在生活中更相信自我保健的妙处，我不舒服，她一般不建议我去医院。视频电话时她会说，你去找地方做个推拿，少吃凉的，别太晚睡，核桃健脑，以形补形。这些常识性的反科学的智慧可能来自一种古老的传统，"善服药者，不如善保养"，也可能是经验带来的启迪，人需要在充满艰难困厄的世上警觉地保护自己。这甚至可能是改革落实在个人身体上的历史后果。六年前

_____

①Late Bloomer：大器晚成者。

112

医院一起恶性事件后她一直盼着退休，乐于放弃焦灼的天职。上班时她担心医闹，精神紧张，比北美医生付出更多，怕患者家属认为她轻慢疏忽。她和桌子另一侧门诊病人的两套神经系统共同分担医改后将不同人的价值翻译成不同价格的过程所衍生的无能的愤怒。

下班后她放松下来。自己生病时她也很少吃除降压片以外的药，她更相信每天早上一杯补气的黄芪水。

当年我毕业典礼时她也带来黄芪，以及三包惊险入关的即食海参（九至十二头，和牛肉干一起卷进大衣，她至今念念不忘），还有同仁堂的当归苦参丸，以备我换季时常犯的皮肤红斑。

如今她发给我理想饮食结构图，一个绿色的圆切成四角，每天要吃下的食物里蛋白质＋碳水化合物＋蔬菜＋水果各须占四分之一，旁边陪衬牛奶一杯，由专事译介的科普博主转到国内，又由忧心如焚的母亲再次出口，以保障全家的健康。她对外部世界有一种根深蒂固的怀疑，似乎你的国家、有文凭的陌生人、八年医学训练，都不能帮助你。求医求人不如求己。你得靠自己。

非常奇怪。读书时她让我跟领事馆搞好关系，"把握机会"，去参加留学生春节晚会和教育参赞举办的座谈会。现在她看到新闻，说有人会冒充中国使领馆工作人员去诈骗留学生和新移民，她叮嘱我千万不要接来自使馆的电话。

安全第一。活着最大。我的爸爸妈妈没那么关心找乐。喝粥是他们的健身，养生是他们的自我奋斗，一个世纪里无数浮沉，富贵确然在天。小民的生活里最大的成就是与死生有命略做抗衡，我命由我不由天。阎王要我三更死，我偏要留己到五更。

我的老板太早离开苏联，不懂得我们说的找乐是什么意思。对我的爸爸妈妈来说，活下去就等于找乐，要活下去的念头像一根鞭子持续抽在身后让人抬起头来。活着就能翻盘，即便你失败了也还有你的后代。生命是一种可再生能源，把时间和注意力投入养生，到头来总能得到报偿——健康，或者长寿。他们没发现这二者往往只能得其一。

我爱他们。

It's all about care. 地铁B线、C线、F线各有四站贴着我们机构的广告：关键在于在意，一切为了照料。我们机构号称所提供的服务不止关乎健康——保持健康本应是照护的基本内容，不是吗，现在却成为照护行业通常设定的最高目标，可怜、可笑，而我们不同，最前沿的照护意识给老年人带来的是快乐，完美切合曾经体验过奢华、关爱、音乐节、性解放、鱼子酱的人。要知道我们能代雇米其林星级餐厅的厨师到老人家里做晚餐，协调菜单。如果老人想在喂药时听摇滚乐，我们就化身DJ。我们可以用他们在大学橄榄球队的绰号称呼他们。我们最高级的算法能在他们知道自己需要一场约会之前就先策划出约会，我们很快将逐渐动用VR技术帮他们在虚拟现实中得到远程诊治或坠入爱河。他们是客户，不是病人。我们扮出亲切，他们扮出活力。倒转的甲方和乙方。

广告上，左半边坐着头等舱里辨不出年纪的西装男人，大约介于中年人和年轻人之间，右半边是他的灰发版本站在舞池中央，脚踩住圆圈线，迷醉地半闭眼睛，一手举麦克风一手拄拐杖，身体成一个K形。那么，如果别的年轻人在举办地下室音乐聚会时，你在准备法学院的期末考试，五十年之后，你就有地方花掉这辈子攒下的钱。

逼人把生活变成表演。截肢后跑马拉松，牙齿美白，肉毒杆菌，老人开电音派对，妇女越老迈越佩戴浓妆。这种一再走向新时代的活法也正在传到大洋另一边去，成为生命力和美的最主要标志。很奇怪，在此地，年老需要得到原谅，即使伴随人老去的是增长的财富。年事已高本身也是一种道德有亏。碍眼，浪费，缺乏产出，需要向大众道歉。在这件事上他们又回归为新教徒。

这里的孩子倘若看到老人坐满整辆旅游大巴，会发出ewwww的声音以示恶心。

与我的同事不同，我是小孩子时，学校会组织我们在假期去老人院探望，写信给老人。在中国，年老有一种道德上的高尚与自然而然的权威，长寿就是胜利，历史上一代一代儿媳妇就是怀着这样的盼望等婆婆先走入那良夜。挨欺负的人总是希望自己能活得更长，这是养生的动力。

从青春到衰老都要寻找快乐是美国的任务，从青春到衰老都要寻找依赖是中国的任务。我在海洋的两侧都失败了。

我进办公室时，老板正在视频会议中蒙骗更高一级的老板：这一代老年人已经不是在大萧条中成长的人了。我们如今面对更国际化的一代，更爱享受生活，会法语，习惯吃寿司喝香槟。要想从人们对快乐那至死不渝的渴望中赚钱，我们得把草莓切出花的形状。喂饱牲口以后还得在它们身上涂油。

所收的钱不是为饲料，是为油、涂油的人工，以及把牲口聚到一起开派对。

大老板对炫彩图景反应冷淡，一再强调顾客与用户的区别。只应当重视会真正付费的那些人，不要把试用期间的免费用户当回事，想一想 Client，Who is your client？雷霆万钧的设问似乎要掀起一番灵魂地震。

办公室里有两种非碳酸饮料可以选择，一种是喝起来像尿的咖啡，一种是袋装茶，Tazo 牌的"精神振奋茶"，比前者还要失真。

我端着咖啡经过老板身边时，他忧心地看着我说，要快乐！我妻子在你这个年纪时，周末晚上都在跳舞。

我想象了一下酒吧里多种颜色的射灯打在萨拉脸上的样子，可靠的身体以实事求是的方式扭来扭去。

下午我见到乔治，八十六岁，很有钱也很痴呆，几乎每次探视都会和我相互辱骂。他是我们试运行期间少有的正式客户，不是玫瑰那种我们为得到多样化的用户反馈才拉进来的退休中产阶级。信托基金的律师为他雇了我们，足以说明律师都把钱花在最无用的地方。

乔治，我说，英国新出生的小王子也叫乔治。他注定也会像你这样过倒霉的一生。

Chinese Pussy，乔治说。他每次都这样叫我，很难翻译出它的神韵。

这时收到来自老板每周五例行鼓舞士气的群发电子邮件，Let's make a little history today！

下班后我去按摩。广东阿姨照例安排男按摩师给我，阿坚在我背上的动作令我想入非非。一个人更容易跟按摩师还是美发师上床？按摩和剪发这两项活动在我看来都相当色情。阿坚中途停下，把一块大白兔奶糖放进我手中，说是同乡从国内带来的，指甲划过我掌心。

他问我做什么工作。

我帮助别人，我告诉他。我们是同行。

按摩店角落高悬的电视屏幕上安静的牛羊在跳舞，画面映在墙壁上明暗不定，间或剧烈地闪烁一下，像乌云切断星空。

返回住处后我看电视。男扮女装的狂欢游行。摇滚乐手在巨型舞台上扭动屁股。吃比萨竞赛，来自缅因州有三个孩子的牧民能吃十一个，赢得了六千五百美元奖金。拉斯维加斯一家餐厅卖油炸章鱼口味的冰激凌，因此获评为全美国第一流的小吃店，此外还有肉桂口味的，番茄酱口味的，主持人将炸鸡蘸上奶油再塞入蛋卷做成甜筒。

大白兔还在我裤子口袋里黏黏腻腻。我无法蓄积足够力量把它拿出来。

周五晚上邻居夫妻会一起在家看电影。他们不拉窗帘，而我既不坐起来也不开灯也不走动，他们看不到我。我经常躺在自己的房间里看他们电视屏幕靠上的三分之二。今天这部是浪漫喜剧，两张布满皱纹的脸，一对老年人去接受婚姻治疗。我以为结局会是老人中的一位消失，然而两个人哭泣，喝大量赤霞珠，拥抱，亲热，跳舞，爱情点燃又点燃。一部反现实主义的作品。

我做不到像这里的失意者那样爱喝酒，所以我喝可乐喝到牙发酸。一般夜里醒来时喝一大半，第二天下班回去时喝掉剩下的。半夜醒来就新开一罐。晚上刷牙愈来愈难，我吃过苏打饼干后睡着，可乐可以冲掉食物残渣。

信用卡账单以医疗支出为主：可乐、薯片、松露巧克力、唐人街超市买到的蘑菇形状的日本饼干，都属于养生补品，麻醉剂类的非处方药。

以前爸爸妈妈用网络打国际长途电话给我，他们经常意识不到我已经接起来了，一再问我能否听见。如今他们拨来视频，一旦我的脸凝固半秒，他们就陷入我是否能看清他们的困惑，挂断，重拨。

我固定靠在沙发垫一角接起视频。把手机底端倾斜一个角度，屏幕里我的脸就会嵌在身后墙壁上前任房客留下的城市自行车路线图海报中，显得生活方式甚是健康。

爸爸妈妈始终觉得从卧室拨来视频不够正式。于是我会看到他们庄严地坐在家里沙发上方悬挂的草书横批下，"万类霜天竞自由"，妈妈操作手机的手指肚看起来很大，爸爸双手放在膝盖上。

有时他们两张脸一起挤在书房电脑前同我说话，前面蟊着爸爸向来放在书桌上的鸡血石印章，他以此为藏书章，"石火光中"。蜗牛角上争何事？石火光中寄此身。随贫随富且欢乐，不开口笑是痴人。[1]枕上诗书闲处好，门前风景雨来佳。[2]

自我调节是他的养生秘诀。他教我的思考方式包括：

——摆正心态；

——全世界都是这样；

——这样想不幸福；

——你对国家的情况不够了解；

——你对事情的复杂性缺乏认识；

---

①唐代白居易的诗，《对酒五首》。
②宋代李清照的词，《摊破浣溪沙·病起萧萧两鬓华》。

——莫与他人论短长；

——多读书。

有人生，有人死，我和爸爸在生死问题上才能达成共识。

从问我恋爱的事，到只问我身体好不好，这个变化在我二十八岁到三十一岁之间逐渐发生。可能他们怕伤害他们自己。爸爸一辈子的工作都是说话，体制内好像大略如此，说话是其中最重要的部分。谈及我生活中他不愿意面对的事时，他既是领导也是群众。对许多事他都用委婉语。比如，他从来不说"谈恋爱"，他说"找"。他们去旅游，会说"出去"，还有一次说，"我们中秋节后就走了"，令人一惊。

大概在我十几岁、将近二十岁的关口，我意识到我的父母不大可能真正理解自杀的人、抑郁的人、离婚的人。他们说，为什么不好好过啊。爸爸单位同事的儿子打游戏闭门不出，被诊断为抑郁症，就在我们楼上。妈妈劝她，让孩子多和人接触，你要多和他聊天。

承认失败？那太消极了。不是中国人的活法。

他们问我过得怎么样。工资刚够房租和生活支出，当然我可以削减在按摩和可乐上的消费，每年能存够一张往返机票。公司的医疗保险好到不得了。另外，再等二十八年我就能取出养老金了。

爸爸以前的学生每隔几个月去探望他们，修电脑，教他们用新的手机程序，替他们约小时工。

妈妈发消息给我的语气像工作总结，最近"忠者较多"，我想是"患者"。每次挂电话前，妈妈都嘱咐我吃东西。

假如他们问我对恋爱或者婚姻的打算，我会说没有买卖就没有杀戮。

有时我觉得他们害怕跟我说话。

假如他们真的逼问我的感情生活，我会说我和一个男人同住过一段时间。

跟我们讲讲他吧？

有个傍晚我们看到有黑影从路边蹿过，他辨明是一只郊狼，停下车打给野生动物保护热线。我不知道后来有没有人去救那只郊狼。他这个人视力很好。

我还有过一位已婚男友。晚上八九点我打电话给他，他按断。我拨视频过去，他又按断。再拨，已经是列入黑名单无法接通。过了几周，我喝醉后还从办公室给他电话留言过一次，问他是否需要我。我只想知道他是否需要我。

另一个男朋友无聊、傻气，让我精神失常。他问，你在床上对我十分有礼貌，这是东方式的性爱特点吗？我说，你在种族歧视。之后合情合理地与他分手。

分手前，我还有过一次责其以种族歧视，是我向他讲起王映霞。郁达夫以爱欲蛊惑她，以脱离家务与育儿烦恼的新妇女之形象激励她，与她结合，然始终未与发妻正式离婚。十数年后二人取别，王映霞言，此后谢绝名士达官，"只希望一个老老实实，没有家室，身体健康，能以正式原配夫人之礼待我的男子"。她终生思索出的哲理是一句简·奥斯汀式的箴言，婚姻的美满程度总是与最初典礼的分量相匹配的——她所指的应不是婚礼的盛大奢靡，而是受公开认可的性质。可叹被剥夺的渐渐就变成人最向往的，人的命受了命运的摆弄，人的心逐渐就受命运的定义，你的幸福圈住你，你的反抗与不满也锁住你。简直是兴，百姓苦，亡，百姓苦。[1]

听这个故事时，他的兴趣在于中国妾的传统，Concubines[2]，问我如今在中国是妻多还是妾多。

我说你这是以《末代皇帝》的遗风来误读中国的毛病。一时间我欲为整个亚细亚张目，于是我又说，只有变态才会对这点有兴趣。

他说，但你的书架上有一本 Wives and Concubines。

那是我以前写论文用的苏童《妻妾成群》的英文译本。

我说，你看错了，一定是 Wolves and Cubs，狼和小狮子。

吧台上坐在我的冰可乐右手边的陌生人问，什么是我的理想生活。我说，早起，过高效率的一天，晚上十点到家，吃一袋薯片，和一个小哥睡觉。夜里晚些时候，在去他家的路上，他问我的职业。我说，健康行业，不过不是医生护士。他以为我是那种写健康食品

---

① 出自元代张养浩的曲，《山坡羊·潼关怀古》。

② Concubines：妾。

博客的人。贴绿色蔬菜图片，吃素，煮鹰嘴豆，不吃有脸的动物？我说我从事理论方面的养生工作。他又以为我是瑜伽教练，东亚人天生柔曼。我说，对，我不需要学瑜伽，我天生就会。他说，真难想象。我说，我的姿势有时会让我自己都感到惊奇。出租车里他的脸上燃起火星。

在大多数日子里，用一端有个圈的长长的不锈钢针给自己的鼻子去黑头是我生活中最靠近性的东西。左侧鼻翼有一个黑头挖了又长，愈来愈大，愈来愈像陪伴我的宠物。

有时我在住处用手机自拍，敷以各种各样的背景和贴纸，去办公室打印，回来贴在冰箱上，感觉自己去过许多地方。

有时我拿出一七三的信来看。我们一起长大，初一入学时他是全年级最高的男生，一米七三，令人景仰，毕业时还是同样高。这几年他在各地旅行时会寄明信片给我，有几张写得密密麻麻拥拥挤挤，就像信。它们竖着站在一只蓝色系缎带的鞋盒里。他离我最近的一次是他前年去华盛顿DC出差。如果我有钱，或者如果他的明信片文字段首有了称谓，我就会去看他。

邻居家的狗趴在窗台上。它认真地期待我活着。

也有些时候上铺会打电话给我。她是我中学同学，当年与我同寝室，家在顺义。学校规定家在十公里外就可以申请寄宿——当年完全没有人住在顺义，现在北京不一样了。十公里在当年显得非常之远，仿佛足以从学校走去密云水库，也足以走去火星。那时我们觉得密云水库、悉尼、火星都差不多一样远。

当年我和上铺一起从清华东门外回学校，坐355路，把终点站三义庙看成三文鱼。

高中时上铺为减肥吃下大量牛黄解毒片以至于尿失禁。她和追求她的男生在宿舍楼门前站着吃蛋挞，尿流进鞋里，幸而穿的是宽松的牛仔背带裤，裤子没湿。她发短信告诉我这事，误发给了那个男生。结果如今上铺和我都靠所谓的健康行业领工资。她大学读了僧伽罗语专业，在北京一家私立医院市场部工作。我们在电话里的常规娱乐是她让我猜又有哪个演员去做了确认怀孕的检查，之后我们观察新闻，往往发现演员平坦地出现，婴儿神秘地消失。不过最近她认为这份工作的边际乐趣已递减到趋近零，现在丑闻和新闻都发生在医疗美容诊所。

她问我，你猜冯绍峰实际是哪年出生的？

我不知道冯绍峰是谁。于是她说，在一年半的努力后，她离成婚了。

上铺说，假如有记者来采访我，我就会说我婆婆每次来北京都送给我南航休息室里的小袋装蟹黄味豌豆。手提袋里抓出一把，特意给你拿的，留着，好吃。

当年住在同一间寝室时，我们预计以后的生活势必会轰轰烈烈，某天会有记者来采访我们。其他人为了作文高分，记下好词好句，我们则为未来的访谈和演讲做准备，积累如同灵机一动随口说出的妙语，相互保证要不时提及对方是自己最好的朋友。

对生活的看法？西班牙风格的大摆裙。

最喜欢的食物？牛油曲奇和水蜜桃。

最喜欢的颜色？一切颜色，我们热爱生活。

最喜欢的女演员？Nicole Kidman[1]。那时她还毫不女权，漂亮得惊人，一座大雕塑，仿佛自身不怀感情却能折射出所有的情感，最美的装饰物。我已经忘了当年我们是向往成为她，还是向往拥有她。

假如有记者采访，上铺说，我就把离婚说成是生活赐予我的机会，把衰老说成是女性通向自由的道路。我会告诉记者外表根本不重要，我最好的朋友在美国，我们只电话，从不视频。

假如有记者问起我的生活，我会说，我单身而且贞洁。

我们想要获得幸福的冲动，那种多多少少也相信能够得到幸福的幻梦，和买保健品、喝下药汁、企望长寿的老人，和竭力要证明自己足够青春的老人，是一样的吧。难道我们就更"科学"吗？

比如爱上一个人，想要结婚，后来梦碎了。

比如养一个小孩，做梦盼着他能在社会阶梯上高爬几格，自己过得贫苦，送他去一年学费近十万块、混日子、要学生去工厂倒班

---

① Nicole Kidman: 妮可·基德曼，美国、澳大利亚女演员。

无薪实习换证书的假冒伪劣学校。

比如一个工程师，辛辛苦苦的，也有成就感也受折磨，也高兴过也喝过酒，为了光荣和稳定，为了无尽的子孙后代能够出生在一栋属于自己的房子里，每天去上班，直到裁员。

一桩幻梦破灭了，又换一桩。从爱情，到工作，到后代，到发财，到长命，就是不肯放弃，也不愿意长眠。资本和商业和强力都盯着我们这些有幸福、稳定、健康、后代的幻梦，因此而脆弱而值得被掠夺的人，像饿狼一样盯着我们，吃掉我们，控制我们，摆布我们。失望、伤心、命运、衰老、贫困一道道地来羞辱我们。别人（比如听新闻的人；比如尼采？）看我们可笑也可怜，但我们因此就能从在生活里获得幸福的梦中挣脱吗？仍旧做不到的。

感恩节时老板和萨拉邀请留在城里的员工到他家吃晚餐，最终出席者只有我、印度裔同事斯皮瓦克，还有老板的堂兄弟一家。我穿了胸口绣着猫头鹰的毛衣和裙子，看着一群皱着眉头的高加索"玩笑"向我走来。斯皮瓦克努力和我谈了一会儿科技，说他的新年愿望是去看一次很难买到票的音乐剧《汉密尔顿》。我在视频网站上见过导演兼编剧兼主演的婚礼片段，我喜欢他，像那种能翻白眼但带着信念生活的人，婚礼很简单，设在一个挂彩灯的棚子，没什么名人出场，镜头摇晃，就像普通人的婚礼。进行到中段，他和岳父突然唱起歌跳起舞，作为送给新娘的礼物。那个视频让我哭了三天。

火鸡吃起来像铅笔头。

这时我收到一七三的短信。以前他也发过短信，是为了寄明信片而问我地址。我以为他不信赖有来有往的对话。这次他问我什么时候回北京。他想见我。

老板举杯问，圣诞假期你怎么过？

我说，回中国。

老板说，真高兴你能回家给自己充电。不过别忘了我们需要你！

窗外雪飘下来让我哭泣。

我买了两把新剃刀，打开其中一把，另一把准备在北京用。

萨拉推荐给我一家她认为顶尖、绝好、无可挑剔的美体美发沙龙，叫 Hair Bar Cedar，"雪松"。我住在这个城市五年了，通常自己剪头发，有时在路上领到优惠券，就去附近刚开张的提供低价体验活动的发廊。每次去的店都不一样。

雪松分配给我的发型师是东欧人。她准备把我的头发剪成法国女郎的风格，嘘，我告诉你，欧洲当然比美国的强。她剪短我开叉的长发到齐肩，额头前面修出直统统的两三寸短刘海，又把四周头发做出卷。我的头很快变成一棵黑色西兰花。

这是经典的法国风格，她说，最经典的就是最好的，不过仅限于发型。世界变得多快啊，我丈夫总提醒我给罗马尼亚的亲戚打电话时不要乱摁按钮。我弄不懂那些 Apps。

也不是什么都变得快，我说。

我没有告诉父母我要回北京。上铺在她医院旁边的快捷酒店以协议价给我订了房间，圣诞那段时间她要去外地看演唱会。试图离婚这一年多，她花不少时间写穿越小说，在娱乐节目中找到了更靠谱的快乐和陪伴，上班越来越像第二职业，着迷的艺人如雁过寒潭。

最近她主看一档少女选秀，早已定好去看它收尾后的成团演唱会。她很赞赏选手之间的友情，说那种姊妹情谊比爱情更有爱，而且，她自己对这些少女的感情也不同于迷恋男明星，是一种纯爱。就像对自己的孩子，守望她们长大，没有性或占有的意味，担任节目里跳舞的女郎民间的母亲。

上铺在网上为她最喜爱的那位选手写了一份半文半白、哀感婉丽的鸳鸯蝴蝶派小传，在拥戴者中流传，于是她也有了自己的拥戴者，成了许多初高中生的姐姐。这种亲属关系比现实中的婚姻更热闹，带来随时随地的慰藉。我不知道令她着迷的是台上那名少女，还是手机里这许许多多的少女，总之她加入的组织叫"秋香阁"，因为那位选手名字里有个香字，拥趸说选手性格豪迈，堪为"大哥"，并且她是天秤座，生在秋天。组合起来像一家《红楼梦》主题的淮扬菜餐厅。

我们过往积累的答记者问技巧，她如今用来替明星设想在电视采访里的回答。

比如一位以美艳著称的女明星和她的明星男友上一档台湾谈话节目。主持人问，最近一次做爱是什么时候？男明星答，我从澳洲回来的第一天。女明星带笑也带着满意嗔怪他，不用那么认真回答的啊！

上铺认为自己能为男明星设计出更有商业效益的版本："本来应该是昨晚，但她要敷面膜。"

有一家连锁医疗美容诊所挖她去他们的市场部，说有机会拓展与金融业的联系，如今增长最快的市场来自整容贷，"紧急美容需要"。

富豪等在家门口要包养吗？

她让我从亦舒里跳出来。包养太老派了。直播、签约、水滴鼻、半个月上岗——从被一个坏脾气的老男人包养，变成被千万陌生人包养。从有钱人身上赚钱比从穷光蛋身上赚钱难太多，需要精于盘算，逆来顺受，收好蟹黄豌豆。再说，关注是这个时代最深的感情。

我说，你要相信爱情。

我问一七三是否要脱掉他的袜子和眼镜。他说，不用。很快他向我讲起他爱而不得的女人，一个已婚女性。"她能多重高潮"，他用一种惊羡佩服的口气说。她有千万种魔力使他臣服，这似乎是其中之一。

"她说她每天洗澡时都刮阴毛。"他说。

这对多重高潮有用吗，我问。我躺在他双人床的左侧，紧贴墙壁，手探到被子外面去，墙摸起来凉凉的，让我想把嘴唇贴上去。窗外回荡着光秃秃的枝条。他在的那侧，左手作衣帽间使用的小走廊通往浴室，他半闭眼睛，头放在枕头上时也微微扬起下巴，发表演说的表情很庄严，如果头发长一些，右侧分个印儿，就很像当年每周一带领全班做"国旗下的宣誓"时的样子。

对人有那样强烈的需要，他说，不会再有了。我真心实意地说，我相信不会再有了。

"她跟一般人很不一样。"

肯定的，我说。

"刚认识时，光觉得她非常漂亮，后来发现还有头脑。她很有艺术家气质。喜欢那个诗人，特朗斯特罗姆。"

真完美。有什么缺点吗？

"太漂亮的女人生活很辛苦。你不懂。明明有才华却受人轻视，这让她生活得很艰难。"他想了一想说。

我想那一定是爱吧。

早晨天刚蒙蒙亮时有一阵子我忘记了自己身在什么地方。我说，坐地铁我有时会想着你，这样我就愿意走出地铁到地上去。他又在我的身上运动一次。幸亏成功了，不然没法收场，他说。我想，是吗，放进来之前他迟疑过吗，那是不是就是"不置可否"的意思？那么，我更希望置之度外还是置之不理？浴室门半开着，从我躺的地方能看见洗手池台面上方的镜子。射灯太亮了。我想把自己变得很小。

他去洗手间，门没关严，我听见马桶的声音。他卧室吊灯旁边那块天花板上有一个黑手印，也许有什么人曾经想沿着灯内的电线逃出去，哈利·波特，堂·吉诃德，《绿野仙踪》的多萝西，小狗托托始终陪伴着她，它有一身丝绸般的长毛。

重新躺下后他回忆起上一次见面。那是四年前的夏天，我回北京，他找我和上铺一起去城郊钓鱼，像老年人的爱好。那两年的流行风尚相当鬼魅，夏天也穿踝靴甚至雪地靴，我穿了双露趾却捂住脚面的粗跟靴子，一天下来脚疼得要死，回城后又一起看了场古怪的国产悬疑电影，中途就现出凶手，结局始终不明晰。他说，你那时候皮肤可真不好，满脸痘。我说，我很感激你。那段时间我不怎么开心，很高兴和小时候认识的人重逢。他笑出声来，他说，原来你这么谦虚。

我记得他的汗。他伸出手臂去拿钓竿，汗水滴在我胸前。

还有一次他在明信片上写："今晚月亮很圆。It breaks my heart."

后来我又睡着了。醒来时他坐在客厅角落的单人沙发上看杂志。窗外闪耀着一种带橘红色光芒的明亮，新年到了。

那天过后我没出门，待在酒店。上铺让我若睡不着就去听播客，读诗之类的节目有ASMR①般的催眠功效。为什么都要去做读一首诗再睡、所有地方都关灯一小时这样的事？假如有记者来采访，我建议每天夜里十一点，全球各个地方，不分时区，每人抽一支烟。

在网上看特朗斯特罗姆，读到一封他写给一位诗人朋友的信。航空信，不是电子邮件，更像明信片。

> 我想你该得到一封来自这个国家的信。飞行了十个又加五个小时后，昨天我自曼谷抵达此地。我并不累，没有时差反应。访问从今早开始，我和两位满头银发、穿中山装的老诗人坐着谈了两小时，喝了十二升茶水。突然我感到对你有一种那样的思念。所以我必须给你寄去这封信。
>
> ——特朗斯特罗姆致罗伯特·布莱，1985，北京

读到信后这位布莱飞来北京，和他上了错误的床吗？

第一天我去便利店逛了一圈。回到房间，在面包圈里吃出星星。做了一个去黑头面膜。到最后陪我走进坟墓的会是黑头。我左胸皮肤上还有一颗长了好几年的痣，越长越像第三颗乳头。

特朗斯特罗姆还有一首诗，或许是咏叹挖黑头的：

---

① ASMR：自发性知觉经络反应，指人体通过视、听、触、嗅等感知上的刺激，在颅内、头皮、背部或身体其他部位产生令人愉悦的独特刺激感，又名耳音、颅内高潮等。

一只牢牢挖下去的锚

　　让漂浮于上的巨大阴影保持不动

　　那巨大的未知物

　　第二天我点了比萨外卖，套餐优惠、满减、新用户首单减免合并后，价格只剩标价的一半。一七三看的杂志上有篇文章说，便宜又快速的服务是中国对世界的第五大发明。按那本红皮杂志的说法，吃到这块由赵军烤成、曹梦迪验货、张晓丽装盒、唐肃军送到房间门口的比萨，我应当感到非常幸福。送到后我睡了很久，醒来后在酒店房间里烧开水，倒进茶杯，一角比萨放在上面加热，就像给比萨蒸脸。点单时我额外加了蘑菇、菠菜、凤尾鱼，现在太咸了。比萨下面是热的，上面是凉的，中间是热的，周围是凉的。

　　第三天我继续吃比萨，一夜之后它像是已经过了周岁生日，饼边硬极了，眼泪滴上去也无法变软。

　　第四天酒店的空调坏了，在床头上方稳定滴水，十几秒一滴。我把枕头叠起来垫在身后，但无法起身离开床铺。水规律地浇灌我头顶的西兰花。

　　我订的是返程时间灵活的双程机票。当时我无惧离职，以为自己会想要长久地待在北京。其实本来想订单程票，不过单程比往返还贵。现在，搜索一遍去暹粒、清迈、胡志明城的机票价格后，选了一张最早返程回去上班的机票，还要等一个多星期。

北京让我脱离了脏兮兮的地铁站和新闻 App，两样我觉得属于美国人的东西。我好像待在一口井里。我没有用剃刀。收到了来自玫瑰的群发邮件，她用假笑照片祝所有人在新的一年里得到崭新的幸福。我想到玫瑰独自住在公寓大楼的 17 层，化妆，卸妆，俯瞰冰湖，维修工上门时她请他帮忙拍一张照片。她为拿到现金卖掉郊区住宅，租住在这座离医院和超市很近的公寓楼，又为房租便宜些许选择了不吉的 1713 房。我想到有一天我们会死，就是"人去楼空"的意思。我抽烟，房间的味道像烧焦的猪小排。

还收到雪松美发沙龙的邮件，视我为老顾客，发来新年后三个月内有效的电子优惠券。

收件箱

Hair Bar Cedar<emails@secure-booker.com>Unsubscribe

亲爱的 Laura Lie，

雪松全体员工祝你新年快乐。

点击此处，预约下次来店时间。

我们希望早日再次与你相见。

Hair Bar Cedar

没人能拼对我的名字，即使我已经不用我既有Q又有X的中文名字拼音。Laura Liu 到 Laura Lie，去掉笔误也是谎言。劳拉是谁？

第五天上铺回到北京。我去医院，等她下班，喝了一杯咖啡，在楼道里转悠。医院顶楼演讲厅正在布置产前知识讲座，门口长条桌上摆着小蛋糕和柠檬水。我走进去，在座位上看到了一些想必彼此关心着的人。前排有一位至少已中年的孕妇，手持一本蓝色书，封面上标着《实用法语语法：详解与练习》，她正在做练习。她花白头发的伴侣坐在她身边，看一本有折痕的大开本《我的汉语教室》，头发在颜色褪去以前也许是金发。讲座上半场讲顺产要点和呼吸方式，医生打开一张B超图，胎儿在母亲腹内模糊地蜷缩着，放大后现出一张闭眼微笑着的小脸，在我看来平淡无奇，却摁下有魔法的按钮，以阿尔都塞借询唤构建主体的强力，令满厅相互依赖的人发出快乐的低呼。炭笔细线条勾勒的小小婴儿躺在每张PPT的页脚，一条委婉的小毛毛虫，市面上常见的那种团圆可爱。随即播放的视频却风格不同，隐掉了母亲，只看到小婴儿拱出产道的过程，就像隐掉了"分娩"这个词的主语，重心都在一个新人的出生，于是屏幕上那团圆圆的小东西以非理性的信念，肩撞腿缩，旁若无人，非要拱出体外不可，带着一种迷迷糊糊、真率顽强、不可争辩的生存意志，伸展拳脚，发出声音，证明它自己。这可能是我见过的最单调笃定的生物，像人也像半人，挑战自由这个词的意思。如果确有神创造人，神想要的大概是这样的人。

休息时前排的那二人亲吻啧啧有声。她去取了杯水，站起来后个子很高，像退役运动员，左腿比右腿短一些。回去后她教他唱《两只老虎》，他反复跟唱最后一句，"真奇怪，真奇怪"，又唱它的法文版，Ding, Dang, Dong。

没想到会在这里看到比较文学的实践。而且他们爱到为对方做题。

我想那一定是爱吧。

许多年前，在我无法想象自己有一天会离开北京时，我看郁达夫写《北平的四季》，他认为北京"一年四季无一月不好"，尤其是秋天，"南方的秋天，只不过是英国话里所说的 Indian Summer 或叫作小春天气而已"。透过几十年前的汉语，我学到英文里 Indian Summer 的意思，晚秋袭来的一阵暖意，走过中段走向尾声时再次发出的光热，生命与感情的晚期风格，度过夏天后又重返夏日。

我在北京惦记印第安夏日。

老板在我预计回去上班之前两天发来的邮件，就好像我从未离开公司一样。他想把我们提供的服务关键词改成 Care N'Fun，捉弄能让人感到年轻。在新投资者进入后我或许还能保住工作。

斯皮瓦克发来三张照片：1.老板的侄子进了Amherst[①]学院，老板得意极了；2.我们外侧那两间办公室租给了一个幼儿日托中心，小孩着迷于在植物园里寻找上一年冻死的蜥蜴，诸位同事因此高昂了士气；3.斯皮瓦克用3D打印机做出企鹅，在窗台上摆了一排，照片上稚嫩的胖企鹅站在清晨的阳光里，他单手托住其中一只的翅膀。

"可能会挡住你办公桌上的阳光。你回来后务必要原谅我。"

夜里喝完迷你吧里的饮料后，我出门去酒店旁的便利店，普通可乐在补货中，冰柜里只剩零度和樱桃味的了。每一个神都在拒绝我。我买了零度可乐，出店门，找到路边长凳，急不可耐地打开，易拉罐的拉环扯掉了，剩一个小孔，侧过来时能朝嘴里间或蜿蜒流出几滴。我崩溃了，哭得像婴儿。

我本来以为我会赶不上飞机。航班延误，我在登机口坐了许久，对面是带着两个小孩的年轻父母，都是栗褐色头发，去洗手间时也是四人同行，牵引绳拖着小的，胸前包裹一只更小的。那对父母长相很相似，不像夫妻，更像兄弟姐妹，两个人神情疲惫，衣服上都有菜汁，父亲嗓子已经哑了，基本可以扮演从伊拉克战场返回的年轻的老兵。

脸扁扁的小男孩向窗外指着叫，小鸟！大树！窗外并没有这些，

---

①Amherst: 阿默斯特学院，享誉世界的顶级私立文理学院。

阳光平静地照射着灰色的廊桥和机场的沥青地面，他在玩一个自得其乐的游戏。妹妹还是婴儿，几乎没有眉毛，脸庞两侧像两条平行线。

哈啰。小男孩对我说。

哈啰。你叫什么名字？

Mason，小男孩说。你呢？

我决定告诉他我的小名。"包包。"我说。

Bun Bun，小男孩说。

不是夹汉堡的那种东西，是 Bao Bao，我说，把嘴张得又大又夸张。他开始笑。我的已婚男友曾经告诉我，小孩都喜欢傻乎乎的事。他还告诉我所有小孩都爱吃西红柿和土豆，也是奇怪的跨文化知识，我原以为于我将终生无用。

"宝包"，然后，"宝宝"，现在他发得很像汉语里的轻声了。听起来真像宝宝。我笑了半天。

谢谢你，听起来很甜蜜，我说。

不用谢，他说。

他的妹妹冲我爬行而来。我向前坐，想弯腰抱住她，一时失去重心，溜下椅子，重重坐在地上。小男孩又说了一遍，宝宝宝宝。她爬到我腿边，我试着抱住她。小孩软得令人心碎，蜷伏在怀中时携带着彻底的信任和诚挚的给予，柔软又强硬又下定决心，贴着头皮的满脑袋蜂蜜褐色的卷曲头发散出一种乱哄哄的芳香，夹杂一点微臭的汗味。宝宝宝宝。我屏住呼吸，感觉自己和她一起飘浮在空气中。宝宝宝宝。这是一个非凡的时刻。

2014—2020, 芝加哥, 北京

收录于淡豹《美满》一书, 上海人民出版社, 2020 年 8 月

秘密

猫将军

孙 频

　　我把我的小饭店从县城的南街挪到北关，又从北关挪到东门，最后又从东门挪到旧车站附近。在巴掌大的县城里这么腾挪跌宕一番，好像我正一个人对着一张棋盘下棋，把棋子下到哪里，完全是我自己说了算，倒也过瘾。在小县城里，像我这样靠做点小生意混口饭吃的人不计其数。我们都是被永远留在县城里的人。

　　南街的路面虽然宽敞些，但一条路上几百米内就长出了几十个小饭店，雨后蘑菇似的，密密麻麻令人心惊，小老板们一里地之外就开始拉客。开张几天之后我就盘算，老子还是搬走算了，不在这儿凑热闹了。到了北关又发现，这里藏着很多地头蛇，招惹不起，还是赶紧滚蛋。东门倒是热闹，从前老县城的中心嘛，至今还有府君庙、城隍庙、广生院，虽然都已经破破烂烂，广生院门口的那棵大槐树已经活了一千五百岁，老妖精似的，还活得挺精神。据说住在这片的居民，连厕所都是拿明朝老城墙的砖垒起来的。可是房租贵哪，开业一月有余，发现连房租都赶不出来，只好再次把我玩具一样的小饭店折叠起来，雇个三轮车，又连滚带爬地迁到了旧车站一带。

经过考察，我发现这是个好地方。首先，房租便宜，荒凉嘛，自然就便宜。其次，这一带几乎看不到饭店。再者，旧车站属于半废弃状态，虽不算热闹，但至少还有客车经过，有人来往。于是直到此地，我的小饭店才算正式开张。说是饭店，不如叫面馆更合适。因为我主营桃花面，辅以凉拌三丝、西芹花生米之类的小凉菜。桃花面的名字听着绚烂夺目，其实也就是一碗刀削面加些浇头，浇头倒是有些讲究，里面必须有肉丸子、红烧肉、小酥肉、油豆腐、海带这五样东西，一锅炖得烂熟，浇上去，才能配得上桃花面这一称呼。刀削面我更是练得炉火纯青，站在两米之外，把面团顶在头上，都能把面准确地削到大锅里去。因为几乎没有人来欣赏我的绝技，我在削面的时候时常暗自落寞。小时候成绩不出色，没有考上大学，父亲原打算把我塞进他们厂里，结果厂子先倒闭了，众人遣散，找不到个去处，没办法，我只好苦练刀削面。时间久了，觉得做饭的时候都像在耍杂技，我就是那个杂技演员。

空闲的时候，我时常站在饭店的玻璃门后往外瞅。我饭店前面的视野相当好，门口是一条坑坑洼洼的旧国道，斜对面是旧车站，旧车站旁边是一大片荒野，杂草丛生，几乎看不到建筑。荒野上只有一片稀疏的枣树林，枣树林的后面有一处孤零零的红砖院子，我知道那院子里住着一个养鸡的老头，姓刘。我之所以能认识他，是因为老刘时不时会来我饭店里吃碗面，就着生蒜，喝着面汤，一来二去，不想熟也熟了。

有时候，倚在玻璃门后便能看到客车路过旧车站，放下几个乘客来，有的乘客会来我店里吃面，我自然是求之不得。但我又生怕遇到从前的同学，在外地工作的，一回老家就是衣锦还乡的架势，我对他们避之不及。有时候，小饭店里只有老刘一个人坐在那里吃面，吃完面咻溜咻溜地喝汤。我解下围裙坐在他对面，一边抽烟一边问，味道咋样？他使劲吸吸鼻子，用手抹抹嘴，嘴里喷着刚猛的蒜味，还可以。我说，老刘，你怎么不住到城里，一个人住在这野地里不害怕？他咽下满嘴的面条，又喝了口面汤才说，养鸡嘛，臭得很，把别人都熏着了，就要躲到这野地里来养。我想想也是，便又问，那你家三宝呢？又出去玩了？他一个人住在那红砖院里，养了一只大黑猫，取名叫三宝。我有些奇怪，并没有看到过大宝二宝，何来的三宝，但也不好意思多问。

三宝是一只极其威风的公猫，浑身漆黑如炭，毛皮溜光水滑，只有两只前爪是雪白的，两只眼睛则是绿色的，祖母绿一般。三宝从小到大只吃过两样东西，生鸡蛋和老鼠。鸡舍里碎掉的蛋统统喂给三宝，鸡舍里上蹿下跳繁衍兴旺的老鼠一直是三宝的主食，所以除了鼠肉，三宝从未吃过别的肉，也不认得鱼，更不知道鱼肉可以吃。有一次我拿鱼肉喂它，它只是很鄙弃地看了我一眼，然后踱到窗前晒太阳去了。有时候老刘喝酒的时候，还会喂三宝一点，三宝喝了酒很快醉倒，躺在炕上四仰八叉地睡着了，呼噜声比老刘打得还响。

大概是因为鸡蛋比较有营养，三宝比一般的猫雄壮魁梧很多，简直不像一只猫，而像一只小型的黑色老虎，虽然都是猫科动物，但毕竟气场有别。它身手极其敏捷，可以像闪电一般从房梁上忽地跃到地上，又可以像蛇一样无声地游走在天花板上，据说它一天可以抓一串老鼠，然后纷纷进贡到主人的炕头。它吃不完的老鼠，老刘就帮它做成鼠干，挂在房檐下，替它储存着。这都是听老刘说的，他那院子我一次都没进去过。人家从没邀请过我，我也不好厚着脸皮硬要进去串门。

有时候他来我店里吃面的时候，三宝会跟着他一起过来。我饭店的玻璃门正对着荒野里的那条羊肠小径，所以他们一出门就在我的视野里。三宝走路的姿态，简直就像一匹老虎坐骑跟在他的后面。我喂它两颗肉丸子，它也并不知道吃，只拿爪子拨来拨去当球玩，时而抛到空中跳起来接住，时而扔到柜子下面，再用爪子使劲勾出来。我叹道，你这猫当得真亏，除了老鼠什么肉都没吃过，白活了。老刘和三宝共盖一床被子，三宝前半夜出去云游四方，后半夜回来，钻进被子睡在老刘的脚边，还打着震天响的呼噜。

老刘来吃面的时候，有时候会给我拎两只死鸡当礼物。他拎着死鸡的爪子递给我，说，放心吃你的，不是药死的，没毒。我看着两只血淋淋的鸡，其中一只轻飘飘的，但体形完整，好像是缺了内脏。我有点心惊胆战，悄悄问，它们是怎么死的？他一屁股坐在凳子上，搭起二郎腿，慢慢抖着上面的一条腿说，这鸡吧，啊，有个爱好，就是个爱好，就像你喜欢抽烟，我喜欢喝酒，就是个爱好。它们喜欢红色，不对，是不能见红色，一见红色就会发疯，所以嘛，你知道关在鸡笼子里的鸡最怕什么？最怕有伤口，不管是什么部位，只要受了伤，流了血，别的鸡就会哗啦全围上去，使劲朝着那个流血的伤口啄，有时候伤口越啄越大，内脏都被啄出来了，那受伤的鸡就这样被啄死了。虽然死相不好看，但毕竟是肉嘛，炖熟了都一样。早和你说了，不是老鼠药药死的。把心放宽，加点干蘑菇，就是个不赖的菜。

我看着死鸡，皱着眉头说，你自个儿怎么不吃？他要了一瓶二两装的柔绵汾阳王，拧开盖子喝了两口，继续抖着腿说，我从来不吃鸡肉，不对，是自从养鸡之后，就再不吃鸡肉。我说，为什么？他叹气道，你自己养养就知道了。我说，那就给三宝吃嘛。他得意地说，我家三宝打小在鸡笼子里长大，小鸡们都是它的亲戚，它根本就不知道这些亲戚还能吃。

走的时候他一般还要再打包一份小碗面带走，开始时我很是疑惑，怀疑他并没有吃饱。我说，不够吃早说嘛，我给你加面就是。他却说是留着给自己晚上吃的。不过通常他吃完也并不急着走，总要慢慢啜两碗面汤帮助消化，一边找些话和我说。到最后，小饭店里只剩了我们两人，分别坐在一张桌子的两旁，我抽烟，他喝汤，半天找不出一句话来。

我猜想，他一个人住在这县城边上，只有一只不会说话的猫做伴，到底还是孤单了些。我便找话说，老刘，最近鸡蛋卖得咋样？时好时坏，不好说。他说了等于没说。我又说，老刘啊，你以前是干吗的，怎么跑到这里来养鸡？老刘，以前是机床厂的工人，后来厂子散了，总得想法子挣两个钱，要不吃什么喝什么。我朝空中慢慢喷了几个烟圈，看着烟圈渐渐消散，感慨道，可不，一天抽一包赖烟都得十块钱，现在钱不好挣哪，你说我当初要是考出去了，怎么也比现在强吧。

老刘忽然面色铁青，一语不发地看着玻璃门外。我吓一跳，心想自己哪句话说错了？我们俩半天没再说话，长长的沉默，都呆望着玻璃门外。门外走过去一个胖女人，又走过去一个光头男人，光头男人还趴在玻璃门上往里看了看。我没话找话，问道，老刘，你家三宝为什么叫三宝呢？莫不是它上面还有别的兄弟姊妹？他神情依然冷峻，看着门外点点头，嗯，它上头还有俩哥。我说，怪不得。像是怕冷了场，又赶紧问了一句，你家儿女呢？也不见来看你，莫不是都在外头上班？

我注意到他搁在桌子上的那只手忽然握成了拳头,关节突出,大如核桃,我在空气里都能闻到一种类似金属的味道。我忍不住一阵害怕。只听他叫了一声,三宝,过来。三宝闻声,噌一下就跳到了他腿上,然后眯起眼睛,像只小老虎一样卧在他膝上。他一边用大手抚摸着三宝的头,一边倨傲地说,我家那小子还算给我长脸,念完博士就留在北京啦,在大学里当老师。我啧啧惊叹,博士都念完了,真是长脸,老刘你是怎么培养出一个博士的?他慢慢抚摸着那只硕大的猫头,忽然从鼻子里冷冷笑了一声,当年我和我的连襟在一起喝酒,我连襟工作比我好,那天他喝多了,指着我说了一句,你一个烂工人。我说我这辈子就是个烂工人了,不过烂工人也有后代,对吧?时日长着呢,咱们慢慢走着看。

又是一段长长的沉默,长得足以让人昏睡过去。我觉得自己应该再说点什么,说什么都行,只要不让我们之间就这样荒着。但奇怪的是,我一句话都不愿再多说了,我心里什么地方隐隐觉得不舒服。直到老刘站了起来,他把三宝高高举过头顶,然后放在了自己脖子上,让三宝骑在那里,自言自语道,我们回家喽,喂鸡的点到了。

在他站起来的一瞬间,我发现他的裤子拉链又开了,露出了里面的红色裤头。有时候他这样堂皇地敞着拉链就过来吃面,我一直不敢告诉他,怕他觉得我在看笑话。这次我忽然下定了决心,小声提醒了他一句。他连忙低头查看,一愣,赶紧拉上,抱歉地对我笑笑,说,这裤子不太合身,一坐下去,拉链就容易开,站着就开不了。

说完他赶紧驮着三宝出去了，笨拙地左顾右盼了一番，看没有车辆经过，这才穿过国道，向荒野里的红砖院子走去，三宝像顶黑色的帽子戴在他头上。我倚在门后，一直目送着他的背影彻底消失。

没有顾客来吃饭的时候，我经常这样，倚在门后，叼着一根烟，看着面前的人来人往。除了长途客车，县城的公交车每天也要从我门口经过六次，我数了一次又一次，不多不少，整整六趟。县城的公交车极小，看起来像长着轮子的大面包，车上只有四五个座位，一路大声放着儿歌，所以每次只要远远听到有粗暴的儿歌声传来，就知道是公交车快来了。在县城里开车是一件很不爽的事情，因为刚踩一脚油门，就到目的地了，实在没有什么快感可言。公交车又是踩着点晃过来的，所以更多的人还是选择电动车。电动车开起来无声无息，又可以在马路上快速游动，一不小心就蹿到了背后，幽灵一般。到冬天的时候，寒风刺骨，为了保护膝盖，大多数的电动车上都要加个挡风的垫子，骑车的时候，把厚厚的垫子盖在腿上，简直像裹了一床棉被在赶路。

我注意到有个老头，经常用自行车带着一只硕大的音箱，一直骑到我对面的荒野里，然后取下音箱，拿起麦克风，开始一首接一首地唱歌，唱得极其投入，每次唱完，都要对着无人的荒野深深鞠躬，大声说谢谢。我还注意到有几个女人经常在旧车站前面的空地上跳舞，其中有一个烫着钢丝头的女人每次必在，无论春夏秋冬刮风下雨，她都会按时出现在旧车站旁，像上班一样准时。身上穿的也永远是同一套行头，迷彩裤，马丁靴，冬天是黑皮衣，夏天是黑半袖衫。我奇怪的是，她们在早晨跳，上午跳，下午跳，晚上跳，深夜跳。似乎除了吃饭时间，剩下的所有时间都在那儿跳舞。

有一次和隔壁五金店的老板蹲在一起抽烟，说起跳舞的事，他笑眯眯地说，这两年县城里就流行跳舞，好事，总比耍钱强，跳舞又不会跳得家破人亡，我老婆现在麻将都不打了，天天忙着跳舞。我抽了口烟，说，我看这跳舞一旦上了瘾，比别的瘾都大。

除此之外，进入我视野的便是老刘的那座红砖院子。每次只要他一出门，就铁定在我的视野里。有时候他会开着他那辆三轮车出门，估计是去卖鸡蛋。三轮车只有火柴盒大，蹦蹦跳跳地跑远了，回来的时候，车里装着一大袋玉米，车顶上还绑着一大袋玉米，玉米袋看起来比三轮车还大，把三轮车压得像块三明治。大约是喂鸡的饲料。还有的时候，他会带着几只少了鸡冠或少了内脏的死鸡出门，把它们便宜卖给一些饭店。我亲眼看见了那些死鸡的惨状后，曾有一段时间给所有的亲戚都打了一圈电话，只叮嘱他们一件事，去了饭店千万不要点鸡吃。

天气越来越冷，初冬到了，路边白杨树的叶子已经落光，树干上长满了大大小小的眼睛，猛地看过去，还真有些恐怖的意味。对面荒野里的杂草都枯死了，变成了衰败的黄色，阳光好的时候，则会变成金色，整片荒野在阳光下闪闪发光，近于璀璨。我的小饭店里生了个铁皮炉子，炭烧得通红剔透，炉子上坐了一只大号的白铁茶壶，水煮开的时候，满屋子都是雪白的水汽，人的脸都消失了，几个无头人坐在桌前吃面。

老刘还是隔三岔五地过来吃碗桃花面，心情好的时候就多要一瓶二两装的汾阳王，就着一碗面慢慢喝酒。天一冷他就把自己一层层地裹起来，毛衣外面穿着棉背心，棉背心外面是棉衣，棉衣外面是军大衣。我之所以能一层层地看到最里面，却是因为，不管天多冷，他总喜欢敞着怀，所有的衣服都不扣扣子，好像又是不怕冷的气概。我猜测，大约是因为他觉得这样敞着比较时髦。不过他天天如此敞着我也就习惯了，裤子拉链倒是再没开过。

这天天气阴沉，铁青色的天幕扣在大地上，空气里已经隐隐飘出了雪花的气味。我把炉子生得分外暖和，红彤彤地蹲在地上，如一只猛兽。中午时分，有两个人携着寒气推门进来了。我一看，是老刘和一个从来没有见过的年轻女孩。那个女孩戴着眼镜，从冷天里一钻进暖和的屋里，眼镜上顿时起了一层雾，镜片变得雪白，她像盲人似的摘了眼镜，眯着眼睛摸着凳子坐下了。老刘的军大衣依然敞着，一直看到最里面一层，身上却散发着一种奇怪的气息，他看我的眼神也不大对劲，使劲盯着我，好像也是第一次见到我。他干巴巴地说话，也不知道在对着谁说，他说，周围没什么饭店，天气又冷，就在这里将就吃碗面吧，大碗的，桃花面，两碗，多加几个肉丸子，再拼个凉菜，多放点五香花生米。

我想，这话应该是对我说的。嘴里答应一声，提起茶壶给他们倒茶。老刘一把抢过茶壶，他的手又硬又凉，铁器一般。他紧张地看着我说，老张，你去做面吧，我来倒茶，这是我小子的朋友，从北京过来的。那女孩不作声，等眼镜上的雾气散了，重新戴上开始埋头看手机，头发垂下来，我看不清她的脸，又见老刘神色不似往常，便连连答应着进了厨房。

饭店本来就很小，厨房只用一张布帘子隔开，所以我即使在厨房里做饭，也能隐约听见他们的谈话声。我关了吹风机，一边削面一边竖起耳朵听着。是老刘的声音，只听他说了一句，他一年都没有回老家了，也有一个月没给我打电话了，我不知道他去了哪儿。沉默了片刻，又听他说，你一个学生娃娃，还是回学校上课去吧，我找着他就给你回电话，把你电话号码给我留下，我保证给你打电话。又是一阵沉默，忽听老刘猛地把声音拔高了，语气很是凶悍，他嚷道，你这女娃娃是怎么回事，要不要脸，我都告诉你了我也不知道他在哪儿，你让我去哪里给你找去？那女孩开始低低地抽泣，过了一会儿，哭声戛然而止，我听见那女孩忽然冷冷地说了一句，行啊，他就躲着不要见我，他以为他是老师，就可以随便骗学生？我回去就给我们校长和书记写信。沉默了几分钟之后，又听老刘叹气道，你这娃娃要长相有长相，要学历有学历，找谁不行？非要找他。那女孩说了一句，他把我当什么了，连我电话都不接，我就等着他，他必须给我个解释。老刘又是叹气，低声说，你们这些人啊，先吃碗面吧，吃了再说。听到这里，我连忙把两大碗桃花面端了出去。

见我出来，两个人都不再说话，开始默默地吃面。那女孩只吃了两口便把碗推到一边，又开始埋头看手机。老刘极慢极慢地把自己那碗面吃完，又把女孩那碗里的肉丸和红烧肉细细挑出来，夹到自己碗里。那女孩没有抬头看他，只是盯着自己的手机屏幕。面吃完了，他又要了一碗汤，一小口一小口地啜着，最后，面汤也喝完了。我有些暗暗替他着急，又给他端出一碗面汤来。他感激地对我笑了一下，却不再喝汤。两个人又默默地枯坐了一会儿，然后起身，一前一后出了饭店的门。

两个人出去以后，站在饭店门口又说了半天话。外面寒风呼啸，女孩扭脸看着路上来往的车辆，立在那里一动不动，看上去极其瘦弱又极其坚固。老刘依然敞着怀，像把自己剖开了要给人看一般，他嘴里一直在说着什么，但隔了一道玻璃门，我一句也听不见，只能看到他的嘴唇在不停翕动，哑剧一般。屋里的热气一头撞到玻璃门上，凝成水珠，一串一串往下流。我倚在门后，隔着玻璃看着外面的两个人，他们就像站在雨中一样，仓皇潮湿。就这么站了好一会儿，女孩扭头向东走去，老刘一个人在原地又呆立片刻，然后迟缓地穿过国道，慢慢向荒野里的红砖院子走去。

第二天中午，我正在收拾一个客人吃完的碗筷，门开了，进来两个人。我一看，又是老刘和昨天那个女孩，她把眼镜摘下，眯着眼睛打量了一下周围。老刘说，桃花面，来一个大碗一个小碗，拼个凉菜。我答应一声，先拼了一盘凉菜摆上桌，让他们先吃着，然后进厨房削面。我一边噌噌往锅里削面一边竖起耳朵听着外面的声音，但没有听到任何声音，两个人干坐着没说一句话。

面好了，我犹豫了一下，还是在两个碗里各自多加了两个肉丸。老刘剥了一头大蒜，一边大口吃面一边就着蒜瓣，女孩又是吃了两口就不吃了，把碗一推，开始埋头看手机。老刘又把盘子里剩下的凉菜都倒进自己碗里，直吃得满头冒汗，吃完又慢慢喝了一碗面汤。炉子上的茶壶煮开了，开始喷着水汽大声呼啸，我坐在炉子后面，借着茶壶和水汽的掩护，窥视着这两个人。

但他们从头到尾都没说一句话，似乎根本不认识对方。吃完之后，老刘用大手抹了一把嘴，出去了，女孩紧跟着走了出去。他们站在门口简短地说了几句话，然后，女孩又像昨天一样，朝东走去，头也不回。老刘则慢慢穿过国道，走回自己的院子里。

第三天中午，老刘一直没来吃饭，倒是来了一男一女，要了两大碗桃花面。我把面端上来的时候，那男人正面无表情地看手机，女人不时用手碰碰男人的胳膊肘，或把手搭在男人的腿上，男人只是专心看手机，并不搭理女人。女人看着面前的大碗，尖着嗓子叫道，哎呀，早知道这么多就不要大碗了，小碗就够了，来，我分给你一点。男人冷冷地摇摇头，拿起筷子，一边吃面一边看手机，女人像在撒娇，人家吃不了这么多嘛。男人眼睛盯着手机说了一句，吃不了就剩下。女人上前抢男人的碗，执意要把自己的面分给他一部分，男人忽然一扔手机，对女人吼道，说不要不要听不见吗？女人吓得一哆嗦，忙松开碗，呆呆坐了几分钟，然后也拿起筷子，开始若无其事地吃面。我坐在炉子后面想，这两人是什么关系呢？不像是两口子。这时忽见那女人也掏出手机说，忘了给咱儿子打个电话了，让他去奶奶家吃饭。男人没吭声，继续面无表情地吃面。

我坐在炉子后面，抽了两根烟才想明白，这几年稍微优秀一点的男生大学毕业后都不愿再回到县城，争先恐后地留在了城市里打拼。但女生求安稳，返回县城的就相对多一些，导致这几年县城里出现了一种奇怪的现象，很多女老师和女公务员找不到对象，眼看年龄大了，只能将就着找一个男人结婚。一条看不见的食物链主宰着众生。我心中感慨，忍不住又想起了老刘那个留在北京的儿子，老刘曾和我抱怨过，他那儿子过年都不愿回家，就是怕他催结婚。老刘说，他居然不想结婚，你说他怎么就不想结婚呢？看那女孩找上门来的架势，这次事情还是比较严重的。

我坐在炉子旁边打起了瞌睡，好像还做了一个梦，梦见老刘推门进来，要了一碗桃花面。声音过于真切，就在耳边，我从梦中惊醒一看，老刘真的就站在我眼前，那个女孩跟在他身后低着头玩手机。我看了看表，已经下午两点钟了。老刘在桌前坐下，把大手往桌上一拍，指甲缝里都是黑色的泥垢，食指和中指上还缠着胶布，他大声说，来两碗桃花面，一大一小。这次连凉菜都不要了。

两个人还是一言不发地吃完了面，又面对面呆坐了一会儿，但还是没说一句话，随后便出了饭店，依然是一个朝东走，一个朝荒野里走。

　　下午饭店没人来吃饭，我坐在炉子后面，一边烤火一边琢磨着这件事。忽然再次想到一个问题，老刘为什么要一个人住到这荒野里呢？我总觉得哪里有点不对劲。于是便给亲戚朋友打了一圈电话，打听老刘的底细。在一个馒头大的县城里，要打听一个人太容易了，只要拐两个弯便打听得一清二楚。老刘原来确实是机床厂的工人，他老婆和他是一个厂的，早早得癌症死了。老刘一个人带大了三个子女，子女都十分有出息，上学的时候都是好学生。大儿子大学毕业后去了深圳工作，可是工作一年之后就莫名其妙地失踪了，谁也不知道去了哪里，后来也一直没找到。二儿子读完博士后留在了北京一所大学里当老师，挺有出息。最小的是个女儿，学习成绩也特别好，可是这个女儿在十四岁那年爬上教学楼的楼顶，跳楼自杀了，据说是因为学习的心理压力太大。这件事当时被学校给压下来了，所以知道的人不多。

　　直到晚上十点，实在没顾客了，我才关了小饭店，拉下卷闸门，准备骑着电动车回家睡觉。整个县城在冬夜的寒风里缩成一团，街上鲜有行人。开始有拉煤的大货车借着夜色的掩护狂奔在国道上，因为白天是不允许大货车上路的。货车庞大诡异的黑影不时在我面前疾驰而过，我站在路边眺望着对面的荒野。夜晚的荒野看上去阴森可怖，如被一场黑暗的大雾笼罩着，依稀能看到一点微弱的灯光，飘动在无边无际的黑暗里，那是老刘的窗口发出的灯光。

一连五天，一到中午，老刘就带着那女孩来我的小饭店吃面，到后来他们已经不再做任何交流，只默默地吃完面就离开了。到第六天的时候，他们又来了，这次都不用吩咐，我就知道要两碗面，一大一小。我在厨房做面的时候，忽听见老刘说了一句，你有这钱每天住旅馆，不如干点别的。那女孩没说话。沉默了一会儿，又听老刘说了一句，我和他也联系不上，你打他的手机嘛，能打通？你说让我上哪儿给你找去。女孩还是没说话，像是睡着了。我把面端出去一看，女孩还是坐在那里低头看手机，老刘正笨手笨脚地给自己剥蒜，指甲缝里全是黑色的泥垢。

　　吃完面走出饭店，我看到他们站在门口忽然激烈地争吵了起来。我只能看到他们的嘴唇在动，却一点声音都听不到。争吵完之后，女孩没有向东走，而是跟着老刘过了国道，向荒野里的红砖院子走去。我倚在门后看着他们的背影渐渐消失在荒野里，背上忽然一阵紧张，我意识到可能要发生什么了。整整一下午，我都没挪地方，一直紧张不安地盯着那条荒野里的羊肠小径，从红砖院子里出来的话，只能走这条路，而只要走在这条路上，就能收进我的视野里。那女孩一直没再出现在这条路上，那就是说，她还在老刘的院子里，还没有离开。

　　到天快黑下来的时候，她仍然没有出现在这条路上。我一下午抽完了一包烟，抽得喉咙发痛，整个人却既兴奋又紧张，一条腿站麻了都不觉得。随着夜色的降临，我的恐惧感在一点一点增加，那条小径上依旧空空的，没有一个人影。我甚至几次拿出手机，想着要不要报警。最后我没有报警，却走出了小饭店，穿过国道，向那片荒野走去。我不敢去敲老刘的院门，只是围绕着那红砖院子慢慢转了一圈，试图想发现点什么。荒野已经在半透明的夜色里渐渐狰狞起来，我什么都没发现，只在院子后面发现了一座小小的坟堆，坟堆没有墓碑，长满荒草，却在坟前摆着些五颜六色的纸花，还是簇新的，在萧索的寒冬里看上去十分扎眼。我心想，老刘把院子就建在坟墓旁边，晚上也不觉得害怕？

直到我晚上十点打烊的时候，都没有见到那女孩再从红砖院子里走出来。那院子已经亮起了灯，一点幽幽的灯光，像荒野里的鬼火一般。我站在路边徘徊了半天，不知道该怎么办，最后决定还是先回家睡觉。

第二天上午，我骑着电动车来到小饭店前，连卷闸门都顾不上拉开，就急忙走到那条羊肠小径上细细察看，想看出些痕迹来。结果，就在这条小径上，我发现了几点血迹，已经变成了暗红色。看到那几点血迹的时候，我的脚都开始发软，头在寒风中忽地变大。我想，我可能是这件事唯一的证人，只有我看见了什么，但又什么都没看到。像我这样一个普通人，没什么本事，开着一个小饭店糊口，没见过什么世面，一辈子可能都不会有什么惊天动地的大事了，却忽然之间亲眼看见了这样一个秘密。我又顺着血迹跌跌撞撞走了几步，发现路上还有不少散落的鸡毛。在小径的尽头，红砖院子静静地站在那里，如坟墓一般，没有任何动静。我停住了，不敢再往前走。

中午一点多的时候，饭店里顾客渐少，我正收拾碗筷，忽然有两个人推门进来，夹着一股冷硬的寒风。我一看，吃了一惊，来人是老刘，跟在他后面的正是那女孩，那女孩又摘下眼镜，拿脖子里的围巾随便擦了两下便戴上了。她看上去毫发无损，和前几天没有任何区别。我又是惊喜，又是失望，一时竟说不出话来，张了张嘴没发出声音来，只呆呆地看着面前的两个人。

老刘坐下来，搓了搓两只又大又硬的手，对我说，桃花面，一碗大的一碗小的，多加几个肉丸子，再拼一盘凉菜，多放点五香花生米，再来一瓶二两装的柔绵汾阳王。在听见他说多加几个肉丸，再拼一盘凉菜的时候，我的眼睛忽然就没有来由地湿润了，我拼了满满一盘凉菜摆在他们面前，又给他拿了一瓶二两装的柔绵汾阳王，两个酒盅。老刘咧开嘴对我笑了笑，露出了一嘴黄牙。不知为什么，我不敢多看他，赶紧进厨房做面去了。

等我把两碗面端出来的时候，老刘正就着凉菜喝着汾阳王，那女孩第一次放下手机，手里也捧着一个小酒盅，她伸出舌头轻轻舔了一点，皱起眉头，赶紧吃了粒花生米，然后又舔了一点，又赶紧吃一粒花生米。老刘看着她笑，但两个人始终没说一句话。我把两碗面轻轻放在了桌子上，我竟然有些紧张，因为我在每碗面的最下面埋了一个卤蛋。我怕他们马上就发现了，又怕他们吃到最后也没看到藏在底下的卤蛋。

老刘很快把一碗面全吃完了，包括埋在下面的卤蛋，女孩还是吃了两口就不吃了。我躲闪了半天还是不小心碰上了他的目光，我们相互对视了一眼，又很快闪开了。他走过来付钱，身上还背着一个样式陈旧的人造革包。他把五百块钱放到我面前，我大吃一惊，好半天才说出话来，老刘，你这是什么意思？两碗面大的六块小的五块，一盘凉菜八块钱，一瓶汾阳王三十五块钱，你又不是头一次在我这里吃饭。

老刘把几张钱压到筷子盒下面，又掏出两把钥匙和钱放到一起，然后终于看着我的眼睛说，老张，我问你，你是开饭店的，每天有没有剩菜剩饭？我说，那还用问，每天都有剩菜剩饭。他用大手一拍桌子，说，那就行，有一碗剩饭就够了。老张，我要出趟门，去找我家那小子，我不在的时候，你端碗剩饭，多去我家里看看。

我说，你是让我帮你喂三宝吧，放你的心。他略一犹豫，说，还有大宝。我诧异道，原来你养了两只猫啊，怎么从来没见过那只，放你的心，一只是喂，两只也是喂，包在我身上。说着我拿起那五百块钱，硬要往他包里塞。他突然发怒了，用力把我推开，后退几步，眼睛明亮异常，嘴里却呵斥道，你这人怎么这样，让你拿着你就拿着。

我不再说话，手里捏着那几张钱，呆呆地目送着他和那女孩一起离开了饭店，他们都没有回头看我一眼。我倚在玻璃门后，看着他们一前一后穿过国道，走到了旧车站的前面，那是长途客车路过的地方，经常会有人在那里截车，看见车过来了，远远就招手。如果客车还没拉满人，就会停下，如果已经客满，客车就毫不犹豫地疾驰而过，不做片刻停留。我看到他们两人在那里默默站了一会儿，彼此间并不说话。一辆大客车过来缓缓停住，挡住了两个人的身影。等到客车开过去之后，我才发现，他们已经不在原地了。

我有一种可怕的预感，我可能再也见不到老刘了。一种奇怪的恐惧感压迫着我，让我几乎喘不过气来。我呆呆坐在一把椅子上，一根接一根地抽烟，中途有两次拿起手机想报警，也只是拿起来便又放下了。

一直到傍晚时分，夕阳西下，半透明的夜色已经在荒野深处悄悄生长了出来，我破例提前打烊，拉下卷闸门，拿着那两把钥匙，穿过那条羊肠小径，朝着小径尽头的红砖院子走去。

这是我第一次走进这神秘的院子。院子的北面有三间红砖瓦房，盖得很粗糙，靠西面的一间还拉着窗帘。院子中间是一块小菜地，因为是冬天，菜地里什么都没长。菜地旁边还打了一眼井。院子南面是一排简陋的鸡舍，我走进去一看，只有空空的鸡笼，里面居然连一只鸡都没有了，槽里的玉米粒还没有吃完，满地都是鸡粪和杂乱的鸡毛。

这时天色更暗了，夕阳即将沉入群山之中。我终于朝那北面的三间房屋走去。最东面的那间是做厨房用的，里面有灶，灶上有一口铁锅，旁边站着一口一人高的大水瓮。墙角立着十几棵大白菜，用破棉被小心盖着，桌子上摆着两副碗筷和一只电磁炉，还有半只吃剩的白萝卜放在案板上。中间那间应该是老刘睡觉的屋子，屋里有张炕，还是热的，炕洞里烧着柴，炕上是一卷油腻枯瘦的被褥。在这里我看到了三宝，那只大黑猫正缩在被褥的缝隙里睡觉。地上只有几件家具，一个立柜，一个平面柜，一把折椅，墙角立着自己做的洗脸架，架子上摆着一个搪瓷脸盆，还有半块肥皂。椅子下有一个篮子，里面盛着满满的鸡蛋。平面柜上摆着一个相框，里面是一张黑白老照片。我拿起来一看，照片里是一对夫妇，他们身后站着两个男孩子，女人怀里还抱着一个女孩。我认得出来，那照片里的男人正是年轻时候的老刘。

我走到了最西面的那间房前，房间里面拉着窗帘，房间居然从外面锁上了。我看了看手里的两把钥匙，试着用那把小的开锁，结果，锁开了。门嘎吱一声被推开了，屋里立刻散发出一种浑浊难闻的气味，但屋里一片死寂荒凉，像是根本没有人住在里面。

我战战兢兢地走了进去，夜色正在加重，屋里又拉着窗帘，所以我走进去之后，一时难以辨认出屋里到底有什么，便茫然地站在那里。等到眼睛终于开始适应黑暗，我忽然发现，有一个人影正静静地立在我面前看着我。我吓得转身欲逃，刚转过身就听见那人影对着我叫了一声，爸爸。我惊恐地回过头来看着那人影，只听他又说了一句，爸爸你看，我把作业都做完了。像是把一个小孩的声音嫁接在了一个大人身上，狂乱稚嫩，带着点哀求，让人听了忽然想流泪。

我摸索到墙角把灯拉开，这才发现，我面前站着的是一个中年男人，身上裹着一件旧棉袄，头发蓬乱，胡子拉碴，一手拿着作业本，一手握着圆珠笔。我发现他看人的眼神不对，直勾勾地，一眨不眨，他盯着我看了半天，又举起作业本说，爸爸，我把作业都做完了。看起来应该是个傻子或精神病人。我忽然想起老刘临走前对我说的话，还有大宝。我背上一阵发冷，一种毛骨悚然的感觉弥漫在我全身的每个角落。

我开始慢慢靠近他，看他并没有攻击我的架势，他甚至有点怕我，我往前的时候，他往后躲了躲，温顺而畏惧地站着，依然坚持把手里的作业本举了起来，对我说，爸爸，你看，我把作业都做完了。我向他伸出手去，他使劲盯着我的眼睛，盯了一会儿，把手松开了。我看到自己的手在发抖，我看着他所说的作业，是一幅画，用圆珠笔画的，如儿童画一般简陋，画上有三个小孩手拉着手，都没有面孔，最小的那个扎着两个小辫，看得出应该是个女孩，那女孩手里还拉着一只小猫。他们的头顶有太阳，身后有一座木头小房子，女孩的脚下还长着一朵花。

我举起作业本，看着他的眼睛，试着问他，你画的这是谁？他盯着我又看了半天，忽然说，我带着我的弟弟和妹妹一起玩儿，这是大宝，这是二宝，这是三宝，这是我妹妹养的猫，我妹妹最喜欢的就是猫。我几乎有些站立不稳，我说，你就是大宝？他又往后退了一步，把两只手藏到身后，这时我听见他对我说，爸爸，我把作业都写完了，明天就要考大学了，你不要打我，也不要打妹妹。

我后退几步，一直退到门口，好不容易才站稳，这时候我才想起来打量这间屋子，也有一张炕，几件简单的家具，屋里收拾得倒还算干净，只是到处扔着书和作业本，每一本打开的作业本上都画满了奇怪的图像和符号，似来自另一个世界里的语言。忽然，我注意到柜子上有一件奇怪的摆设，是一只白瓷猫，四脚着地，昂着头，尾巴高高翘起，神情骄傲，在这瓷猫的背上，骑着一个用泥捏出来的小女孩。小女孩骑在猫背上，也高高地昂着头，神情欢快，似乎随时等待着和她的坐骑一起奔跑。

原刊于《花城》2020 年第 3 期

跑风

黄咏梅

年三十夜饭散席后，高富春喝大了，坐在冰凉的晒谷坪上，开始骂。"高茉莉，你个神经病，为了一只畜牲，年夜饭不吃你回来干卵啊……"

老大发酒疯是保留节目，就好像在东莞厂子里积攒了一年的怨气，窝成一泡稀，拉在光秃秃的晒谷坪。这种时候，谁都不会当回事，照旧把饭桌清理好，稀里哗啦推麻将，即使他坐在月亮下号哭起来，都没有人去拉他一下。疯过了，酒醒了，他拍拍屁股坐到桌边，指挥人家怎么抱着钻跑风，嗓门比哭的声音还粗。

直到高富杰在屋里喊："大哥，老娘跑风。"

高富春从地上弹来："老娘，跑三圈，整死他们。"他边跑边哇哇叫，像被一串鞭炮驱赶的年。

高富春刚挨近桌子，老娘一推牌："家家五十。"

"糟掉了糟掉了，跑三圈，家家一百五……"看见高富春肉痛的样子，桌上的人笑得更开心，好像家家都赢钱了似的。

往后备厢塞满在超市买好的年货，玛丽才有一点过年回家的兴奋。雪儿待在猫包里，隔着黑纱盯着她，她从满满当当的袋子里，找出一只罐头，朝雪儿晃了晃："知道了知道了，妈咪没忘你的罐罐。"雪儿始终歪着脑袋，它的智商多数来自习惯，对于这只猫包，它只习惯去宠物医院打针或美容。

四五小时的旅途，雪儿大概被吓傻了，不吃不喝不拉不撒。玛丽每一句自言自语，对象都是它，跟在家的时候一样，但一路上玛丽没听到它应答一声。

这是玛丽带雪儿第一次出远门。她在那个萌宠公众号，花七十九元咨询在线医生，关于一岁四个月布偶猫出远门的各种注意事项。"宠物猫是家庭性动物，出门会使它严重缺乏安全感，造成烦躁不安，必要的时候，可以喂食小剂量安眠药。"在线医生职业地称她——雪儿家长。她带了一粒安眠药，不过，似乎用不上。

在服务区，玛丽停车，试图把雪儿抱出猫包，放放风。它拼命挣扎，世界这么大，它只想占住这个小地盘，窝在里边，一声不吭。玛丽找个空旷处，做几个伸展运动。高速路上没几辆车开过，一眼能看到路尽头洁白的云朵，就像雪儿蹲在那地方。服务区的垃圾箱一片狼藉，可以想见前两天的拥堵。玛丽朋友圈里各种直播，平时三小时的路程，昨天足足开了十三个小时。要是堵在路上十多个小时，雪儿说不定会被憋死。她跟老娘说，今年不赶年夜饭了，初一一早回。老娘丝毫不能理解，最远的儿子都已经从广东回来，高铁上站一程坐一程。玛丽离得最近，年夜饭竟赶不上。但老娘也不敢多问。四个小孩中，三个都在工厂打工，只有玛丽穿着高跟鞋坐办公室，走路的的笃笃有威有势。

车子碾着铺满鞭炮屑的山路，一颠一颠停到了晒谷坪上。

高富春耳朵比谁都尖，从西厢房跑出来，后备厢一翘起，他就忙着把东西一趟一趟搬到屋里。

玛丽下车只做一件事，抱着猫包，跟屋里走出来的人打招呼。

"我的个乖乖，像抱小伢。"姐姐高迎春穿一件嫩粉色羽绒服，肯定是她女儿淘汰过来的，脑袋快被帽子一圈夸张的人造毛淹没。老娘应该是在准备祭祖的猪头肉，厚棉袄外面罩件油渍渍的围裙，双手油腻，她凑近猫包去看，里面黑乎乎，只看到一团白影。如果这会儿老娘要伸手进去，估计雪儿会张大嘴巴，发出嘶嘶的威胁，一旦猫包被打开，它就会惊慌出逃，挣脱所有人，像风一样，跑得无影无踪。在线医生说，猫咪到了陌生环境，必须跟家长在密闭的空间待一段时间，慢慢适应后，才能独处。

玛丽抱着雪儿直接上二楼自己的房间。带来的猫砂盆、食盆、猫窝，一应摆好，把所有门窗锁得牢牢的。单独相处了一会儿，雪儿的好奇心才恢复过来，身子压得低低的，开始用鼻子东嗅嗅西嗅嗅，在房间小心翼翼地"探险"。它对墙角那只褐色的酸菜坛子很感兴趣，嗅半天，嘴巴半张，狐疑一下，将这些新奇的气味通过上颚收进犁鼻器，继而传递到大脑里，进行辨别和保留。玛丽查过百度，知道这叫猫的"裂唇嗅反应"。买了雪儿之后，玛丽认真学习了很多育猫知识。

待了半个多小时，玛丽才下楼。厅堂里早已坐满了人。她警告那几个吮着棒棒糖的小屁孩："不许开我房门啊，听到没有。"她的手朝天花板上指了指。屋里人不约而同朝天花板上望一眼，好像楼上住了个不能打搅的神经病亲戚。

这些人多半是过来看猫，算起来都是七拐八拐的亲戚，玛丽不好意思拒绝，分批带他们进房间。看到陌生人，雪儿又缩回那只黑乎乎的猫包，只有玛丽把它抱在怀里，人们才能看到它。他们都恭维玛丽，说从没见过那么漂亮的猫，两只眼睛像湖里面的水。来看的人越来越多，高富春开玩笑嚷着要收他们的门票。

其中有个堂嫂，在南京给人上门做钟点工，一眼就认出了雪儿。"我的个乖乖，是布偶猫。"她每周四下午给那家搞卫生，有只一模一样的，说是布偶猫。毛比人的手指还长，还没入伏，就给它在卧室开冷气。这一家卫生是她最难搞的，所有地方得先用吸尘器吸上一遍，再用湿拖把拖。主人强调每个角落都要擦干净，因为那只胖猫专挑角落旮旯睡觉。好几次，那个不用上班的女人指着阳台上挂得高高的热水器说，要重点擦这顶上，肉松这段时间特别喜欢跳到上边睡觉。害得堂嫂的恐高症发作。

堂嫂不断抱怨着那家。玛丽的弟弟高富杰听不得唠叨，从椅子上一蹦老高，龇牙咧嘴打断她："要是我，就把它毛一把烧掉。"其他人也跟着起哄，皮一剥，老酒辣椒青大蒜，红烧老猫。

"烧掉？你赔得起？一万多哩。"堂嫂话一出，所有人都静下来了。高富杰转头问玛丽："高茉莉，你这猫一万多？"他一根食指伸向天花板，半天都没放下来。

玛丽眨着眼睛，蹦出两个字："乱讲。"公司里坐在她对面的特蕾莎，划拉着雪儿的照片问，这种母的布偶要多少钱呀？玛丽毫不犹豫告诉她一万八。现在，这些人一只只眼睛盯着她，她死都不敢承认。姐夫在山里收购蜂蜜，亏本欠下一万二的债，玛丽没借给高迎春。高富春想跟人合股做茶油生意，借三万本钱，玛丽也没借。玛丽上班领薪水之后，老爹曾在某一个年夜饭桌上，以一家之主的身份立下过规矩，除非救命，一律不能向玛丽伸手。十来年，玛丽借出去的钱没救过谁，零零星星地给了出去，给了出去就没指望能要回来，只是赢得了他们对她的宽容，比如说回家从不进厨房烧锅，饭后从不洗碗，家族炮旗日①吃饭的时候，她是允许上桌同吃的唯一女性，甚至，为了一只猫缺席年夜饭——高富春发酒疯对着月亮

---

① 炮旗日：当地风俗，家族轮流坐庄请客，每年一轮。

骂她的话，玛丽回到家并没有再听到半个字。

很快，他们从猫讲到了钱。搞钱越来越难。人堆里最显眼的那个堂妹，搽着厚厚的粉，黏着长长的假睫毛，因为裙子太短的缘故，一刻都不愿离开火桶——只有她没上楼看猫。堂妹代替雪儿成了话题的中心。她才去杭州两年多，就能挣到一辆车子，弄得高富杰几个心痒痒的。他们围着堂妹问来问去。电话里卖卖保健品就能搞到钱？

闲扯到下午四点，高家出发祭祖的时辰就到了。屋里的人陆陆续续散去。这时，玛丽才见到老爹。跟每一年回来所见的形象一样，穿着那件"万年防水棉服"，棉服的几个兜永远鼓鼓囊囊，好像他把重要的家当都背在身上，随时可以到处去——菜园、鱼塘以及后山那片杉树林，让人怀疑他在这些地方似乎还有一个家。老爹手上拎着一只湿漉漉的鱼篓子，大概是从鱼塘回来。玛丽觉得，老爹越来越像爷爷了。

高富春和高富杰熟练地拿上母亲备在门背后的几个篮子。晒谷坪外，已经等着大伯、小叔那几家的男丁。一行男人往后山走去。玛丽忽然想起什么，小跑几步跟上老爹，从羽绒服的口袋里掏出两包烟，让他捎给爷爷。黄鹤楼1916，她公司的老板只抽这种，她在公司楼下烟店买的。

屋里只剩下了高迎春和老娘。玛丽脱了皮靴，将脚伸进火桶里的隔板，底下的炭是老娘刚加进去的，热度适中，就像冬天把脚放到雪儿肚子上。

其实玛丽特别想跟他们去看爷爷。但上山祭祖的规矩，绝不能为玛丽打破。女人要是上了坟山，带去阴气，祖宗便没法好好保佑后代。事关命运的纪律，哪一辈也不敢乱来。

没几句，老娘又提到结婚生伢的事情。玛丽三十六岁，要是在农村，儿子都准备出门打工了。

高迎春认为玛丽养猫，是因为想结婚当娘了。"养猫不如养伢。"她女儿在横店卖奶茶，儿子高中读不下去了，准备春节后跟高富春到东莞打工，年前她特意到县城超市给他买了新鞋子。

玛丽低着头，有一搭没一搭地应着。她们看看玛丽的脸色，也不敢跟她讲重话。

身子一暖，玛丽瞌睡就浓了，靠在椅子上打了个盹，模模糊糊还听到她们讲话的声音，忽然就看到爷爷了。驼背，脸色蜡黄，还穿那件四口袋的灰色中山装，肩上背着箩筐，站在山坡拐弯的地方喊玛丽："三儿，烟好吃，就是太少喽。"讲完，转过坡去。玛丽一急，醒了。

"……离婚是为了躲债，还是住在一起的。"高迎春朝老娘挑了挑眉毛。玛丽瞌睡之前，她们就在讲这个表弟，赌博输了二十来万，债主天天来家里堵，表弟媳索性跟表弟离婚，催债的人一上门，她就拿出离婚证给那些人看，表弟的债表弟自己背，跟她半毛钱关系没有，表弟就算死在家门口，她都不会开这个门的。那些人就不再上门了。表弟东躲西藏，隔三岔五敲门回家，过年一家三口也回娘家。就是离婚不离家的。

"十个穷鬼九个赌，越穷越要赌。"老娘长叹一口气。

"梦到我爷了。"就这么醒来，玛丽很不情愿。

"你爷讲话了？"老娘生怕备的东西少了哪样。

"嗯，我爷说，烟好吃，就是太少了。"

"这个老烟鬼，一箩筐都不够他抽。"老娘一颗心放下来。

她们又聊起了爷爷奶奶，还有村里旧年过世的几个亲戚。

玛丽跟爷爷最亲。爷爷去世的时候，玛丽工作招聘面试，没能回家送。谁都知道，爷爷是最想等她的。最后那几天，瘦得只剩一把骨头的爷爷，肝腹水，肚子撑得滚圆，就连一口水都难吞下，还拼命要喝粥，并且要喝那种黏稠的硬粥，三九严寒天，他却吃得衣服湿透，好比三伏天挑一担稻谷。家里人以为他是在攒力气等玛丽。死后给他抹澡，裤子上黏着零星几粒屎。老爹抹着眼泪说："他是拼老命要给这个家留福。"乡村里有一个讲法，家里老人去世时，留尿是贫，留屎是富。一个月后，玛丽顺利进入了上海一家外企，成为高家第一个领洋工资的人。老爹说，玛丽的福气，都是爷爷留给她的。大家都这么认为，这样，他们向玛丽借钱的时候，思想负担不至于那么重，他们在麻将桌上合力赢走玛丽的钱，同样心安理得。

后山上传来一阵集中的鞭炮响。老娘像收到信号，将手上嗑剩的瓜子一把揣进口袋，拍拍手，往厨房去了。高迎春跟在后面。因为玛丽，年初一晚饭才能算是高家真正的年夜饭，高迎春破例初一留在娘家，帮忙张罗。玛丽想着是否要上楼看看雪儿，但火桶实在太舒服了，她的屁股舍不得挪走，就拿起一片芝麻糖，边吃边看微信。

又过一阵，男人们从后山回来了，说说笑笑。玛丽一眼看过去，每人两边耳朵上都夹着烟，金灿灿的烟屁股，黄鹤楼1916。玛丽一阵心酸。如果再坚持几年，她把爷爷接到上海治病，现在他应该还可以坐在火桶上，眯着小眼睛抽黄鹤楼1916，谁都不敢抢。

比昨天晚上多出了好几样，酒菜重新开。高富春眼看又要多了，他大着舌头问玛丽，你那屌猫真有那么贵？一桌的人都不响。高迎春左右看看，干笑几声，"大哥，你伢贵不贵？你说贵不贵？"高富春酒杯往桌上重重一放，"你讲什么鬼话，我伢是畜生？我伢畜生都不如？你讲什么鬼话……"玛丽觉得高富春都要哭出来了。她很想逃跑，跑上二楼去抱雪儿，让它的蓝眼睛温柔地看着自己，就像过去那些日夜一样，在上海的那间出租小屋里，四目相对，相依为命。

老爹碗一推，从凳子上站起来，他那一贯含着痰音的话里，仿佛挟着雷声滚过来："不准喝了。"

饭桌换成麻将桌的时候，高富春酒劲儿轻了些，他第一个坐到东边椅子，高富杰、高迎春也自觉坐到他两边。对面那个空位置，明摆是留给玛丽的，其他人就趁机散到隔壁家凑牌脚去了。等了一会儿，玛丽还没下楼，高富杰敲着桌子一直喊高茉莉。过年回家打麻将似乎是玛丽的一种义务。不从玛丽身上赢个千把两千，他们会觉得这个年没过好，像去做客酒没喝好一样不爽。

玛丽只好把怀里睡得暖乎乎的雪儿抱回猫包，即将脱手的那一瞬间，手上感觉到一阵刺痛。雪儿软绵绵的肉掌，有意识地抻出了爪子，紧紧地钉进玛丽的掌心。

疏于操练，玛丽的麻将技术不是很好，但也不至于白痴。高富春刚丢出的一个幺鸡，如果她一推，就吃和了，她懂，但是她饶了他。总之，输钱就是了。

几圈之后，老娘端张椅子坐在玛丽旁边指导。高迎春那只九万刚送出来，老娘就喊，和！喊出去了，玛丽想不赢都不好意思。农村里有句老话，"技孬牌旺"，玛丽果然总是能摸到顺牌，一上手就有天地和的迹象。如此，在老娘的监督下，玛丽轻松赢回几番。他们就开始抗议老娘，嘿嘿，老娘，五人一桌麻将，还真稀得见了。老娘厚脸皮稳坐军师位，笑着说，你们合起来欺负妹妹，还不得了了。高福杰一听就嚷，高茉莉是我姐！又朝坐在火桶边抽烟的老爹投诉老娘偏心。老爹原来一直都在那边听牌，心里有数，他不搭腔，只是笑出了一口痰，朝炭火堆里吐去，刺啦一声响。

这几圈玛丽觉得挺来劲的。打麻将果然要赢钱才有意思。不过，她不太能理解，老娘为什么要帮助她，在她工作之后，他们习惯了向玛丽寻求帮助——准确地说是资助，他们自然地认为玛丽是不需要帮助的。

第四只发财抓到手上时，玛丽心跳不已。才摸两轮，她就凑齐了四只发财。这一局庄家翻到的钻是发财，现在她手上拿了四只钻，如果她愿意，下一秒就可以和任何一张牌。她看一眼老娘，老娘面不改色，一把从玛丽手上夺过那只发财，紧紧握在手心，像跟谁宣誓般大声喊出两个字：跑风！三人被老娘的大嗓门吓了一跳。牌没摸满两轮，就跑风？高富杰探过脑袋来要看牌："老娘几个钻啊？"他被老娘狠狠地推了回去。

如果跑风者不叫停，在没有一家和牌的情况下，可以一圈一圈跑下去。赢三家，按圈数算钱。

玛丽跑了三圈，分别扔出三筒、二条、八万，一个个竟然都接不上，搓着手上刚摸起的那只牌，干着急。跑到第四圈的时候，玛丽感到不好意思，当然更怕夜长梦多，她跟老娘说，和掉算了。可是老娘死死拽住那只发财，只顾继续喊"跑风"。玛丽从来没看到过老娘那样的表情，倔强，笃定，甚至有着豁出去的大义凛然。那表情，让玛丽觉得她手上握住的不是一只麻将，而是一只自卫反击的武器。

邪门的是，一圈一圈跑下来，他们几个摸牌又扔牌，居然没人能成功截掉玛丽的和。桌上的气氛有些严肃。玛丽的手心开始出汗，同时暗暗地感到刺激和兴奋。高富春站起来对老娘说，有本事跑个十圈看看。

第六圈，玛丽刚摸进一只五万，老娘迅速把那只发财往桌上一敲，和！就像士兵听到了命令，玛丽顺势将胸前的牌一推，长出一口气。

尘埃落定，他们哇哇叫。高富春不甘心，又顺手摸起一只牌，"他妈的，等的就是这只屁眼。"说完，瘫倒在椅子上，手上一只大饼甩落桌上，真是只白底红圈的屁眼。

"家家三百。"老娘得意扬扬。高富春他们开始打赖，说牌是老娘打的，不算。高迎春甚至栽赃说老娘起先搞小动作，偷偷从桌上换了只红中……各人都不认账。高富杰干脆把火桶边的老爹拉了过来当裁判。老爹没下结论，在身上几个口袋里摸索，大家以为他要代为付钱，谁知最后摸出只手机，说，你们哪里打得过老娘？你们不在家，她天天在这里面打，机器都能打赢。

于是大家开始讲老娘玩手机看抖音的各种笑话，又讲老爹打麻将当"总支书记"的笑话。麻将就算是结束了，大家围到火桶边坐，嗑瓜子，吃冻米糖，默契地赖掉"家家三百"这笔债。在日后，玛丽的"家家三百"仅仅成为嘴巴上赢去的钱，高家村家家都传遍了。

玛丽把雪儿从楼上抱下来。暴露在那么多人面前，雪儿惊慌得想要挣脱。高迎春急急将前后门窗都闭了，嘴里碎碎念："我的个乖乖，跑出去，一万多就飞掉了，我的个乖乖。"也怪，雪儿被高迎春一抱，竟然就没有挣扎的意思了。高迎春坐得离火桶最近，一暖和，雪儿连打几个呵欠，喉咙里发出惬意的咕噜咕噜，眼睛迷离，慢慢放松了警惕，睡去。

老爹看着雪儿说，没见过这么好看的猫。

他们都过来要摸雪儿身上的毛。真的有手指那么长。高富杰拿自己的手指比过去。

"这屄猫会抓老鼠？"高富春问玛丽。

玛丽说，它哪里见到过真老鼠？倒是买过电动老鼠，玩两天就腻了。

玛丽给他们讲雪儿各种好玩的事。说有一次在屋里抓到只臭屁虫，臭屁虫放屁，把它熏得干呕，很长一段时间见到虫子就逃。

高富杰刮刮雪儿的鼻子，骂它胆小鬼。雪儿就势把脑袋一歪，不明就里，只睁大眼看着高富杰。那无知的呆样，看得大家欢喜。

后来玛丽又讲到雪儿第一次去宠物店洗澡，好不容易洗好，还没擦干，就拉了一泡稀在人家手上。高富春趴到高迎春的膝盖上，拍着雪儿的后脑勺，骂这个矜贵的家伙。雪儿被拍得舒服，在高迎春怀里打滚，肚皮朝天。高富春顺手拿根棒棒糖在雪儿眼前晃晃，雪儿用小短手去扑。玩了几个回合，高富春嘻嘻笑，"嘿，真像个小伢。"

因为门闭着，谁也没留意，外边开始飘起了细雪。

第二天早上，玛丽还在被窝里，就听到楼下老娘不知道在跟谁说，裤子都站起来了。昨晚的雪落在忘记收进屋的裤子上，一夜结冰，裤子自己站起来了。玛丽脑子里想象着那两根光棍一样的裤子，硬邦邦地站在雪地上。是高富杰的牛仔裤吧？她笑清醒了，伸手在被子上一把摸到了还在睡觉的雪儿。

"雪儿吃鱼不？"老娘指着桶里那几条活蹦乱跳的鱼问玛丽。鱼是清晨老爹到湖里，敲开薄冰，用鱼线钩上来的。她不知道该拿去红烧还是清蒸。村里流窜到灶头的那些猫，她杀鱼时顺手从肚子里掏一把内脏，擤鼻涕一样甩在泥地上，猫边吃边嗷嗷地谢人。

雪儿只吃猫粮和罐头。

老娘从玛丽手上拈起一粒猫粮，放嘴里嚼两下，吐出来，一点味道都没有。老娘摇摇头，走进厨房，将桶里那几条餐条鱼杀好，放锅里焙干水，喷酒抹盐，用草绳穿好，挂在二楼阳台窗外风干。

那些过来拜年的亲戚，刚踩进晒谷坪，经知情人指导，多半能抬头看到一只雪白的胖猫，蹲在二楼窗台上，仰起头，盯着头顶上那几条鱼。雪儿对这些鱼的情热保持了很久，只看，不吃。玛丽将这个镜头拍下，又将雪儿的蓝眼睛做特写放大，放在朋友圈。特蕾莎在下边留言：妈咪，这是什么鬼？辛迪更搞笑，留言说，猫被鱼吓蒙了。

玛丽抱着雪儿在窗边看风景，就像在上海那扇窗，夜深人静，一起看街上还没打烊的霓虹灯，星星点点。她看过一本宠物护理书，说二十米以外的东西，在猫的眼里只剩下一个模糊的形状。就算这样，雪儿还是乖乖陪她看。

玛丽指给雪儿看西边不远处那座馒头一样的小土山。雪儿在她怀里，安静，看着远方。估计只有小土山动起来，它才能得以准确看到玛丽的所指。可是小土山周围就连一只鸟都没有飞过。她猜，从雪儿的眼睛里看出去，小土山就像只快融化掉的香草味冰激凌球。

玛丽眼睛里的小土山像什么？这么看过去，简直就像拱出地面长出姜草的一座坟。玛丽被自己这个想法吓了一跳。二十多年前，小土山可是她们这些小孩子开心的游乐场啊。海拔不到二百米的小土山，只修出一条上山的小路，但小孩子们进山从不走小路，野路探险，爬爬跌跌，没有路的林子里往往能找到好东西吃，地捻子、红叶李、金钩钓、牛串子……当然，不止这些。这小土山还藏着玛丽和爷爷共同的秘密。

初中毕业那个暑假，玛丽没考上县重点高中，老娘说，不读了，攒下钱留给高富杰试试，总之高家从来就没出过读书人。玛丽哭闹，绝食，离家出走，钻进小土山，躲在一个隐秘的泥洞里，哭到睡过去为止。朦胧间听到好多人在喊她的名字，看到灯火在林间远远近近。她被吓傻了，知道闯祸了，怕钻出去会挨打，没敢应，闭着眼睛躲在里面，心里盼望这座小土山能一下子飞起来，带她飞得远远的，甩掉这些愚蠢的大人。等到人声和灯火逐渐消失，她借着月光走上小路，在出山口的地方，远远看见爷爷提着防风灯走过来。原来爷爷其实已经发现这个躲在泥洞里的小人儿，人散后，再折返回来接她。爷爷对老爹说，是在瓦塘村同学家玩得忘记了时间。

说服了老爹和老娘，依靠爷爷去腾龙山采野灵芝、养蜜蜂之类的帮补学费，玛丽读完了高中和大学。爷爷让玛丽努力学习，别担心钱，他说，腾龙山就是储蓄所，进去就能取到钱。腾龙山玛丽只去过一次，离高家村三十多里路，人走到山边就已经精疲力竭，不要说爬上山。爷爷背着箩筐消失几天，又在某个傍晚带着一身寒冷的水汽进家门，这印象灰扑扑地充满了玛丽整个读书时代。现在，再也没有人去腾龙山"取钱"，有力气不外出打工搞钱的人，会被耻笑没用。

盯着小土山看了好一会儿，玛丽想起前几年跟特蕾莎去万达影城，看《哈尔的移动城堡》。一部日本动漫竟然能把她看哭。苏菲眼看亲爱的哈尔受难，驱赶移动城堡去追寻哈尔，根本不知道哈尔变成了怪鸟，保护在自己周围。玛丽哭得有点难为情。特蕾莎说，她小时候看到这里也哭，现在重看倒没那么要紧了。特蕾莎第一次看《哈尔的移动城堡》是十五岁。十五岁，就是玛丽躲在小土山里哭的年龄，她那时什么都不懂，只希望这座小土山能飞起来，帮她脱身。如果不是爷爷的坚持，她可能到现在都不懂这世界上有一座"哈尔的移动城堡"，就像高富春他们一样，到现在都不懂高茉莉在这世界上还有一个名字叫玛丽。

怀里的雪儿一阵骚动，两下挣脱玛丽的手臂，像发现什么猎物，敏捷地蹿向桌子。那面墙上不知从哪里来了一块小光斑，引得雪儿上下乱扑。顺着光斑的来处，玛丽看见隔壁佑生伯家的晒谷坪上，坐着一个女孩，正借着阳光反射手机屏幕。她应该是想把光射到雪儿身上的，没控制好，光进了屋，雪儿也跟进屋了。

女孩是生面孔，被玛丽发现后，羞涩地笑笑，手机收进口袋。玛丽朝她挥挥手，她又笑笑。女孩不怕冷，坐在一张小板凳上，长长的羽绒服像披了床被子在身上。放下手机，她就剥跟前的棉花，白色的棉花放进篮子里，褐色的棉花壳则放在簸箕上。看起来，倒不像是来佑生伯家做客的。如果换掉那身被子，她不会比走在淮海路上的女孩差。玛丽头一回发现村里还有这么好看的女孩。

刚想下楼去看看那女孩，玛丽就听到了大舅进屋的声音。年初三，外甥们按惯例要提着礼物到瓦塘村给大舅拜年，今年，大舅给老娘打电话让他们不要来，他要来看猫。

外公外婆相继去世，大舅的地位甚至比老爹还高，如果不是因为表哥前年聚赌被拘留，玛丽出钱到县公安局给打点了回来，他说话还会更响。老娘让玛丽把猫抱下楼给大舅看，并吩咐高富杰把门窗都闭上，将屋里的灯拉亮。大舅看这阵势，嘲笑说比接皇后娘娘回家还隆重。老爹难为情，让高富杰把门打开一点，"过年闭门，不像话。"高富杰只好又留出巴掌宽的门缝。

"就这猫？好几万？"大舅的手在猫的背上、屁股上不断拍，如果不是雪儿躲闪后退，他估计会把雪儿那条粗壮的尾巴拎起来看看，就像在集市买活鸡，鸡脚朝上一拎，一口气吹开屁股上的羽毛判断是不是绿便病鸡。

"大舅，纯种的布偶猫，市场上根本看不到。"高富春骄傲地说。

"给三皮家那只配个种，生一窝，不要多，几千块就够了。"大舅笑着点起了烟斗。

"母的，早阉掉了喽。"

"糟掉了，糟掉了。"

看起来，雪儿很不喜欢大舅。它被他拍得极其不爽，生气了，往桌子底下、后门，甚至暗绰绰的厨房蹿去，高富杰和高富春两个负责前后堵截。玛丽也不敢说什么，只暗暗期待大舅早点转移对猫的注意。

大舅开始和老爹聊医保的事情时，雪儿忽然一阵狂癫，往墙上蹦了好几下，又跳到桌子上。那块光斑又出现了，像穿窗而入的蝴蝶，一跳一跳，从墙上落到柜门上、神龛上，最终又落到窗边。雪儿忘乎所以，追追扑扑，但每次都落空。"蝴蝶"迅速跳动，来无踪去无影。被戏弄一番，雪儿竟恼羞成怒，冲着四壁嚎叫，像一只被囚禁多时失去耐心的兽。在人们还没完全反应过来的时候，它追随"蝴蝶"跑到门缝，脑袋一拱，四肢一跃，跨过门槛，像一道影子，消失在门外。这些动作如此连贯，毫不拖泥带水，仿佛这门外的世界已被它觊觎多时。

一层残雪铺平的泥地，洁净、明亮，这大概是雪儿跑过的最辽阔最平坦的世界了。没有门，没有窗，没有墙，它跑得像风一样，没有半点约束。它的胡子放弃了丈量空间的功能，翘得高高，它粗壮的尾巴像旗杆一样竖起来，它身上的白毛随着风速耸动，像将军骑马抖动的披风，这耸起的毛发使它看起来比平时壮大了一倍多。很多次，玛丽回忆起雪儿这个奔跑的场景，认为当时它一定是发出了银铃般的笑声。

雪儿仿佛将身后一声声尖叫和追赶的脚步声当成了战鼓，催促它跑得更奔放。一下子，它就跑到了那个女孩旁边，不过，这场刺激的跑风已经让它彻底遗忘了光斑之类的低级游戏，它被羁绊下来，只是为了女孩脚下那一团团毛茸茸的棉花球——它一贯对与自己毛发相类似的东西无法抗拒。它压低身子，试图朝一团雪白的棉花探索而去。

"抓住它，抓住它。"他们边追边大叫。

女孩并没有起身，坐在小凳子上，双手往前做了个扑的姿势，就像雪儿扑向墙上的"蝴蝶"，扑向了虚空。雪儿被这个姿势以及越来越近的脚步声吓到了，它舍弃了那堆棉花，重新跑起来，脚步有些凌乱，朝左边跑一忽儿，又偏往右边，像在耍计谋甩掉身后的追兵。

高富杰跑在头一个，他的嘴里发出些不伦不类的叫声，喵喵喵……嗯嗯嗯……嘿嘿嘿……最后，化成了一声长长的惨叫。

等玛丽他们赶到，雪儿已经从一片矮灌木丛钻进去，那里，通向那座从地面拱起来的小土山。

玛丽的脑子一片空白。

这座小土山还是跟过去那样，走进去才知道远远比窗前所见的要大许多，相对于60厘米长，重5.2千克的雪儿来说，它应该等同于整个上海那么大了。

玛丽边哭边唤，祈祷雪儿能像一个真正的小伢，能听懂并理解一个妈咪焦急的声音。然而，只有残雪从树枝间跌落时发出些声响引起过他们的一点希望之光，大部分的时间，山林冰冷沉寂，跟时间一起加深着玛丽心底的绝望。

四处搜寻一阵，高富春决定回去搬救兵。很多年前，有人沿着足迹在小土山找到了那只专门拱鸡圈的山猪，村里几乎所有壮年都出动了，也就一小时不到，山猪就被抬出了山。

"这屌猫胆子小，跑不远。"高富春劝玛丽跟他们先回去，找人，关键是拿诱饵，他断定猫一定还藏在附近，饿了，自然就钻出来找吃的。

玛丽想起有一次，不留神雪儿蹿出阳台，沿着狭窄的墙沿爬到空调外机顶，九层楼高，玛丽想起腿还会发软。最后还是用它心爱的罐罐，一点点地把它引回了屋。

他们急急回家搬救兵。路过佑生伯的晒谷坪，那女孩还在，没坐小板凳了，站着，一直朝山那边张望。玛丽想起她那个聊胜于无的扑空手势，如果不是她那只"蝴蝶"，雪儿怎么会发疯跑掉？她泄愤地朝她吼："屌人，找不回要你赔。"没想到女孩一下就哭了出来，好像早已经准备好了似的，又好像跑丢的是她的猫。

玛丽愣了一下，不再多说话，赶紧回家取罐罐。

带回来的猫罐头都打开了。高富春和高富杰很快张罗了一个队伍，都是附近的亲戚以及正好来串门拜年的乡邻。他们几乎都上楼参观过雪儿。出发时，他们还拎了好几只鱼篓，好像要到湖里打窝捞鱼。队伍浩浩荡荡，老爹说，比上山祭祖的人还多，猫跑不掉。

"馋猫馋猫，只要有吃的，它肯定就会回来。"见玛丽哭，老娘像安慰小伢。

一直到了吃晚饭的点，雪儿还不饿，影子都没一只。其他人耐不住了，生怕错过了酒局和牌局，说起来，丢失的终究只是一只牲畜，又不是小伢。他们三三两两，陆续收兵回家，冷得一路直跺脚，擤擤鼻涕，说这屌猫莫不是被野猫吃掉了喽。

剩下高富春和高富杰以及几个玩得好的老表，尽职地守在几个放置罐头的点。

天黑下来的时候，玛丽已经彻底不抱希望。她熟悉这种过程，就像她过去经历的有些事情，加薪、升职、找男人结婚，有戏又没戏。不抱希望会让每一种细微的获得都放大到喜出望外。下意识里，她甚至认为等这些人都散开之后，雪儿会施施然从某个树丛里钻出来，就像那一次，她躲过大人，从泥洞爬出，迎面见到了来接她的爷爷，这一幕并不是幻觉，是记忆。

玛丽回到屋，还没脱掉已经湿透的皮靴，就听到晒谷坪外一阵喧闹。

高富春双手抱着一只鱼篓，一路小跑过来。他跑得小心翼翼，像怀里抱的是一坛随时会溢出来的酒。鱼篓紧紧贴在他凸起的大肚和手腕上，正好起到了稳定的作用。高富春从夜色里跑出来，一近，玛丽就看到鱼篓里那团白色的影子。

抱着这只冻得簌簌发抖的猫，玛丽哭得完全不受控制，连高富春也被她哭得不好意思了，他犹豫了一下，一只手举起，在玛丽的脑门上敲了一个栗子，"你这屌妹，给你找回来还哭。"大家都笑了，拢到火桶边暖身，围着那只毛发又脏又湿的猫看。"你看看，这个样子，跟野猫有什么区别？"高富杰伸手想敲它脑袋，又缩了回来。

雪儿大概是跑累了，或者是惊吓过度，脑袋低垂，眼皮虚掩，四肢蜷缩在肚皮底下，挨着火桶，像揣着双手打盹儿的老汉。老娘凑过去，手指点点它的鼻子说，你把你老娘急死了。玛丽忽然觉得尴尬起来。

后来，玛丽想起那个被她骂哭的漂亮女孩，问是谁。老娘说，是佑生伯的儿媳妇，年前娶过来的。玛丽印象中，佑生伯的儿子好吃懒做，一直赖在家里，顺手给人干点泥水活儿，做一季歇一季，四十岁，连娶媳妇的钱都没攒下来。

"光辉还是命好,娶那么好看的老婆。"那女孩的面相,笑起来好看,哭的时候也不难看。

"没钱才娶个小儿麻痹。"

玛丽一惊,回想起女孩朝着空气的那一扑,的确像用尽了整个上身的力气。那么漂亮的女孩啊。玛丽鼻子酸酸的。

年初五,赶在返程高峰到来之前,玛丽带着雪儿回上海了。高富春他们几个要过了元宵才出门打工。跟玛丽的车子挥手告别的时候,没有谁对这个来去匆匆的妹妹发一句牢骚,就像她在执行某种很有道理也很正确的决定。"明天就开始堵车了,十几个小时都开不到上海。"就连老爹也晓得这样跟亲戚解释,当然他并没有提到雪儿。

回到那间熟悉的公寓,很奇怪的,雪儿一直在舔身上的毛,不知道那毛发里是否还保留着高家村或者小土山的味道,也不知道它如此频繁地舔舐,是出于对那些味道的留恋还是嫌弃。总之,除了吃饭睡觉之外,它就一直在舔,舌头上细密的倒刺摩擦着每一处毛发,发出了"沙沙沙"的声音。

刚冲好一包速溶咖啡,玛丽就收到特蕾莎的微信,问她给薇薇安凑单买"海蓝之谜",到底凑眼霜还是爽肤水?薇薇安是她们部门经理,逢节假日海购网有活动,不管她们几个是否需要,都邀请一起凑单,赠品自然都归薇薇安的,识相的人,连快递盒子都不拆,转手送到她办公室。玛丽心里冒出一股无名火，又一下子决定不下眼霜还是爽肤水，干脆手机一关，上床。

　　辗转到半夜，玛丽还睡不着，事实上舟车劳顿，她又累又困。熬不住了，想起回家时准备给雪儿路上用的那颗安眠药，一杯温水将其吞服掉。药物发作之际，朦胧间听到雪儿仍在枕头边上舔毛，"沙沙沙""沙沙沙"，好像下起了春雨，这空白的噪音把玛丽跟窗外的城市渐渐隔绝开去。

原刊于《钟山》2020 年第 3 期

小铃铛的算法人生

文 珍

整个十一月份小铃铛都在买买买。

她甚至从九月份就开始加购物车了,倒是不太用亚马逊或者网易海淘,基本只光顾某东某宝,最近两年还加上微店和小程序。没办法,消费诱惑实在太多,方方面面无孔不入。世界充斥着各色广告,哪怕看自媒体娱乐八卦,读着读着画风也急转直下,不是卖包包口红,就是卖吹风机减肥仪,要么就是对东亚女性永恒有效的美白护肤广告,也不知道那些网站怎么就能根据大数据精准算出一个人想要什么,又最可能对什么动心——在上班、开会、出差高铁上,随时随地可纵身投入一个人买买买的战役。铃铛妈有一次十一月下旬从老家来北京小住数日,被家门口每天川流不息的快递包裹惊呆了：自家女儿，真没看出来长大后有这么强烈病态的购物欲！

小铃铛听后只笑笑，暗想自己只是小巫，她妈还没见着大巫呢。她有个闺蜜基本每年都要在各大网站豪掷十几二十万，不光自己买，也美其名曰帮全家买，说网购最省钱。小铃铛有一次"6·18"后去她家里玩，进门就差点被一个巨大的纸箱子绊一跤，打开才发现里面全是没拆开的黑胶快递袋，活像发货仓库。她问这都是些什么好宝贝。闺蜜看了那纸箱子一眼，目光就飞快地收回来，像被什么烫着了：不过就是些……网购的衣服。

怎么不打开袋子试试？

太多了有点拆不过来。先放那搁着吧。

对于一个如假包换的购物狂而言，购物乐趣仿佛仅限于挑选和决定下单的那一刹那。而之后是否能用、好不好用以及退换不合用货品的麻烦则全然不在考虑范围之内。倘若说都市青年女性普遍都被广告洗了脑，中了消费主义的圈套，似乎又太强化性别刻板印象了。事实上，男性剁手党也不少，只是血拼领域不同，男性显然更中意名表、电子玩具乃至于汽车用品，消费金额总数也未必就比不上女性。还有一点，就是男性总是偷偷下单，并不习惯狂欢得那么明目张胆，否则闲鱼上也不会挂满了卑微又搞笑的"老婆不让买急售"系列。

而小铃铛历经双十一、返场屠城以及黑五狂欢后，终于短暂发泄完了购物力比多，一天晚上——在没日没夜的下单中赫然发现时间已快进到十一月最后几天，突然在办公室抽屉里发现一张单位老早前发的超市购物卡，小小的荧光不干胶标签写着两千元。以小铃铛在金钱方面惊人的记忆力，她记得里面的钱还没用完。先上网站查明余额——竟然还有四百多块钱。说多不多，也可以在天猫超市买整整一箱日用品了。但购物卡不能线上使用——那么，就再去一次实体超市？可是最近想要买的东西都已经网购了，一时之间也想不出到底需要什么。

就因为这事先筹划的线下购物，小铃铛对学生时代的复古之情油然而生。当年刚到北京，她还真的曾把逛学校附近的超市当作娱乐项目。虽然花不起什么大钱，最常购买的东西不外乎广合腐乳、四川自贡盐菜、绿豆和安徽老奶奶花生米——但超市琳琅满目满坑满谷的货架总让她有一种物质极大丰富、共产主义预备提前实现的错觉。学校食堂的北方菜吃腻了，她就在宿舍里熬点绿豆粥，放点盐和腐乳，让自己的南方胃得到最廉价温暖的安慰，因此这两样东西消耗得总是最快。

有次她好不容易得了一笔外快，正预备去超市大肆采购一番，在校门口偶遇同班某君：我陪你去吧，帮你拎袋子也好。

时隔多年小铃铛差不多忘记了那热心某君的名字，却清楚记得那天自己多出风头：在巨型超市如图书馆博物馆一般应有尽有的各种货架间昂首阔步，看到任何想要的东西就直接往购物车里扔，逛完不假思索直接推去收银台结账，等快结完了，一路亦步亦趋跟着她的某君才后知后觉指着收银台上方的招牌提醒道："购物满99元送一盒鸡蛋！——"话音未落，就听收银台的大姐说：99.05元，姑娘你用现金还是刷卡？喏，这是送的鸡蛋。

小铃铛这才回眸对某君一笑：一进门就看到那告示了。

某君站在一旁叹为观止，但见她一路闲庭信步随逛随扔貌似不假思索，不料竟运筹帷幄心算如神全然成竹在胸。小铃铛笑得像个不世出的高手：我小学四年级心算竞赛得过全国总冠军。

原来如此。因此学外语外贸的小铃铛在各种买买买的大比拼中，永远能轻而易举地薅尽店家有限的羊毛。——这同样也解释了小铃铛超凡入圣，从不畏惧任何错综复杂的满减优惠政策，甚至有棋逢对手正中下怀的喜悦。比起翻译的本职工作而言，当一名职业买手显然是她更擅长的领域，同时是店家最怕也最爱的那种消费者。每次为了实现跨店满减组合利益最大化，她总不惜花大量时间精力在好几家心仪的店里精挑细选，而下场越久，当然消费数额越高：买家永远不如卖家精。这点小铃铛自然也心知肚明，只是依旧乐在其中：一方面也是因为一个人一旦拥有一项出众天赋，总舍不得藏诸名山，弃而不用。

早先还不怎么流行网购的时候，小铃铛的天赋异禀还只在商场购物计算如何使用返券时初露圭角。大学四年下来，经过若干次在收银台前彷徨踌躇运筹帷幄之后，她终于练就每次去商场就能把前一次的券正好用光的独门绝技。也正因为此,后来同班甚至包括邻班外院慕名而来排成长队哭着喊着求跟小铃铛一起逛街的女生越来越多:

那种锱铢必较一分钱优惠都不肯浪费的快感,没试过这种高潮的人永远不会懂得。

至此,小铃铛心算冠军的声名算是无远弗届。可惜她机关算尽,却始终没给自己算到一个适婚伴侣,视之为人生大憾。那位陪她去超市的某君虽对她的心算能力啧啧称奇,从此有事没事常在MSN上找她神侃,研二也曾对她半真半假地暧昧过一阵,但小铃铛嫌他专业成绩差又身无二技,一直还在考察考虑阶段,不料他毕业前夕却闪电般追求到了系书记的千金,果然得以顺利留校。小铃铛得知此事后紧紧咬住下唇:没看出来啊!一直还以为是个千年备胎,竟然也是一个算盘打得噼啪响的隐藏同道!

当晚宿舍门口便赫然贴上手写对联:找称心工作,嫁如意郎君。

也不知是不是小铃铛的符箓大法起了作用,舍友们最后的对象和工作当真都找得不错。四个人中倒有两个在毕业两年内相亲结了婚,分头请同学喝了喜酒,连请客档次都差不多:一家在中关村的江南赋,一家在三里屯的张生记,都是那两年炙手可热的高级餐厅。剩下舍长虽然不声不响,却一直在隔壁理工大学有个青梅竹马,毕了业共赴亚美利坚深造三年后,双双归国领了证,也没请客:

说是把摆酒的钱用在了去瑞士希腊蜜月游，正是时下最时髦的旅行结婚。

只除了贴对联的小铃铛一直茕茕孑立顾影自怜。就仿佛月老给她系绳时开了小差，算来算去没算清绳子那端该系在哪位才俊身上。

她们宿舍毕业五周年聚会选在光棍节当天其实是个巧合。那一年某宝还没有一统江湖，各地小店也并没有争相挂出"马云逼我上绝路，亏本跳楼大清仓"的血泪控诉。出国的俪影双归，没出国的两对也分别要了二胎。小铃铛只影来去，在席间笑容分外矜持——是《围城》里大龄剩女苏文纨在归国轮船甲板上的矜持。

她毕业后在一家外企，虽然工资月月光，但也还算基本够花，不至于寅吃卯粮——业余爱好仍旧是逛街购物，后来就习惯了网购——也好在没结婚，不用养孩子，而且也从来不怕折腾，不间断地买买买，东西放不下了就设法攒钱换大一点的房子，旧的家什出让，又从头开始买家具家电和各种装修材料，如此周而复始几套房产过手，十年之后竟然也积攒了不小的家当，一个人住在市区上百平方米的高档小区里，过上了人人称羡的金领生活。

毕业第十年，舍长A又号召大家聚会。时间仍沿袭往日传统，定在双十一。

然而今时不同往日，十年之后这一天早已变成购物的年终盛典，所有人不买点啥都对不起荷包。小铃铛差点以要留在家中大肆购物为由拒绝这场聚会，转念又想，这借口太Low，太精打细算，显得毕业这么多年还没混出来，不好。而且刚买的一身杨幂同款小香风礼服还没机会上身，同学聚会倒是难得的展示机会；刚买的那个限量铂金包也正可考考舍友们的火眼金睛——就算有人认出是高仿A货，她也留了后手：大可从容不迫报出一个举世无双的低价，同样足以让所有人惊呼一片——就还是答应了。不料打了老远的专车款款而来，刚落座就闹了笑话。她习惯性地问服务员今天有没有优惠，小姑娘翻了个天大的白眼：咱们餐饮业不过双十一。满座粲然，小铃铛倒落了个大红脸，连高仿LV都忘了第一时间供上桌了。

　　一顿饭间，大家都在嘻嘻哈哈地说怎么花钱，不提怎么省钱。小铃铛让她们赏鉴自己的新欢，看了立刻有人说"假的吧"？她还没接话，另一人立刻报出一个比她买的还低三成的价，足以让她急火攻心，当众喷出一口老血。看来舍友们时隔多年，对她的武功路数已了然于胸，早想好了用什么招数化解她满腔喷薄欲出的购物攻略。更可恶的是，以前自称丁克的她们此刻注意力全在各种无聊的婴幼儿产品上。海淘奶粉，严选童鞋，符合国际安全标准的PU玩具，男士服饰，老人保健品。人家的购物车俨然藏有整整一个家庭宇宙。比起来，小铃铛的个人购物经不免就显得落伍、幼稚且自私，仅仅达到一人吃饱、全家不饿的消费主义初级阶段。想想看，买那么大的房子有什么用，她甚至没有可以为之花钱的男人和小孩！

聚会结束后她又叫了个车。刚上车，撑了一整晚的巧笑倩兮立马垮台，望着窗外的繁华夜景车水马龙一阵发呆。几分钟后，她拿出手机，打开 App 先给外甥女买了一双比卡丘毛绒运动鞋，又给远在海南老家的爸爸买了件长款羽绒服。给不化妆的闺蜜和自己买了一模一样的韩妆——因为两套满减折上折。路程遥远，还没到家，小铃铛已百病全消周身通泰：生活中没什么烦恼是买买买化解不了的。如果还有，那就再买。

紧接着她想起当高中地理老师的表弟可能需要一个进口发光地球仪；常年神经衰弱的二婶收到买二送一的进口褪黑素一定感激涕零；外婆用来按摩腿脚的活络油不必再去香港买了，网购才是店里一半的价，只不知真假；鬓角微霜的妈妈没准想试试据说日本销量第一的纯植物染发膏；美国深海鱼油对爸爸的心脏病有莫大好处；小铃铛热爱的广合腐乳现在实体超市不好找了，上网也能轻易搜到旗舰店——双十一最后一小时，她在脑海里地毯式反复搜索了几遍所有能想起来的亲朋旧友有可能喜欢或需要的东西，一一下单买之。有地址的直接填地址，没问到地址的先寄回自家或爸妈家，再让亲戚们逐一上门认领：爱心普照雨露均沾慨当以慷，既烧了钱，又对双十一的购物数据做出了自己的充分贡献——最后一单是给姑婆买的治疗便秘的澳洲百花蜜，买五赠三，一瓶五百毫升，如果无人可送，保守估计足够她吃六年。

当月小铃铛被自己的花呗账单吓一大跳。往常每月账单金额也不小，但这次格外夸张，是往常的五倍多。看来献爱心刷存在感也不是那么容易的——太费钱了。但她乐意用一次性消费偶尔占据亲友们的心——哪怕只有收到礼物的那一刻念句好，也值了。

一晃到了毕业十五周年。这一年刚过春节，全世界就遭遇百年难遇的疫情"黑天鹅"，在这样严峻的情势下，国内外网购数字不降反升，物流股价一再创下新高。空空荡荡的城市道路上最早重新出现的身影，就是各种送快递、送外卖的小哥。毫不夸张地说，正是他们使得小铃铛和其他所有人类城市仍得以高效有序地运转。他们就是这个时代真正自由流动的血液、水、空气。

在这样全民网购的狂欢氛围中，小铃铛当然也不例外。因宅在家里做饭，她首先网购了一大批足以囤到明年冬天的食材和够用到下辈子的各种进口锅具；其次因为看到朋友圈人人学会新技能，遂又购入一大批至少能用到十年后的文体用品，毛笔、字帖、篆刻工具、水彩颜料，连飞镖盘都买一送一；最后，她再次奋不顾身地跳入了家居改造的大坑，短短数月时间，差不多把家里能换的家什全换了一溜儿够，旧家具再在闲鱼上出清，这次虽然没换房，也胜似搞了一次全新大装修。现在铃铛妈要再上京，估计连女儿家门都认不出了：连门都换了，从之前的数字指纹锁，换成了最新科技的瞳孔锁。

这一年的宿舍聚会改成了七夕——宿舍姐妹淘一起乞巧倒也

应景，尤其经历了上半年国内外疫情，下半年牛市强劲反弹之后，大家都有劫后余生之感，地点也变成了某私房菜馆。席间小铃铛先滔滔不绝介绍了自己家居改造、购买古董家具保值的各种经验，随后听大家闲聊才知道，这大半年所有人都家里蹲，听说班上倒有好几对相看两厌，一解禁就火速预约离婚了。留过学的舍长 A 老公常去硅谷出差，年前最后一次滞留美国回不了国，光自费住酒店的钱都快刷爆信用卡，回航机票涨到近八万，还一票难求。A 笑道：这么贵，我劝他干脆就别回来了，反正他在家也没什么用。他会做饭吗？能辅导神兽上网课吗？肯帮做其他家务吗？他不在家，我落得轻松不说，他也能少听几句唠叨。但想不明白的是他还是疯了一样想方设法买了高价票回来。我就纳了闷了，至于这么离不开我们母子吗？还是被"黑人命也是命"的全美大游行吓坏了？

大家聊着聊着，还从"庆渝年"的当当大瓜说到了之前争论得沸沸扬扬的离婚冷静期。女人们一阵唏嘘，争相用异彩纷呈的范例佐证"男人没什么用"的单一观点。这时候不知谁目光突然转向小铃铛：还是心算冠军有远见，压根儿就不谈什么劳什子恋爱结什么婚，一切麻烦都省了——

小铃铛笑了笑，没说话。

然而那天聚会结束唯一有人来接的，竟然是小铃铛。

包厢门口的高大男生穿着日式青年服，看上去像是个二次元的

Cosplayer①走错了门。昏暗灯光看不真切面容，他自我介绍："我是来接铃铛小姐的。"

所有人惊诧莫名，还没搞明白状况就纷纷尖叫起来：这狗粮撒得太有创意了，小铃铛是盖章认定的购物狂，男朋友就故意打扮成宅急送快递员！

小铃铛早有准备，笑着起身，仪态万方地走过去：你怎么来这么晚？

我骑平衡车过来，路上遇到六个绿灯、十个红灯，不好意思让铃铛小姐久等了。

哎呀这么危险，没出事就好。

没关系的，只要能够顺利找到你。

啧啧啧啧。大家啧声一片。不过刚才在门口没太听清，进屋之后却感觉不太对劲。怎么说呢，那男生有点瓮声瓮气，让人想起来某种……人工合成的汽车导航仪声音。莫不是感冒了？但明明疫情暂告一段落，这个男生也并没戴口罩。当然脸是好看的，如刀削斧劈一般的英俊轮廓，在昏暗灯光下，比公交车站广告牌上那些流量小生还好看得不像真人。

小铃铛！你什么时候找了这么帅的男朋友，竟然没和我们一个人说！舍友B脱口而出。

天哪，这都是在哪儿找的小鲜肉啊，咱们那届校草也不过如此

————————————
①Cosplayer：角色扮演者。

吧？舍友C紧随其上。

舍长A怕小铃铛面子挂不住，赶紧说：小铃铛也是美女啊，这么多年了，总算有人懂得欣赏她啦，恭喜恭喜！

吉吉，稍等片刻，我和她们道个别。

小铃铛羞涩地回头笑着对惊掉下巴的众人道：他不是人。

啊？惊呼声又像水烧开一般此起彼伏地响起来。但这些惊呼声中，飞快掺杂了"原来如此"的释然，以及等着进一步解释的安心。

刚忘和你们说了。这次装修房子之所以能这么快这么省心，还多亏有了吉吉——他比我更擅长大数据分析，帮我把好些用不着的闲置包括旧家具都在闲鱼上卖了好价钱。

你刚才说他……舍友B欲言又止。

你们这还看不出来？

小铃铛轻笑起来，伸出右手食指轻点了一下男生前胸——或许因为涂着最新裸粉色钻石指甲油的缘故，这个小动作看上去既性感又俏皮。他的胸口亮了。

我把房子抵押贷款，倾家荡产换了这款最新机器人买手男友，硬盘里存的全是网购大数据，随时能联5G网，简单地说就是专门帮我买东西的——能告诉我同一商品不同卖家的最低售价，如果是大牌过季打折产品，还会根据以往价格变动趋势画出可变曲线图，给我最合理的建议购入时间。自从有了吉吉，买东西更划算了！

再也不用想方设法凑单了！反正根据他的算法，只要我想买的，绝对能找到全世界最低价。

舍友B瞪圆眼睛听了半天，感慨道：果然男人都是没用的，好不容易来个有用的，还是个机器人。

只有这一种型号吗？舍长A好奇地问：如果我网购需求并不那么强烈，那么还有什么型号可选择？有专门辅导孩子做作业的机器人吗？

舍友C笑得邪性：作为老司机，我比较在意有没有舞男机器人，像《人工智能》里帅破天际的裘·德洛那种。

据说真会有。小铃铛笑着说：这是第三批推出的加强款，帮忙做作业的和恋爱梦幻型还在研发期间，上半年疫情期间用户留言需求量激增，据说已和疫苗一样加速研发过程，今年内计划全推出。我回头给你们他们他们公司的网站地址，你们上去不时留意下新品信息。

那像吉吉这样的一款多少钱？

这是最新款，推广期满百万打八折，再加上活动期间购物券，实际到手价七十三万，保修五十年。除了会帮我尽可能开源节流之外，还有问必答，体贴温柔，嘘寒问暖，会在我下班到家前把热水器、地暖、香薰加湿器、空气净化器统统打开。大脑——也就是机械硬盘里还存储有全世界上千家博物馆的名画奇珍、上万部中外电影和上百万本经典书籍，凝视他双眼时可选取图像门类自动投影到最近的幕布或墙上，一旦开启这个功能，我眨一下眼就代表按键一次，眨两次眼进入下一级菜单，眨三次眼代表确定选择，闭上眼则彻底黑屏。主机连线我手机，一旦发现我打算进行不理智消费立马启动远程规劝程序：同款白衬衣您已经有八件了，分别放在一号柜子第三层最右边，二号柜第四层最左边和床底第十三号储物箱里……倘若我一意孤行，他则会迅速放弃阻止，默认进入下一步程序，自动帮我寻找最合适的穿搭图片，以及之后闲鱼可卖出的价格波动区间。不购物时，他随时可以陪我聊天，天南海北包罗万象，从证券行情分析，到中美贸易战前景展望，再到最新中外明星八卦，还能直接搜索我想看的电子书并比价——也就是说，我小铃铛终于从消费主义的陷阱爬出来啦！从此以后再也不用考虑怎么买，去哪买，买什么了！反正只要下单，绝对全网最低！

举座皆寂。又过了一会儿，大家都回过神来，说小铃铛不愧是前心算冠军。这真是她买过最划算的大件，比找任何经济适用男、暖男、多金男都可靠，还能保证永不出轨。

要不要试试让他帮买你们最想要的东西？今天可是七夕购物节。小铃铛笑道。

一下子哪能想到买什么。大家纷纷遗憾道：早知今天凌晨不清空购物车了。

说大的品类就成。吉吉还有一个功能，就是能帮你盲淘。只要告诉他想要什么大类就成，其他个人信息不用填，只需输入自己的手机号码，他能自动搜索到你曾经买过的所有订单，迅速了解你的个人偏好和性价比需求，提供可选择方案。

舍长Ａ将信将疑按下了一串数字：最近刚好想买个新包，看你家吉吉猜不猜得到我想要哪款。

吉吉胸口的灯亮起，随即发出轰隆隆的声音。少顷，答案出来：最适合您的包是2019年秋季款爱牛仕拼色鳄鱼皮限量手包，不过您可能买不到了。国内特供的最后一个孔雀蓝撞明黄限量版，有位先生五个月前已经买走了。

哎呀真的太准了！这个包包我种了好久的草，但没有放进任何购物车里。舍友Ａ花容失色：这个机器人是怎么知道的？那我能不能再多问一句，那个该死的购买者究竟是谁？为什么他会买下全世界我最想要的包包？

吉吉的机械合成声音透出无辜：也许那位先生想送给同样喜欢这个包的另一位女士。

那男的是中国的还是外国的？能看看他长什么样吗？——啊，我真嫉妒那个收到包的女的！

可以。吉吉说：近年爱牛仕限量版因为一包难求，都会留存六个月完整的销售记录，收银台的摄像头甚至还会记录线下购买者的付款视频——当然脸部会打马赛克处理——以防其他顾客不相信包已卖出继续纠缠店员。而这个视频信息在后台数据库都是公开流动的。稍等片刻，我给您调出影像。

一个男人影像随即出现在包厢的墙壁上。大家看后都震惊得久久不能说话：即便打了马赛克，所有人依然能够一眼认出那张脸就是Ａ的丈夫，之前曾羁留在美有家难归的Ｄ先生。

舍长Ａ的声音突然变得苦涩了。怪不得有天他突然问我，像我这样的轻熟女最想要什么礼物。我就开玩笑地说了这个包，心想他反正也不知道在哪买，知道肯定也舍不得买下来，但他竟然买了。而且，并没有送给我。

小铃铛同情地说：会不会……他想哪天给你一个惊喜？

不会的。我刚才留意购买时间了，他是出国前三天在国内专柜买的。那时我生日早过了，情人节还没到，他那么多天和我们视频，直到回来也从没提过他买了这个包，只是一门心思地想早点回国——估计和那个收到包的女人一直隔着太平洋见不了面，他回不来人也过不去，急眼了吧。呵呵。

舍长Ａ是宿舍公认的高才生，心算虽比不过小铃铛，逻辑推理能力却是一流的。她的声音由苦涩迅速变得冷静客观，大家一时间都不知道说什么好。

终于舍友Ｂ打破了僵局：换我说吧。我最想要的——是全北京性价比最高、离重点中学最近的学区房。这几个月研究得焦头烂额，已经快黔驴技穷了。

电话号码一个个输入了。吉吉这次用的时间比上次更长，也许是为了安抚Ｂ，他一边搜索一边开口道：您之前已经在二十七家中介公司看了超过五十套房，并都留下了自己的联系方式……但这么多套房子您并没有看中一套，第一是因为能买得起的房子条件太差，第二是另一些符合您心目中居住要求的房子都超过了您目前的预算。近三十名房产中介短时期内持续给您打了超过两百个电话。

没错，打过来的电话确实多。但那些房子真的都不太行。B烦恼道：不是太贵，就是太小太旧。找个合心意还能买得起的学区房，太难了。

吉吉胸口的灯黑了很久，终于重新亮起。他清晰地说：最适合您的学区房，是樵乐路丽都花园7号楼3单元602。

搞错了吧？这分明就是我家现在的地址！B震惊地转向小铃铛：你的机器人男朋友是不是出故障了？还没等小铃铛回答，吉吉就说：我没弄错。您家东东的成绩虽然谈不上特别拔尖，但目前您居住的区有四所普通中学，只要不过度补课和发生概率极低的摇号意外，按学区分配上其中任何一所都不成问题。我刚才根据您的手机号，从后台数据库调出了您孩子从小学到现在的所有成绩单，各科成绩均衡，德智体美全面发展，您是根据什么得出他读普通中学没有前途的结论的呢？

B面露喜色随即将信将疑，本来早站起来了，此刻重新跌坐回之前的座位：你们不知道我们朝阳区的鸡娃老母压力有多大……

舍友C说：轮到我了——吉吉，吉吉，我想要世界上最爱我，而且不求任何回报的男人——我猜你一定会推荐贵公司的另一款恋爱型新品，不过我要有血有肉有灵魂的，机器人可不行。

其他人听了相视一笑。所有人都知道C的丈夫虽然和她是相亲认识的，却一直非常爱她，导致她一大乐趣就是在班级群里疯狂撒狗粮，晒她老公给她和孩子做的各种烘焙点心，包括最复杂的牛角包和马卡龙。

吉吉沉默片刻，胸灯也随之熄灭。大家都以为机器人生气了，不料灯又很快亮起，脸转向墙壁，投出一张老人饱经沧桑的脸。

C捂住脸哭了，那是她的父亲，前年已经在养老院得胰腺癌离开了这个世界。

那第二爱我的男人呢？她不甘心地问。

墙壁上很快出现了她儿子幼年的照片。吉吉降低音调，平静地说：一般到了十岁以后，小孩子的想法就变了，变得没那么无条件依赖、崇拜、信任母亲了。

那么第三爱我的呢？

第三张出现的脸依然不是她那位热衷烘焙的丈夫——墙壁上是一个看上去心事重重的中年秃头男士。吉吉在一旁说明：这个人每月都会固定一到三次匿名访问您的微博主页，浏览最新动态。我猜想他自从十五年前和您分手后，至今还没有完全忘记您。当然他也已经结婚多年了。

钱小南呢？——这是舍友C丈夫的名字。

叫这个名字的用户几乎没有打开过您的主页。吉吉用毫无感情的机器合成声音答道。

现在三个舍友终于每一个都涕泪涟涟地坐在自己的座位上。大家看上去都经历了某种小型的人生崩溃。终于舍长 A 红着眼睛开了口：好了亲爱的，现在你终于知道我们各自不完满的人生了，你也问你的机器人一个问题吧。

小铃铛为难地说：可今天我真的什么都不想买。

不行。B 说：我们都这么丢人了，你一定得说一个。

小铃铛说：不是你们丢人，是每个人问这种看似有正确答案的问题，也许都会得到意想不到的结果。

C 说：哎你就问吧，有点娱乐精神嘛——既然所有答案都是薛定谔的猫，那问什么又有什么关系呢？

吉吉在一旁无比忠诚地站立着。小铃铛皱着眉头深思熟虑了半天，终于问：吉吉，你知道我最需要什么吗？

这其实她在家就问过一遍，是个安全问题。不过和上次问的稍有不同，上次是"吉吉你猜我此刻最需要什么？"而吉吉的回答则相当令人满意："主人您此刻最需要我。我来到这世上的使命，就是为了更好地服务你，给你提供万物的答案，让你感到安心与快乐。"他十分了解她需要爱、陪伴、安全感和无微不至的体贴温柔。

但今天的问题问完后，吉吉胸口的灯突然亮起，持续发出刺耳破碎的声音，终于彻底熄灭了。他对这个问题报以了最永恒的缄默——他宕机了。

　　所有心碎者都回到家中后，小铃铛打电话问客服才明白，都怪她没有仔细看说明书，这是一个被严格禁止的问题，因为机器人永远无法代替人类思考人生的终极使命。而根据她购买过的成千上万种产品，他实在无法得出她真正需要什么的结论。是的，她极度匮乏爱，而机器人也能提供某种爱的替代品，但"需要"和"此刻需要"仍然有本质区别——"此刻需要"，可以根据这个人历年来习惯购买什么、最近又浏览过哪些网站得出精确答案；而问及"需要"，则必须要提供一个解决问题的终极方案。

　　小铃铛到底需要什么呢？豪宅，华服，靠谱的男人，形态完整的家庭，一两个聪明健康的孩子，众人歆羡的目光——或曰爱，友谊，事业与虚荣——还是仅仅是一个最新款机器人？

　　但吉吉到底只是机器人而不是神，无法提供终极方案，回答不了这些难题。他由此只能得出最直接的结论：小铃铛其实并不需要这样一个自己。

　　他的算法系统彻底瘫痪了。

　　小铃铛后来对女友们说：我就是那一刻真正感激吉吉的。他如此认真地替我思考究竟需要什么，甚至不惜为之付出系统崩溃的代价。他永远不会骗我，也永远不会对任何人撒谎。

但一个月后她还是在闲鱼上把一键恢复出厂装置的吉吉转掉了。才两个月就折旧七万，成交价六十六万。因为这笔巨大的损失，她好一阵不再网购，只在家附近的小卖部买广合腐乳、绿豆和自贡盐菜。

原刊于《江南》2020 年第 5 期

我只想坐下

张天翼

早晨下的雪，到黄昏就脏了。车站广场上的雪，像洗洁精泡沫堆在黑锅边上，大部分沾在人们为过年回家穿的好皮鞋鞋底上，进了售票厅、进站大厅候车室。热腾腾的候车室里，有一千个人、三千包行李和一个詹立立。

离发车时间还有四十分钟，人们就自觉从铁椅子上起身，排在进站闸口后面，像长跑运动员等在起跑线后面。隔着六七个人，前面有个小女孩围着她妈的腿转磨，头戴格格式的小牌楼发卡，黑漆漆的旗头板子，中间一朵大粉绸子牡丹花，两边两条红穗子。今年最时兴的剧是《还珠格格》，火车站的纪念品店拿还珠格格发卡当特产卖，满架大牡丹，小女孩一看见就走不动道。再疼钱的爹妈也不会在年根底下疼钱，孩子们缠闹来一个小牌楼，一顶上，立刻小心翼翼用脚心找路，仿佛踩上了透明花盆底，只欠一个皇阿玛来认领。詹立立身边的行李箱里，也有个一模一样的格格发卡，给老家表妹买的。

她左手把行李箱往身边拽拽，右手提包搁在箱子上。提包死沉死沉，好像装着死人头，手指尖都勒白了。包不是她的，是她同学孙家宝的，她自告奋勇给拎着，让孙家宝能腾出两手吃东西。孙家宝一手拿着薯条，一手拿着汉堡，边嚼边说，重吧？没事没事，你放地上呗，那包里有个桃罐头，我坐火车就爱吃个罐头。立立说，没事没事，也没多重。

她跟孙家宝原本不熟，同院不同班，老乡也不是老乡，几个班一起上大课，听点名听多了，知道有这么个人，上学期坐过一次前后排，传表格传材料，相视一笑，顶多是这样。那怎么突然熟到并肩站着候车的呢？就因为坐火车。快过年了，全城外地打工的人、外地学生都要买票回家。一个月前女班长挨屋发火车票，立立手里端着盆洗漱回来，接了票一看"无座"两字，一屁股在床沿坐下了，盆湿漉漉地搁在枕头上。二十九个小时车程，没有座位，这怎么熬？班长坐到她身边，说，瞧你这运气，班里数你路远，还就你是站票，你咋就不多勾个备选呢？硬座没有，卧铺肯定有的嘞！

她摇头，说，卧铺……贵嘛。

学校发的订票表格，最后一格是备选：无座，硬座，硬卧，软卧。如果同意备选一张硬卧，就有多花几百块钱的危险，她只勾了无座。学生火车票本来打五折，但卧铺的学生票，只能减掉硬座的半价的钱数，像是一种官方提醒：花着爸妈的血汗钱还想躺回家，是不是太奢侈了？

车票搁在她大腿上，肉粉色，像豁开一个方方正正、露着嫩肉的伤口。班长叹气，说，咱班男生有人认识"黄牛"，我喊他们帮你弄一张卧铺吧？立立又摇头。班长简直要生气了，你心疼那点钱干嘛子嘞？你说你……

过夜的火车，即使坐硬座都很煎熬，硬座的硬，是个很妙的定语，不是座位硬，是人硬，不用多，坐几个小时，腰板、膝盖、腿脚，就僵硬得跟棍棒似的。无座跟硬座一个价钱。硬卧比它们贵一百五十二块钱，那一夜她屁股的归属，值不值一百五十二块钱？值不值得她说了不算，因为钱是爸妈给的。叫起来是爸妈，实际是叔婶。爸妈给她说过一次：你也可以叫"那边"爸妈，但即使那时她才小学二年级，也懂得这种"可以"其实是"不可以"。她一直坚持叫"那边"大伯和大伯娘。前两个寒假她先坐短途火车到大伯夫妇做买卖的城市，住几天，再一块儿回老家。今年大伯夫妇的麻辣烫小店亏了钱，大伯又犯肾结石，一个月前就回了老家。这是她第一次自己面对春运。

填"备选"之前她给爸妈打过电话。她爸妈一直在郑州陪读，陪她弟上武术学校。她说，爸，我学校没给订到座位票，我补订一个铺位票好不好?她爸很豪迈地说,年轻人,出力长力,补啥补?没得座位就没得座位,吃点苦也不坏,梅花香自苦寒来。再说那么大个火车,哪儿还坐不下个你。她不再说这事。她知道弟弟进武校交了好大一笔赞助费。

所以立立不想答班长那句话,为了掩饰这个不想,她把枕头上的盆拿下来,弯腰塞到床底。枕头湿漉漉的,像预先替她愁哭了。班长忽然想到什么,手在她大腿上一拍。我给你讲!你知道隔壁班的孙家宝吧?胸脯挺大、夏天老穿吊带背心上课那个。她跟你坐同一天同一趟车,订到了硬座——咱院的票是我给一张张分到各班的。立立抬起头。班长的小肉手又在她腿上拍一巴掌,另一条腿上的票轻微震一下,方形伤口里的无形神经也跳一下。我男朋友老赵,跟孙家宝是老乡。他们老乡聚会上,我跟她聊过天。她人不错,你去跟她套套近乎,让她照顾照顾你,哪怕给你挤个椅子边边坐呢。而且她家近,夜里就下车,她下了,你不就能坐她的座位了吗?

孙家宝人白白的,敦敦实实的,油乎乎头发往后梳成一把抓,鼓脑门上总有个高光点。爱笑,嗓门敞。女人之间的友情要搭建起来能有多快?比沙滩上拿塑料桶扣小城堡还快。瓜子话梅请请客,食堂里面对面吃吃饭掏掏心窝子,再来两杯珍珠奶茶一浇灌,第二天就能替对方在大课上答到(另一个得以在宿舍睡懒觉),第三天两条胳膊就挽成麻花了,亲亲热热逛后街饰品店去了。

这姑娘人还真不错,虽然明摆着詹立立有求于她,她也没摆起架子，死吃人家一口。立立请三次，她懂得请回去一次。她唯一不太好的地方，是嘴不好，有时话特别冲，好像一块馒头给人塞嘴里，噎得人一愣，不知道该咽还是该吐。就比如现在等在候车队伍里，她一边吃汉堡一边说，哎立立，车站这个麦当劳会不会是假冒的？我怎么觉得这汉堡味儿不对呢？跟我以前吃的味儿不太一样。

汉堡和薯条是詹立立请的。这话也像一个汉堡塞进立立嘴里，她心里叹气孙家宝也真是的，这种话怎么能随便说？这么说是嫌别人不会买？还是故意贬低汉堡，就不用领情了呢？

她说，不会，肯定是真的，麦当劳哪有假冒的？他们不敢。

好在，随便说话的人也随便忘话，话说完就不是她的了，谁爱拣心里谁拣去。孙家宝低头叼住一根薯条尾巴，像拎出一根烟似的揪出一整根，嘴唇抿啊抿，一寸寸把薯条抽出来，她常有这种无来由的娇憨小动作，自个儿逗自个儿开心，两眼净是宠着自个儿的笑，看着立立，把薯条盒往前撅，你也吃嘛。

立立说，不啦，我中午吃得多，现在还饱着——"请别人客"的东西，她从来一口不沾，送人情就得送个完完整整的。再"吃回来"一点？那不是她詹立立的作风。

她又瞄了一眼"格格"。小女孩正隔着人，眼巴巴地看孙家宝，一转身，扑在她妈大胯上，大声说，妈妈我要吃方便面我要吃方便面！她妈从身上撕她下来，一手按着五六个月的肚子，说，别闹，你看弟弟多乖，一点不闹，面等上车再吃，啊。立立想，原来肚里是弟弟，怪不得……

她妈生弟弟前后，也对她好过一大阵，夸她"真会引"，新衣新鞋紧着买，摔碎暖瓶都不挨打。

一阵骚动，风吹树叶似的传过来，检票进站了。人们纷纷弯腰，把散落在脚边的行李提上、背上、扛上、挑上。立立说，你吃你的，我给你推箱子。孙家宝嘴里唔唔，忽然小步跑到最近的垃圾桶处，各剩一半的汉堡薯条往里一抛，手势干脆漂亮，她跑回来一伸手，把包接过去。随人群蠕向前方，路过那个垃圾桶，立立把脸掉到另一边。

一过检票闸，人都跑起来，像被狮子撵得狂奔的角马群，好像上火车不是凭票，是凭赛跑名次，排前面才走得了，排后面的就要被丢下。脚步声和行李箱轮子摩擦地面的声音在天桥雨道里混响成一片，立立的身子被后面超过的人撞得一晃一晃。她俩步伐越来越大，最后也跑起来，加入这莫名其妙亡命起来的队伍。孙家宝边跑边小声咯咯笑。

月台顶棚上的大灯亮得人心慌，孙家宝说，上次我坐这趟车回学校，车上有个列车员，老帅了，眼睛像刘烨嘴像金城武，也不知道这次能不能碰上；罐头真够重的，上车咱先把它宰了吃；你知道车厢里最烦的是什么人？打呼噜的，抱小孩的，脚臭还非要脱鞋的。但愿咱车厢里没有……立立顾不上捧哏了，她的心越走越重，等一上车，她将正式成为无处可去的人。

上车一拐弯,一股热腾腾肉味扑到脸上。她们随着前面的人挪两步,停下,再挪。孙家宝手里捏着票,像琢磨谜面一样念着座位号。谜底揭晓:她的座位在一排三连座的最里边,靠窗。靠窗是最好的座位。下围棋讲究"金角银边草肚皮",搁在火车座位上也适用。靠窗位是金角,困乏了,一歪,连头带身子倚着壁板,舒舒服服,简直等于半个卧铺;靠走道边的座位,胜在方便清静,也有半边可以舒展身体手脚;中间的位置最差,两边都是人肉,那种软中带硬的挤迫,最让人心烦又疲劳。孙家宝拿到的本来是金角,但要再给立立挣扎出一条能坐的地方来,金角就不如银边了。

面对面六个位子,其余五人已经坐满,孙家宝把行李箱推到椅子下面,暂时站住,没进去坐。立立也把行李箱推到椅子下面,堵在过道里,拿后背顶住挤蹭和各种口音的牢骚话。孙家宝轮番把那五个人看了一轮,眼睛盯住对面一排最靠外的黝黑男人,甜甜地送个笑,叫道,大哥,咱俩换个位置好不咯?我是靠窗的,靠窗的舒服。

这是以己上驷,易彼下驷,没不成的道理。男人欣然说,行!起身坐过去了。五分钟之后立立才明白,孙家宝为什么跟对面人换、不跟自己这排换:这边两位,一个四十多岁脖子上一圈金项链的壮大汉子,一个胖妇,对面两位一男一女,看脸就知道是学生,清瘦,能腾出的地方多,而且是"自己人",也好打商量,果然孙家宝一说"同学帮帮忙挤一下好不好",靠窗的女生立即拎起座位上的帆布包放在腿上，两个屁股此起彼伏地一挪，半尺座椅就省出来了。那块白布包裹的，像凭空长出一雪地，珍珠奶茶、汉堡薯条以及立立巴心巴肺经营出的情谊这一刻终于有了实体化身。孙家宝一巴掌拍在上面，表功似的大声说，来吧，快坐！

立立不断说谢谢谢谢，脱掉羽绒服，把体积削掉一圈，抱着衣服，把身子安排下去，正着坐比较吃力，她调一下坐姿，脸朝外，膝盖朝过道支出去，坐稳了，如释重负，这重负是她自己。现在她也有了一个弥足珍贵的、腰线高的视野，可以跟着等高的眼带着淡淡的优越感，一起看站着走着的人。

车里已经黑压压，人仍在上，像珍珠奶茶的黑圆子在吸管里一顿一顿地行军，应和不可抗拒的吸力。还不光是人，人都提着背着扛着挑着，犹如搬运饼渣的工蚁队伍，因此一个人往往要占两到三人的空间。一些无票的人挑中一个地方，手扶椅背，就站住不动了，过道里人肉密度逐渐上升，汤变成粥，粥变成饭，最后稠得濒临凝固。离开车时间还剩四分钟，队伍还有小半截耷拉在外面，像嘴角上挂的残粒，很有被一把抹掉的危险。一阵推搡出的波动从门外拐着弯传进来，前面人吼"别挤了"，外面的人焦躁地嚷"赶紧往里走"，玻璃窗蒙着一层毛毛雾气，靠窗的人挥手抹出个扇面，扇面上一幅蒋兆和也画不出的流民图。

天南地北的口音议论道：外搭还有十几来号咧，哪能上得来？上得来，莫麻搭！妈妈哟，这好多人挤到一堆儿，春运好吓人哦。明儿个就好了，后半夜过郑州，过完郑州车就半空了。呵，郑州站的人一下车，车上老些钱包也跟着下车喽！

　　立立的腿从椅子边界探出一截，她频繁地起立给人让道，浑身是生怕碍事的知趣。折腾一阵后，干脆站着不坐了。孙家宝在后面扯她毛衣后襟，你快坐下，别动。又要等一会儿立立才明白为什么"别动"：火车上每个容得人的孔隙都不会被省下，她不填，马上有人填，两分钟后收腿空出的地方揳进一个无票的男人，身子整个偎上来，胳膊肘支着椅子脊背，"思想者"一样手托腮帮，摆定舒舒服服一个姿势。她再想坐，坐不下，用膝头顶了一下，那人岿然不动，巴掌托着的嘴里冒出几句恶声恶气的话：顶什么顶？我也没地儿挪动！你等会儿，等他妈人过完了！

　　她只好转身，不转，胸脯就送到人身上去了。她面向窗户，手撑小桌，把自己支在一个将要倾倒的站姿里，看窗上的扇面。扇面图里多了个人，一个穿着藏青制服大衣的高个儿列车员，他做着很大的手势，让最后三四个实在挤不上去的人往另外的门走，又高举一根食指朝巨大挂钟抖动，意思是就要开车了，快走。帽檐下的脸一转，让顶棚投下的灯光照住了。

　　所有的感情，事后都被认为是一见钟情，然而这时候立立只能看清他右脸：一杠黑眉毛抵着太阳穴，一颗女性化的毛茸茸大花眼，整个扇面为之一亮。他帮一个带俩孩子的妈提起红蓝条纹蛇皮袋，领她向另一车门跑去，跑出画幅边缘。开车十五分钟后立立再次见到他，才看清左脸，把那个第一印象补全。

她先听见的是一个车厢那头响起的声音：检票！请把车票身份证准备好。声音脆亮，抖擞得很。孙家宝说，哎呀，列车员来了，咱问问他有没有螺丝刀。她那个桃罐头折腾半天了，打不开，前后左右几个人都饶有兴致地拧了一遍，像凡人试拔亚瑟王的宝剑。就这一刻钟里，前后左右几个人交换了你老家是哪儿、念书还是工作、耍朋友没有等等信息，连"思想者"都加入了。四个学生互报了学校院系。那两人对孙家宝说，我们去你学校听过讲座，你们食堂饭真好吃。

孙家宝说，那你去的肯定是三食堂，我们大食堂和西苑食堂厨子都是养猪场饲养员改行的，那菜炒的！肉都是大肥肉，一嘟噜一嘟噜跟葡萄似的。

妇人说，唉哟，你们这些娃娃，嘴巴刁哟，我在工地上做饭，哪顿菜里不见大肥肉，工人都要敲碗边、"嚼球毛"的。

跟孙家宝换过座位的黑男人说，人家大学生哪能跟农民工比！人家将来都是公务员，要坐小车、吃酒桌子的。

女学生说，我可不愿意当公务员，我想去云南大理开一家客栈。几个人笑开了，"思想者"说，放着人上人不当，开旅馆铺床叠被伺候人去？这话可别让你爹妈听到。

车中段有人高声说话，跟列车员争执起来了。人们都抻长了脖子瞧，有些人急匆匆站起来，钻到人缝里，抢能看得更尽兴的位置。

闷在火车里，每一场热闹都珍贵得很。只听一个男人说，我有票！补啥补？

列车员说，您买的车票的区间是郑州到新乡，请您到车长办公席，补上始发站到郑州的票价。男人说，那你就当我是从郑州上的咯！

远远近近发出笑声。列车员说，这个不行，咱们客运有客运的规章制度，请您配合一下，主动补票。立立欠身看一眼，认出了帽檐下的大花眼。他的嗓音独特，亮堂堂的，好像喉咙里藏着个小灯泡。

逃票的人头往旁边一仄，表情烦躁，像被迫说出本想给对方留点面子的事。又不是我非要逃票，春运票不好买啊，票还不是让你们铁路上人倒卖给黄牛了！我们也没办法。你们又不差我这几个钱，你们铁路赚我们老百姓的钱还不够多？车上盒饭卖那么贵，讲理吗？还有，我问你，无座的票凭啥跟座位票一个价！公平吗？周围人纷纷说，是，就是，确实不公平。年轻的列车员被孤立了。此人口口声声"我们"，想把舆论煽动起来，躲到"我们老百姓"背后去。立立对面的"金项链"低声说，铁老大铁老大，霸道就是了嘛，哪来的公道。

列车员声音稳稳地说，票价是中铁总公司定的，有意见您可以打电话质询，但是要说公平，别的旅客都是规规矩矩买全价票，您只花一站的票钱，想跟别人坐一样的区段，这样对别人公平吗？

这一招真的高明，再次把他孤立于人民群众之外，立立在心里给他鼓掌。四周静了，逃票人语塞，他身边一个老乡重重地嗐了一声：没几个钱，莫丢人咧！快快，我帮你补上算！列车员同志，补多少钱？说着就歪身掏裤兜。两人厮打起来。逃票人说，哥，我又没说不补，你快收咧，行啦我自个儿补去行了吧。列车员说，非常感谢您对我们工作的配合，请到 16 号车厢列车长办公席办理手续，待会儿我再来查验。那人走之前，嘴上还要找点便宜回来，说：你这小子嘴头挺行啊，穿了身制服皮，顶个帽儿，唉哟，母牛不生崽——牛逼坏了！人们大笑，对这场热闹非常满意，有波折，有高潮，最后还抖响个荤香的包袱。列车员转向下一个人，脸色平静地说，请出示车票身份证。

人们陆续收回腰身和目光，意犹未尽，议论起自己听过的逃票成功案例。孙家宝趴到立立耳边说，就是他！立立说，谁？孙家宝说，你记不记得我跟你说，这趟车上有个特帅的列车员，眼睛像刘烨嘴像金城武？就是他。我说得没错吧？像不像？

那人走得越来越近。孙家宝她们把学生证押在车票上，握在手中，等着，红底烫金的学校名字，跟一块块霓虹灯板似的，一下闪进四周人的眼里。高考苦了一番，为的什么？不光为了四年后院长把学位帽的穗子往边上一拨、递来的那一张文凭，也为了眼下这种跟"普通人"分隔开来、扬眉吐气的时刻。这种时刻不多，得珍惜。四周的人斜睨着，脸上含笑，表情是有点羡慕，有点轻蔑，有点同情，就让娃娃显摆一下吧，当大学生也就只能风光这几年，上了社会还不都是灰头土脸打工仔。

列车员挤过来，在两排座椅中间站定，从伸出的手里挑了一只，接过票和身份证。立立仰头盯着，帽檐下的图景终于看清了，两只眼睛两潭湖，睫毛是围湖栽种的蓊郁草木，鼻子隔在中央，宽宽一道山梁，还有一颗圆溜溜、肉腾腾的灰痣，卧在眉丛里。她听家里爱给人看相的舅姥爷说，那叫"草里藏珠"。这副好面孔，该搁在质地更好的扇面上。跟铁路制服配成一套、出没在这乌糟糟车厢里，是有点浪费了的。但怎样算"不浪费"呢？她也想不出。他察觉到她的凝视，眼睫毛一挑，眼珠朝她盯一下，垂下眼继续看票，好像帘子掀开，里面有个脸蛋一闪，又不见了。

他先查对面那排的人，一言不发，查到立立她们这排，依次看了里头两人的学生证和票，说上个车厢你们学校的同学特别多。还证时叮嘱，你俩的票是黄州站，记着黄州站跟黄州北站不一样，先到的是北站，别下错了。

人们都发现了，这个列车员跟学生有股不一样的客气，总要和颜悦色地唠两句。他拿起孙家宝的学生证，说，好学校，我们系统的副总就是你们学校毕业的。孙家宝说，我知道，礼堂墙上荣誉校友照片有他。帅哥，我这站几点下车啊？

列车员说，正点是凌晨两点五十到站，还有四个小时。

孙家宝说，车晚点没有？

刚才待避特快，停了十七分钟，不过再过几站能追回来。好了，证件收好哦。

立立把学生证和票递上去，她有种错觉，他是故意把她留到最后一个，像那种心数很多的小孩把预估最有趣的礼物盒留到最后拆。翻开学生证，头一页有一寸照，他的目光在照片和人脸上折返跑了几趟，很严谨地验明正身似的，她又想：不会是借对照片的机会看我吧？他再翻一页，念道，生命科学学院，你们这学院都学什么啊？立立说，就学"生命"。

"生命"能学四年？

怎么不能？植物动物微生物，细胞生物，分子生物，能学一辈子。

孙家宝说，我也是生科院的，你刚才怎么不问我？

列车员不抬头地一笑，那页上就算印满五号字也该看完了，幸好他在荒谬边缘合起学生证，连票还过来，说道，詹立立是吧？这名字真不错。立是独立的意思？

不是，我爷从《论语》里给取的，"夫仁者，己欲立而立人。"

孙家宝说，嗨，帅哥，能不能帮个忙？

为旅客服务是我们的义务，请问您需要什么？

我有个罐头打不开，你有没有工具？

让我看看。

孙家宝兴冲冲从桌上捧起桃罐头给他。他的手很大，一下把罐头拿小了，几个长长指头捻着瓶肚子在手心里转一圈。立立心里替那个罐头觉得舒服。孙家宝说，大伙都拧不开，是不是需要螺丝刀？他说，这是旅行装罐头，不用刀。

他另一只手罩到盖子上，两手反着使劲，没开。他甩着手说，得找东西垫垫，摩擦力不够。立立的手一动，摸摸脖子上垂下的棉麻围巾，没说话。他的眼光立即扫过来，同学，你的围巾借我用用？

手底下垫着围巾，他又使了一回劲，罐头盖子咯地响一声，孙家宝欣然说，开了开了！哎呀帅哥你好厉害。他把围巾递给她，罐头放回桌上，说，我们班组搞掰手腕大赛，我永远第一，外号大力水手。好！很高兴为您服务，请您留意广播里的到站信息。前一句冲她说，后一句冲孙家宝，于是立立又有一种亲疏有别的错觉……这些无法验证对错的猜想，像猫挠乱的毛线，留给她坐在半个屁股宽的座位上慢慢清理。被那只手握过的围巾再戴回来，成了活物似的，又像那手的无形的一部分还留在围巾上，风吹草动地搭着脖子。

孙家宝伏在她背上小声说，好帅耶，是吧？咱院的男生谁要长这么张脸，绝对院草了！我绝对倒追。

她含糊说，他眼睛还行，大花眼。

大花眼什么意思？

我们那儿管大双眼皮叫大花眼。男人长这种眼干吗呢，简直浪费。她又违心地找缺点，说，不过他脸太瘦太尖了，还有点驼背。

我就爱看小尖脸。哎，他是不是有点喜欢你，跟你唠那么多句！

怎么可能？他们列车员每天还不得见一万个人，说一万句话？人脸估计在他们眼里都是马赛克……那他还给你开罐头呢，算不算喜欢你？

孙家宝说，对，罐头！来，你用我的叉子吃，好不好？……

开车一小时之后，人们已经开始各为彼此的娱乐，聊天、打扑克、吃瓜子、看书报杂志、戴耳机听歌、织毛活，还有女人端着竹篾绷子绣花。能听到所有热门的偏见、历届领导人的秘闻、女演员的风月新闻，车厢宛如一个狭隘与伧俗的移动展览馆。有些人只是呆坐，两眼半开半闭，沉浸在混沌中。立立也是呆坐者，她其实带了书，在行李箱里，但她不想拿，她预感到跟那个列车员"还没完"。雨将落未落，悬念像雨滴悬在半空，她只想把悬念当一颗话梅，尽情地咂吮，滋味无穷。

二十年后拥有智能手机的人们，再也不会呆坐，再也不会无事可做，一部手机等于一个影院加游戏厅再加无数难以名状的啥啥啥。里头全是麻辣火锅，中辣、巨辣、变态辣，清汤寡水的、粗粮小菜的，早就倒闭了。人们愉悦地上缴全副精神和注意力，交给手机，"来！快刺激我！快震惊我！"就像把一整摊肉体交给推拿师，自己不用动，别人揉一把，惊动一下，浑身揉，浑身心惊肉跳。在事和事的缝隙里，他们等不及地跳进手机屏幕。鲸每隔一阵浮出海面透气，他们每隔一阵需要一猛子扎进手机里透气。所有人都有一张手机照亮的脸，千人一面。他们永远不会无聊。他们醉醺醺地，享受这目不暇接的无聊。

立立背后开了斗地主，"对子""四带二"地红火起来，几个无票的站在椅子边看歪头胡。一局完了，孙家宝像在饭桌上让菜一样，说，立立你玩一把！她说，我不会。孙家宝反倒更来劲，不会我教给你！你抓牌，我教你怎么看。她笑道，我可笨了，你可教不会！你快玩吧，我打水去。

她起身，"思想者"刚往前拱一点，孙家宝麻利地一搬屁股占住空，笑道，大叔，别顶呀！让人以为你欺负小姑娘呢。好男不跟女斗，你说嘞？她两手扑克洗得啪啪响，响得跟打耳光似的，"思想者"也笑了，哎哟，你这妹子嘴巴贼厉害，你小心将来嫁不出去哦。

立立拿了孙家宝的粉红 Hello Kitty 杯、自己的白保温杯，又跟里面两人说，我帮你们打水吧，你们出来不方便。这是对人家替她省座位的报答，那两人道了谢，递出杯子。她抱着四只水具刚要走，对面座的金项链男人冷不丁手一伸，她胳膊弯里多了个猪肝色保温杯，他若无其事地说，大学生，学雷锋咯！她说，哦，行吧。男人朝孙家宝说，美女，发牌发牌。

她像崂山道士一样穿人墙而出，艰难钻出好几步，一团迟到的怒气才缓缓成形。一部分气别人，更多的是气自己：凭什么让人随随便便就使唤了，就占便宜了呢？你为什么总这么好说话呢？……

她用软绵绵的嘟囔"对不起让一下"开路，一点点往前钻探，各种口音的抱怨如碎石飞溅，开凿出的缝隙，在身后迅速闭合。有些区域立着的人少，坐着躺着的人多，过道的地板根本看不见，横躺的人，脑袋和小腿伸到两边座椅下，只留一段腔子，丢在行李和鞋子之间，死了一样任谁踩也不动，春运逼得人跟自己的肉体断绝关系了，春运好厉害！她靠鞋尖连拨带撬，东一跨西一跳地插针，跟个跳棋似的往前走。在这样谁都拿自己不当人、当样东西的氛围里，很容易失去对肉体的尊重。她开始还不好意思，像个不会下棋的人，犹豫半天，哆里哆嗦走一步，但很快脚尖果断起来，狠起来。就这样不知挨了多少胳膊肘，感觉已经走了一半西天取经的路，车厢连接处的茶水炉还远得像凌霄宝殿。

差几步路的时候，她停在两个摞起来的蛇皮袋旁边歇脚，把怀里东倒西歪的水杯理一理。前面一片黑压压之中，忽有一张脸转过来，像明月从乌云后面露出。

她毫无准备地接住一个微笑，又完全是下意识地笑回去。

他飞快地笑完，转头去敲厕所的白铁门。咚咚咚。旅客同志，请赶紧出来，车还有五分钟到站，厕所已经停止使用了。周围人看着，等着纠纷。里面没声音。他再敲，咚咚咚咚，声音严厉了。旅客同志，请不要在厕所抽烟！您再不出来我就用钥匙开门了！

三秒钟之后，刺啦一声，冲水的声音，啪嗒一声，门上的红块块旋成绿块块，门开了，一个穿黑毛领皮夹克的男人跨出来，大声说，谁抽烟了？老子拉屎！还"用钥匙开门"，你开个试试，你侵犯我隐私了懂吗？到站就不让人拉屎？你们火车上盖厕所是当饭馆用的？对旅客这态度，我他妈投诉你去，你工号多少？

门是冲立立这方向开的，这个方向的人都能看到门里还没散去的烟雾。然而没人替列车员说话。在这片土地上，维持纪律的人常常陷入孤立，因为大家都同意纪律是发明出来让人吃亏的，至少也是个招人烦，因此有硬脖子的主儿顶一顶"纪律"，群众喜闻乐见。列车员并不回嘴，把门拽上，用三角形钥匙锁起，皮夹克男人在他肩膀上推一巴掌，问你呢！工号多少？叫什么名字？

就像自己也被推了一把似的，她在几步之外开口了，大叔，你确实抽烟了呀，你看那烟气儿都还在呢，人家又没说错！那副不善的目光立即扫过来，她差点扛不住低下头去。这种违反本性的对抗令她整个肺腑都颤抖了，但又不完全因为恐惧。

列车员朝她投去重重一眼。皮夹克男人轻蔑地说，爷们儿说话，你插什么嘴，滚一边去。这时广播响起：戈州站马上就要到了……堵在过道处的人们纷纷站起来，背包的背包，提行李的提行李，往车门口走。皮夹克男人气势汹汹的身姿被撞散了几次，有人不客气地说，让路让路！

列车员以一种娴熟的、有口无心的柔和语气说，我们工作有让您不满的地方，请多体谅，不下车的话，请您回到座位上吧。皮夹克男人哼出一句，傻逼，转身走了。

她后背靠在壁板上，尽量贴得扁一点，让下车的人从身前过去。他走到车门口准备开车门，在人丛中间，又朝她笑笑，嘴角往下感慨地一捺，是对刚才那一遭的总结。不管笑成什么形状，那两条嘴唇都好看得不行。

她搂着杯子一直等，等车门打开，火车像闹肚子似的，急急排泄了一通，又狼吞虎咽了一通，门再关上，车再开动，等厕所前过道里重新挤满，等人们站定坐定，她才走向茶水炉。

茶水炉位于乘务室旁边，炉子跟前空出了一小块地方，人们怕被烫着、溅着，挤得再难受也不往前凑。她把怀里的杯子一个个放在地上，再一个个拿起来装水。糊着水垢的龙头里，落下一道细流，比牙签粗不了多少。等的时候，她透过门上的玻璃往小房间里看，墙上挂着藏青制服大衣，好像有个人在那儿垂头面壁似的，一个小桌，一截皮革椅子面。明亮灯光笼罩那一平方米多的地方，像那种有亭台楼阁的水晶镇纸，她用想象在里面摆上一个人影，想象他在其中度过清醒、睡眠及其间的无数小时……水流砸出的调门尖起来，杯满了，她关了龙头，拧上盖子，换第二杯。

换到第三杯，觉得后面有人，回头，看见他端着一个方便面纸碗，朝她一笑，说，刚才谢谢你啊。她不动声色地羞窘了一下。应该的，你们是不是经常遇到那种不讲理的人？

嗯，经常。春运嘛，也能理解，车里闷，不舒服，想抽根烟解乏。我们最怕旅客乱扔烟头。让暗访组查到一个烟头，就是一个 A 类违章，就得扣钱、考核，超过两个我就待岗了。你怎么打这么多水？你是骆驼啊，要喝进驼峰里去？

她说，这是我的，我同学的，还有另外几个人的。他说，那几个人你认识？你老乡？她说，不是，不认识。出门在外都不容易，帮个忙，也就是顺个手的事。我爸爱说，吃亏是福，女孩子在外面手脚勤快点，掉不了肉！

当然不是顺个手的事，他当然知道蹭那条人肉过道有多难。他盯着她，两潭湖成了两盏射灯，像琢磨她似的，半天说，你可真……贤惠。

这词有点造次了，它指涉的是她未来作为女友、妻子的那部分。她嗓子一紧，低头看他手里的泡面，这是你晚饭吗？

他说，不是。那边有个旅客的小孩闹着吃方便面，我看她妈妈怀着孕，走动太费劲，就让大伙把面传出来，我给她冲水。她说，是不是一个小女孩，戴着还珠格格的发卡？他说，还真是，你怎么知道？

她笑而不答。这时最后一杯也打满了，她移开杯子。他说，帮我拿一下。她帮他捧住纸碗，脚下地板微微摇颤。他从碗里摸出调料包，撕开，只倒一半，撕开固体油包，也只挤进去一半，枣红的几块落进去。剩下的，他一伸胳膊丢进垃圾口，制服袖子往后褪一下，露出手腕上一道编织的红绳手链，公事公办的制服底下一点家常的东西，格外醒目。

她说，干吗只放一半？他说，小孩的肾还没发育完整，不能给她吃那么咸。

回程时她耳边总回响着"你可真……"，那个刹车抖掉的还有什么词？手链多半出自女人的手。她那个初三念了两次、闹着上武校又嫌累哭闹着退学的不成材弟弟，就因为一管鼻子还蛮俊气，身上就总冒出些女里女气的零碎。那条手链背后又有几个人？这些念头像麻醉剂似的抓牢注意力，让她几乎毫无痛苦地原路返回。

　　座位四周围的人换了一小半，"思想者"的位置现在是个头发染成黄色的干瘦年轻人，趴在椅子脊梁上闭眼睡了。对面那三人里，黝黑男人走了，换了一个眉毛文成红褐色的中年女人，红指甲的手里捏着牌，地主还在斗。立立把怀里的杯子一个个放在小桌上，怕打扰大伙的牌兴，放得很轻，杯底触桌面时用小拇指垫一下。人们从牌面上抬眼说谢谢。

　　属于她的半尺再次挪出来，她坐下，这次的黄毛被她一碰，就知趣地闪开一块地方，毕竟都是年轻人，脸皮都还没厚起来，也有互相体谅的默契。她摆好双腿，再从行李箱上拖来羽绒服当抱枕搂在怀里。掏出手表看一眼，十一点二十。一来一回四十五分钟，一节课的长度。

　　这个时间，眼皮像缺油的合页，拉开关拢都费劲了。立立说，你不睡？还三个小时就下车了。孙家宝说，就睡！等我打完这把。

　　坚持打扑克的人不多了，车厢里安静下来，人们以千奇百怪的姿势睡去，交臂叠股，相与枕藉。这里一点点的亲密，换到任何别的地方，都要惹起"耍流氓"的叫嚷和纠纷的。但这时候，少女的粉脸贴着大汉发黑的脚心，妇人当着丈夫的面公然倚在别人大腿上。双人座上的夫妻情侣抱得像阴阳鱼，头顶着彼此肚子。为了一点点舒适和支撑力，有人腿架在桌板上，有人脚丫高举到壁板上，有人把脚趾塞到别人屁股底下。大部分睡脸上都有个黑乎乎的嘴窟窿，远一看，像不约而同的呼救。天花板上的灯睁着不倦的眼，洒下白光，所有面孔白惨惨的。睡眠真好啊！睡眠是如此慷慨、如此招之即来的救主。囚徒的梦也跟自由人一样香甜，不管在泰坦尼克上是头等二等三等，只要爬上睡眠的救生筏，众生就平等了。

　　立立头靠着椅背，分配好脊椎和几根大骨头的受力，静下来，合了眼。她略想了一下被父亲否决的卧铺什么样。能有一个把腰腿放展的平面，那得舒服成啥样哦？……人肉在饱腹中发酵，火车精神抖擞，呜呜飞奔，挑破黑夜的针脚。她嘴角溢一点口水，梦见了棉拖鞋和红豆粥。

　　当然不可能睡得多称心，她二十来分钟醒一次，茫然四顾一次。进站出站，下车上车，人挤出去上厕所再挤回去，她都在断成一截一截的睡眠之间知觉了。某一次醒来，后背多了热乎乎的重量，还有一串串小呼噜，震动和声音从皮肉里传来，她知道是孙家宝。

　　又一次，肩头有异物，她扭头，只见椅子背上骑了个人，身后倚着一个铺盖卷，双手猩猩一样向上抓住行李架，一条腿盘起，脚尖踢着趴在椅背上的黄毛的头顶，一只脚垂下来，刚好踩到她肩头。她拍拍那条腿，那人惺忪地睁眼，挪了脚。淡淡的脚味儿里她又睡着了。夜愈发深。里头两个学生下了车，新来的一对中年夫妻抱着婴儿。偶尔发作起来的婴啼也只让她醒一了次。

……醒醒！立立，我要下车了。

她迅速挺直后背，睁开眼，吸一口气转过身来，只见孙家宝站在她眼前，已经武装好了外套围巾背包，鼓脑门上的高光点特别亮，行李箱的铁把手拽起来，像剑从鞘里拔出一半，蓄势待发的样子。她说，你到站了？孙家宝说，嗯，剩下这袋零食你吃吧，你路还长呢。拜拜，亲爱的，咱开学见！她心里一阵激动，一阵留恋，说，大半夜的你小心点，东西都带齐了？

没事，我爸开车来接我。你也小心点！

这站也是大站，过道里站起不少人。列车慢下来，时而抖动一下，打嗝似的。孙家宝垂头跟她耳语：要再遇见那个列车员，你问问他叫什么名字。

孙家宝随着人流一离开，她立刻坐正了身子，后背顶住椅背，使一下劲，让皮肉最大面积地贴上去，感受那个珍贵的硬面。她感到座椅温柔地说，这半夜受罪了吧？现在你是有座的人了。来！你只管倚着我，靠着我，把你那一百多斤交给我，有我保护你呢，有我撑着呢，脑袋往后靠。总算盼到了，就好好睡吧！宽宽绰绰地睡！

她把后脑勺端端正正地放倒，一种"有所托"的轻松。唯一顾虑是这么睡觉肯定会张嘴，丑，万一那个列车员路过看见……还没等车再次开动，她就仰着脸睡过去。

后来她被硬物扎醒了一次。转头见一个蓝布棉袄的老人站在旁边，手里横着一根扁担，念叨"对不住对不住"。人的屁股是个圆弧，跟座位的直角不能完全贴合，总有个隙，扁担头就打算钻那个空子。立立往前让让，让棍子进来。那边座位的两人摞着睡出了上下铺，别说扁担，枪杆子捅都不理会的样子。老人架好扁担，就坐下去，坐在中间，像巫师坐在扫把棍上。

下一次是被鸡叫惊醒。探头找一圈，声音发自对面椅下的麻袋，麻袋口伸出一对捆住的蜡黄鸡爪子。大过年的，一只公鸡的前途有很多种可能：白斩鸡，盐焗鸡，三杯鸡，栗子焖鸡，麻辣鸡丁……凌晨四点，这道未来的年夜菜挣扎着司晨，像它头顶人类爱说的"站好最后一班岗"。那扭曲断续的啼声，与其说是打鸣，不如说是哭号，但它不管，反正它全心全意了，尽职尽责了。那对爪子，使劲使得阵阵痉挛，趾尖直戳戳的，像要抓点什么似的张着。睡回去之前，立立怜惜地盯着鸡爪看了会儿。大伙都睡得香了。这么刺耳的声音，都叫不醒这铁屋子里的人。

再下次她醒过来，是有人吆喝"脚抬一抬、垃圾扔一下"。她一激灵，手先找嘴角，擦口水。眼前的人稀疏了不少，椅背骑手和黄毛都不见了，上一站下了不少人，也有人熬不住，去花钱补了卧铺。其实声音还离得远呢，她镇定了点，嘴角清完了再找眼角，往外揉眼屎。耳朵注意听着：请您把瓜子皮放在废物盘里，不要随地乱扔。一个女人的嗓门说，哎哟，小伙子，扔地下怎么啦？你们不就干这个的吗？我不扔你们哪有活干？

等他过来，她已经能露出一张醒足了的笑脸。他低头用大扫帚把膝盖高的一堆垃圾往前推，清完一段地界，往前推一截，抬头用眼神跟她打个招呼，眉毛里的小珠子一跳。

她也深深一眨眼，招呼回去。距离上次见面，感觉已经好几个月了。她说，这么多？他说，是，过完一宿，能扫出六七大袋子。这位旅客您好，腿让一让，我扫扫椅子底下。你同学下车啦？

嗯，下了。

你什么时候下？

我到终点站，明天下午四点才下呢。

他笑。现在已经是"明天"了。他眼里居然没什么倦意，目光还很有劲。那个笑就像那个小房间一样，密封起一种此地罕见的清洁、明净。

她说，熬了一夜你们不困吗？他说，习惯了，上一站上来了添乘的领导，我被拎过去，口头考了一堆业务问题。刚考完，这会儿老精神了！又是一笑，嘴唇翘成一个新样子的好看。她说，你们也要考试啊？他说，哦，你以为就大学生才考试？我们各种考核绝不比你们少，而且考挂了后果更严重。

有人把喝完的八宝粥罐子扔到垃圾堆上，罐口一歪，剩的汤水泼到他鞋上。她快速抽了张手帕纸（一整张，她自己从来都半张半张撕着用），说，你擦擦。他说，不用不用，我都是全扫完再统一擦。

但还是接了纸，抬脚抹了几下，说，谢谢你啊，詹立立同学。她说，不客气。他丢了纸团，左边眼皮飞快一挤，嘴角肌肉起了微笑的涟漪，用喉咙后半截低声说：贤惠！

他弓下腰，像犁地似的，推着垃圾走了。她放松下来，往窗外看看，还是一片撕不开捋不动的黑。黑得绝望。这一夜真长啊，生生死死地睡了好多年，一夜还没过完。

公鸡已经下车了，代替它给车厢添热闹的是身边夫妇的孩子。孩子唉唉啊啊地哼唧，母亲哦哦呜呜地拍哄，丈夫趴在小桌上睡，偶尔转头用乡音抱怨几句。对面让立立打过水的金项链男人也醒了，慢悠悠剥茶叶蛋，剥出大理石纹路的一颗，小口吃。黑裤子上掉落金屑似的一点点，他都一点点捉起来吃了。

立立打开孙家宝留下的半袋盐津葡萄，捏出两粒放嘴里。那酸咸很醒瞌睡。另一处一直醒着的器官，是膀胱。其实她一小时前就憋得胀痛，只是心里总说，再等等！……现在她明白"心里"是怕错过他。

她把羽绒服放下，起身，拖着肿得胖了一圈的腿脚，再次钻进人丛。车厢里的味道很浓，是"人"味儿，又不完全是，是十几吨人肉在钢铁胃口里消化过的气味。椅子上过道上，人们处于半液态半固态之间，她不得不一路把人弄醒。

再回来，她座位上坐了个人，一个宽肩大膀子的男人，驼色毛背心，叉开两腿，两手手心朝上搁在大腿上，睡得鼻翼一翕一翕。她的羽绒服被抛在小桌上搭着。火车上常有这种，趁别人上厕所，蹭着坐一会儿的人。她走过去，犹豫"拍"还是"戳"，最后选择拍了一下他肩膀。没醒，只好再加重拍两下。那男人猛一抖动，睁了眼。她腼腆地笑一下，以为那就够了。

那男人却不笑，木着脸看她。她说，大叔，请让让。

为啥？

这是我的座位。

你的座？你票呢？我看看。

她说，我自己的票是无座，不过这个座位是我同学的，她让给我了。

那你同学咧？

我同学下车了。

她下车了，这座就谁坐了归谁，你说对不对？

立立怔住。她提前怕起来，心口滚过一丝寒气。前半夜的"旧人"只剩那个戴金项链的男人，她投出最诚挚的求助目光，软着声音说，大叔，求你了，求你了，你给我做个证明，是不是我同学把座位让给我了？刚才我是不是一直坐这里？

那人低头从塑料兜又拿出一颗蛋，转着圈在桌沿上磕着，不紧不慢地看她一眼，是你同学的没错，可人家说得也没错，你同学走了，那就是没主的座，你是站票嘛。你们大学生，读过书，讲道理的，对不对？许你坐，不许人家坐？没这个理嘛。

毛背心男人点一下头，哎，大哥这句话公道。

立立说，不是！她鼻子酸胀了。我就去上个厕所，我放了件衣服占着座的。

你衣服呢？……哦，在这儿？我没看见，反正我过来的时候，这座空着。

尽里面抱孩子的妈嘟囔，哎呀，欺负人家小姑娘……

毛背心男人胳膊叠在胸口，头往后仰，抬高的下巴让他有了一副坐在自家藤椅上的主人翁姿态。他和蔼地说，你要能等呢，我中午两点下车，我下车了，这座还归你。你要不愿意等呢，赶紧再去找个座吧。他很耐心地授人以渔：我教给你啊，你去挨个人问，问那些人，您哪站下车啊，人家要是说，我下站就下，那你就站在旁边等着，等人家下了，你不就能坐了嘛。快，快去吧！他像打发一个烦人的孩子一样叹口气，闭上眼了。

立立呆站了一会儿。没人看她，母亲注视婴儿，睡的人继续睡，"金项链"吃茶叶蛋吃得打嗝，拧开保温杯喝一口水（那是立立帮他打的水），毛背心男人嘴巴微张，快睡着了。

她低下头，拖起行李箱，手臂上挂着羽绒服，走了。

车上还是满当当的，她只能提着箱子走。地早被圈完，洗手池上都坐了三个。被她惊醒的人催促：快过！快过！她被催得停不下脚，只能不断地"过"。走过一个车厢，又走过一个车厢，终于在车厢连接处看到稀疏的一块，几个人坐在蛇皮袋和塑料桶中间，头垂在膝头睡着。

她摇醒其中一个，问，这是您的桶吗？……您把两个桶摆一起行不行？……谢谢谢谢，您不用动，我来我来。

一个桶的空间，箱子一放，还剩一小半，立立慢慢坐下，尽量蜷紧腿。坐了半分钟她就知道为什么这里人少，因为冷。风从各个方向呼呼吹来，她穿上羽绒服，拉链拽到头，趴在箱子上。

这里没灯，比车厢里黑，一个角落里有轻微咔嗒咔嗒的声音，回头看，一个坐在睡着父母身边的小孩聚精会神地扭动魔方，置流到嘴唇的鼻涕于不顾。对孩子来说，贫穷是一桩游戏。他们刚来到人生之中，就像旅行者初到某地，疮痍也被新鲜感美化成风景。即使一无所有之际，他们还有自己，肉体和五感都是玩具。

她把眼皮压紧在手臂上，安慰自己只要闭上眼，黑跟黑也一律平等。像刚才那样睡睡醒醒，过了一段不知长短的时间。她没掏表，想把看时间留成一项盼头。后背窝疼了，就换姿势，最后发现，跪着、屁股歪坐在脚跟上居然最得劲。以这个姿势，她睡得最长久。再醒过来是因为手被踩了一脚，她哎一声，猛地直起身子，疼得心突突跳。眼前都是腿，人们正准备下车。男孩被父亲拽着胳膊走，手还挣扎着去拧魔方。她刚才睡松散了，手耷拉下来，伸到过道上去了。

手背上半个水波纹似的鞋印，两个指甲紫红。她拿另一个手的手心把鞋印揉掉，捧起手来，吻了一下，再吻一下，手以为有人来慰问，还有软软的嘴唇来哄，不好意思了，就疼得轻了。她侧过身坐着，横起胳膊肘，拿那个尖骨头冲外，有腿凑过来，就泄愤似的恶意一捣。想来是疼的，但那些腿竟都顺着她的劲儿退避了，上面的嘴也都不说什么。

这一夜的种种，才是真正的生命科学。要恶，要稳准狠，才能不吃亏，不受罪，才能有地盘，有座位。火车是一座上大课的阶梯教室，一切"为人处世"的道理都在这儿吃一堑长一智，一切薄脸皮都迅速厚起来，有些是真厚，有些是挨了掌掴后的肿。

车再开动，推小车卖饭的女列车员出来了，走走停停，一路吆喝：吃早餐了，热稀饭热包子有需要的吗？刚出锅的热包子。

她原计划的早餐饼干在箱子里，但她狠心买了个包子吃。两只手都裹上去，手指把包子全身爬个遍，贪婪地吸收那点热力，毕竟那是它唯一的优点。

吃完正喝水，听到几米外有人说，这位旅客请让让。她埋下头，希望过道里的光再暗一点。

然而他在她眼前停下，诧道，同学？你怎么在这儿？

她只好抬起头，一笑，感觉笑得面目全非。我去趟卫生间，座位就让人给占了。他两个袖子挽着，露出手腕上一根细红线，手里提个铝水壶，表情并不意外，点点头。你还是没经验。

她说，是啊，我第一次自己坐春运的车。他说，要不然这样……后面厕所方向有人喊：嘿，水呢？他回头应道，来了！转身大步走了。

一走走了好半天，"这样"是"怎样"，在四十分钟之后才接上。这时她已经用纸巾蘸着保温杯里的水，把脸擦了擦，又蘸湿另一张纸，把牙齿也擦了擦。他用"请出示车票"的语气淡淡说道，你过来，跟我来。走出两步，回头一看，说箱子拉上。

她跟在他身后，穿过晨光充盈的车厢，原来天已经这么亮了。睡得气色一新的人们都起来了，吃泡面，吃红皮火腿肠，嗑瓜子，望风景，聊天，打扑克，昨夜那副凄惨的地狱百鬼图宛如幻觉。地上的人自动直起来，给列车员让路，他走得很顺，很快。她想起连一句"去哪"都没问，又想，反正去哪都比刚才的地方强，不可能更坏了。

最后他停在乘务室门前，从腰间卸下钥匙，打开门，说，进来吧，箱子搁外面。又在她背后说，嗨！坐下呀，就是让你来坐的。

她慢慢转过身，怕坐空了似的用屁股谨慎地找椅子面，坐下了，只觉得四面壁压迫而来，这空间比外面看起来还小，门口的他显得非常的高，光都挡住了，她仰头说那你怎么坐？

他说，我不坐，我还得去搞车体卫生。应该是半小时签一次厕所，我已经落一次了。你放心待着吧，詹立立同学。哦，对了……他探身把墙上的制服大衣摘下来，展开，给她往背后一盖。你披上我的衣服，省得外面人看一个穿便服的人坐这里，探头探脑的。

衣服很重，像个人扑在身后，袖子从肩头垂下，衣领子硬硬的，一扭头，腮帮上的肉被戳得浮起来。她说，好。

他又从桌上文件夹里抽出一张纸。这是时刻表，你就假装在背时刻表！说完嗤地笑一声。她看一眼时刻表，右上角有个潦草的字，指着问，这是你名字？

想问我的名字，直接问就行。我叫左一夏，上下左右的左，不顾一切的一，春夏秋冬的夏。说完他眼光在四壁依次打个转，从她眼里看来，仿佛是默默地托付，托这小屋子照料她。他低下头，弯曲食指在桌面笃笃敲两下，代替自满自夸的一句话，便转身离开，从外面给她关了门。

又等了一阵，她才把腰背软下来，品尝心里的窃喜。天，竟然！……竟然这样稀里糊涂地坐了"包厢"！祸兮福之所倚，苦尽甘来！这种甜蜜类似在黑夜的森林里苦熬一夜，忽然见到一座晶晶亮的小房子，墙是奶油饼干，窗玻璃是透明的糖。

她一点一点往后靠，还是不太敢靠实了，两腿在桌下伸开，心里想等再见到孙家宝，该怎么讲这件事，说出他的名字，又不暴露炫耀的心思。

刚才他给她披大衣时，没注意她还穿着羽绒服。这会儿她自己折腾，先都卸了，再把大衣重披上。这么近，能嗅到那种很久不洗的气味。这制服从发下来不知道经过水没有！她想起她妈常说，世上没有香男人，尤其单身汉。男人都跟淹死鬼投胎似的，跟水有仇。

火车噌噌往前跑，窗外太阳不高不低，像一颗情有独钟的眼珠，死死盯着火车看。她拉掉颈上戴了一夜的围巾，挨皮肉的一段是热的，不挨的部分是凉的，它缓缓爬下来，像条蛇游进手里。围巾外套放哪呢？挂着当然不行，太显眼了，放桌上也不好，太添乱，太不识相，最后还是搂在怀里。

上午慢腾腾地过，人们从门外过，都往里看。开始她有点羞涩，后来逐渐感到享受特权的愉快，就挨个儿看回去，再后来她故意把大衣褪掉，让人去猜为什么一个穿便服的人能坐在乘务室里。黑底子上出现一朵大粉牡丹花（"湿漉漉的黑色枝条上许多花瓣"），下面一张小脸，手指搁在因惊讶而微张的嘴唇上，她朝那小女孩一笑，抬起手摇摇。

偶尔他也经过门外，会透过玻璃递个眼神给她。昨天晚上她那么盼着见到他，跟他说话，现在却有点盼望他一直这么忙，忙到她下车。但他终于回来了，开门进来她慌忙站起来，他不耐烦地皱眉毛，哎呀！你坐嘛！我又不是老师，要点你名回答问题。说完自己先笑了。

虽然不让她起来，他也不出去，只站着，盯住地面想事情，好像等着地面长蘑菇一样长出椅子来，两手慢慢把两边挽上去的制服袖子抹下来，袖口边一点点扑打平，红绳盖住了，又掉出一点。她说，咱一起坐吧？你们这椅子比外面的宽好多。他说，行，你不怕挤就行。

宽归宽，坐两个成年人还是欠点，他坐外边，身子斜出去，两腿分得很开，支撑体重，跟此前她坐的姿势差不多。近处看，赏心悦目的脸变得有点恐怖，挨着她的是他左半脸，眉里那颗小小的灰珠子，简直呼之欲出，下一秒就要像果子似的掉下来，掉到她怀里了。

不能干坐着，她生怕冷场，主动找话题，问，你们在车上都忙什么啊？他说，就你看见的那些活呗，调整行李架，安全宣传，乘降组织，客伤卡控，卫生清理，查验票证。

问，你们休息是怎么休息？他说，上几天班歇几天，上四休四。

又说，你这间乘务室真整洁，是要求这样吗？他说，对，是要求，而且不能放私人物品，只能放一个洗漱用品盒、一个饭盒、一个水杯。连药瓶、茶叶都不能放。有的暗访组的人专门查这个。

他有问必答，但不发问，答完就闭嘴，嘴角有点笑意，两手支在膝上，好像故意看她到底能提出多少话题。

眼看问答成了记者采访，她也想不出别的问题了，就给他讲家里的事。不是她自己的事，是家人常给她这一辈小孩讲的，两个关于火车的故事，两个历险记。第一个历险记的主角是她姥姥。她大姨调动工作到新疆，在那里结婚，怀孕。她姥姥坐了六天七夜的绿皮火车，过去照顾女儿。伺候月子，带奶娃。娃娃过完百天，她大姨说，妈，你把孩子捎回老家吧。她姥姥又坐了六天七夜的绿皮火车，抱着外孙回去。回程跟去时不一样，车里闷热，婴儿贴着大人皮肉更热，哭得哇哇的，她姥姥把孩子放在座位上，自己坐在地上给他扇扇子。该喂奶的时候，央人帮忙打点开水，用铝饭盒沏奶粉。带着孩子不好便溺，她姥姥就几乎不吃不喝。饶是如此，垂头打盹儿的工夫，孩子还是丢了。她姥姥把半火车的人都哭起来找孩子，终于在下一站停靠之前，找到了。孩子已经被灌了一点酒，睡得死死的，所以不哭。偷孩子的是个农妇，当场下跪，哭着说自己十年生不出娃，快被丈夫揍死了，这趟本来是打算坐车去上海看看小洋楼就跳江自杀，见着个大胖小子，心里一爱，就犯了糊涂……那酒呢？酒是预备喝了壮胆的，不然怕自己舍不得死。她姥姥跟乘警说，算了，同志，也怪我自己没看好。带娃的人，咋敢睡死了呢。都不容易，莫拘她了。又问那女人，大侄女，你回去的车票钱够吗？不够我给你。

第二个故事主角是她堂姑，也就是她爸的堂姐。一九六六年，她堂姑上中学，十五岁，正跟同班一个男生偷偷谈恋爱，俩人好得山盟海誓。全国中学生搞大串联，那人喊她堂姑一起去北京，说红卫兵坐火车不要票，可以看完天安门，再一起下苏杭玩玩。她堂姑动心了。两人跟着别的搞串联的同学，在车站申请了车票，上了去北京的车，在火车上待了五天。第三天，一车的人都没吃的没喝的，有的女孩子渴得直哭。车里闷热，她堂姑中了暑，差点晕过去，被几个男生举到行李架上躺着。夜里火车停在一个小站，各学校都派人下去找吃喝。她堂姑学校的人从老乡家里"借"来了一堆橘子，回到车上，十几个人分。她堂姑的男朋友说，她睡着了，她那份给我吧，我帮她拿着，等她醒了给她。她堂姑从行李架上往下看，看到那男生背过身，把那份橘子塞进嘴里。回来之后，她堂姑再也不吃橘子。也不再谈朋友，拖到四十，才被家里逼着，跟一个离过婚的厨子结了婚。

她讲得嘴都干了，讲完，见他不出声，心忽然虚得慌。幸好他终于评论了，说，你姥姥人真好。你堂姑姑啊，要让我说，有点"格涩"。她说，嗯，是有点。他说，女人性格那么……那么烈，对自己也没好处。她后来真的一口橘子也不吃？

嗯，不吃。

那，橙子吃不吃？柚子吃不吃？橘子味芬达也不喝？

她模糊地笑一声，有点不悦，以及失望。这种以一辈子为主题的故事，聆听者即使出于道义和礼貌，也该给出一些沉痛的感慨，提这样半开玩笑的问题就过于轻佻了。

他察觉到她的不悦，起初似乎打算沉默一阵算数，但出于好胜心，或是别的心思，开口解释：我是觉得，人生在世，哪可能什么什么都合心意？受了点伤心受挫就决裂，哪能决裂得过来？比如说我吧……他像激动了似的转过身，差点跟她脸挨脸。我本来打算念表演的，中戏、上戏、北影，都去考了，离家出走去考的。复试通知书都拿到了，但是怎么样呢？家里不同意，我爷我爸都是铁路局的，他们想要"铁三代"。我一提上电影学院，我妈就躺炕上了，一躺一天，拿枕巾擦眼泪擤鼻涕，脸色煞白，跟活不了似的——她有心脏病，室间隔缺损。我爸，跟我说着说着就能一耳光扇过来。嗐，最后我老老实实干了客运，他们总算舒坦了，我呢，一天天熬得想卧轨。刷厕所有多恶心，你都想象不到，有人能把屎喷到墙上去，有人能拉出跟蹲坑平齐的一池子……哎呀，对不起，不该跟你一个女孩子说这些。

她说，不不，我愿意听，你说得对，是不可能什么都称心的，不过委屈的尽头是福气，你放心……

放心什么呢，她又说不出了。他苦笑，眉毛往上一挑，表达获得知己的小小振奋，灰痣一闪。如他所愿，她打量他的目光变得柔和而复杂。一个人有恨，有痛苦，有夭折的梦就显得深刻了，此前或有轻狂，也是佯狂抒愤。同时她又觉得惭愧，他如此"交底"，亮出见骨的伤口，而她连自己是过继女儿这事都没说。好在时间还有……

他看看手表，站起身说，你坐着，我去餐车吃个饭。你饿吗？

她说，你不用管我，我有吃的。他点点头，也不多问，从架子上抽出个旧饭盒，走了。

这种态度让她放了心：他倒也没"那么"热络嘛，还没有殷勤到给她张罗饭。估计他这样帮过很多人，反正乘务室他坐不住，不如做做善事，选个最合眼缘的、最可怜巴巴的无票的人来坐。有善意，但有限。唯其有限，反而让人释怀。

她推门出去，放倒行李箱，拉开拉链，掀开盖子，取出一个纸碗方便面，到茶水炉里冲了开水。泡面那种虚张声势的香味，本来可供好好咂摸，但她心里有事，面还没软，就嚼蜡似的吃进去了。

肚子一饱，困劲拱上来了，身子乏得一阵阵要蒸发似的。她用围巾垫着手，趴在小桌上，几次呼吸间就睡着了。睡得黑沉黑沉，直到一声门响，她猛地直起身，眼珠因为压得充血，一时看不清，只见他高瘦驼背的影子进来，说，不好意思吵醒你了，睡吧睡吧。

　　她依言把头搁回小臂上，这次让开眼睛的位置，只压住额头。模糊感觉到身侧被轻轻挨碰着，知道他坐了下来。但她继续做梦，梦像扯不下来的围巾，把她通身缠住。已经是吃年夜饭的时候，一张奇大无比的圆桌，桌边坐着她爸妈，她大伯大伯娘，戴还珠格格发卡的小女孩与怀孕的母亲，孙家宝，"思想者"，金项链男人，还有姓左的列车员，桌上中央一盆红光夺目的荤菜，是一只奇大无比的整鸡。她想吃鸡翅，特别特别想，只忍着不开口，她爸妈小声说，对了，女娃娃就是要腼腆，委屈的尽头是福气。孙家宝却劈手抢了一只鸡腿，那小女孩说，妈我也要吃鸡腿！她大伯娘夹了一筷子，悄悄从桌下塞过来，放在她腿上，一团热乎乎，她低头一看，竟是蜡黄的鸡爪子，几个趾像要抓什么东西似的张着……

　　她醒来，腿上热乎乎的，还在。她瓷住了，一动不动，视野渐渐清晰，梦里的是鸡爪，现实中的是人手。还在动。

　　那只大手，伸到她腿上堆的羽绒服下面，正摸她的腿。五个指头以温和的节奏，一紧一松，松的时候手掌揉动，压进肉里。紧的时候指尖陷下去，把肉稍微揪起。像有经验的主妇搋面，知道力量才是最顶用的酵母，不慌不忙，专心致志，一下，一下。每一下，是一句不容置疑的祈使句。那手指又长又有劲，一张，一收，一旋，罐头就都开了，没有哪只罐头是它拧不开的，也没有哪个大腿是它拧不过的。

撅完一块，那手爱惜地轻轻摩挲两下，又换一块，让刚才吃的面团自己饧一会儿。这次它选的地方更靠里，布料底下是更肥沃更松软，也更敏感的一块。平时她自己的手碰到那块，都会酥那么一小下。那手指一使劲，就像有一道针那么细的蛇，噌地从后背蹿到头皮上。

但她仍然瓷着，一动不动。瞪圆的双眼悬在半空，人也悬在半空。震惊造成的麻醉状态过了，她脑子里净是雪花，电视没信号那种雪花。雪花底下还剩一点点信号，仿佛远方传来的缥缈声音说：他是喜欢我的，太喜欢我了。他喜欢我所以才摸我，他以为我肯定会乐意，他心里想的是提前摸他未来的女朋友……可另一种无声的噪声越来越响，那是屈辱与气愤的叫嚷。

她想要一跃而起，想要破口大骂，胸脯提前为那些幻觉剧喘起来。悬在半空的那个自己却两手齐出，把脑袋死死揽住，揽在折起的小臂上。

你要想明白了，如果撕破脸，就得走，走出这个明亮舒适的地方，走回无所依靠、无可归属的浊臭里，重新用两只刚消肿的脚站着，痛苦地站着……人的灵魂要学会跟肉体断绝关系，这是生命科学的新考点。画重点，画重点啊！

……换吧，值得的。

她的剧喘慢慢平息下去，心想，倒不错，家里可供传下去的、关于火车的故事又多一个了。

二十年后她给别人讲这故事的时候，总会嘴角往下撇着笑，说：老娘卖半条腿，换个包厢软座，值了。再说，隔着牛仔裤秋裤，他能摸出个啥来哟？……那时她已经又跟好多人"换"过了好多次，有的值得，有的不值得，她将为自己能笑得出来而欣慰，而悲哀，而前仰后合。

而此刻在冬日的火车上，詹立立一动不动，唯一动弹的是她的眼睛，她啪嗒一声关闭眼皮，犹如一个冷酷的旁观者，看着外面一桩唯她可见的暴行，啪嗒一声合拢了窗帘。

她平静的后背肩膀掩护了一切。这时门外走过的人，看到两个人一起趴在桌上午睡，共披着一件大衣，跟同伴说，你看列车员也真不容易，家属也没座位，跟着挤乘务室。

……就当免费按摩！要是什么都不想，还觉得有点舒服呢，说不定还能睡一会儿。她跟自己这么说，但喉咙里仿佛炸开一个冰凉的催泪弹。眼珠发热发胀，有沉重的两颗冷却成形，一跃而出，挣脱眼眶，从黑暗跳向黑暗，坠落下去。

原刊于《十月》2020 年第 2 期

飞人在国贸的丛林法则

巫 昂

　　我看到了飞人，从国贸的一角飞到另外一角，又快又不着痕迹，当时，我坐在顶层酒吧的户外，跟一群多年不见的老朋友在一起。我们当中有些人已经鬓角发灰，生了两三个孩子，结婚离婚不亦乐乎，我也离了好几年，离婚之后我就遵循了不再婚不同居法则。说真的，事情从那以后就都顺利起来了，我获得了像长了双翅膀一样的自由感，除了久坐导致的重度痔疮外别无困扰。

　　看到飞人的那一刻，我就告诉了朋友们，他们闻讯一起放下杯中酒，往我看到飞人的方向一起望去。天空中一片灰蒙蒙，视物不清，除了若隐若现的一架过路的飞机。

　　"你眼花了吧？"他们当中有个人跟我说，然后大家就都坐下了，继续喝酒。

国贸的高楼直插云霄，一座楼跟另外一座楼紧挨着，楼间距足够让同一层的人彼此对看，如果来一次级数高一点儿的地震，据说这样的设计，也只是让楼自己从头到脚坍塌，而非多米诺骨牌一样一座楼压着一座楼。

飞人在这里出没并不奇怪，但我这是第一次见到飞人，我对于他们居然可以赤身裸体地在楼群之间飞来飞去感到十分惊讶。飞人的飞行肯定有他们各自的理由和动机，我猜测不出来，只是，从那以后，我特别想近距离地邂逅一个飞人，这几乎成了我的心病。巧的是，那段时间，我在国贸找了份兼职，帮一个首饰设计师画设计稿，她自己不会画设计稿，但很有想法，总是让我帮着画下来。她的首饰适合那种夸张的风格，银片能包裹住整个耳朵，她还会设计一个银子的眼罩，把客户的一只眼睛罩起来。我的新老板人怪怪的，特别喜欢吃速冻食品，有段时间我们因为一幅设计稿起了不小的冲突，她气到把自己关到卫生间，一两个小时不出来，我也决不妥协。她出来后，让我回家冷静冷静，我回家冷静的结果是她又打来电话催我去上班，我们之间的关系很像是一段工作里的虐恋。

我每个礼拜要去那儿两个下午，工作完了以后常常已经是深夜了。我们工作过程中总是点外卖，但我还是饿了，于是在那一带找了个能吃夜宵的地方。我喜欢吃麻辣香锅、麻辣烫或者烤串儿，这都是很适合越来越冷的冬夜吃的东西，吃完了热乎乎的，出来打个滴滴，正好。

飞人出现在我等滴滴的时候，自从那次见过他之后，我总是下意识地往天上看，这一次，我看到了两个飞人，一前一后地在空中飞翔。北京的雾霾天，天空带着蓝灰，外加灯光映照的浅红。这两个飞人飞得不算太快，像是一边飞一边在聊着什么，他们时不时地挨近，又下意识地拉开一段距离。飞人在天上，看不出性别，搞不好他们没有性别，我没有看到一对低垂着的乳房，也没有看到皮肤上的褶皱，他们身上几乎没有任何赘肉，头发是光溜溜的，头非常小，腿是细长的，皮肤上带着微微的暗淡的光，像萤火虫一样一会儿亮一些，一会儿又暗淡一些，发出的光介于红黄之间，这光在空中非常显眼，但不知道为什么，没人像我一样抬头望。我没有声张，这附近也没什么路人，风冷飕飕的，裸体的飞人像是习惯了寒冷，他们没有缩成一团，而是继续舒缓地向前，在空中，颇为优雅地飞行。他们背上的两只翅膀确实带着羽毛，即便离得这么远也能够感受到羽翼扇出来的风，他们离得近的时候，是翅膀收起的时候，张开时，必须保持距离，他们的两只翅膀伸展开来的长度，看起来比身体还要长。

我的视线和他们的飞行轨迹一致，这一次，他们同样飞到国贸的一座大楼顶层，停在楼顶上，两人都收起翅膀，坐在那里，像是依依不舍的样子。这时，从楼的另外一侧飞来了第三个飞人，他在两人跟前盘旋了一会儿，选择了和他们保持一段距离的地方歇下，三个飞人各自整理着翅膀上的羽毛，像是要一根根捋顺。我的滴滴到了，我上了车，在车走远之前，一直回头看着他们。当我的车拐入光华路，向西边驶去后，就很难看到他们了。整个国贸笼罩在深夜的沉寂之中，像是一壶温水在满带钙垢的暖水瓶里静置。

有一天，我告诉了首饰设计师飞人的事，她瘪了瘪嘴："国贸奇怪的事儿多了，你以为我不知道，我在这里租房住了十八年将近十九年了，窗外什么东西没飞过，飞人算什么？"

"飞人都不算什么？"我怀疑她在吹牛。

"你真是没见过世面，特别是国贸的世面，这里形形色色的飞行生物太多了，我因为常年失眠，不得已坐在飘窗上喝喝小酒，嗖过去一个影子，仔细一看，是飞着的野牛，黑漆漆的，一大团。后来看得多了，野象、羚羊、大兔子，都带翅膀，我也就见怪不怪了。"

"它们不来撞玻璃吗？"

"说来也奇怪，它们很少撞玻璃，可能撞不动吧，它们要偷吃什么东西，会从顶层进去，从楼梯走到楼道里，哪户人家夜里出来扔垃圾，不小心开着门，家里也没别人，那只带翅膀的不知道什么东西，就会大模大样地走进去。形体小一点的直接在天花板、床上、餐桌上一通乱飞，撞碎灯具的也有，打开冰箱把能吃不能吃的东西扫了一地的也有，然后躲在被窝里拉屎拉尿，恶心死人了。主人回来后，连赶带轰，过后跟物业打电话，物业又打 110 报警，也没什么用啊，这一带治安条件就是这样，不明生物太多了。"

我听得目瞪口呆，敢情我看到的那一只半只的飞人，压根儿不算什么，只有久居的老住户，才知道这都不是什么大不了的问题。首饰设计师口气中带着国贸老住户特有的大世面的拽，我也拿她没办法，谁让我住在翠微大厦后边的翠微北里。我从来不能想象自己可能住在国贸，这里的房租很贵，这是其一。其二，住在这里无助于我一直努力要求自己的修身养性。

首饰设计师有一天去老国展的珠宝展，找她交关多年的巴基斯坦商人，又预订了一批水晶和宝石，她喜欢水晶原矿，带柱体的，不管是白水晶还是紫水晶，还有孔雀石，她都要一大块保留原状，买回来后，放在一层层没多高的大抽屉里，抽屉底下铺了黑天鹅绒，她在抽屉内装了隐形的灯，一打开抽屉，光就从抽屉四边亮了起来，那些石头看起来又神秘又贵气。我看她买这些石头就为了自己没事把玩，她买了好多只展示用的假手，很长，将做好的戒指和手镯就挂在上面。我画图之余，也帮她做点展示陈设，这些陈设，她过一段时间都要重新来过，因为直播的时候，客人总是要看这个或者那个，为了给客人带来新鲜感，她到处淘各种展示道具，一块巨大的干的珊瑚石，或者烂木头，甚至有一整个的蜂巢。

首饰设计师已经结婚很多年了，丈夫住在三里屯的联宝公寓，他们极少碰面，连节日都几乎不在一起，多数人会将这种婚姻归咎于没生孩子，我却有不同看法：她是一个每天都沉溺在自己小世界里的女人，购买石头、银片或者金子，在一堆工具跟前敲敲打打，切割的时候火光四溅，几乎要把她的脸烧掉一半。她不需要男人在边上嗡嗡嗡，她丈夫也不需要女人在边上嗡嗡嗡，他是个卖二手家具的商人，专门把四处淘来的老家具收拾收拾，再卖给其他人。他也有自己封闭的小世界，那些家具有霉味儿，那是他闻起来最心旷神怡的气味。

首饰设计师有一对成熟的酸梨一样的乳房，她挥汗如雨的时候，会把外套脱得差不多就剩一件运动胸衣，不带钢圈托底的。当她从工作台站起来的时候，人都有些晃悠，然后就晃着这对乳房上厕所去了，她上厕所又快又慌张，似乎害怕刚才手底下的感觉消失。她甚至说，要是干活儿的时候，尿道上能装个导尿管就好了，所以她尽量不喝水，大口大口地喝水的时候，说明她那种状态过去了，可以做回普通人了。我也就在她喝水或者吃饭的时候，能跟她聊聊天。汗水浸透的胸衣勾勒出她乳晕的形状，像一枚大大的老旧的银币，我偷偷地画过我想象中的她的裸体，胯骨像支弹弓向两边支棱起来，走路的时候有点外八。

"我怎么才能见到飞人之外的动物？"我问她。

"那你得彻夜加班，我不是担心你太晚回去不安全吗？要是你实在想彻夜加班，困了在沙发上睡一觉，我就给你找条毯子放在这里。"

因为常年熬夜，她细长的眼周边都是黑眼圈，她偶尔化妆，会故意夸大这圈黑眼圈，将眉毛彻底剃光。眉毛没长出来的这段时间，她看起来跟条剥皮鱼差不多。我想了想，决定当晚就留下来加班。

她的工作室是一室两厅，其中一个厅本来应该是卧室，打通的，这样，我和她分处一个厅，各有各的工作区，就变得方便了许多。多年来，她请来画设计图的人，都是坐在我这个位置上。过去坐在这个工位上的家伙一定是个非常爱吃巧克力的人，我来的时候发现抽屉里藏了不少巧克力包装纸，榛子果仁味的也有，抹茶味的也有，海盐的，牛奶的，形形色色不一而足。

夜里，我们一起熬夜，但她十一点多就说腰疼，洗漱一番后回卧室去了，将卧室门紧紧关上，在里面不知道听音乐还是看电视，总是有一丝声响漏出来。她听的音乐伴随着一阵阵雨声，似乎下了不小的雨，然后一阵鸟雀鸣叫的声音响起。一点来钟，我也躺到了沙发上，卫生间里堆满了她的护肤品和各种杂物，我差不多是从里面小心翼翼地发现了水龙头，拧开了一小柱水流，马马虎虎地洗了脸，漱了口，而后轻手轻脚地回到沙发上。盖毯花里胡哨的，有些扎皮肤，但我无所谓，我差不多算是和衣睡下，以防飞人或者飞象突然在窗外出现，我要冲到阳台上去看。

我的脸冲着阳台。多么悲哀，我在这个城市没有家，没有心爱的人，连朋友都少之又少，除了这份兼职，我大部分时间都待在家里，非常非常偶尔地，有朋友会约我出来吃顿饭。我靠如下 App 维持生命体征：淘宝、大众点评、饿了么、美团和多点。这几家没有任何区别，就是可以把吃的用的，甚至生病需要的药，统统送到我家来。有时我会让外卖或者快递小哥，帮我把垃圾带走，我产生的最大的垃圾，就是外卖盒、快递盒，几乎也没别的。我那间租来的房子，永远混合着地沟油和塑料餐盒的气味，我那只租来的马桶，也永远有着松动的马桶盖和冰凉的马桶圈。我喜欢马桶圈上盖着马桶盖，马桶自从发明之后就是这样配置的。但是我的同屋很快伙同他的一百多个女朋友（里面不乏炮友），把这个盖给弄没了，从此，洗澡水总是洒在马桶圈上。

能够去首饰设计师那里画设计稿，简直是对我悲哀人生的救赎。我得以在这样的良夜躺在国贸十九层的房间里，望着窗外合不拢的月亮，胡思乱想着有朝一日搬迁到月亮上去生活，正面住几个月，背面住几个月。

正在这时，突然地，一只肥嘟嘟的、带翅膀的黑影掠过，我立刻从沙发上跳起来，打开通往阳台的推拉门，扑到阳台上，那是一匹过于肥胖的马，离我只有四五米远，它飞得不快，但心无旁骛，眼睛几乎只盯着它的正前方。它也许是灰白色的，在夜色中显得没有那么暗淡无光，像一件亚光的瓷器，因为肥胖而带着开片，那些裂纹太生动了，直到它飞远了，屁股后那飘起的长而蓬松的尾巴都还在跟我热聊似的颤抖。我激动得独自一人抓住栏杆，上下蹦，还把一只脚伸出阳台外，试图踢它一脚。我像是在梦中睁开眼的人，看着这匹梦中之舟一样的马，它的蹄子在苍茫暮色之中闪闪发光，金属光泽将附近那几栋楼衬托得暗淡无光。但是当晚就只有这匹马，没有象，也没有人，我想象中的国贸空中飞行动物大迁徙，没有那么快来临。首饰设计师在卧室里呼呼大睡，我没等她醒来就走了，走到麦当劳买了一份鸡蛋芝士汉堡，狼吞虎咽地吃完，然后喝了一杯放在纸杯里的黑咖啡，咖啡很烫，滚烫的水在杯子里继续旋转，我似乎看到好些只黑色的、破损的翅膀，其中有些翅膀还露出了里面的骨头。大白天的，我不想抬头，只是钻进了地铁。地铁里上班族人潮汹涌，所有人的身体都紧紧地贴在一起，整个车厢都是扭曲、变形的人体和睡眼惺忪的脸，我只想赶紧回家躺在床上，好好地睡上一觉。

我当然不会跟我那个有一百多个女朋友的同屋谈起我在国贸的经历，对于一个住在翠微北里的人来说，国贸就像是一个遥远而又美丽的绿洲，国贸的空中长着椰枣、棕榈和椰子树，清浅的水湾映照着那些高大上的树。我才不会告诉他我在国贸过得有多爽，国贸像一个时刻产出奇形怪状的瓷器的巨大的窑，它熊熊燃烧的烈火将整个CBD化作灰烬，我当然不会告诉我那傻逼同屋除了跟女人睡觉之外，这世上还有另外一个极乐世界，这个极乐世界四季都在一百米的高空中发生，哦，它不止有四季，它应该有介于春夏之间的七八个季节，介于夏秋之间的七八个季节，嗖嗖地切换着自己的频道，天色变幻无常。

除了国贸，我还有一个去处，那就是大柳树，这里简直是所有穷人的天堂。我在这里找到了所有我四季要穿的衣服，十块钱三件的 T 恤，十五块钱一件的夹克，三十块简直就可以买到一件超级酷的皮衣，我喜欢机车皮衣，飞行员皮衣，这两种衣服我百穿不腻，管它是从死人身上剥下来的，还是从一个破产的富翁家里清理出来的。从那以后，我经常在首饰设计师家里留宿，有段时间，她老公都开始怀疑我们俩不是一般的关系，我不得不让首饰设计师告诉她老公，我对女人不感兴趣之类的。她梨形的乳房对我来说，太松弛也太大了，我喜欢握在手里像只小鸡仔儿一样的乳房。说不定，她住在三里屯联宝公寓的老公才是一个真正对男人感兴趣的人，他的嘴张开之后，类似于苟延残喘的废旧灯泡那么亮了一下就瘪了，灯丝都断了，他们的婚姻没有因为我的出现遭到任何坎坷。我心安理得地继续我的兼职，每个月五日从首饰设计师那儿领到四千块钱，翠微北里朝北的次卧，每个月花掉我一半多的薪水，但是我还在捡破烂的事业中挣到另外一些钱。

我建了一个群，这个群集合了一些破烂爱好者，我把自己伪装成一个全球旅行淘破烂的买手，每次扔出来几张照片总是说："这是我在布拉格二手市场淘到的，差点过不了海关。"或者："俄罗斯越来越难淘到好东西了，几年前你随随便便在什么农贸市场都能淘到尖儿货，现在不行了，他们还拿义乌做的假古董卖给中国人。"我甚至卖给他们几张我临摹的博斯的画儿，我把画儿画在几只我从大柳树淘来的旧木板上，蛋彩画我可以临摹得惟妙惟肖，那几个人重点是喜欢哥特风格，黑漆漆的大老鼠出现在画面上，还有外星人和泡在水里的草莓怪，他们都觉得挺好的。哦，这些跟国贸飞人有什么关系？几乎没有任何关系，我只是在炫耀自己的生存技能，在随时可能崩溃的三十三岁，我确实还算过得去，我还没去领低保，也没向混得好的朋友乞讨。我也几乎没什么货真价实的朋友了。

总算有个人对此感兴趣，他叫小瘤，我神神秘秘地向他描述了国贸的高空生态之后，他打算跟我一起加班，或者说，假装在我加班的时候来找我，假装他也是个灵魂画手，可以在我忙不过来的时候，免费过来帮忙。首饰设计师最近的订单确实不少，她在给一个明星设计一系列夸张无比的首饰，那个老明星想借机重回她已经毁得差不多的岸上，她因为在KTV包间吸毒被抓在娱乐圈近乎被封杀了，然后她要借助一批美轮美奂、想象力和设计感十足的首饰重回江湖，这本来简直是不可能的，但是她找对了合作伙伴。那位首饰设计师首先是个疯女人，她打算用黄铜给她铸造一张电刑椅，而这就是她的项链，一张电刑椅＝一条巨型项链，也只有天天跟飞来飞去的邻居住在一起的人才能想出来。我一听到这个点子就觉得这个明星肯定能红回来，说不定她一戴上这条项链就死了，我还建议她转告那个明星，可以全身上下涂满红色的油漆，连脸和脖子都不放过，出于安全考虑，她可以穿条白色弹力裤和紧身衣作为打底，好保护她的皮肤。

首饰设计师听毕锁紧了眉头，然后她修改了设计方案，把那些红油漆变成项链的一部分。以此类推，电刑椅所在的房间也是项链的一部分，甚至那栋楼，那个明星要是胆敢移动一小步，整个建筑物以及周边的树木、市政管道设施，都会被连根拔起，发生惊人的位移，她最好真的就僵死在红油漆的壳子里，像一只秋天的蝉一样死得硬硬的。我喜欢跟首饰设计师工作的原因就在这里，她是那种罕见的，能够接受你有两公斤沸腾脑浆的老板，她甚至会往这些脑浆里倒两桶硫酸。

当天晚上，我的新助理小瘤和我一起躺在那张不算太宽大的沙发上，盖着同一条如果贴着皮肤会感到有些扎人的毯子。他又瘦又长，膝盖和肘关节突兀得不行，我感觉像有一把匕首，时不时地从我的右侧戳过来，弄得我鲜血淋漓。为了和他一起看飞来飞去的丛林景观，我也算是忍了。他又不是我多好的朋友，平时我肯定不能忍，肯定会举起我同样锋利的股骨跟他对戳，我们可以在日暮时分，将彼此戳得血肉模糊、皮开肉绽、鲜血淋漓。这三个成语你平时用起来就跟拿起马桶刷就要刷马桶上粘的屎一样顺手，如果有一天你抽出自己的股骨头，举着它跟自己的朋友的膝盖和肘关节对戳，你才能够亲身体会到其中的滋味。

我跟他说："听我老板说，今天晚上这里会有一场恶战。"

"怎么会有恶战呐？"小瘤是湖南怀化人，说话带着浓浓的湖南口音。

"飞行的动物们在抢国贸上空的地盘，大概是，现在分帮派了。"

"那他们打起来，会不会连累到这些楼里的居民？我们可别看热闹看成受害者死难者。"

"不知道，不好说，上一次恶战还是五六年前，反正起了个火灾，消防队来了，还有几个人趴在窗户上看热闹被震伤了，死了人没有不知道。"

"你老板怎么不出来跟我们一起观战叻？她一个人躲在自己房间里有啥意思。"

"她说她看多了，不稀奇了。"

于是我们两个挤在一起，躺在那里，目不转睛地盯着窗外，外面隐约传来滚滚的雷声，闷，低沉。看天色，还是那种灰不灰红不红的雾霾天气，并没有画成红十字或者蓝Z字的闪电。我在沙发上一边吃一根长长的果丹皮，一边怡然自得地等着开战，这跟打游戏差不多，玻璃窗就是我巨大的电脑屏幕，那里发生的任何杀戮或者征伐，你能说它不是真的发生过吗？我们趴着看热闹的玻璃有三层，首饰设计师重新装修的时候换的，高度隔音，因为她工作的时候特别吵，怕邻居不高兴，地板和天花板都铺了隔音材料，一种用甘蔗渣混合了胶泥的材料居然能够吸收掉百分之八十五的噪声，我是不信的，但这让窗外沉闷的雷声格外远，像是亦庄方向传来的。听说亦庄有蛟龙潜伏在地下，气温和湿度合适的时候，它会从下水道钻出来，这是我在大柳树闲逛的时候，听到两个卖破烂的摊主说的。他们说北京各个区都有一些奇奇怪怪的东西存在：蛟龙、恐龙、猛犸象、翼龙、箱虎、黑老妖、月下独行僵尸……人真是不能长期从事卖破烂这种行业，脑子渐渐地就不正常了。不过我身边认识的人都不太正常，我们看动漫听电音玩游戏逛大柳树在地铁里打呼噜一天三顿吃外卖吃到要吐，你千万不要跟我提"麻辣香锅"这四个字或者"牛肉盖浇饭"这五个字，我可能会把肠子都吐出来缠在你脑门上，还会打个你无论如何也解不开的死结。

小瘤是个民间发明家，家里有两套房，父母就把那套小的，单位分的小一居给他了，也在翠微北里附近，从此那里成了他搞发明创造的小天堂。受了历史上特洛伊木马的启发，他发明了特洛伊木马式太空舱，六匹木马彼此倒扣，可以变成一个让六个人分别待在里面玩全景式星战游戏的太空舱，又不占地方，又打发时间。小瘤为了做这个太空舱耗费了他所有的积蓄（也就两万块钱吧），那是他爷爷留给他的遗产的一部分。当他坐进这个太空舱的时候，他一定要选右上角那个，我每次去找他就钻进左下角那个，这样我们可以离得最远，玩得更嗨，我们根本就集不齐六个人一起玩，最多的一次来了五个人。结果两个女孩不会玩，只能跟她们的男朋友一起挤在一个舱里观战。这样的盛况，从我认识小瘤以来，只有过一次。我们几乎没有别的朋友，他找我玩的概率比我找他还高，可见他比我还孤单。

我们一边听着窗外的天雷阵阵，一边几乎毫不费力地看到一团黑压压的生物集体性袭来，它们从远处的天际线缓缓升起，将天空一格一格地遮蔽掉，吃了一多半的果丹皮从我嘴角滑落，我和小瘤目瞪口呆地看着那遮天蔽日的景象。但我们依然保持着躺着的姿势，一切发生得过于突然，我们还来不及坐起来，或者冲到阳台边上。这里面什么动物都有，但它们过于密密匝匝，让我们一时之间无法明辨。当它们渐渐临近我们这栋楼，并缓缓压过楼的上空时，形形色色的粪便开始砸向玻璃窗，也有污浊的液体，海量的飞行生物必然伴随着海量的排泄物，这一点都不奇怪。空中传来了一阵阵嘶叫声，多声部的嘶吼，其中最刺耳的可能是孔雀发出来的，还有一阵阵虎啸，甚至恐龙的叫声。另外一头来了另外一个方阵，它们渐渐与对面相逢之后，天空中留下了一道细缝。很快地，这道细缝慢慢消失了，于是嘶叫声变成了大口地吞噬、咬食对手的另外一类声音，无数庞大的身体撞击在一起，于是玻璃上开始溅上了鲜血，还有一些断臂残肢从天上往下坠落，也有一整个战败的动物重重地落下，像跳楼身亡者，落在马路上。

　　"我去！"小瘤停顿了一下接着说，"我去！"他的门牙缝隙比常人要大，这让他说话的时候带着滋滋的声响，像一罐往外冒着气泡的蒜瓣腌茄子。在这个过程中，空中的声响越来越淡，争斗似乎随着战士减员，变得没有那么激烈了。我们慢慢一起挪到了阳台的窗边，向外看，突然，一只瞪着一双大眼睛的羚羊，脑袋重重地撞到玻璃上，龇牙咧嘴地滑下，而后坠入已经堆了不少动物尸体的地面上。我注意到这林林总总地飞行着的动物里头，没有飞人，一个也没有。

"人族缺席啊，怎么回事？"我问小瘤，他也说不出个所以然。

我们打算到屋顶去看个仔细，去屋顶只需要坐电梯到顶层，然后再上一层，从一个小门上去。首饰设计师屋里不让抽烟，我想抽烟的时候会去屋顶抽，顺道散散步，看看月下的北京城。

推开门，屋顶上也落满了尸体，血浆和着暴露的白骨、脑浆、五脏六腑，还有羽毛，大块大块的皮肉。我们抬头看天上，动物们正在撤离，飞行状态的鸟，比那些巨型的象，轻盈多了，象群撤离的速度最慢，他们似乎飞往东直门方向，在那个地方缓缓下行。有很多还能飞行的动物，其实也都受了不同程度的伤，甚至翅膀也有了残缺，一边飞，一边纷纷落着羽毛。

"明天清洁工要累死了。"小瘤说。我们闻着空气中混合着的血腥味和肉糜味，还有粪便以及尿液的臭味。战后惨绝人寰的情景就在我们眼前，而我们竟不知如何应对。

所有参战的动物四散之后，从天空的另外一角，突然出现了一列飞人，他们依旧在夜空中展现着暗淡或者明亮的红黄的身体轮廓，他们当中有两人，各拿着一根细长发亮的绳子一头，在空中向着绳子两头飞，渐渐地这根绳子被拉直了，一根直直的发着荧光的线，足有数百米长。

"这在干吗？"小瘤问我。

"像是在丈量什么，分地？"

"分天上的田地吗？"

"像是那么回事儿。"

"连飞人都是最奸的，人太可怕了。"小瘤说。

我们听到楼顶一角有只翅膀缓缓伸出，而后一只鹿从血泊中颤颤巍巍地站了起来，它还没死，但身上全是伤口，正汩汩冒着血。这只鹿走了几步，走到楼的边沿，便毫不犹豫地跳了下去，我们只听到它落在一辆汽车顶上的声音，那辆车子响起了防盗警报。

"有件事我觉得很奇怪奶。"小瘤突然凑近我，悄悄说。

"什么？"

"你没发现，这一个晚上，除了咱俩之外，任何一扇窗边，一个人也没有，连那些亮着灯的窗户边上，也没有一个看热闹的人。"

我仰头看着边上那几座比我们楼要高的楼，果不其然，所有的窗口没有丝毫人存在的迹象，这么喧嚣的过程，居然没有吵醒一个居民？飞人还在空中极其认真而又缓慢地丈量着看不见的土地，除了那两个测量员，其他人在边上聚合又分开，有时候还伸手推推搡搡，像是在商量着什么重大的事情。我举起手，向他们挥挥手，谁也没有理会我们，在他们眼里，我们这些飞不起来的地面人类，一点也不重要，没有理会的价值。

当然了，我压根儿也没想到要去敲敲首饰设计师的卧室门，我也绝对没想到她床上空空如也，一直挂在墙上的一对巨大的黑翅膀，也早已不翼而飞了。

原刊于《作品》2020 年第 5 期

舞者

孟小书

上部 过把瘾

一

"你们看我身后的那个人，长得像不像张明？"叶子说完，帆儿往后面看了看。我赶紧低头，扒拉了一口饭。帆儿看了半天也没找着叶子说的是哪个。

"不能是他吧？他不是在美国吗？"帆儿说。

"没准儿人家回国了，也说不定。"叶子说。

"你那么肯定是他吗？"帆儿说。

"百分之八十吧。"叶子说。

"爱是不是，爱回来不回来，跟我也没什么关系。"我说。

"谁也没说跟你有关系啊。"两人几乎异口同声。

"你说，如果他真回来了，你俩还有可能吗？"帆儿说。

雨淅淅沥沥地下着，柏油路上湿漉漉、亮晶晶的。这种天气，配上这种问题，真是略带伤感啊。

此刻，服务员恰巧上了剁椒鱼头。这是今天的主菜，帆儿和叶子没再追问下去，纷纷将筷子扎向鱼头。这家餐厅汇聚了南北几大菜系，以辣为主。恰巧我们仨都喜辣，也都喜欢在味蕾上寻求点刺激。馆子不大，位置也合适，是我们的指定聚餐地点。但自从去年帆儿开了一间钢管舞教室，叶子忙于她的个人画展，我们仨就很少相聚了。

曾经，我总带张明来这家餐厅，也不知道他是否喜欢。反正，他什么都得听我的。我一边吃着鱼头一边回想，张明除了我，还喜欢什么？他似乎对一切事物的评价只有"还行，还不错"。两年过去了，他在我的印象里变得很模糊，或许他的形象就从未清晰过也说不定。

帆儿一直向我们抱怨除了每个季度要付昂贵的房租，还要处理女会员们之间的纠纷问题，简直就是费力不讨好的工作。我和叶子也曾经都是她的会员，办过年卡。在那里也学会了不少动作，在外行眼里，我们已经相当专业了，甚至可以卖票演出了。

鱼头吃了大半，叶子又突然想起之前的话题："你说，张明要是回来了，你俩还有可能吗？"

"没可能吧。"

"那如果当初你不来我教室学钢管舞，你俩会分开吗？"帆儿问。

"不知道，可能也会吧……"

二

这是老 What 酒吧最后一天营业，我和张明坐在门口，喝酒。今晚没有乐队演出，很多老顾客和老板的朋友前来"道别"。这个 Live House 酒吧开了十多年，很多现在成名的乐队都是从这里走出去的。这里也蕴藏了很多人的记忆和过往，这其中，就包含了我和张明的。酒吧对面就是一所重点中学。张明说，以后咱们孩子要是能在这上学就好了。

我不知道该说什么。家里一切大事都是他说了算，我没什么意见。主要还是懒，懒得去想那些"大事"，懒得去做决定。

老 What 离筒子河边儿不远。每个月我们都会来这酒吧一到两次。每次酒喝得差不多了，都会在筒子河边儿上走一走。张明会自顾自地说着那些金融职场上的事。我不爱听，但也从来不会打断他。那些都与我无关。那什么与我有关呢？我也不知道。我是土生土长的北京孩子，独生子女。父母早年间已经为我打拼好了一切，什么都不用我发愁，什么也都不需要我发愁。父母对我唯一的要求就是找一个对我好的，有不错工作的男人嫁了。张明是南方人，能吃苦。在北京多年，终于把自己拼成了一个中产，就连说话口音也变了。他对我也好，是那种让我挑不出毛病的好，所以他特别符合我爸妈的要求。

以前的我活得如一盘散沙，多亏有张明拖着我，我真的很谢谢他。但有时候我也会心里发慌，不知道张明看上我什么了。可能是因为我好看，也可能因为我是北京本地的。

搬了家后，这个酒吧离我们就远了，每次开车要一个小时，但我们都喜欢这。我跟他说，咱俩去筒子河边儿上走走吧。

张明说："这最后一天营业了，还真有点舍不得……"

我象征性地点了下头，心不在焉地望着旁边故宫的高墙，想着自己要是会飞檐走壁应该挺酷的。

张明牵着我的手，不自觉地反复摸着我手心里的茧子说：

"闭上眼睛还以为拉着一个男人的手呢。你那个钢管舞练练差不多就得了。"

"那不叫钢管舞，叫钢管技巧，懂吗？"

"行，钢管技巧。有个爱好是挺好，但是也别用力过猛。万一受伤了怎么办……"他小心翼翼地说。

"怕我受伤？我看你就是封建，思想守旧。你就是认为这是不健康的，你说你这脑子里一天天都想什么呢！"我愤怒地大步向前走，他就小心翼翼地追，和我保持一个尽量不会再激怒我的距离。我自己也不清楚到底在愤怒什么，并且如此理直气壮。

起初，张明对我去学跳舞的事特别支持，去跳跳舞，换个心情，也能交几个朋友。张明一开始只是知道我去学跳舞，但他不知道我是去跳的什么舞。他没问，我也懒得说。也许就是这点，他不该对我去学钢管舞有任何质疑。

餐厅里又进来了一对男女，他们看上去都很疲惫。坐下后，两人都没有翻看菜单，男人随口说了几个菜，女人盯着某处在发呆。他俩一定也是这儿的常客。我看着他们，有种似曾相识的感觉。曾经，我和张明也是这样，他点菜，爱点什么点什么，跟他吃饭能吃出个什么花儿来？

"其实，张明那会儿特别烦你。他总觉得我去学钢管舞是你教唆的。"我说。

"其实，张明烦我这件事，我多少也能感觉得出来。"帆儿说。

"他这个人就这样，心眼儿特别小。而且好像特别怕我去工作，怕我出门。我每次说去找工作的事，他都小心翼翼地劝我在家待着挺好的。你们说这是为什么？"

"你这么不踏实的一个人，怕你一出门就跟别人跑了吧？"叶子说完，我们仨全笑了。

三

和他在一起没多久，我所在的公司老板被抓了。从没工作到现在已经脱离社会三年了。这都是张明的主意，他说，别找工作了，咱俩该计划一下要孩子的事了。你挣的那点钱还不够付阿姨的工资呢。我曾经认为，他的一切主意都是正确的。张明有一份不错的工作和不错的收入，我们也有一辆不错的车和不错的房子，我们父母双全，婆媳关系也不错。我三十，张明三十五。在别人看来，我的生活近乎完美，但我依然还是不高兴。帆儿跟叶子说我有病、不知足，我觉得她们说得特别对。

跟张明的这几年，不知该用什么词汇来总结。好像和他过了很多年，又好像一天也没和他过过。很梦幻，很朦胧。我们结婚七八年，有时候觉得张明特别好，有时候连话都不想跟他说。有时候觉得就跟张明这么过下去就算了，有时候觉得还是赶紧离了吧。有时候觉得他就是根鸡肋，认真想想，他真的就是块鸡肋。之所以跟他耗到现在，就是他没有一个让我说得出来的毛病，但又觉得他浑身都是毛病。当然了，也许有毛病的人是我。很多个夜晚，我会借助微弱的亮光，凝视着张明的脸。深夜似乎在与我窃窃私语，向我诉说着生活的寂寞与无聊，向我诉说着我的存在是毫无意义的。

就在我怀疑自己的存在价值时，帆儿突然跟我说她要把工作辞了，开一间钢管舞教室。我和叶子都劝她要冷静，铁饭碗不能丢。帆儿说，是，她要好好想想。于是，两个月以后教室就开了，我和叶子也都踊跃地办了卡。与此同时，叶子也开了个人画展，虽然没什么人买，也没什么人看，但她却乐此不疲。画展持续一个月，她假装忙得不可开交。那段时间，我每天也挺忙的，早上张明去上班之后，我便把自己收拾好，去帆儿的教室练钢管舞，把自己练得满身是伤后，再坐车到798，去叶子的画展混一下午。晚上等张明回来后，一起再到外面觅点东西吃。如果心情不错，会在家做点饭。我不知道，这种看似充实但毫无价值，像膨化食品一样的生活能维持多久。一个月马上要过去了，叶子的画展也接近尾声，这意味着我下午将无处可去。为此，我很恐慌，不知所措。

我曾与张明探讨过要找工作的事情，但总是被他那种小心翼翼的语气和态度所安抚。好像我的一切焦虑都是庸人自扰，甚至不值一提。我是怎么被他劝服的，至今都回想不起来，每当想起他那小心翼翼的态度时，总有一股火憋在心里。

接下来的日子，叶子又把自己藏在她的画室了。我每天除了教室，几乎没去过什么地方，然而有趣的是，我对钢管舞却产生了一种依赖。具体地说，它叫钢管技巧，与钢管舞不同的是，它的难度以及危险系数颇高，属于一种极限运动。它不仅挑战的是身体的力量和柔韧,更是一种突破心理恐惧的运动(但无论怎么跟张明解释,他就是不懂)。帆儿的教室除了中午和晚上有课以外,其余时间是空着的。除了上课的那一小时,我都在教室里"混着"。帆儿要是在的话,我俩就一起训练;她要是不在,我就在教室里睡会儿,或是叫个外卖吃。总之,我喜欢赖在教室里。它像是一个避难所,可以让我暂时逃离原本乏味的生活,以及那个永远小心翼翼的张明。

两个多月过去了,我的钢管技巧水平突飞猛进,身体也有些细微变化。然而,我却全然不知,就是在老 What 最后营业的那晚,才发现的。

那天晚上,我和张明都喝了些酒(我喜欢和他一起喝酒,只有喝完酒的他,才稍显可爱些),我们都有些伤感。我手里握着一瓶没喝完的啤酒,与他一起在筒子河边散步。在路口转弯处,我看见了一个路牌,目测那路牌杆和钢管的粗细差不多。我说,给你表演一个吧。张明说,行,来一个。我把手里的酒瓶递给他,走过去,双手在屁股兜上擦了一把手上的汗,又甩了甩双臂。

张明说:"准备动作还挺像那么回事的。"

他根本就不知道我要干什么。

我右手抓住杆子,与眼睛平行,左手抓在杆子底部,右脚一蹬,大头朝下地翻了上去。做了一个完美的撑杆翻。

张明：我天！

我撑了两秒，下来了，又甩了一下肩膀。这一举动把张明给吓得瞬间醒酒了，又恢复到那个让人熟悉、让人厌烦、小心谨慎的张明了。

首先，他清了一下嗓子。

我知道，他又要开始那一套陈词滥调了。

"我说媳妇，咱以后能不能⋯⋯"

"不能，你闭嘴吧⋯⋯"

张明就真的把嘴闭上了，一口将我剩下的酒喝完了。

四

一年前的晚上，我和帆儿在老 What 喝完酒，她就在这个路牌杆上做了一个撑杆翻的动作，当时我就醒酒了，我问她是怎么办到的，她晕乎乎地说她也不知道。我当时发誓，未来我也要做出这个动作。那时的我很激动，从来没有如此渴望过想要干成一件事。帆儿给我设计了一个训练计划，我就严格按照她的计划来。一周练五天，周末休息。除了管上的动作练习，还搭配着有氧和力量训练。

第一次帆儿教我大头朝下的动作时，吓得我冒了一身冷汗。

我说：我会不会摔死啊？

帆儿：摔不死，求生欲会救你的。

后来，这句话一直徘徊在我耳边。每当我在钢管上觉得命悬一线时，是求生欲将我死死拉住。再后来，每当我被生活的寂寞和无聊压得奄奄一息时，也是求生欲让我重获新生。

半年过去了，随着身体逐渐地变化，生活似乎也发生了些许改变。这改变是微妙的，也是无法言说的。

我从那根杆上下来后，活动了一下用力过猛的手指，跟张明说："咱们离婚吧。"

张明似乎没听清，两眼直勾勾地看着我。

我又重复了一遍："我说，咱们离婚吧。"

"啊？"张明的表情变得有些惊讶，之后面部便开始扭曲。

说完"离婚"这两字，我突然特别同情他。他没做错什么。

离婚这事在我脑子已经存在了很多年，但一直都没勇气说出来。不知道什么原因，当我从那个路牌杆上下来的时候，"离婚"这个词一下就脱口而出了，并且底气十足，像是张明做了什么对不起我的事一样。我双目炯炯有神，像夜里的浣熊。张明被我坚定的目光吓坏了。他突然意识到，我是认真的。他心中的不解和疑惑将他的嘴给堵住了，半天说不出话来。

我说："我这辈子从来没靠自己干成过一件事。小时候靠父母，结婚之后就靠你。有时候我都不知道活着有什么意义……"

后来我开始有点语无伦次。每次我喝完酒，说话就这样，词不达意。越说越不着边儿。其实我就想表达一个意思，我就想知道这辈子能不能干成一件事，哪怕是离婚。

张明知道我有点喝多了，但也知道我说的都是真的。我们都很无助，都帮不了彼此。在这一点上我们达成了共识，毕竟结婚这么多年，这点默契还是有的。

"这应该是咱们在筒子河边儿的最后一个晚上了吧？"

"可能吧。也真是巧了。"

"我真怀疑你是故意的。"

"随便你怎么想。"

那天夜里，我和张明坐地铁的末班车回家。我们坐在列车的尾部车厢，一眼就能望到头。其他车厢里零星地坐着几个低着头的乘客。我盯着杵在地上的扶手杆。张明知道我在想什么，他说，冷静啊，大庭广众之下，控制一下你自己。

我说，现在只有大庭，没有广众。这简直就是为我而设的个人舞台。

张明不敢相信自己听见了什么，力争把那小眼睛睁得很大："我看你是练钢管练出毛病了。"

我又来了一个撑杆翻。张明说，我从地铁扶杆上下来的那一刻，身上似乎在发着光。我说，那光是什么颜色的？他说，是金色的，而且特别耀眼。

他又说，离婚这事我同意。

我看着他，很难过。

"我祝福你，秦梦。"

"我也祝福你，张明。"

到站了，我下地铁。张明的面孔突然变得遥远而又清晰。

五

"我俩没什么共同财产，也没有孩子，很快就办完了手续。"我说。

"你后悔吗？"叶子问。

"也许以后会后悔吧。"

"我支持你离婚。"帆儿说。

"嗯……我知道。"我说。

"不，你不知道。其实……有一件事儿我一直没告诉你。"

"说吧。"

"你来我教室没多久，张明就来找我。他说能不能别再让你去我的教室，也别再怂恿你学钢管舞了。我说为什么，他说太危险，说你现在在备孕中，万一出现什么事故呢？况且，钢管舞这个东西，怎么都会让人和夜场联系起来。我说，那你直接去劝秦梦，跟我说有什么用。他说你不听他的。我又说，这些恐怕都不是重点，我想听你真实的想法。"

"张明确实跟我说过孩子的事，但每次也就是说一下而已，完全没有到备孕的程度。"我说。

"我知道，如果你在备孕的话，我们怎么可能不知道？所以我才觉得这个不是他真实的想法。"

"况且，张明平时也并没有表示出对我学钢管舞的事有如此大的意见。"

"你这么说，我倒是想起来了。有一次，咱俩去上中午的课，但那天我有事，上完第一节课就先走了。出门就碰见了张明，他见着我慌慌张张的，说他正好路过这里，就上来看一眼。"叶子说。

"张明中午来过教室？他的公司离教室有三十多公里！等一下，他怎么会知道教室的地址？我从没告诉过他，他也从来没问过，难道他在跟踪我吗？"

我们面面相觑，都一时说不出话来。

"张明真的很爱你，他这辈子估计最害怕的就是你离开他。所以一直都小心翼翼的，不是吗？"帆儿说。

"但我最恨的就是这一点。每当他露出小心翼翼的神态时，都显得那么卑微。我讨厌男人卑微的样子。其实……我也不知道未来是否会后悔，但说出离婚的那一刻，真是太过瘾了。这辈子第一次干成了件'大事'。"我说。

"还记得刚才进来的那个人吗？"叶子说。

我点点头。

"那个人真的很像张明。"叶子说。

"只是长得像而已吧。"我说。

"是吗？可那人看了你好久才离开的……"叶子说。

中部 小龙虾

一

　　这间钢管舞教室很大，很空旷，说话会有回音。十根被擦得锃亮的钢管立在教室中，旁边放着保护垫、干手液、镁粉和几个波形泡沫轴。斯斯和彤辛来早了，她们向前台小姑娘打了招呼，便去更衣室换衣服。她们是这间教室的老会员，钢管技巧在外行人眼中，已经相当专业了，用帆儿的话说——已经到了收费级别。帆儿是这儿的老师和老板。她们两人迅速把自己脱光，换上了运动内衣。

　　她们的身材不苗条，多余的肉全被挤在了运动内衣的外面，但她们却丝毫不在意，对着镜子相互展示身上的淤青和伤疤。这时候，又一个姑娘走进更衣室，准备换衣服。是个新面孔，以前没见过。这姑娘见了只穿运动内衣的斯斯和彤辛，有点尴尬。赶紧躲进了更衣室的角落，把帘子拉上了。

"前两天练'超人'，大腿根儿都快磨出茧子了。"斯斯说。

"我前两天练倒立撑，肩膀又给扭了。脚背也磨破皮了。"彤辛说。

"我也是，脚背都留疤了，估计好不了了，而且你的肩膀扭了，就该休息。"斯斯说。两人语气略带炫耀，边说边走出了更衣室，开始活动筋骨，擦镁粉，准备上杆儿。这时候，突然走进来一个男人。他看上去三十多岁，头发半长且油腻，佝偻着后背，走向前台小姑娘。

"这男的不是变态吧？"斯斯小声跟彤辛说。

"可能是吧？那这变态胆儿也太大了，这光天化日，不怕我们报警啊？"

"我觉得像，谁大夏天的还穿皮夹克？你看他的腿，也太细了吧，赶上你胳膊了。再看他后背，跟小龙虾似的。"

"他不会吸毒吧？"

说话间，新来的姑娘从更衣室走了出来，那男人佝偻着身体走了进去，显得很兴奋，并与新来的姑娘打了个照脸儿。斯斯和彤辛以及新来的姑娘同时看向前台，几个姑娘迅速聚集到了一起，叽叽咕咕。

"怎么回事啊？他怎么就进去了？"斯斯问。

"人家是来学钢管舞的。"前台说。

"啊？同性恋？"彤辛说。

"好像不是，人家一下就办了一个半年卡。"前台说。

"咱们这儿还收男会员呀？"新来的姑娘说。

"招啊，我们也得交房租啊。"前台说。

"会不会是以学钢管舞的名义耍流氓的？"斯斯说。

"那这也太贵了吧，半年卡也小一万呢。你们放心，我会留意他的，万一有点什么风吹草动的，我立刻报警。"前台说。

"那你说他穿什么练啊？"新来的姑娘说。

"不会也跟咱们穿的一样吧？"彤辛说。几个姑娘捂着嘴，窸窸窣窣地笑着。

"他要是敢跟你穿的一样，你就立刻报警啊，简直就是变态。"斯斯说。

这一场"秘密"谈话，瞬间让新来的姑娘融入了小集体中。

这新来的姑娘做了自我介绍，她叫小白，在一家互联网公司工作。

这时，男人穿着一条黑色的四角沙滩裤、一件黑色的跨栏背心走了出来。低着头走到了教室的一角。

二

他叫史男，三十六岁，单身，在一个照相馆里做照片后期修图。他在那间照相馆干了十年。由于常年驼背面对电脑，导致他现在再也无法挺直地站立着，并且他有严重的颈椎病和腰椎间盘突出，近视高达九百度。他每天重复地在做同样的事情，工作枯燥乏味，但又无力去改变什么。他只身一人，除去每月的房租和维持基本的温饱，额外的钱都存了起来。这些年，也存了不少钱，可他不知道这些钱能用来做什么。

史男是个早产儿，从小体弱多病。他严重贫血，肤色惨白，经常从椅子上站起来后，会头晕眼花。他暗恋过许多来照相馆里拍艺术照的女孩，都是那种身材高挑、样貌时尚阳光型的。史男对于这些女孩来说，就像一只发了霉的臭虫。从她们的眼神就可看出对史男的厌恶。史男幻想着自己是她们的男友，幻想着和她们谈恋爱、吵架、旅行、做爱、分手。史男的房间里，贴满了她们修图之前的照片。在幻想中分手过后，他会在照片上画一个叉。

这天，史男像往常一样走在上班的路上，突然看见一个长发飘飘、身材高挑，牵着一只萨摩耶的女孩在发宣传单。史男双手插兜，突然把头缩了起来，加快脚步（通常，他见到这类型女孩时，都会

286

快速闪躲，就像见到可怕的怪兽般）。可就在这时，女孩突然把传单递给他一张。她的手真白皙呀，还透着一股香气。这一瞬间，史男似乎就爱上了这个姑娘。他不敢抬头看她，拿着单子就走了。他越走越快，甚至小跑起来。可没跑几步就接不上气儿来了。他以最快的速度，钻进了照相馆，坐在自己的位子上，心脏震耳欲聋地蹦跳着。待他缓过来时，他将宣传单扣在脸上，用力闻了闻，似乎那姑娘的余香还停留在上面。

这是一间钢管舞教室，地点就在附近。宣传单上一个姑娘穿着运动内衣倒立在一根钢管上。这一天，他魂不守舍，一张图也没修。晚上，他躺在床上，依然在看这张宣传单。他眼前似乎有一道光，一闪而过。他猛地从床上坐起来，做了一个决定。

三

今天帆儿的课，一共有六个学生。帆儿见了史男也有些诧异，但她还是完美地控制了自己的表情。

"请新来的同学往前站。"帆儿说。

史男低着头和小白走到了第一排。随后，帆儿便带领大家做热身准备。

热身完毕后，帆儿走到他俩面前问："你们是第一次接触钢管技巧吗？"

两人分别回答:"是。"

帆儿看着史男,走到他的身后,将他的肩膀用力向后掰。史男一开始很紧张,可到后来,却疼得叫了出来。

"你这个驼背还是挺严重的,先去压压肩膀。"帆儿说。

史男走到教室后面,一边压肩膀,一边偷看这些姑娘。

斯斯和彤辛开始了自由练习,彤辛继续做倒立撑,斯斯两步爬到了钢管顶端,做了一系列旋转。史男惊呆了,被两人的动作震慑到了。他甚至不敢相信自己的眼睛,她们是怎么做到的?需要多大的力气才能将自己在高空中旋转起来?史男把手放到了钢管上,这是他第一次触碰它。它是坚硬的,也是冰冷的。他用力握了一下,身上莫名地冒出了许多汗。他看着镜子中的斯斯和彤辛,又看了看被她们身体挡住、若隐若现的自己,那么的丑陋、猥琐、油腻,他突然厌恶起自己。

帆儿走了过来:"你的驼背慢慢训练会好起来的。"

"真的吗?"史男说。

"只要你努力,只要你想改变自己。"

帆儿开始教史男几个基本的舞步和上杆技巧。史男试了几次,都无法将双脚同时离开地面。

"他妈的。"史男暴躁地骂了句脏话。

"别着急，你现在身上没有肌肉，多练几次就好了。"帆儿随便应付他一句，就立刻去教别的学生了。

斯斯和彤辛在一旁又开始窃窃私语，其他几个女同学，也都分别用眼神暗暗地相互交流着。史男对此毫无察觉，他仍在努力练习，也许他并没有意识到，这是他第一次如此迫切地想要学会一件事情。

一节课很快结束了，他仍是无法做到双脚同时离地。此刻，他的脚面已经开始红肿起来。女同学纷纷走进更衣室，窸窸窣窣地讨论着什么。史男走向了前台。

"我要办年卡。"

"你确定吗？要不要等这张半年卡用完？如果万一……"

"没什么万一，我就要办年卡。"

"我们年卡是一万六千八。"

史男二话没说，刷了卡。

这天晚上，教室的会员群像是炸了锅，都在议论史男，并给史男起了一个名——小龙虾。他的照片也都在群里纷纷传散开了。

史男回到家的第一件事，就是对着墙上的照片做不雅动作。第二件事就是决定要努力学钢管。他看了看课表，认真地规划着自己的训练时间。他从未感到心情如此愉快过，洗漱后，又换上了上课的衣服，趴在地上，做开肩训练。

四

　　一个月过去了，谁都没有想到史男居然可以劈叉了。史男的努力大家都是有目共睹的，这一个月里，即便是下了课，他也会趴在地上开肩或是压腿。柔韧课上，所有人都在期待史男的竖叉，当他压下去的那一秒，教室里居然响起了一片欢呼声。史男当时就流泪了。然而，这仍然没有获得斯斯和彤辛的半点好感，反而让她们觉得史男更加猥琐了。一个男人，这么努力地学劈叉，是想干什么？他那两条干巴、弯曲的双腿，简直就像两根长树杈。

　　夜里，史男写了一段很长的文章，内容大意是他通过钢管舞找到了新的自己。他要感谢帆儿和柔韧老师。还要感谢斯斯和彤辛，是她们激励了自己。这篇文章他洋洋洒洒写了七八千字，甚至连他小时候被欺负的事也都涵盖在内了。之后，他做了一个文件链接，发在了朋友圈里。发出去后，他又一次哭了，然后把墙上贴的照片全部揭下来，扔了。

　　小白有他的微信好友，看到文章后捧腹大笑，又立刻转发到了会员群里。小白特意@了斯斯和彤辛，说，看，小龙虾还要感谢你们呢！斯斯和彤辛立刻回复道，小龙虾真是个神经病，又说了一些讽刺他的话。这时候，突然冒出了很多平时在群里一言不发的会员，她们开始指责斯斯和彤辛，说她们不应该这么嘲笑别人，大师兄的努力和进步都让她们很感动。于是，群里再次炸开锅，吵得不可开交。史男瞬间成了教室里的风云人物，上课时，姑娘们都喜欢围着他，请教他。他再也不怕看见那些穿着运动内衣、身材高挑的漂亮姑娘们了。而斯斯和彤辛在这次事件后，从会员群里退出，再也没有出现在教室里了。史男也终于被拉进了会员群。

又过了三个月，史男居然可以站直了，虽然还是有些驼背，但后背的那个大包已经不见了。这天上课，帆儿突然说下个月是店庆两周年，教室会请学员们表演钢管技巧、吊环和瑜伽，希望同学们踊跃参加。大家都将目光投向了史男。

"大师兄，你快报名啊！"

史男已经被亲切地称为大师兄了。

"就是的，大师兄你参加吧。然后带着我们训练。"

史男比谁都渴望参加比赛，假装犹豫了一下，同意了。教室里又一次欢声四起。

参加表演的一共有十五名会员，他们几个成立了一个小群。每天晚上约着一起练习表演动作。磕磕碰碰的又是一个月，身上的淤青似乎成了他们的勋章。随着店庆时间的临近，他们训练的强度也在逐渐加大。史男干脆辞掉了工作，整日泡在教室里。有一次，帆儿看着史男说，不然你来我店里上班吧？史男高兴坏了，说让他干嘛他都愿意。帆儿说，你当前台得了，现在这前台小姑娘不太会来事，把好几个会员都得罪了，而且她自己也不喜欢钢管，我看你挺合适的。就这样，史男就顺理成章地正式泡在了教室里。他喜欢这儿，除了训练，他会把每块玻璃、镜子和地板擦得锃亮，定期给钢管做检查，看是否有松动的情况。

店庆这天，很热闹，教室里摆了酒水、甜品台，还请来了专业DJ和摄影师，就连灯光也做了特殊处理。这间教室足足挤下了七八十人。帆儿做了开场讲话后，就迎来了第一场表演，是四个姑娘的双人吊环表演。史男在人群中挤来挤去，不让自己闲下来，一副很忙碌的样子。其实也没什么要做的，只是内心的紧张让他无法停下来。终于轮到史男了，他要和三个姑娘做钢管技巧表演。他穿了一条藏蓝色平角运动内裤，上面穿了一件紧绷的白色运动背心。他尽力将自己挺直，站在灯光下，音乐响起来了。他和姑娘们交换了一下鼓励的眼神，他两步爬上钢管，在空中尽情地翻飞着，赢来了一阵又一阵的掌声和惊叹声。这一刻的他是那么的美，谁会想到这就是当初那个猥琐的小龙虾呢？

下部 网络事件

一

不知道为什么,张思媛脑子里总是出现一个画面,或说是一个场景:她开着车,以八十迈的速度与对面迎来的车狠狠相撞。这个场景每天都会重复一次,并有着切肤之感。骨折、头破血流之类的痛感贯穿全身。即便她从未撞过车或受过重伤。她是一个惜命且热爱生活的人,就连擦破皮都很少出现。那么,骨折及头破血流是一种怎样的感觉呢?她躺在床上,已经是早上九点半了。她看了看手机,打开了直播软件,用被子遮住了一半脸,睡眼惺忪,对着手机屏幕向粉丝们眨眼睛,这是她向粉丝们说早安的一种方式。昨夜,她的粉丝数量又增加了五百人。十分钟过后,她关了手机,下线了。环顾了一下房间,思索着,今天要直播些什么?

张思媛是黑龙江人,具体是黑龙江哪个村子的,她谁也没告诉过。她有八分之一的俄罗斯血统。她长得其实挺好看的,眼睛大,鼻子高,身材也很好。唯独气质和审美品位差了些。可作为女主播,谁会在意这些事?手机的美颜和修图软件会将其不足完美掩盖。被手机滤镜软件打磨过后,她就是一个聚集青春可爱、有着优雅气质和完美身材于一身的漂亮姐姐。她是主播界的元老,也是一个超级网红。

她是怎么红起来的，这挺难说，也挺莫名。起初，她是吃播的主播，所谓吃播就是直播吃饭的。她把手机架在餐桌上，面前摆一些再普通不过的饭菜，她慢慢悠悠地吃，偶尔会和观众互动下，评价一下饭菜的口味。有时可以吃一个下午，观众就不厌其烦地看她一个下午。就连她自己也没想到，吃饭竟会是一件如此受欢迎的事情。随着吃播粉丝量的增长，她逐渐把饭菜的档次提高了，由家常便饭改到了餐厅里的佳肴，有时候去川菜馆子，有时候去粤菜馆子。偶尔还会叫几个朋友和她一起录。内容上有了改进，粉丝量自然也就逐渐上涨。粉丝们会送她礼物，少则十块二十块，多则上百上千块。这样算下来，每月也会有个小几万的收入。这对于张思媛来说，简直都快被钱给拍晕了。

　　张思媛对待直播这件事，越来越用心，把它视为一种正式工作来看待。她仔细研究网络上的各大直播平台和网红直播的内容，又将自己的直播范围扩展了些。她走哪儿录哪儿，就连坐地铁也会一直举着手机。观众喜欢她，也喜欢看她再平淡不过的生活。一次，她睡着了，手机就一直开着，足足录了三个小时，后来内存不够和电量不足，关机了。等她醒来再翻看手机时，发现粉丝量再一次暴涨。

　　"小姐姐睡觉时真好看。"

　　"小姐姐不要着凉哦。"

　　"你的眼睫毛好长呀。"

　　"……"

这些留言的粉丝有男有女，年龄不详。这一次的睡觉直播，让张思媛获得了五万块钱的收入。就在这时，她又有了一个奇思妙想。

二

张思媛本名叫张大丫。张大丫从小就喜欢表演，喜欢唱歌跳舞，小时候在村子里跟着师傅是学二人转的。她的天资很好，师傅很喜欢她。长大后考到了北京一所艺术学校里学民族舞，毕业后留在了北京。她给自己取了一个新的名字——张思媛。之所以叫张大丫，是因为在她一出生的时候，脚就格外的大，在她十七岁的时候，就要穿四十一码的鞋了。她一米六八的个子，却有一个四十一码的脚，虽然说算不上什么缺陷，但作为一个舞蹈演员来说，比例确实有些怪异。

她从东北到了北京，从张大丫变成了张思媛，无论她走到哪里，穿得再怎么像个城市人，只要拖着那双大脚，她就是张大丫。

由于她的大脚，张思媛毕业后一直找不到工作，无论是舞蹈剧团还是舞蹈工作室，她都去面试过。人家一看到她的脚，都觉得比例不好。人长得倒是挺好看，身材体形都不错，可是往那一站，就是觉得有点怪。后来，她又去了一间幼儿舞蹈班面试，这才勉强算是有了工作。但工作了两个月，她还是辞职了。她实在不喜欢小孩，两个月已经耗尽了她所有的耐心。

　　想要在北京继续待着，总要有一份工作，否则就得回村里继续当二人转演员。一天晚上，她走到后海酒吧一条街，突然在一个落地玻璃窗外，看见里面有人跳钢管舞。她觉得挺有意思，以前只在电影里见过。她走了进去，点了一瓶啤酒，坐在舞台旁边，盯着那个跳舞的女孩。不过，那女孩一看就是在糊弄事儿，肯定也没学过什么舞蹈。只是一直围着钢管随便扭动。她想：这也许会是个不错的挣钱方法。那女孩下了台，被两个保安护送到了后台，就再也没出来过了。张大丫又想：这样的工作真是既轻松又安全。

　　第二天，她在网上开始寻找钢管舞教室。就这样，她来到了帆儿的教室。

　　张思媛的存款不多，是曾经在学校读书时利用假期回老家表演二人转攒下来的。教室的会员卡费用对于她来说，简直已经贵上了天。她思来想去，还是办了一张三千块钱左右的季卡。张思媛对钢管舞的认识，仅限于电影里和那晚后海酒吧里表演的那种程度。她认为，三个月就能出师。然而，帆儿的教室是着重于钢管技巧，这是一项极限运动，危险系数极高，并且对身体素质也有颇高的要求。张思媛完全没有做好心理准备。

　　上第一节课，张思媛就被老师的热身运动给累垮了。接下来的课程更是让她措手不及。她虽有过四年专业的民族舞训练，但对于这项极限运动来说，完全是两回事。她坐在地上揉搓两只快磨出水泡的双手和双脚，抬头看着钢管顶端那些能把自己旋转起来的学员，突然对钢管有了一种敬畏之心。她越看越觉得有意思。

三个月的季卡钱不能白交，练习钢管技巧成了她的主要任务。每天刻苦训练，希望早日出师。张思媛四年大学还是没有白上的，短短三个月时间，她的钢管技巧水平几乎和老师不相上下了。正当她准备去酒吧面试的时候，主播这个职业一夜之间突然冒出来了。

三

主播这一职业的出现，让张思媛产生了一个幻觉——她的命运将从此改变。

这天晚上，她捧着手机刷了一晚上直播，觉得极其无聊。直播内容无非就是吃饭、美妆，毫无技术含量。可下面的粉丝却前呼后拥，不断给主播送五块十块的"礼物"。张思媛开始好奇了，她仔细算了一下，一个小时内，主播竟收到了两千块钱的礼物。她一边刷手机，一边思索着，准备自己也试试。就这样，张思媛开启了她的主播之路。主播做了短短几个月，收入竟达到了数万元。张思媛又想，如果想要粉丝量再一次暴涨，继续直播日常内容，恐怕会很难。

接下来，张思媛的奇思妙想就是要直播钢管舞的平日训练。她再次到了帆儿的教室，办了一张只有六节课的次卡。对于现在的她来说，钱已经不是问题了，之所以办了一张次卡，是因为她不确定粉丝是否对其直播内容感兴趣。她要先试探下。第二天，她带运动内衣来到了教室。她占了一个角落的位置，把手机放到了一个隐蔽、只可录到她自己的位置上，开始直播。上课时，她动不动会和粉丝互动，注意跟踪浏览量。效果让她非常满意，仅仅这五十分钟的直播，让她又赚到了两万块钱。

六次课的直播，让她赚到了十万元。紧接着，她又在帆儿的教室办了一个月卡。张思媛知道，粉丝对钢管直播的热衷度也就一个月左右。一个月后，她就要继续另想其他新鲜事，更能吸引眼球的内容了。可就在这一个月里，发生了一件事。在一次上课时，由于她做的动作幅度过大，整个胸部从内衣里蹦跳出来。粉丝们先是惊呆了，纷纷截屏。还有一名粉丝，疯狂送给张思媛近十万块钱的礼物。张思媛立刻从管上蹦下来，整理好自己的衣服，看了一下手机。接下来的十几分钟，她的心情有如坐过山车般。先是浏览量的暴涨，粉丝数量也在持续暴涨，频频收到上万元的礼物。正当她快被礼物"砸"晕时，她的账号突然被查封了，原因是有裸露内容，涉黄，收到的礼物也瞬间就被没收了。她知道这种事在所难免，重新再申请一个账号，或是另寻其他直播平台即可。反正她有庞大的粉丝量，换去哪个平台都一样。她打开微博，准备写一个更换账户的申明。可就在这时，微博出现了她的大量不雅照片，人们纷纷在照片下面留言，内容不堪入目。

张思媛把自己关在家里，一个星期没出过门。走光事件让她想去自杀。直播生涯算是到头了，那么接下来，她在这个城市还能做些什么呢？难道继续学钢管，到一个酒吧里去表演吗？又或是回到村里继续表演二人转？她又想到了那天晚上，后海酒吧里站在台子上表演钢管舞的那个姑娘。她从未如此绝望过。

这个世界就是如此疯狂，而这种疯狂却淋漓尽致地体现在张思媛的身上。在她觉得人生走到尾声时，她的电话来了，是朋友给她发的视频，她在另一个直播软件上，因为那段走光视频而红了。这段视频被人剪辑过，裸露的内容已被剪去，并且拼接上了大量钢管技巧和之前当邻家小妹妹的视频。两者的反差，让她再次走红。各大网站纷纷来邀请，甚至时装周也要邀请她去。

张思媛竟然从此走出了国门，登上了国际舞台。在一次国际时装周上，她代表中国网红接受采访时，一个男人突然冒出来大喊："你是张大丫？"那男人把脸突然凑上去，使劲看了看，又低下头瞧了一眼她的大脚说："没错，你就是我们村的大丫！我认得你这双大脚。"张大丫无力反驳，在场的记者蜂拥而至。

原刊于《青年作家》2020 年第 4 期

离萧红八百米

郭 爽

没有鸽子，没有云，也没有飞机、飞艇或热气球刮起一丝风。天空只是空白无物的拟象。可以猜测蚁群的呓语或城市下水道的呜咽，但千万人口及飞禽走兽的声响都只来自想象。从几万米的高空直坠，道路、河流与房屋高倍扩大，从色块变成高清像素颗粒。比例尺拉回 1:1000，又瞬间跃升太空，大天使或超级英雄的飞翔也不过如此。

魏是昀输入不同地名，免费在城市上空玩飞行游戏。

比例拉到最大时，地球变成一颗可以握在手心的蓝色球体，熠熠生辉。而跌到最低时，他可以清晰看见所住小区天台上的花盆。按照电子地图的更新时效，花盆下正对的 601 室的客厅里应该坐着一年前的他，他总是在电脑前的。

他所住的小区在城市北面，城里地势最高处。往南一路下坡二十公里，去到最低处就是珠江边。今天他没有往南边去，鼠标在自己家附近逡巡摇摆。再往北些，往城外围去些，三万一平方米的价格是不是就能降到两万？可银河园横亘在公路对面，截断了北去的风景。银河园是墓园，再往北一片荒凉。

他走进厨房时，隔壁邻居也走进了厨房。他只好关上窗。找房子时，他和鲍琳琳一起在地铁沿线东奔西走，但公寓楼里的小户型，往往朝向、布局、视野都最劣。想要朝南、视野开阔、安静私密，只需要把他们的房租预算上调两千，而他们承担不起。

这是他和鲍琳琳一起住的第四套房子，之前的房子各有优劣。邻居嘛，有过一位疑似性工作者的年轻女人，不同男人来敲门，很快响起叫床声。某个周六下午，他和鲍琳琳正好在家。琳琳听见叫声，从沙发翻坐到他腿上，抬手脱掉上衣。琳琳那时不到九十斤，胸部在纤细的身体上像风中的花一样轻微颤动。他们没关窗，也没有拉上窗帘。

鸡翅在锅里收汁，皮已焦黄。贝壳在水龙头下冲着，他双手揉搓。手一触上去，白贝个个紧闭。做菜能让他纾解压力。这半年，他每天上午照例登录报社内部的通信软件，可就像电影里等活儿的苦力，在码头上排成几排任由雇主点名，却总也点不到他。不到一年，部门走了十几个人。走了的人在外面酒桌上吹牛，说留下来不走的都是老弱病残。过年回家时，他跟父亲一盅盅白酒灌下去后也会吹牛，领导喜欢他，大活儿都派给他。而现在，跟他同批进报社的人，像迎来第二春的中年人，急着让记者身份这个前妻下堂。留下来也不是不可以，你得找文字记者、找公关、找企业，他学会了一个新词：甲方。部门同事老陈提醒他，跟紧几个文字佬，不愁没饭吃。在这座城市，文字记者又叫文字佬，他们这样的摄影记者是图片佬，菜市场里卖猪肉的是猪肉佬，卖菜的是菜佬。他才刚过三十岁生日，不确定余生要做什么佬。

他还是给梅芬发去了信息。

八年前刚进报社时他就认识梅芬了。这个行业里最不缺聪明能干的年轻女性，他以为梅芬也是其中之一。两人一起去一个叫归宁的县城出差，那里发生了轰动全国的命案。归宁县和所有县城一样，瓷砖外墙的小楼里人在搓麻将，流着鼻涕的小孩在桌子间拍皮球。他在县城四处蹲点，风物、人脸和疑点一张张在相机的显示屏上成型。

被打之前，只剩他们和北方一家报纸的记者还在坚守。对方也是一摄影、一文字。四人一起喝酒，把啤酒盖抛起，打赌三天之内就会"来票大的"。挨打确实也算"大的"，啤酒瓶盖并没有捣乱。只是镜头摔坏了，储存卡也被抢走。推搡时梅芬摔倒，无大碍，手肘破了皮。北方记者连夜离开。

他坐在床上，听梅芬在电话里跟领导争吵。梅芬不肯走，领导吼叫的声音冲破了手机话筒："你他妈都不知道谁打了你还跟我犟什么犟！给我回来！"手机摔在床上，梅芬把衣物直接往箱子里揽。魏是昀坐在电脑前查看机票，来不及了，他们只能到最近的地级市，最快要明早才能飞回广州。两人决定先离开县城。

机场附近安顿下来后，他打包炒粉带回宾馆，梅芬盘腿坐在床上吃了几口就要啤酒。他用牙咬开瓶盖，瓶身上写着"勇闯天涯"。梅芬又要第二瓶。

他是买了三瓶，但不想让她再喝了。"别喝了。明天一早赶飞机。""那你买来干吗？不是还有一瓶嘛。""那瓶是给我自己买的。"梅芬一把抢过瓶子，"别那么小气。"咚咚咚灌下一大口，又把瓶子塞回他手里。他拿不准要不要继续喝。

"那司机一直在听我们说话。"梅芬说。

"你意思他是眼线？"

"哪有那么巧，我们站在路边就来了辆黑车？巴掌大个县城，哪来这么多黑车？"

梅芬又把酒瓶拽了过去。他抬手看了眼时间，八点四十。也许像梅芬一样灌醉自己并不是件坏事，可以让剩下的时间没那么难熬。不自觉地，他举起瓶子喝了口酒。

"你知道讽刺的是什么吗？我们只能上那辆车。"梅芬说。

梅芬闹起来，是一小时后。这之前，她打开手机的K歌软件唱了几首歌，《传奇》《小情歌》《爱情买卖》。唱完像是来了力气，囡囫吞下已经冷掉的炒粉和烤串。食物缓解了梅芬的焦躁，她仰在窗边沙发上，安静了十几分钟，只淡淡说，回去就辞职，没意思，干不下去了。

他把餐盒、竹签、酒瓶收拾进塑料袋里，捆扎起来放在门边，准备离开时带走。梅芬突然说，你是不是觉得我是个老女人？他回转身，沙发旁的落地灯从梅芬头顶打下一束光，她的轮廓甚至呼吸都一览无余。

"你跟我差不多大吧？"他说。梅芬笑了。房间里的空气变得有些局促，两人像暴雨前的鱼，争相将头探出水面吸取氧气。

他想起某次一起出差，他敲开门，梅芬头上包着毛巾，湿漉漉的头发还在滴水。等她换衣服的两分钟里，他用手指挑起床上一条黑色的蕾丝吊带睡裙。布料轻得像不存在，裙子从他手指上滑落。

如今他俩只是两条落水狗。他没有走回去，只拎起塑料袋说，休息吧，明早七点大堂见。梅芬从椅子上跳起来，光脚蹿到门前堵住去处："不要走。"

他低头不看她。

"不许走！"她的语调含混，像命令又像请求。

钉在墙上的穿衣镜映出他们俩的样子。他左边眉骨淤青，拎着塑料袋的右手指关节全部破损、涂着红药水。梅芬只到他胸口高，双手攥着拳。

"不能白挨打。"说完他拉开门。

梅芬从调查记者转岗去跑娱乐新闻时，报社一阵鼓噪。有人说，她跟男朋友分了手，准确说是男友劈腿，梅芬受了刺激。也有人说，这一年梅芬的稿子要么发不出，要么就被删来改去，稿费少得可怜，人嘛总要吃饭。

无论哪种说法，同事们一面同情梅芬、感慨行业江河日下，一面带着轻微的嘲讽，觉得最好的记者当了"狗仔"实在可惜。

梅芬像不知道这些，跟风餐露宿的日子相比，她终于有了点时间收拾自己。头发不再绾成髻用一根皮筋绑在脑后，衣服也不再是万年不变的 T 恤、衬衫、牛仔裤。娱乐部女人多、嘴杂，但她似乎迅速融入，常站在格子间跟同事讲明星八卦、名牌包包。她被压制多年的女性荷尔蒙集中爆发，男同事们嗅出了梅芬的变化，加入追求者队伍。

很快，局势变幻，他回去上班需拨开聚集在报社门口的层层人头和保安。横幅、鲜花与抗议的标语让他看不清这背后一张张人的脸。从一楼坐电梯到摄影部所在的十二楼，轻微的失重让不真实感加剧。

办公室里鸦雀无声，同事们都在刷微博，似乎网上的信息才能拼凑出真相，让大家明白究竟发生了什么。

后来有人说，梅芬才是聪明人，早早去了安全的水域。说这话的人，果然很快辞职投至马云麾下。只是杭州不可能是广州。

他跟梅芬没再搭档过。外地不让监督，本地民生新闻变成新出口。路网如毛细血管般铺开,镜头像一叶舢板载着他在城里游弋。民生新闻是柴米油盐,是车祸、纵火、情杀、拐卖之外升斗小民的日常哀喜。最大的事不过是诈骗,几乎天天都有老人、男人、女人、孩子上当。愿意出镜的,在他相机前缩变为吴先生、周女士、陈同学。更多的是物证、街道、房屋这些不会移动的物件,托举起慢慢缩小的视野。这样的新闻跑久了,他的愤怒被磨出一层厚茧,让他开始计较稿费的个位数。终究不过各人自扫门前雪。路过五星级酒店或大剧院时,看见门口装扮精致的人在抽烟,他会想起梅芬。跑娱乐口的同事老吴,经常带回这些高档场所的礼盒。他送不起的。

那时他跟鲍琳琳在一起已经三年了。三年里,琳琳迅速从清瘦的女学生,长成了明艳的女人。躺在床上时,琳琳的身体已经能填满他的臂弯。可两人像棋盘格里僵住的棋子。再往前,他应该买房、跟琳琳求婚。不然就是分手。男女之间还有什么出路呢?琳琳比他更敏感于关系的僵滞,生活的锈爬上她的脸。她的五官并未移位,只稍稍显出苦相,曾经的甜美和灵动被锈层覆盖,像不知为何扔在小区草丛里的一口铁锅,被雨水与暴晒过早做旧。两人有时吵架,吵完后困在出租屋的夜里,隔壁的叫床声响起,他们刻意避开对方目光,似乎一旦交接就会引爆什么,而在这样的躲避和无能里,简直就要彼此憎恨。

母亲忌日时,他决定回趟老家。意外的是,琳琳说要跟他一起回去。他在山脚的花店买了束花,琳琳捧着,两人就往山上走。

盛夏草木深，母亲的坟头爬满新草。他拧开矿泉水瓶，冲洗着墓碑。墓碑上抬头是"爱妻"二字，父亲的口吻，但这并不妨碍他又娶了新人。他俯身给母亲磕头，琳琳竟也跟着跪下，磕了三个头。山并不高，他们攀上最顶处，看着山脚下铺开的这座城。他在这里出生，长至十八岁。

继母留他们多住几天，父亲并不言语。多住几天，也只能住宾馆，家里并没有安置他们的房间和准备。他于是按原计划当晚离开。

父亲开车送他们去高铁站，他坚持让父亲在进站口把他们放下就走，父亲却想开去停车场。两人争执起来，父亲终于训斥他，白养你这么大，有什么用。他更生气了。终究父亲没有犟过他。摔上父亲的车门时，他用力得几乎夹住自己手指。

列车以每小时三百公里的速度奔向广州，窗外风景被拉成长长的画片，长得让人无法将之卷起、摊平、回到起点。

琳琳泡好杯面递给他时，几乎像母亲了。他不确定，是杯面的雾气让琳琳的脸化成了虚线，还是自己竟然流了泪，又或者是他看到了未来老去的琳琳。

回到广州，他去银行查了自己几张卡上的余额。当晚，他跟琳琳商量，再攒两年钱，他们应该能在郊区付首付买个小房子。琳琳笑了，问他，你这算是求婚吗？他也笑了，鲍琳琳，你愿意吗？"愿意什么？""你愿意嫁给我吗？""我不愿意嫁给你妈，我愿意嫁给你。"

如今两年的期限已经过去,卡里的钱却停在一个数字不肯再增加。

他给梅芬发信息,如果有活儿老吴跑不过来的,可以随时叫他。老吴是梅芬现在的搭档。半小时后,梅芬才给他回了个表情包:"没问题。"

夜里十一点,梅芬发来信息:"明晚有个小活儿你去吧,签我的名字。我跟老吴有另外的采访。"第二条是签到时间地点、联系人手机号。他仔细看了几遍,是个话剧演出。

他走进卧室,琳琳正拿着手机打游戏,"明天有话剧看,想去吗?""什么话剧?"他看了眼手机,"《生死场》。""哪来的票?""我拿采访证,到时你拿票进去看。""帮谁顶活儿啊?""还不是老吴那小子。"

琳琳没有想象中的兴奋。她大学是剧团的骨干。他第一次见到她,就是帮人顶活儿,去采访大学生戏剧节,她在台上演《白玫瑰与红玫瑰》。追光灯打在琳琳清秀的脸上,她明明还是白玫瑰,却裹着浴袍念红玫瑰的台词。

后来琳琳说起过,为什么要去银行工作:"每天数那么多钱,就算不是自己的,也让人心安。"她还告诉他,女明星郑裕玲的业余爱好,就是用熨斗把一张张港币熨平整。"红杉鱼,齐齐整整。"

他的粤语不如琳琳，但也知道，百元港币全红，是红衫鱼。千元港币全金，是金牛。那时翡翠台怎么都看不腻，从东站坐一个多小时火车出来就是红磡，九龙和港岛的高楼鳞次栉比，海面在薄薄的云层下闪耀金光，他们心中的美丽新世界。

他提前半小时到了剧场。说是剧场，其实是军区礼堂。老苏联式建筑，黄铜把手镶在玻璃推拉门上，水磨石地板铺着几张通向检票口的红色地毯。玻璃推拉门前，一个男人正跟人派名片，嘴里重复着对场地的不满，以及这个城市对戏剧的容纳是多么有限，改来改去最后给安排了这么一个"剧院"。男人高大，北方口音，嘴皮子几乎没停过。但他身边胖墩墩不说话的那位似乎更吸引人注意。沉默了许久，胖墩墩对围着她的一个女孩说："这么一场演出，你们最多也就写个八百字，咱们就不聊那么多了吧。"

他掏出手机，反复看了几遍梅芬昨晚发给他的信息，然后起身走去媒体签到处签下"梅芬"两字，领回装着车马费的信封。几个女记者开始跟胖墩墩闲聊，"陈导""陈导"喊个没完。他把装着相机的背包夹在两腿之间，可就算背包隐形了，行内人仍一眼就看出他摄影记者的身份：黝黑的肤色、结实的上臂、不合时令的登山鞋。他从信封里掏出那三张一百块的纸币塞进钱包，信封折叠再折叠，直至在手里揉个稀巴烂。梅芬当然知道这活儿把通稿改改就能发，让他来不过是施舍。但这算不得什么，跟网上的谩骂和酒桌上的羞辱相比，信封里装着的三百块钱实在文明。

琳琳带着吃的来了，在便利店里买的促销装面包豆奶组合。他一个人吃完三个抹茶面包，两盒豆奶。琳琳喝了一盒豆奶，掏出粉饼检查有没有掉妆。梅芬来了。还远远的，他就一眼看见了她。她径直朝他们走来，几乎是跃上台阶，却从他们身边擦了过去，对着胖墩墩喊："陈导！"

　　琳琳转过脸问他，"怎么样？"他突然有了耐心，仔细看那张脸："口红再浓些。"

　　剧场再破也是剧场，戏一开场，舞台上北方的旷野、深冬的寒意就裹挟住他们往另一个世界去。

　　深红色丝绒幕布拉开，舞台上飘散着雪花。几乎是全黑。只一个火盆燃亮红光。四个男人猫着身子烤火。

　　风声呼啸，妇人紧了紧衣裳，比火盆大的肚子高高凸起："哥！这东西要出来……"

　　妇人哭了起来。

　　男人走向妇人，"使劲儿！"

　　男人拖拽妇人双腿，众男人涌上，将妇人推来搡去。

　　妇人挣扎着。

　　男人们将妇人扛起，脸上是快活的。

　　"生老病死……吃饭穿衣……"

　　婴儿啼哭声破开暗沉沉的舞台，引出一束光。

　　舞台右边巨大、拙朴的木雕显出"生死场"三字，舞台灯光渐隐。

他端着相机弓着身子前后走动。中场休息前，相机显示屏上提示他已经拍了一百多张。中场休息十五分钟。女洗手间排队的长龙蔓延到大厅，琳琳也夹在里面。

他靠着卖饮料的吧台休息，梅芬走过来："请我喝点东西呗。"他给梅芬选的椰子水埋单。

他舔了舔嘴唇，并没有给自己买饮料，只问梅芬怎么来了。

"这导演也拍电视剧的，马上有部大剧要上了。"她说。

他一如既往的话少，于是她又说起娱乐行业的浮沉，人人是势利眼，只因傻逼遍地。

"我考虑辞职了。"他突然说。

"去哪儿？"她仍旧不看他。

"还不知道。"

"还不知道就先别动。"

"你呢？"

"我什么？"

"会走吗？"

"哈，"她捏扁椰子水的纸盒，"我还能干什么？"

他停顿了几秒说："你不该干现在的活儿。"

"你不也签到领了红包吗？"她终于看了他一眼，却是嘲讽。

"是，谢谢你。"

她笑了："要不你也来跑娱乐好了。"

"我想想吧。不行就去拍婚纱照。"

"别整天苦大仇深的，累。"

"你开心就好。"

"开心？我很开心呀。"梅芬把纸盒扔进垃圾桶。

琳琳走了过来。他给两人介绍，梅芬冲琳琳笑了笑："这戏太好了，我都看哭了。"琳琳没笑，也没回话。

下半场，日本人第二次进村。

军车声、鸡鸣犬吠、日本话……声响混杂，闹哄哄压在舞台上方，又蔓延至观众席中。

王婆自杀又复活、她女儿金枝生下个闺女、她丈夫赵三摔死私生的婴孩。

人和牲畜一起生养、衰败、挣扎求存。

"生老病死！没啥大不了！"

"鬼子进了村，吃你、用你、打死你……"

"今天咱亲自去送死。为了什么？"

"活着！"

"我去敢死……你，好好活着！"

写着"生死场"的巨型浮雕在众人身后断裂。

散场格外有秩序，人多低着头默默走自己的路。他牵着琳琳往车站去。

这城市从不因夜的到来就睡去，今夜却是静的。两人在公车站前拥抱了一会儿，并不说话。

回到家，出租屋仍是四十平方米的一室一厅，吸饱了血的蚊子还是蠢得动弹不得，但他突然想起了些什么。

他打开电脑导照片。

琳琳躺在沙发上玩手机，过了一会儿说："萧红的墓就在广州。"

"萧红是谁？"

"这个戏，《生死场》，原著小说就是她写的。"

"戏里说的不是北方的事么。"

"她在香港病死了，后来把骨灰移来广州埋了。"

"香港？"

"那时不是在打仗嘛，日本人。"

"可香港也沦陷了啊。"

"在广州的只是一半骨灰，还有一半埋在香港一棵树下，找不到了。"

"瘆人。"

"香港被日本人占领了，她丈夫担心墓被破坏。"

"可一半骨灰算什么啊。"

"离我们也太近了，在银河园。"

"银河园？"

"我看看啊，喏，地图提示，直线距离八百米。"琳琳的脚丫在空气中蹬了两下，翻身朝向他，"我们离萧红八百米。"

他凑近，看着琳琳手机屏幕上的照片。谈不上美，但也不难看，女作家美一点自然更惹人遐想。

"写这小说时她才二十四岁。跟我一样大。"琳琳嘟囔着，"三十一岁就死了，太可惜了。"

他站起身来，走到窗边望了望。他们住得低，楼宇阻断视线，银河园虽在高处但也并不可见。

他去过银河园两次，参加朋友和同事妻子的葬礼。两次都是大热天，衣服的黑色布料吸收了过多的热量，炙烤着他，直至灵堂里低温的空调风将一切冷却。两次，他都带了花上去。其中一次在花店时，老板娘说也要送花上去，于是喊住他说一起走，说都不想送上去的，客人又不加钱。记忆细密、纷乱，连缀起他与这个城市的隐秘部位。他回了回神，这个叫萧红的人竟安睡在不远处。半个萧红睡在不远处。

手机震动，一条信息进来。"你好，我是胡来贵的妹妹。我哥给你打电话了。没打进来。让我给你发条信息。谢谢你这些年对他的帮助。现在没人说他是杀人犯了。我们不打算回去了。今天八月十五中秋节，祝全家人身体健康。"

他给梅芬回："什么时候发给你的？"

梅芬回："去年。"

"怎么不跟我说？"

"他妹妹前几年给我也发过信息，我删了。"

"说什么？"

"咒凶手去死。还胡来贵清白。"

"对不起。"

"你没有对不起谁。"

"我不知道他们跟你还有联系。"发出去他又连着发，"你应该告诉我。"

"告诉我是没什么用，至少你没这么大心理负担。"

"我知道这样说很扯淡，但这事在我心里从没有过去过。"

梅芬不回，他又发："还在吗？""你还好吗？"

"正在输入"了很久后，梅芬发来："我觉得做错了很多事。但没有后悔药可以吃。操他妈，现在我觉得这些都是狗屎。收到这样的信息，我都想死。他们真心实意感谢你。你呢？我甚至都把他的手机号阻止了。我知道我自己当时是怎么想的。写稿子是了不得的天大的事。现在看全是狗屎。"

"不要这么说自己。你是个好记者，你尽力了，这背后的错不是你的错。"犹豫了一会儿，他又发了一条，"你在哪儿？"

第二天，快中午时琳琳打来电话，说自己走不开，让他去火车站接琳琳的姑姑。人头攒动的出站口，他一眼就认出了姑姑。虽然比琳琳发来的照片里的人老了些，但挺拔的身型在她的年龄段仍然醒目，就像芭蕾演员老去后仍有天鹅般的颈项。一会儿琳琳打来电话，他汇报说正带姑姑在家楼下吃饭，吃完饭让姑姑先回家休息，他安排好了再去报社。琳琳问吃的什么，他说湖南菜，琳琳才放心了。

放下行李，他跟姑姑讲解房子里的设施，像外人一样检视自己的家。一室一厅四十来平方米，卫生间是阳台改建的，马桶坐下来膝盖就会顶着洗衣机。邻居的身影从厨房窗户的空隙里闪过，他拉上窗。他示范电视遥控器的操作，拿出茶叶、水壶、杯子。母亲如果要休息一下午，需要的也就是这些了吧？他想了想，拉开衣柜取出干净的浴巾，再拎起琳琳的拖鞋摆在沙发边。钥匙也留给了姑姑。于是他背起相机，装作要出门去上班了。

这屋子是寒碜了点。但搬家时琳琳坚持说，他们要攒钱买房，能省一点就省一点。结果，他们的东西搬进这四十多平方米的屋子时，根本放不下。只能买了几个塑料箱，把东西强塞进去，再把箱子叠罗汉一样堆在卧室一角。

琳琳是认真的。似乎并不觉得是跟着他在吃苦，至少她从不抱怨。他不明白琳琳为什么要这样。其实他愿意她花钱多买几件衣服，可她不。有时候想起这些，窒息感会稍微缓解，两人一室三餐四季不那么折磨人了。他觉得自己并不了解女性，就像不明白父亲常年在外出差时，母亲如何带大他。男人就算在墓碑上刻下"爱妻"

两字，又有什么用呢。

琳琳姑姑并没有说什么，还像女主人一样给他也泡了杯茶，过了会儿摆摆手让他快去上班，"没得事，你去吧。"

他跟梅芬约在一家小咖啡馆。六运小区曾入时，但如今走在洋紫荆树下，店面的装修、招牌的字体都有点土了。这家开了多年的咖啡馆，连沙发布都变硬变黄了。除了他们俩，只有两个服务员在懒洋洋擦桌面。地方是他选的。还是搭档的时候，梅芬曾跟他一起来过这家。这家的装修毫无特点，只在天花板上镶了大块的镜子，客人抬头就能看见自己，也能同时看见屋子里的其他人。

梅芬没有化妆。衣服也只是黑 T 恤、牛仔裤。他轻微地失落，确认自己早已在梅芬心里降级了。昨晚他问梅芬"在哪儿"后，梅芬回："你女朋友很漂亮。"他没法再说什么。但今天上午，他一登录报社内部通信软件，就看到梅芬发来的信息。发送时间显示是午夜一点。

县城里只有一条主要街道。水泥路面，宽阔平直。商店、洗头房，全部的繁华和娱乐都聚集于此。本地方言里，"上街"一词可代指购物、遛狗、会友、宴饮。有一家电影院，但年轻人更喜欢网吧。跟这条唯一的街道相对应的，是蛛网一样细密的小巷和随处可见的麻将馆。有出租车，但男女老少更习惯骑摩托，从南到北、从东到西，五分钟就能跑遍全城。

他当然记得，这是他跟梅芬去归宁县出差那次梅芬写的稿子。只是后来被删删减减，稿子只登了部分出来。

那一年的归宁县，高一女学生死在河里。尸体被打捞起来时，少女双目圆睁、脸上有伤痕。少女去世前，最后见到她的是给中学看大门的胡来贵。胡来贵口供说，少女跟两个校外的男生一起"往街上去了"。一个偏远县城少女的死，并不具备轰动全国的新闻要素，虽然其中暗含了"强奸"这样潜在的色情因素。真正让网民、记者都兴奋起来的，是第二次尸检后引发的县城暴动。

第一次尸检结果显示，少女是溺水身亡。家属开始上访、与公安反复交涉，要求再度尸检。死者父母都是农民，育有一儿一女，儿子比女儿大三岁，已考上省城的一本大学。女儿如不出意外，也应该考学、"争气"。调解中，经济补偿方案被提出，死者家属中一位"说得上话"的远房亲戚提出："我们要三十万，让他们两家出。"

在这个县城，三十万等于三套一百二十平方米的住房，等于供十个农家子弟读完大学。参与打捞死者尸体的好心人，此时跑去找死者家属，"我没功劳也有苦劳，给我五千。"案发现场周围开始聚集起十里八乡的游民，矿难里吃亏的家属、拆迁安置中失地的农民、伺机而动的混混和黑社会，还有几十上百无所事事的年轻人——他们的父母多在广东打工，无人管教。

第二次尸检结果显示，少女处女膜完整。当天夜里，聚集多日的乡民围攻县公安局。照片在网上传开后，魏是昀和梅芬先飞机后包车连夜赶到县城，他们准备大干一场。但很快，县城贫瘠的表层土壤下露出犬牙交错的历史。

梅芬在笔记本上记：

> 一次矿难后，死者家族组织了两百多亲族劫持矿主，要求给说法，政府调停也僵持不下，最后本地一位"和事佬"出马，在几方之间斡旋赔偿二十五万，息事宁人。

梅芬、魏是昀表现出了专业性，到归宁的第二天，他们已经采访了二十多个人。那时他相信，新闻就像折纸，只要你老老实实折对每一条虚线，纸青蛙就能跳起来。直到被打。并不是挨打本身，而是挨打后，他开始没法确定自己在局面中的位置。在他们被打前，死者家属也曾被不明身份的五六个男子围殴。

池水越搅越浑。

如果事情就停止在他们逃离、开庭、结案，似乎这只是千篇一律的县城叙事。但就在他们飞回广州的那个早晨，第二次尸检报告公布后的第八天，犯罪嫌疑人之一、与女死者一起去河边的少年小罗趁看守睡着时咬舌自尽。这之前，小罗曾被传是县长的亲戚、父亲是开矿的。

梅芬看过他的照片，跟一般农家子弟不同，小罗生得白，有一对大眼睛。他寄居在归宁的姨妈家，母亲早已去世，父亲在福建茶场做季节工。正逢采秋茶的季节，梅芬见到他父亲时，他手指上有深色的茶渍。

胡来贵这个看大门的开始被人说是"杀人犯"。谁知道他跟公安说了什么？他不是唯一一个看见死者跟小罗去上街的证人吗？不就是他害死了小罗吗？

梅芬的旧稿激起魏是昀的记忆，他给梅芬发信息：留言我看到了。我们应该谈一谈。

现在，似乎事情都淡成了烟，魏是昀和梅芬之间只剩两杯咖啡。窗外是浓绿树影，这个城市的树和花四季不停歇，似不知悲喜。他静静听梅芬说话。有那么一秒，或者比一秒更短的片刻，他想跟梅芬逃离这里。这里？这里是哪里？逃，又逃到哪里去？北京？上海？还是像其他攒够了钱的同事一样，移民加拿大？澳大利亚？他哑然笑了，对自己摇摇头。有些失望于自己贫瘠的想象力。他从来鄙视去大理、拉萨寻找"灵魂"的人，就地重生的才是强者。可就地重生，在他的局面里，意味着要面对面拆毁现有的生活，跟琳琳，还有跟琳琳有关的其他。如果梅芬能像电视剧里的女人一样，逼迫他，他就能找到理由。或者琳琳不那么聪明，聪明得像会过一世的妻子，他亦可顺着下滑的力，做一个不道德的人。可是，没有那么多如果。

梅芬说在吃药，抗抑郁的药一吃上了就不能停。

"停了会怎么样？"他问。

"睡不着觉。一直睡不着。"梅芬说。

"你不能这样下去了。"

"不然呢？我换个工作？回老家？还是嫁人？"梅芬笑了。

他觉得自己说任何建议都很可笑。梅芬已经三十多了，想到这点，他惊觉自己对这个女人有某种责任感。责任感，比喜欢更可怕，或者说，更危险。

"那药能长期吃吗？不会有副作用吧？"他问。

"我成天犯困，昏昏沉沉。"

"医生怎么说？"

"坚持吃药，药不能停。"

"你心太重了。干这行，不能这样。"

"天生的，没办法。"

"跑娱乐怎么样？"

"我喜欢娱乐新闻，虚假又肤浅。人需要肤浅的东西，不然分分钟会发疯。"

他犹豫了一会儿说："你应该换个手机号，不要再陷在过去的记忆里。那些人是可怜人，但他们的生死，本质上跟你无关。"

"新闻是冷血者的事业。对吧？"梅芬像自问自答。

"我不想劝你什么，更不是想改变你的想法。但如果你身体垮了，什么也做不了了。"

"魏是昀，你从来都这么现实吗？这么理性？"梅芬笑了。

"我就是屄。"

他说起昨晚看的戏，说不知道为什么，看完后就想起了归宁，然后翻出了当年的文件夹和照片。

梅芬眼神迷离，像是没听见他说的话，只说某次在地铁上，到站了，她该挤出去，可是腿不听使唤，怎么也完成不了这么一个最简单的动作。她只能蹲在地上，抱住自己的头。她知道自己应该是病得很厉害了。

"到现在我们也不知道谁是凶手，不是吗？我们太可笑了。"梅芬说。

他觉得胸口堵得慌，"我们出去走走吧。"

"走，走去哪儿？"

"去哪儿呢。"

"跟我走吧。"

街景在车窗外迅速闪退，梅芬在往北开，也就是往魏是昀和琳琳的住处方向开。但他可以确定，梅芬并不知道他住在哪儿，就任由她开下去。半个多小时后，车到银河园门口，她方向盘往右一打转进辅道。他终于开口："去银河园？"

"对啊。"梅芬看着后视镜倒车。

"干什么？"

"看个人。"

两人往山上爬。梅芬带路。爬到最高处，成排的木棉亭亭玉立。虽才初夏，但满目深翠。从高处俯瞰，坟茔消隐，只剩一整座山的岑寂。梅芬往低处走，没走几步左拐进一排阔落的墓道，又往前过了十来米才站定。

母亲过世后，他常常往山上去。一般人眼里的生死结界，也许都会因为至亲的离开而被动摇。那时他还是个高中生，只身上山逗留半日却并不曾害怕。也许他认定，母亲在庇佑他。此刻他有些恍惚，似乎又一次在追索母亲的痕迹。

梅芬扬扬手，让他看。他看过去。那个叫萧红的女作家的瓷照片贴在墓碑上。碑上还用红漆描了一朵阳刻的花，托举着女作家的脸庞。傍晚的太阳在迅速偏移，金线般的阳光散射在墓园，空气里浮着细微的粉色颗粒。他掏出相机来，相机的咔嚓声像最轻的剪刀，裁剪着此时此刻的时空及其他。

梅芬点燃一支烟，放在墓碑前。又给自己点了一支，坐在墓前台阶上抽起来。他不抽烟，但也陪梅芬抽着。

"昨晚我采访了几个观众，问他们看了戏什么感觉。你猜说什么？"

"人命太贱？"

"狗日的日本人！"

两人一起笑。

"该带花上来的。不知道她喜欢什么花。"梅芬说。

"红玫瑰。"

"你俗不俗？土不土？！"

"真正的玫瑰一点也不俗。"

"鲁迅倒是说过她，穿红上衣，就要配红裙子，不然就黑裙子，不能配咖啡色的裙子。"

"鲁迅跟她什么关系？"

"什么关系。"梅芬重复。

"什么关系？"他又问。

"你和我什么关系？"

他不知道该接什么话，把烟头掐灭了。

"我喜欢她。"

"谁？"

梅芬扬起下巴点了点萧红的方向。

"喜欢她什么？"

"想做的事都做了，又早早死了。"

"三十一岁，人生还没开始呢。"

"那是现在。那时的人开始得早。"

"我没读过她写的东西。我没读过几本书。"

"所以你才不会抑郁。"

"你要天天这么损我，也不会抑郁。"

梅芬转过脸，盯着他看了一会儿，不再说话。

他告诉梅芬，自己租的房子离这里直线距离只有八百米。小区外就是个城中村，一到傍晚，小贩的推车就把唯一的道路堵得密不透风。泡在糖水里的青芒果和木瓜，烤面筋和炒米粉，还有炒瓜子炒花生和烤红薯。各种味道，各方口音，全在这条不足两百米的小路上。小路两边是密密匝匝的"握手楼"，穷学生、打工仔，一个月一千包网费水电。上班时他有什么烦心事，下了班在这条路上走两趟，就都冲淡了。他再没用，一张图片最低也能赚两百块。这些推车叫卖的小贩，没有城管的日子也就能赚几十块钱。那得卖出几十个芒果或木瓜，或者炒几十上百碗炒粉。人才会把钱从兜里掏出来给你。

"忙着生，忙着死。"他念昨晚的台词。

"现学现用啊，不错。"梅芬扑哧一声笑了。

"没想到吧，银河园边上也这么热气腾腾，都是活气。"

"是那边？"梅芬指指不远处贴着瓷砖外墙的矮房子。跟所有县城一样，城中村的房子外墙都贴着瓷砖。

"那边……下去就越来越热闹，越来越热闹了。"

"你还记得那个冰棺吗？"梅芬说，"发电机很吵。那女孩被放进去，被拖出来，被割几刀，又缝回去。她家里人让法医每次都切一点。"

"那是取证和解剖需要。你不要往坏处想。"

"我觉得自己也是个残废。你呢，是不是残废？"

"什么意思？"

"你说昨晚戏里，王婆为什么要自杀？"

"她女儿丢人，她男人窝囊？"

"为什么女儿丢人、男人窝囊，这个娘、这个老婆就想死？"

"人活一口气？"

"他们不是像牲口一样活着吗？"

"我应该是个残废。"

"小时候我抓周，抓了两样，一盒胭脂、一面镜子。你说怎么一点都不准啊？"

"哪里不准了，你还不够好看啊？"

"应该是我妈骗我，我肯定抓了别的。"梅芬回身，拔着墓脚的杂草。

"我也抓过。我抓了印章，这才不准吧。"

"如果人生重来，你要做什么？"

"其实随时都可以重来，不用如果。"

"是吗？"

他喊了声"梅芬"，声音轻微得像软风。梅芬扭头看他，橙红色夕阳中的脸定格在他相机里。他端着相机，拇指轻轻拂过显示屏上梅芬的脸。

他给梅芬看照片："昨晚我看了很久归宁的照片。我很吃惊，那个地方看起来那么穷，那么小，那么普通。跟我记得的一点也不一样。我记得的，那是个不一样的地方。但事实上它没有一点不一样。有几张相片里还有你。那时的你跟现在倒是不一样。不是说你现在好，还是不好。那就是另一个你。如果你总是从取景框里看世界，就会排除很多杂音和干扰，只剩下画面里的信息是有效的。然后我发现，只有瞬间是真实的。比如现在，是真实的。刚才我给你拍的这张照片，是真实的，但在我说话的时候已经过去了。"

沉默了一会儿，梅芬说："我努力了，你知道吗？我正在努力，一点点把我自己缝好。不然心上都是破洞，像纸糊的房子，一有点风吹草动就呼呼响。我必须缝好，不然就不完整。没人在乎这个，可是我在乎，我必须完整。"

"你必须忘记。"

"怎么忘记？你还记得小罗他爸那双手吗？全被茶渍染黑了。我他妈还问他，你儿子现在有很大杀人嫌疑，你怎么打算？"

"小罗也许并不是无辜的。"

"这重要吗？他死了。死了！"

他沉默了。他们未尝没有死过。完整是什么？他们身后的萧红并不曾完整。

一阵大风刮过山顶，他们的头发胡乱飞舞，拍打着脸颊。梅芬的长发打在他脸上，他并不伸手去拨开。父亲快乐吗？是快乐的吧。继母是个热闹的小个子女人。现在每个周末跟父亲一起打麻将、吃农家乐的朋友，都是继母的朋友。父亲跟继母学会了很多事，打麻将是其中之一。他看过父亲上牌桌。他打得不好，喜欢做大牌，输的时候多。输了，父亲并不介意，继母总会赢回来的。就这么松弛着，父亲从沉默的鳏夫，跟儿子相对时只闷声喝酒，成了牌桌上随和的魏伯。他曾嫉妒。父亲在他和母亲原本闭合的关系之外新建了一重关系，而他必须参与其中。但后来，随着跟琳琳慢慢结成伴侣，日常与精神双重意义上的，他选择把对继母的嫉妒替换为其他，比如理解后的忍耐。他父亲的家，因此而完整了。关于"完整"的脚注也可如此。

梅芬要缝好她自己。这谈不上选择或决定，而是活下去的必须。他想起曾去拍过戒毒人员。他疑心，现在梅芬和他的精神痉挛，跟戒断反应时的身体痉挛并无二致。拔掉针头，痛会如百蛇啮身，但难道还有别的办法吗？新闻是毒品。

他仍不动。除了说话，似乎找不到可以靠近梅芬的方法。如果靠近只是为了安慰她，或者安慰他自己。

"记得在沙漠那次吗？你说看见了房子，但其他人都没看见。我也看不见，用相机拍，相机看见了。"他说。

"海市蜃楼。"

"你想看那些照片吗？我能找出来。"

梅芬笑了，"除了拍照，你还会点别的吗？"

他抬起手，停在半空又放下了，风在他们之间回旋，"舒克有贝塔，鸣人有佐助，服部有新一。你可以把我当朋友，不行的话，像大雄有哆啦A梦也行。"

"哆啦A梦和大雄……这朋友标准有点高。"

"梅芬老师，别嫌弃啊。"

梅芬笑了，肩膀耸起来的笑。她终于放松了点。

梅芬说，侯麦电影《绿光》的结尾，两个人在海边看日落。传说中，谁能看到绿光，谁就能得到幸福。日落光辉灿烂，绿光就算真的出现，又会被注意到吗？很多人以为，绿光只是侯麦的隐喻，但其实你知道吗？叮咚——答案是，只要你在电影院里看，就能真的看到绿光出现。如果从网上下载，是看不见的。获得幸福的秘密如此简单。

琳琳让他从衣柜顶上拿被褥、枕头。姑姑跟琳琳睡大床，他睡客厅沙发。就一晚上，琳琳悄声说。

客厅只贴着玻璃窗纸，即使是深夜，外面还是很亮。他伸手推开窗，躺着看天。光污染的夜空是淡蓝色的。他把手伸到窗户外面。只有一丝风。

获得幸福的秘密如此简单。

许多张脸在他脑子里走马灯一般闪过。如果归宁的女孩没有死在河里，今年她就二十四了，跟琳琳一个年纪。

如果没有十六岁就死掉，那女孩现在还跟小罗在一起吗？那小罗也不会死。他们或许像父母一样,来广东打工,不过不是在流水线而是做白领。或许去了省城,运气好的话,考上公务员,改变了家族的身份底牌。他们不会留在归宁那个烂泥塘里。

或许又像梅芬说的那样,他们太蠢了,到现在也不知道谁是凶手。照片和文字固定住了什么吗,又或者流失了更多。他们夺走了人的什么吗,又或者他们自己一次次被暴力夺取。

他拍了很多张河边的灵棚。少女的亲戚中有人出钱租了冰棺,尸体冻在里面。红白蓝塑料布铺在竹竿上,支起简易的棚子。梅芬采访法医时他在。第二次尸检时,尸体冻得太硬没法完成下体检查。法医让亲属把冰棺断电、放置,再送回来。这个少女一共被解剖了三次。最后一次汇集了省城来的著名法医。尸检过程中,每动一个地方,医生都要跟家属确认:"看清楚了?"至于化验结果,用法医的话来说,家属指望着那些"割下来的东西"能给他们点希望。

小罗自杀后,三十万没人再提了。他上网搜过,案发五年后,有记者去回访。归宁县还是只有一条主街,人们继续骑摩托、打麻将。没有死去的年轻人长大了,生儿育女,为每月人情往来的份子钱焦虑。在归宁,二十四五岁的人看起来都像三十四五。他拍下的那些人,脸被时间加速揉碎。

风吹过他的手臂。这风会吹到归宁去吗?从这高楼鳞次栉比的近海城市,一路向西,深入内陆的腹部,直到在县城的街上吹起一个姑娘的红裙子，或者让洗头房门口晾晒的毛巾一阵乱舞？风从哪里来？

有人觉得，幕布拉开，戏就开场。但他知道，只有光造就了舞台的世界。演员与台词、肢体与精神、象征与故事，都得在光束下才能成型。如果舞台一片黑暗，那观众就集体陷入梦魇。密闭的剧场里漆黑的舞台，观众被迫成为演员。城市会塌缩，剧场内会暴动，因为人没法持续待在黑暗中等待解脱。

这算是他的长进吗？在漆黑中慢慢看清了自己？正如在电子地图中不断缩小又可无限放大的那个黑点，那属于他的坐标，是片刻，对他却是永恒。谁能把他从这里抹掉？这里是生死场。

第二天一早，琳琳和他一起送姑姑去高铁站。回到市区，两人去吃茶餐厅。他问琳琳，你姑姑怎么不姓鲍？琳琳埋头吃她的餐蛋公仔面，只"唔"了一声。他又说，刚给她取票，身份证上的名字是刘丽丽。

"她是我爷爷的干女儿。"

"噢。"

琳琳突然放下筷子："也是我爸以前的女朋友。他们谈过很久。但这事太复杂了，几句话说不清楚。"

"姑姑对你挺好的。那么多东西真不知道她一个人怎么带来的。"

"我很喜欢她。"

"嗯，我也是。"

"我想过如果她跟我爸在一起会怎么样。"

"你怎么会这么想？"

"我爸一辈子都爱她。"

"你怎么知道？"

"我妈说的。我妈什么都知道，也知道他俩就是不能在一起。"

"她年轻时一定很好看。"

"不知道。是他们老了吗？还是有比在一起更重要的决定？"

"人都有没法解释的部分吧。"

他和琳琳抄近路，从城中村不足两百米的小路回家。

周末，还是大白天小贩们就统统出动，小推车把路堵得密不透风。呛人的油烟、高音喇叭的促销广告、人冒着油光的额头，声响与颜色如潮流拍打又退落。在这个城市，小贩被叫作走鬼。他突然觉得，做个什么佬可能不是太重要。

他牵着琳琳的手，两人紧挨着往前挪。他知道头顶很远的地方，卫星正摄录他们的影像，不久后更新的电子地图上，他和琳琳的头顶也许能幸运地成为两颗黑色圆斑。而更多的黑色圆斑和他们的气味、体温、心跳，只有现在的他知道。未来他可以一次次在地图里飞行跳跃，但比不上此时此刻一步一步往前挪时无声的快乐。电子游戏里，血耗尽了，角色在消失的同一秒总是就地重生。何况他并不孤独。他有真正的朋友。在夕阳金色的光线中，在粉色的空气颗粒里,那个比他们更不幸又更幸运的作家看着他们,看他们用沉默的誓言编织出最轻又最韧的网,而这将承托住他们,不会被永夜拉走。

"你知道吗,我开始喜欢萧红了。"琳琳转过头对他说。

原刊于《花城》2020 年第 1 期

远方

迷失

梁 鸿

阳光强烈，植物绿得刺眼。没有一个人，没有一点声音。

小路如同箭光，闪亮刺眼，笔直向前。路边的植物伏在地上，一动不动，根根枝条却昂扬向上，如无数锐利的箭镞。乌黑斑驳的霉点布满路旁房屋的白墙，密密麻麻朝小路压过来。

她不知道自己从哪儿回来，也不知道为什么事回来。她心里告诉自己，这是她熟悉的地方。

路被不断阻隔。她以为她就要找到了，可还是同样的路，同样的房屋。有那么一个时刻，她似乎终于走到她熟悉的一个广场上。广场后面，应该就是她要去的地方。她斜身走进一条窄极了的小路，两旁的白墙几乎要把她挤扁，奇怪的是，阳光还是能全部照到路上，没有一丝阴影。前面横插过来一排房屋，把路截断，她看到一个拐角。她往拐角方向走过去，那儿应该有条路，路的尽头就是她家。她走到路的尽头。一个死角。死角里面堆积着粪便、纸团、红红绿绿的衣服，它们都保持着僵硬的姿态，像被风化好久了。

她又退回来，发现自己又回到了广场上。她像进入了一个迷宫。

小镇静极了，没有一丝生机，没有立体感，如同在一个电影幕布上，人、植物和房屋随风飘浮，又静止不动。她在小路上来来回回地走。她被困在幕布上了。可是，她还在观察，并本能地记住这死一般静寂又蕴含着莫名生机的场景和气息。

她微微低下头去，好像为此有点羞愧。

也或者就是这个小镇。

她最后的记忆是她的二儿子还几个月的时候。她没有和丈夫孩子一起住。她住在小镇医院一个废弃的后院里。院子里长满荒草，一排土坯房已经坍塌，只有最里面的一间还可以勉强住人。她就住在那里。她不记得她怎么生活，她内心的意愿是那样的，她就那样做了。

有一天，好像是傍晚时刻，她去看儿子和丈夫。她似乎一直没去看过他们。她走出那个院子，走出医院，走到连接医院和小镇的那条路上。荒草沿路蔓生，周围是深陷于地平线下的广袤荒地，再往远处是层层叠叠的树林和越陷越深的河坡，她像走在世界尽头。就像这时候，一切都安静极了，世界好像只在她心里某个角落存在。一种奇怪的飘浮状态。

她走到镇上，走过关门闭户的街道，拐进一条小路，小路的尽头，就是她家。门大开着。灯光从门楣上方照出来，刚好形成一束弧形的光，光把她丈夫罩进去。他坐在凳子上，一手抱着孩子，另一只手拿着小勺，去喂孩子。他的嘴巴微张，专注地盯着孩子，孩子也张着嘴，努力去咬勺子。他们互相看着对方，就好像这世界不存在。

那是一个独门独户的小院。院子里青砖铺地，四面种着各种花果树木，梨树、枣树、山楂树、夹竹桃、凤仙花，靠左墙边还有一个砖砌的花坛。花坛旁边一个小秋千架，从粗大的枣树枝悬下来。深秋的微风吹过，一阵凉意，有馨香飘入鼻中，那是成熟的枣子的香味。

也许是听到了声音，她丈夫扭转过脸。他看着她，像看一个熟悉的，但与他无关的人。他的面部表情、身体姿势都保持着平静，没有透露出丁点儿埋怨她的信息。这里面似乎包含着一种了解：她来了，她还会走，他对她并不抱期待。他是经过多长时间才明晰这一点的？

"谁来了？"

屋子里有人扬声问。

她朝房门望去。从逆光的黑暗之中，跨步出来一位女性。高大肥胖，目光严厉。是姨妈。

姨妈手里端一个盘子，盘子里放着青白水嫩的果泥。看到院子里站着的人，她朝着另一边的他嚷道："谁让她进来的？她来做什么？！"

丈夫朝姨妈笑了一下，接过果盘，低头又去喂孩子。姨妈大踏着步子，没看她一眼，又进到房间里面去了。房间里传来勺子盆子相撞的声音，姨妈响亮的声音传了出来："自己亲妈亲爹不管就不说了，亲儿子也不管，世间可有这种人？这就是你说的自由？我看就是自私自利。"

她记得她当时有些羞愧，姨妈的话句句属实，她无可辩驳。

她弯下腰，从丈夫手里接过孩子。孩子很小，脸还没有她的巴掌大，身上的绒毛还没有褪干净，皮肤刚刚有点水分，眉毛黄黄的，很脆弱的样子。他两个月，还是三个月大？她不太清楚。

她紧张极了，不知道怎样摆弄这柔软的身体，她想把他抱入自己怀里，却又害怕，她害怕自己过于依赖孩子的爱。她似乎一生都在拒绝这种依赖。自己依赖别人，别人依赖她。她不想形成这种债务。

她一只手捧着孩子的头，另一只手把他往自己怀里抱，可孩子的身体太软了，她两只手没有衔接好，孩子的头脱离了她的手，慌乱中她用另一只手去捧孩子的头，却忘了孩子的身体，她听到孩子身体触地的声音，一声闷响，柔软的肉体落到坚硬的地面上，并没有回响。孩子哇哇哭了起来。她双手张着，不知道怎么办才好。她看到地上孩子的眼睛，盯着她，杏黄褐黑的瞳仁，似笑非笑的样子，那骤然凝聚而产生的亮光把她推得很远很远。她待在那里，眼睛模糊，心像被什么东西狠狠揪住。

丈夫走过来，弯下腰，把孩子从地上捧起来。

姨妈颠着肥胖的身躯出现在亮光之中，高高的门槛差点把她绊倒。她跑到孩子面前，扒开他的头发，细细检查，又检查耳朵、手、腿。姨妈的脸被阳光照着，光洁异常。她突然想起小时候的一个模糊场景，在雨中她哭着扑向姨妈，姨妈用手臂紧紧圈住她，把她按在自己的胸前，她就像一个小人儿掉进了棉花堆里。

姨妈抱起孩子，用她的大手抚摸着孩子的身体，直到孩子的哭声变小。她把孩子递还给了丈夫，咚咚踩地，又转身进屋了。

丈夫抱着孩子，在直腰的一瞬间，他微微看了她一眼。

"我不是故意的。"她低声说。

"你抱得少，出个小问题也正常。"丈夫的声音平淡。

"你怪我吗？"

"我？"丈夫把孩子抱到怀里，轻轻拍着，说："我不会怪你。早已订好的契约，你严格遵守，没什么错。"

他们是订有契约的。她总和别人订契约。她认为应该这样。人之为人，第一条便是单独的个体。她强烈地要求自我。因此，她要求距离。当丈夫追求她的时候，她给他订了十项原则，第一条就是必须给她空间。她会随时离开，她需要独处。姨妈说得对。母亲生病时，她曾经下定决心要住到家里，陪母亲度过最后的时光。可是，在家住还不到两天，她就无法忍受。她不能忍受衰老，不能忍受每天围在床边聊天感叹的人们。明天还要继续，太阳照常升起。惋惜和泪水只是在掩饰自己内心的冷漠。于是，在姨妈来探望母亲时，她溜走了。她留下纸条，说她出去静两天就回来。两天之后，母亲已经去世。她在殡仪馆见到母亲最后一面。

"不是……我只是没法……没法承担……责任？"

她竟然用了问句。她试图对自己的行为辩解，但又意识到这是为人母的"责任"——抛弃儿子，是你用怎样的解释都无法抵消的原始罪行。

"我只是需要空间，你知道的，我不能……我做不到……我害怕……陷进去……他那么软。"

"他是很软，你必须得同时抱住他的身体和头，他手张着，老想抓东西，不是想吃什么，而是他害怕。他才从一个安全的地方出来，他哪知道这世间如此坚硬？"

她看着丈夫。他心里有怨，更多的是爱。如果他不是她丈夫，而是别人，她该多欣赏他啊。可他是她丈夫，她展示她的爱，就得"陷进去"。她不能。

丈夫看着她。

他肯定明了一个事实：她也许会因为小孩摔倒在地而痛哭，也许会因孩子的可爱纯真而大笑，但她不会因此停留在他身边，照顾他，爱他。

她和丈夫之间究竟发生了什么事情，让他有如此笃定的看法和行为？他甚至都懒得谴责她。而她呢，有些羞愧，却又认同了丈夫的定位。那是她自己给自己的定位，是她经过长期斗争而让丈夫记住的。她只有这样继续下去。

她想伸手再抱下孩子。丈夫把孩子放到小床上，说："他累了，让他休息吧。你忙去吧。"

她踩着一地鲜红的枣子，转身走出院子。

此刻，那羞愧穿越记忆，萦绕她的灵魂。她想立刻找到那院子，看到那梨树、枣树和山楂树下的男人、小孩和胖胖的女人。她觉得那场景充满意味。她迫切地想弄清楚一些事情。她必须让它再现，否则，她无法找到合适的词语。

她被困住了。

她找不到回家的路，找不到那扇敞开的门。阳光越来越强，她没办法穿过那一团团光看到前面的路。她又回到广场上，来到那座老楼房面前。老楼房前面的长廊还在，那个破烂的木椅也还在，就好像一直在等她。她坐了下来。

广场上的核桃树无精打采，枝条倒在地上。地砖缝里的野草快长到核桃树冠上，瓦砾、喷泉、花坛半掩其中。老楼房的侧门边上，一个老人坐在一个艳蓝的冰柜后面，冰柜上面撑一把满是洞的黑色大伞——死神到来前的最后遮蔽。老人满脸倦怠，皱纹如刀刻。他没有朝她看一眼。

她陷入一种奇怪的状态，极端不真实的感觉。她隐隐约约知道，她来这个小镇是为了回家，可她却并没有激动。她努力捕捉空气中的气味，想发现其中矛盾的存在。死一般的寂静与内在可能的生机。她好像一直沉迷于此。她只对此感兴趣，不管是在故乡还是他乡。

广场的正前方、左方、右方突然卷起阵阵灰尘。这是她回到小镇，到目前为止看到的唯一的活物。灰尘越卷越近。她闻到一股危险的气息。人的危险。那危险是她熟悉的。

三个人从灰尘里现出身来。他们围着她，静静地站着。她看不清他们的面孔。他们是伙强盗。在如此荒凉的小镇上，他们只为她而来。

她站起来。他们围得更近了。两个人走在她左右两边，一个人走在她后面。他们要带她到什么地方去？他们好像知道她从哪儿来，一直在跟踪她，监视她。她体味着他们几个人之间流淌的气息：紧张笃定，他们吃定她了，她无处可逃。还有另外一点奇怪的气味：默契。他们之间是有默契的。这样的场景也许不是第一次。

那么，他们抓她不是第一次了？他们强迫她也不是第一次了？

她从哪儿来？她好像一直没为这个事情担心。她突然走在这个小镇上，没头没尾。她不知道自己从哪儿回来，不知道要达到什么目的，也不知道要往哪儿去。她就这样置身于这个小镇之中，置身于时间的黑洞之中。

这三个人的出现，似乎在告诉她，她是逃出来的。她只能跟着他们走。她有些恐慌，可似乎又安之若素，甚至，还有点听之任之。

他们来到宽阔的道路上。蓝天长远，田野里的玉米阴森密实。喧嚣、嘈杂的声音从玉米秆下面的缝隙里传过来。她听到车轮隆隆的声音、父亲喊女儿的声音、夫妻两人吵架的声音、情侣呢喃的声音，她闻到玉米的清香、泥土的腥味、人体的汗味，无数声音和气味朝她涌过来。她浑身发抖，想流泪，想沉浸其中，狠狠地享受。她的脚步不知不觉快了起来，她想超过那两个人，跑到人群之中，去感受那一切。

左右那两个人紧靠她的身体，挤着她，拥着她往前走。玉米地深处出现另外一条岔道。他们带她走上了那条道。声音、气味逐渐遁去，他们又走上无声无味的世界。

他们在惩罚她。

在长满荒草的后院，她找到期待已久的自由。

她坐在书桌前写字，她躺在唯一的竹椅上休息，她想吃时吃，想睡时睡，想写时写，不想写时就看书发呆。她要一个人和世界相处。她要创造一个世界，那个世界是她的。

这是她一心追求的形态：一个人，不受任何打扰，完完全全属于自己的时间，享受阳光从早到晚的变化。早晨那一抹金光从腐朽的木头窗棂里透进来，照在她蓝色的笔记本上，笔记本上是昨天写下的字，是关于昨天阳光从早到晚变幻的叙述。她坐在这唯一的桌子面前，久久咀嚼那每一缕光、每一寸时间的移动，然后，一字一句把它们写下来。有时候，清晨起来就下雨。天是空旷遥远的灰色，雨丝和缓均匀地下落。她常常不自觉地就泪流满面。她觉得她是大自然的女儿，心甘情愿被放逐在这儿，守着这大地的角落，耐心地为这一切找命名，并记录下来。即使以后经历了漫长的岁月（她不记得发生了什么），那阳光移动之中光线色彩的变化仍然如同印刻，烙在她灵魂深处。她一生都被这烙印控制。在埋头前行，为某些琐事忙碌，或为某项荣誉兴奋的时刻，那烙印就如同古老的伤疤，突然疼痛，光与影再次出现。她看到那些时刻的自己，会为此一时刻的自己感到羞耻。她会自动疏离人群，把自己再度埋藏起来，于是，那烙印慢慢淡下去，化为身体最为安静的那一部分。

　　后院里到处是没至半腰的荒草，有一天，她发现那竟然是一畦畦空心菜。不知道是哪个人在哪一年种的。它们被遗弃了，就像野人那样一年年生长了。叶子大得像向日葵盘，秆子比玉米秆还粗，底部深红见紫，不知道多少年了。她掐一下最顶部的叶子，居然还嫩得出水。她掐了很多，在锅里焯一下水，用盐和油拌好。它们吃起来就像带筋的干野菜，难以下咽，却也有丝丝清香。

她不知道吃了多少空心菜。她觉得她是苦行僧，守着世间最大的秘密，她受的苦就是她的荣誉。

有时候她也会到街市上去。熙熙攘攘的人群。她喜欢极了。她身在其中，热切地爱他们，但她又是旁观者，她和他们没有任何关系。她喜欢极了这种既置身其中又自由超脱的感觉。她觉得她是人群中的王，所有的一切都属于她，属于她笔记本上那金色的字。她贪婪地吸收着气味，马粪、机油、青菜、水果、沙砾、泥土、雨水，没有一样不是她最爱的。她热切地寻找它们之间千丝万缕的差别，寻找世间最恰当的词语把它们一一描述出来。

她远远看见丈夫在人群中走。他抱着孩子。丈夫看见了她，把孩子举起来。孩子头发微黄卷曲，眼睛里含着笑意。一个祭品。他是她的祭品。他无辜的笑容只是为了展现上帝对她的惩罚。她的身体朝前又倾了倾，想走过去。可只迈出半步，她又停下了。她想到她门前野人一样的空心菜。她走了，就再也没有人照顾那些菜了。

她是爱空心菜本身，还是爱空心菜恣意生长的状态？她当时没有想那么多。她是爱人群，还是爱在人群中的那份疏离感？她当时也没想那么多。

丈夫随着人流远去了。那是她最后一次见他。

也许，只是昨天的事情。她觉得她已经过了一生。她被这三个人胁迫、威逼，已经走了很远很远的路。她有些累了，不想走了。可他们是强盗，他们不会说你不愿走了，就可以不走了。

一踏出无声无臭的玉米地，她发现，他们又回到了小镇。是小镇的另一头。有人在小路上缓缓地走，有孩子在布满霉点的墙边玩耍。他们没有发出声音，他们只是看一眼走过的这四个人，就又干自己的事情了。

他们来到一座小院面前。独门独户的小院，仿佛经过万千年阳光曝晒，房子的石墙被腐蚀得厉害，人走过去，带动一点风，粉尘就簌簌往下掉。大门半掩着。他们推开门。院子里整洁异常，红砖铺地，砖缝里只有浅浅的草芽。

她有点迷糊。这地方好像来过，好像有熟悉的气味在流动。她突然感受到那三个人的紧张和凶狠。他们的圈在缩小，想把她紧紧裹在里面，他们不想让她进去，可又似乎无法阻止她。

看到老枣树的那一刻，她想起来了，这是她的家。她看见当年孩子摔倒在地的那块砖，砖中间的那一块还有一小点凹陷，像是在提醒她的罪行。

她坐在院子里的一把竹凳上。她知道这把竹凳，她坐过很多次。

那三个人散开去。一个人退到院子深处，一个人站在她后左边，另外一个人站在院门前。

她丈夫来了。坐在另一把竹凳上。

"我怎么找不到你了？"她问。

"是你要跟着那个四眼男走的。"

"我不认识什么四眼男。"

"也许他把你抛弃了。"

"我从来就不认识他。我不知道我在哪儿。我们的孩子呢？"

"他早已长大了，离开我了。"

她陷入了迷惑之中。

"怎么可能？"

丈夫看了她一眼，说："孩子都三十二岁了。"

"三十二岁。"他又强调了一下。

她记得这眼神。她记得他把儿子从地上抱起来时看她的眼神，和现在一模一样。他的背仍然笔直，他的头发仍然是黑色的，他的眼睛仍然明亮，只是有一点疲倦。她感到一阵疼痛袭来，强烈的孤独如硫酸烧蚀着她的心。

"我只是一个人走了走，转了转，我只是想一个人呆一呆，写点东西。"

"你是这样告诉我的。"

"可我不记得我到哪儿了。"

"你当然不记得。"

"我记得，记得。"她记得丈夫抱着二儿子贴心又舒适的样子，她记得他喂饭时小心翼翼的样子，她还记得她最后一次见到二儿子时他长长微黄的睫毛和杏仁似的瞳仁。

"都三十二年了？那我都在哪儿？"

"我不知道。"丈夫垂下眼睛。

"姨妈呢？"

"她已经去世二十年了。儿子十二岁的时候就走了。儿子很伤心。"

她想起姨妈的气味，像沼泽，热气腾腾，掉进去，舒舒服服就昏睡过去了，就再也不想出来了。母亲打她的时候，姨妈旋风一样冲进她家，抱住她，质问母亲为什么打她漂亮的外甥女。她带她到镇上去，买那支她一直想要的多色圆珠笔，吃热辣喷香的面。那是全世界最好看的笔和最香的饭。姨妈说，以后你就是我女儿，别理你那不懂事的妈，有这么好的闺女还打，真是不知足。

姨妈走了二十年？那么说，她离开家真的至少二十年了？

"可我从来不认识那个四眼男，从来不。"

"他肯定是抛弃你了。"

"没有四眼男。是不是你弄错了？"

"那是一件人尽皆知的事情。"她丈夫低声说，声音里仍带着当年她给他的羞辱。他仍然那么年轻。她不知道他眼睛里面的她是什么样子。

"我老了吗？"她问他。

他抬起眼睛看她，从他眼睛里，她看到苍老、无助的自己。

那三个人，朝她围过来，簇拥着她。他们像吸血鬼一样，打定主意要囚禁她。

"你忘记他们了？他们和那四眼男是一伙的。"丈夫看着她面前这三个人。

"我不认识他们。他们是强盗,逼迫我跟着他们走。"

"你再看看。"

那个靠在枣树上的女人。她才看清楚她的面目。那个女人一头长发,穿紧身的黑色皮裙,走路摇摇摆摆,一晃三折。她漫不经心地四下望,眼睛却斜睨着她,凶狠霸道,像要随时扑过来把她吃掉。可再稍微和她对视一刻,她发现那女人几乎是在哀求她,眼神里藏着软弱和羞耻,她好像在害怕她抛弃她和他们。

一发现她在观察,那女人马上垂下眼睛,又开始挫指甲。她和她的指甲杠上了,一路都在挫。剪一点,挫一下,来来回回。她身上有股子风尘味儿。一个人走在人世间久了,一个女人打定主意依靠自己过日子,而日子并不顺遂时,就会有这样的风尘味儿。风尘和纯真矛盾又和谐地交织在一起,有点神秘、不可思议和震惊之感。她是个迷人的女人。

也许是意识到她仍在盯着看,那女人仰起头,挑衅地回视她。

那个站在院子深处的男人。一个粗暴野蛮的男人。他懒洋洋地看着她,浑身洋溢着原始的蛮力。他身上的道德是单一的,他只看见纯粹的恶与善,只懂得最为简单的美与丑,他心目中的人只分为两类:好人和坏人。这使他成为世间最好的人,也是世间最可怕的人。譬如此刻,如果她离开他,她就是坏人。他就不会再怜惜她,因为她是他的。她有些迷惑，为什么他会认为自己是他的？她并不认为他们之间发生过亲密关系，可他确定无疑的样子，又让人不得不想到点什么。

她想起她年轻时代，还十四五岁的时候，她在篮球场边看一群高中生打球。她看见一个身材均匀、肌肉突起的男生，阵阵眩晕。她想象如果那样一双胳膊箍着自己，会是怎样的感觉。她总觉得，那样的人，是上帝派来人间的天使，他们检验人性，检验人最纯粹的冲动和最纯粹的美好之间的距离。为了研究这样的男性她不惜献上自己的身体，哪怕是在书中。

那个站在院门口的男人。他手中的刀在黑色皮裤上来回摩擦，过一会儿，就把刀举到阳光下，眯着眼睛，用手试刀刃，薄薄的刀刃在阳光下闪着精光。他不看屋里的这些人，他只看他的刀。他眼睛里没有他人，没有世界。他不对阳光、植物感兴趣，也不对美女、美食感兴趣。他不爱任何人，包括他自己。在他的人性深处，有某一处断裂了，他无法连接到世界，无法感受人间的酸甜苦辣，他只是吃饱、穿暖，跟着一个人走。

她看着他们。好像是第一次见他们，却又无比熟悉。她肯定认识他们，却想不起在哪儿认识的。她好像并不真的恨他们，甚至，还有点喜欢他们。她隐约意识到，她害怕他们，不是因为他们绑架了她，而是因为，她担心自己过于喜欢他们，她担心自己陷进去拔不出来。

"你想忘记我们？你别后悔。"那女人的声音既凶狠，却又像对自己的母亲撒娇耍赖。那女人似乎能够读懂她的心思，一边说着，一边扬起胳膊，把指甲剪往花坛里扔。一道光飞出去，指甲剪掉进了砖缝里，消失了。

"我跟你们有契约吗？"

"当然有。我们说过要彼此奉献。不只是青春，而是一生。"

"可是我都不知道你们从哪儿来？"

"从哪儿来？"那女人朝着另外两个男人喊到，"她问我们从哪儿来，她居然有脸这样问？"

那两个男人抬头盯着她。她被那灼人的眼神逼得低下头。

"每次你想逃跑，想毁掉我们时，你就说你想家了。喏，家就在这儿了，你回来了，你想了吗？"

那女人朝她走过来，黑色的皮裙包裹着她丰满的臀部，从前面就能看到后面的左右移动，风情，老到。

"你说你爱我们，你不厌其烦地描述我们，创造我们，你给我们安排各种人生，游历世界，并借此完成你对人性的探索——这是你常说的，天知道我一听见这句话就想吐。你说你喜欢这种既性感又纯洁，既粗野又单纯的形象，你把我搞成这样，你看……"那女人开始脱自己的黑皮上衣，"你看，我里面穿着棉质的白背心这是他妈的什么搭配，每次你让我这么穿时我都紧握着手以防我伸出手打你，你以为棉质白背心就是纯洁，你天天叫嚷着那个叫什么的作家太俗气，其实你还不如她。你就是名气不如人家，小说卖不过人家你嫉妒。"

那女人又开始脱黑色皮裙，露出里面的黑色蕾丝边儿内裤，说："你看，这简直就是妓女的打扮，这么说就是污辱妓女，你以为这样就是风情，你的观念落后多少年了？要不是我们忠心耿耿地跟着你，维护你，你还有什么？"

她愣在那里。那女人说的每句话她似乎都听过。甚至，她扭着屁股往下褪皮裙时的动作她似乎都见过很多次。

那女人走近她，逆光而立。她的五官更加立体，眼角的黑色眼线斜刺出来，狰狞凄惨，像一个年老色衰的女王，居高临下，以暴躁又狂野的伤感逼视着她。

"你热衷于塑造我们，你说这就是自然界的法则，是自然界之所以美和充满奥妙的原因，可你看看，我们像什么？在你心里，根本就没有美好的事物。所以，你塑造不出美好的形象。"

"美好？"她被那女人暴风骤雨般的话给轰炸得有些头晕。这么多年来——如果她知道到底多少年的话，她孤独地行走于人世间，难道不就是想寻找真正的美好吗？难道"美好"不是藏于复杂的事物内部吗？

"你是世上最伪善的人！"那女人朝她的头俯过去，说出这样一句结论性的话，回转身，拾起黑色皮裙和上衣，重又穿上，靠回到枣树上看着院子外面。

"可你和我们签有契约。契约！魔鬼契约！"她扭过头，恶狠狠地补充一句，带着某种虚张声势。

像晴空突然炸几个霹雳，她的心被劈开一刀，她瞥见了深渊里的秘密。她早已把灵魂交付了出去。她创造了他们，同时也被他们要挟。她害怕要挟，却又沉迷于这被要挟的快感之中。

阳光强烈。外面灼白一片。

她回过头，看着她丈夫。

丈夫说："你看，你喜欢他们胜过喜欢我，胜过喜欢你的儿子。"

她艰难地问："为什么是二儿子？大儿子呢？为什么不偏不倚是三十二年？"

她看到他的眼神就明白，他知道她还没有走出来，她在想关于这个数字的象征或寓意的时候，她离他仍然无限远。

"就是三十二年而已。没有任何意味，三十二的意思是，你现在只有一个儿子，你儿子三十二岁了。他还没有多大成就。可也没有关系，不是谁都能成才的。他有他自己的生活。"他认真地给她解释，声音中带着怜悯，"就是如此简单。你儿子三十二岁了。你离开我们三十二年了。这是一个单纯的、确定的事实。没有象征，没有寓意。"

三十二。三十二岁。三十二年。这个数字是在告诉她，这一切不是梦，不是某种可能，而是一个真实，一个因为干燥怪诞的数字而显得极为清晰的真实。因为失败就是这样突兀和傲慢，它随时而来，不给你象征或隐喻的机会。三十二年了，她被自己追逐着，无法找到回家的路。

这不是梦。她使劲摇摇头，想确定一下自己到底在哪儿。梦不会给出"三十二"这样一个不伦不类的数字来，梦没有这样一丝不苟的科学精神。只有现实生活才有。只有现实生活才是真正残酷的、毫不留情的存在。

三十二年，她在哪儿生活？如何生活，依靠什么？

时间断掉了，她无法接续起来。她的丈夫仍然年轻，她已经老了。她的二儿子已经长大，可她从来没有见过他。

她依稀记得自己有过荣光的时刻。她从那个粗暴野蛮的男人眼睛里看出他对她的崇拜。他像个孩子，双手紧抓母亲的乳房，纯洁又凶猛，试图宣示自己的绝对主权，世间最绝对的纯洁和最纯粹的自私。

她曾经站到过高台之上，站在强烈的聚光灯下，面对黑暗中的人说话。她的眼睛被刺得模糊生疼，她想象着台下崇拜的眼神和山呼一样的掌声。她和观众、读者也签了契约，她出让自己所在意的自由去换取那些。

她背叛了自由，背叛了这三个人，背叛了丈夫、儿子。现在，她回来了，又想索取她当初背叛的。她太贪婪了。

好像在汹涌的大河里漂流了漫长岁月，终于被波浪冲到沙滩上，她睁开眼睛，仍然有些眩晕，有些漂浮的感觉，她还不适应着陆时的硬度。她努力回忆梦的最后一幕。

他们就那样坐着。那群人坐在她身后，长发女人仍在修理她的指甲，他们根本不看她，但是，她能感觉到她和他们之间的张力，他们在撕扯她，警告她，她必须乖乖地跟他们走，一旦发现她背叛他们，他们将会毫不留情。她的丈夫坐在她对面。她感觉到丈夫还愿意接受她。是无可奈何地接受一个无家可归的亲人，还是怀着一点残留的爱意？她不清楚。梦没有给她暗示。

她留恋那个植物翠绿、阳光强烈又荒凉死寂的小镇，或者说，她留恋走在那个小镇上的感觉。强烈的孤独，万物归一的荒凉，走向死神时的恍惚。在一刹那，她突然明白，那群人就隐身在小镇之中，一旦发现她要走出小镇，走出那个迷宫，他们就会扑过来，把她拽回来。

窗帘后面，缕缕阳光透进房间。她抬起头，发现自己躺在一张简陋的床上。对着床头的桌子上面放着一台电脑，别无他物。房间另一侧靠里墙是一个小小的灶台，单灶，加一个极小的水池，灶台上面的横挡上放着两只碗、两个盘子，盘子上面放一双筷子、一把勺子。紧靠灶台是一个单人沙发，沙发前面摆一张几乎看不出本来面目的圆桌，圆桌上一盘绿萝浩浩荡荡铺满桌面，又往地下肆意蔓延，枝条昂扬凌厉，四面出击，那沙发底部似乎已经陷落入无底的黑洞中，马上就要被吞噬。她俯身看了一下床，床脚已经没进绿色海洋之中，无数枝条正蓄积着力量，朝床上进攻。她打了个冷战，感觉自己躺在一堆锋利无比的绿色箭镞之上，稍有所动，就会万箭穿心。她明白了梦中小镇路边的植物从何而来。这些箭镞监视着她的梦。在紧靠门的位置，竖着一个薄薄的书架，书架底部几层堆着一些书和一些杂物，顶部两层放着各种各样的奖杯，木头的、玻璃的、陶瓷的，书本、灯塔、海浪，材质和形状不一而足。它们排列整齐、威武骄傲，和下面几层的随性放置、灰尘蒙面形成鲜明对比。

她有些疑惑，这是哪里？她怎么会住在这里？

太阳穴处隐隐作痛。她经常这样，在醒来的一刹那，脑子一片空白，不知道身在何方。右边胳膊疼得厉害，她发现，她手里一直攥着手机。她抬起手，手机的屏幕亮了，一张照片闪了出来。

一个中年男子正看着她，目光严肃忧郁，很有心事的样子。她在脑子里回想一下，她并不认识他。他是谁？他为什么会出现在她的手机里？她是看了有多久、多累以至于抱着手机就睡着了？

她起身下床，踩在柔软又坚硬的箭镞上，忍着钻心的疼痛，走到窗边，拉开窗帘，一轮红日正在地平线上徘徊，绯红的霞光平和地环绕着它。她分不出是落日还是朝阳。那红日既不刚健，也不温暖，只是一个冷淡的红色圆球，被涂抹在一个巨大的幕布上。层层叠叠的房屋一直延伸到地平线之外。地面的立交桥上，小汽车一辆挨一辆，尖锐的喇叭声经过空气的层层阻力传到她耳朵里，仿佛铁锹被拖过水泥石子路的声音，那是她小时候听到的最恐怖的声音。耳朵被刺破，心脏被割裂，横膈膜被震破，她觉得，整个五脏六腑都在变形，脱离她的身体，直接飞了出去。

"幕布？""画面？""海市蜃楼？"她发现自己在喃喃自语，不停重复这几个词语，又试图去找其他词。她紧张得浑身发抖，脑子里越发空白。窗外的风景变得阴沉，慢慢地竖起来，积蓄着力量，仿佛如果她不能给它以命名的话，它就会扑过来，压倒在她身上。它要那唯一的、唯一能够表达它的词语。这世间每样事物都应该只有一个最恰切的表达。她找不到。她被下咒了。被困在词语的方阵里了。

她又感到一阵钻心的疼痛。这疼痛她很熟悉。随之而来的，是麦子的清香，枣树的涩香，楝树的苦香，她想起荒草覆盖的大地，想起那在年深日远的岁月里跟随她的人们。那是更遥远的梦。她永远丧失了它们。为了找到命名它们的方式，她丧失了和它们赤裸相对、肌肤相亲的感觉。那命名就是对她的诅咒。谁又能够为上帝的造物命名？你只需要在现实的泥淖里哭喊、欢笑，只需要认真地接过那一团血肉，享受那眼睛里天然的依赖。而不是像现在，面对窗外，张口结舌，绝望到面目扭曲。那是僭越上帝所必然遭受的惩罚。

她拉上窗帘，转过身，一步一步踩在箭镞上，箭镞刺穿她的身体，鲜血汩汩流出，溢过绿色的叶片，朝无边无际处蔓延……

她听见自己"啊"的惨叫一声，她从床上弹起来，后背一阵尖锐的疼痛，像被什么利器刺中。她看到床上那副眼镜。镜片已经破碎不堪，眼镜腿也被压断。她捏起一个碎片，仔细看那尖锐的三角形状，一股遥远的疼痛慢慢袭来，她记起那漫长、痛苦的经历——她可怕却又充满诱惑的人生。那是未来生活的预演，还是现实生活的再现？她有些恍惚。她是真的醒来了吗？那眼镜从何而来？她不曾记得自己有过眼镜。她拿起眼镜碎片，狠狠刺自己一下。疼的。火辣辣的疼。那么，这次，她是真的醒过来了？可是，刚才，她也明明已经醒来，明明看到窗外的风景，明明看到手机上的那个中年男人，她还记得他的样子——三十岁左右，无欲无求却又郁郁寡欢，他似乎在掩饰某种哀伤，他疲倦炽热的眼睛出卖了他。他是谁？

近处传来阵阵呼吸声。很近很近。她侧耳倾听，那呼吸悠长、均匀，仿佛整个灵魂都是轻甜的、自在的。她扭转身，看到床的另一边，一个身形在薄薄的被子下面，随着呼吸一起一伏。他在熟睡之中。他背对着她。

她躺下来，一阵突然的舒适和放松涌了上来。她挪过身体，紧紧贴住他，抱着他，怀着波浪一样阵阵涌来的感激和爱意，她进入沉沉的梦中。

那男人转过身来。她看到了他的脸。

原刊于《花城》2020 年第 1 期

飞鸟与池鱼

张惠雯

一

那天，她终于愿意出门了。我们开车去我姑姑家吃饭。那天一早就刮起了风。我醒来、还未起床时，听到楼下树枝碰撞、树叶籁籁干落的声音，这种风声我很久没有听过，让我想起很多年前的初冬的光景。

她出门时穿着件大红色的毛衣，脸上还扑了一点儿粉。她看起来和突然而来的好天气一样，很鲜亮。这说明她确实想出去。上次她愿意让我带她出门大概是在三四周前。然后，在几周的时间里，她就待在这间不足八十平方米的房子里，连楼也不愿下。她待在家里，摆弄她的旧东西，想她自己的事。我出门一趟回到家里，她仍然穿着睡衣睡裤，和我早上看见她的时候一样。有时候，我问她在家都想些什么样的事。她惊讶地看了我一眼，说："什么事儿都有啊，太多事了，还有你没有出生以前的事……哎呀，我的脑子里塞得太满，想不清楚的地方我又喜欢一直想下去，弄得我头疼。"

我们出门，天空浅蓝，高远，前些天的阴霾、闷燥突然间消散了。我开着父亲留下的那辆白色海马小轿车。这辆车十年了，我父亲开了将近八年。以往我每次回家，他都会开着这辆车去火车站接我。然而他走了。他离世以后，我以为悲伤会慢慢弥合，生活会逐渐恢复平静，尽管对我母亲来说，它肯定更为孤独，而对我来说，它肯定更为无助……但另一件事发生了，生活完全变了样。

她坐在副驾驶座，看着车窗外。她因为要看什么东西而夸张地变换着坐姿，一会儿把头缩下去，一会儿使劲把头往外伸。如果不是头发几乎全白了，她那样子就像个幼稚的孩子。生活完全变样了，我指的就是这个：她变成了一个孩子。而我变成了她的什么呢？我得像对待孩子一样小心而耐心地对待她，密切留意她的一举一动。我们两个倒换了角色：前三十年，我是她的孩子。现在，她是我的孩子。

想到这一点，我就觉得生活很荒唐。从小学开始，我所有的努力似乎都指向一个目标：离开这个地方，到更好、更广阔的地方去。而我确实做到了。我在广州读书、生活了将近十年。即便我父亲离世，我的人生轨迹看起来也不会有什么改变。但某一天，姑姑突然给我打了个电话。于是，我不得不迅速辞掉我的工作，离开那个"更好更广阔的地方"，回到这个小地方，就像我不曾走出过，就像过去的那些年，我付出的努力、得到的一切不过是徒劳地转了一个圆圈，最后，起点和终点重叠在一起。不知道在我父亲去世后的一年多里发生了什么，她在电话里从没有提起她心里的那些变化。有天晚上，她突发奇想地爬到我们住的那栋楼的顶端，在靠近生与死边界的地方来回走动。下面，越来越多的人在围观。不是，她不是想自杀，她说她那天就是觉得会有很危险的事情发生，所以她躲到楼顶去了。

她生病了，一种奇怪的病。她需要持续接受精神治疗，他们说。她随时会做出无法控制的行为，她身边需要人全天陪护，他们说，除非……但我不可能把她丢进精神病院，我是唯一的儿子。不犯病的时候，她差不多是个正常人。她对我说，我回家后她觉得自己已经好了。她说过去她常常睡不着，总是有人在门外、窗外弄出动静，他们还想到屋里来。现在，他们消停了，很少再折腾。"他们是谁？"我问她。"不知道，"她烦恼地说，"说不定是你爸那个死鬼派来的。要命啊，我昨天还梦见你姥爷了。他在梦里还吓我，就像他刚去世那会。他刚去世那会儿，一直给我托梦，在梦里，他总是吓我，我吓得晚上不敢睡。""那是你几岁的时候？"我问她。"十来岁的时候。他在梦里一会儿变一个脸……"

我把她的床和我的床挪到紧贴着墙壁的位置,夜里,我和她只有一墙之隔。我让她不要锁她的卧室门,留一盏台灯,如果害怕就立即叫我。睡意蒙眬中,我时而听到她在房间里来回走动的声音,还有她哼哼唧唧的含混的自语。我挣扎着让自己清醒过来,敲敲墙问她怎么了。她在墙那边回答:"没事儿,就是睡不着。"我自己的房间里也整夜留着一盏台灯。我渐渐习惯了在灯光里入睡,改掉一个人时裸睡的习惯,穿着整齐的睡衣睡裤,以便随时起床。我的房门也和她的一样不上锁,方便她随时走进来。我知道她仍然睡不好,她日益倦怠、不再出门。除了那些声音、梦、古怪的念头、久远的记忆,她似乎对什么都失去了兴趣。我不得不出去的时候,她反锁上门,在家里等我回来。其实,我和她一样不喜欢出门,在这个小地方,到处都是熟人,谁都没有秘密可言。那些殷勤的询问和廉价的同情令人生厌,他们脸上分明赤裸裸地写着:他妈妈是个疯子!

一切都停顿在这个点,一切陷入困局,她的心智、我的生活,全都卡在这里。但就现在的局面而言,静止、凝滞反倒是让人安心的,而一切的变化、前进可能都预示着危险。

二

我姑父身材高大、肥胖,因为过于庞大的身躯、浑浊的嗓音,以及脖子上厚厚的肉褶子,他显得有点儿凶狠。但他其实是个温厚、容易动感情的人。午饭是他做的，特别做了她喜欢的老鸭萝卜汤，但她吃得心不在焉，汤也只是喝了半碗。有时候，姑姑、姑父问她一句什么，她要过几秒钟才回过神，才明白他们是在对她说话。她的眼神说明她不情愿和人交流，她人已不在此地，正神游于另一个世界。我们和她说话，只是要把她从那个世界里唤回来的徒劳的努力。

午饭后，我姑姑在阳台封闭起来改造成的厨房里洗碗。她到卧室的床上躺下休息（她虽然严重失眠却很容易疲倦），我和姑父坐在客厅的沙发上说话。姑父穿着一件起球起得厉害的旧毛衣，让他看起来像头毛茸茸的熊。他眉头紧锁地抽着烟，一圈圈烟雾聚拢、漾开，像空气里的青灰色涟漪，然后它们慢慢伸直、攀升，在接近天花板的地方消散。

"今天天气真好。"我说。

"嗯。"姑父应了一声，仿佛在想事情。

随后，我说起让姑父帮我留意一下有没有人想买旧车。

"你要卖车？你这辆车根本值不了几个钱儿。"姑父说。

"给钱就卖。其实也用不着，还得出保险费、养路费什么的。"我说。

"钱上有困难？"他问。

"暂时没有。"

姑父沉默了一会儿，随后站起来说他去拿点儿东西。他回来时塞给我一个信封。"五千块钱，我早就取好放着呢。"我推脱不要，说不缺钱。他用不容置疑的口气说："你拿着，别说其他了。"

事实上，因为那些昂贵的药，我父母的存款、我自己工作这些年的积蓄都在飞速消减，我们处在坐吃山空的危险境地。她需要那些药，据说，它们避免她坠入更深的抑郁、疯狂，同时，她也需要我，那么我需要一个使我尽量不必外出就能挣钱的方法。考虑了各种可能后，剩下的选择就是开一个微店。我在微店里卖这里的土特产：胡辣汤料、芝麻油、真空包装的卤牛肉、烧鸡……有时候，一天里我会接到几个单，有些还是朋友们出于同情下的单。有时候，几天里也没有一个单，而某个挑剔顾客的差评能立即毁了你努力很久建立起来的信誉。这东西根本无法维持我们的生活。后来，我又和朋友合伙投资了一家加盟奶茶店，说好我不参与管理，只是抽少量利润。有一天，我偶尔经过那家奶茶店，看到我们雇佣的那个小姑娘趴在柜台上睡着了，她身后站着那个我们雇佣的男孩子，他斜靠在放机器的台子上，正面带微笑地、沉迷地玩着手机。我默默地走出店里，竟然没觉得气恼。我只是羡慕他们。

我收下了那个信封，对姑父说以后有钱的时候再还给他。过后，我姑姑才走过来加入我们。她没有提钱的事，但我想，这是他们俩商量好的计划。只是为了保护我的自尊心，她扮演了那个什么都不知道的人，而我姑父则装作这件事根本没有发生。我从姑姑看我的眼神里感觉到她对我的怜悯，那是真正的、带着疼痛的怜悯，这种怜悯让她那双眼睛湿润。她那双在日常劳作里变得粗糙的、红通通的手放在她还没有解下来的围裙上，看起来有点儿不知所措。我想，她心里一定在叹息：可怜的孩子，命苦的孩子……她只是不敢再用她惯有的悲哀语调说出来，她说出来会惹得我不高兴，姑父会因此斥责她。我的痛苦、我的困境，这都是我的隐私，我并不希望从别人嘴里听到它。

大概过了四十分钟，她从卧室里走出来，脸上带着迷茫又有点儿惊恐的表情："我刚才竟然睡着了。我一醒来，吓坏了，床啊、屋子里的东西啊，都不认识！我这是在哪儿啊？现在才缓过神。"

午后的光线透过窗帘中间拉开的缝隙，斜照在地板上，那光束在离她脚下不远的地方变细了、暗淡了、消失了。在窗玻璃的外面，贴着一只冻僵的、等待死亡的黑苍蝇。我看看她，什么都没有说。她真的病了，她看起来就像个午睡醒来、受了噩梦折磨的小孩子，懦弱、可怜。我感到一股剧烈的心酸，站起来去了厕所。我想，很久以前，我就是那个午睡醒来、做了噩梦的小孩儿啊，我心情恶劣，会哭着找到她，她会把我搂在怀里、安慰我，我就又觉得这世界温暖、安全了。现在，她却不能告诉我她做了什么样的梦，到底是什么在反复地折磨着她。当然，这不能怪她，这是疾病，她自己也理解不了。她的精神世界里住着一群失控的小恶魔，它们就像夜色中的蝙蝠一样诡异地、阴险地扑飞。

这是疾病——在绝望让我心情阴郁的时候，我每次都是这么安慰自己——那么，也许会有好的一天。我只需要一次次带她去看那个板着脸的、坚决不给出答案的医生，一次次去开那些药……我要从这些机械性的行为里找到一点儿希望，哪怕是微乎其微的希望。

三

"天真好啊，"回来的路上，她说，"你看见那一大片云了吗？看见了没有？像不像一只大鸟？"

我朝她看的地方看过去，惊讶于她的描述多么准确。那块云的确像一只大鸟，一只正在飞翔的鸟。它的翅膀展开，身体舒展，长长的脖颈向前伸着，絮絮的云就像它被风吹乱的柔软的羽毛。

我发现她把车窗打开了一条缝，她的额头和眼睛露在外面，下半部的脸贴在车窗玻璃上。干瘦、像孩子般失去女性性征的她看起来像极了一只鸟，一只白头、红身子的鸟。我想，如果我把她想象成一只飞鸟，一只我养护过的鸟，那么她想要飞走、随时可能飞走的念头或许不会那样折磨我。

我们可能很快就会失去这辆车，人们只需要给我一万块钱，我就打算把它卖掉。想到这个，我对车又心生眷恋。它是我父亲的遗物。我开着这辆车，就足以唤回父亲在世时那些生活的回忆，就足以制造某种瞬间的幻觉：生活还是像过去那样——一个无忧的生活世界，一个少年人的生活世界……至少，这辆车让我和那个看起来遥不可及甚至和它相关的记忆也随时有消失的危险的世界联系起来。但和车相关的一切费用对现在的我们来说都成了没有必要的沉重负担。想要卖车这件事，我从没有问过她的意见。不知道她会极力反对，还是对此根本就不关心。现在，无论是钱，还是冰箱里的食物，还是饭菜，这些东西仿佛都不在她的关注范围内。她似乎在思考更深邃、更邈远的事物，眼神里经常透出有所发现的惊异和极力保存秘密的闪避。

有意思的是，在她患病以后，她在偷偷地写日记，也许，不能说是日记，只是随便写点儿什么，记录在一个本子上。如果她觉得被我发现了，她就把"日记本"藏在某个地方。但她总是忘记她自己藏它的地方，为了寻找它而把整个卧室翻腾一遍，最后，通常是我帮她找到的。我偷偷翻看它，那些文字就是那些诡异、阴险的蝙蝠从她意识里群飞而过的痕迹。那里面充满了我听不到的声音、我所不知道的陌生来客以及我父亲这个鬼魂对她的秘密拜会、挤在窗户上面的朝她窥视的小脸儿、站在雨地里淋得精湿的透明人……我发现，好几次，她混淆了我和父亲的鬼魂。她把父亲也称作"小亮"。我很害怕她有一天会真的把我当成父亲。还好，到目前为止，在现实生活里，她还没有犯这样的错误。

我看着这些句子，它们来自失序的意识的深渊，却具有某种毒药般的诡秘。我不能看太久，否则我觉得自己也会被这股黑暗的旋涡或是潜流卷到另一个世界里去。我对医生提起这些，他说："这很好，对她来说是一种纾解。"他要我把我能记住的内容记下来，治疗时向他汇报。我受命去做这个我自己觉得其实是徒劳无益的工作，我必须不带感情地去做，抵制这些自深不可测的黑暗中飞来的句子、形象对我的侵蚀。

显然，她对她写的这些深信不疑，但她平常并不和我说起这些，大概她觉得我既不会相信也不想听她说。这也是好的征兆，说明她仍在极力控制自己，她对说话的对象还存有判断。总之，她爱"小亮"却不信任他。

"我们去公园吧。"她这时说。

我感到惊讶，但立即听从了。她愿意出去走走，对我来说这就是让人振奋的消息。

她说的"公园"其实只是一个有一点儿绿化的群众活动广场。广场中央有个很小很小的水池，水池中间竖着一块冒充假山的石头，这块石头上非常可笑地刻着三个字：鱼之乐。原因是池子里养着几条鱼。这些鱼总是反复被人弄死，或者自己在污秽的环境中死去，所以总是会有几天，池子是空的，接着又来了一批鱼，几条注定死去的、孤独的鱼。

她喜欢提起"公园"，总会说起她年轻的时候，这里是工会大院儿。那时候流行跳交谊舞，她经常在工会大院里跳舞，就是在跳舞场上遇到了我父亲。我父亲那时候刚刚当兵转业回来，是跳舞场上最高最帅的男人，每个女人都想和他跳舞。

我把车开到"公园"。心想，有一辆车能随时带她到她想去的地方也挺好的，如果她想去郊区呢？想去乡下呢？我可以带她去农家乐，让她呼吸更新鲜的空气，我应该强迫她出去，想更多可以调剂我们俩生活的计划……

公园里闲逛的人很少，因为今天不是周末，时间也不是下班后。只有几个老人，在池塘边坐着。有一个抽完了烟，就顺手把烟头丢进水里。她昂首挺胸地从那几个颓丧、邋遢的老人面前走过，和她在家里时有气无力的样子判若两人。我惊讶地看着她，心想，她大概正在心里重温跳舞场的往事。她看起来像在寻找着什么地方，不时停一下，然后又目标明确地走起来。我走到池塘边去。今天这里竟然有几条鱼，有一些沉在水底，就像死了一样，有两条木然地在漂浮着烟头和塑料袋的池子里游动。

"不要往池子里扔烟头，那边不是有垃圾桶吗？"我突然心烦起来，对刚才那个丢烟头的老人说。

他看了我一眼，我瞪视着他。他有点儿胆怯了，站起来走了。

看他笨拙地把三轮车推到街上，又笨拙地爬上车座，我有点儿后悔。我这算是得了胜利吗？我不知道。我肯定想和谁打一架，但对象绝不应该是这个衰颓的老人。我掉过头去看池子里那几条半死不活的新放进来的鱼。它们本来可以生活在河流里、海洋里。什么人把它们捞起来扔进了这个狭小、污秽的地方？没有人管它们的死活，它们的自由。之后，它们就会一直在这里，直到窒息死去。

我看见她朝我走过来，她的步态、身姿都仿佛是一个走在音乐里的随时准备跳舞的人。不知道为什么，我想起《女人香》里阿尔·帕西诺饰演的盲眼上校和酒店大堂里遇见的那个女孩儿跳探戈的那一段。我想，我如果会跳她所说的那种"交谊舞"，在这里陪她跳一段，她一定会非常开心，过去那些快乐的时光会在她心里复苏……一个白发的、濒临疯狂的老年女人，一个即将步入中年的、茫然无措的年轻人，这样的画面里倒是有更多令人绝望的悲伤。可惜我完全不会跳舞，我跳起来会像个螃蟹一样。这样的想象让我想笑。无论如何，她昂然的步子、颜色鲜艳的衣服使她变成了一个有气质的小老太太，把那几个乡气的老人的目光吸引过去。我朝他们看过去，他们就都把目光转开了。

"池子里还有鱼啊？"她像个孩子一样大惊小怪地喊叫，她的嗓音也是那种女孩子一般的尖声尖气。大概有什么东西在她意识里苏醒过来，强烈地刺激着她，让她的脸颊也变红了。她忘了她是谁，孩子气地把两手一拍。

显然，看到鱼对她来说是惊喜。而我宁可池子永远是空的。

四

在我小时候，傍晚是一天里最好的时候，宁静，肃穆，天空中常常铺满霞光，那奇异的光色会映照在房舍的窗户上、街道的柏油路面上，还有路边那些大树的枝丫上。而现在的傍晚是一天中最嘈杂、混乱、污浊的时候，废气下沉，各种噪音在带臭味儿的空气里似乎都被放大了，所有的人和车拥堵成无数个死结。我们回家时，小城里的南北大道在大堵车，自行车、机动三轮车、电动车在车辆缝隙中钻来钻去，铃声、人声、喇叭声响成一片。天空变灰了，空中也没有了样子像飞鸟的云。

坐在车里，她默不作声。我看看她，她的身形仿佛变小了，仿佛外面这个嘈杂、混乱的黄昏景象碾压着她，令她畏缩。我试图和她聊天，而她只是敷衍地回答。后来，我什么也不想说了。我们俩就那样坐在无法向前行驶的车里，被窗外肮脏、嘈杂的一切围堵、阻碍，听天由命。她的身子在座位上往下滑得很厉害，人变得更小。她从刚才那副回光返照般的少女的怪模样变回了本来的样子：一个衰弱、神经质、惊惧的可怜老太太。那件她精心挑选的红毛衣，早上还令她很有光彩，现在看起来像一件极不相配的、可笑的戏服，而她像个头发凌乱的侏儒被罩在其中。每天的这个时候，我的无力感、绝望都比其他时候更强烈，我对我父亲的想念也比其他时候都强烈。我的生活被他的离去分割成了两半，就像黎明或是黄昏时候的街道两边，一边是阳光，一边是阴影。只是，发光的那面如今像是虚幻的，阴影却是浓重的、实实在在的，能顷刻把人吞噬掉。

我们终于挨到了家。我去厨房里做晚饭。她跟过来，说她要帮忙，但我像平时一样严厉地拒绝了，让她去房间歇着，等我做好叫她。她离开以后，我找到那把钥匙，打开橱柜上那个抽屉，拿出平时锁在里面的刀具……我实在太累了，决定只煮一些冷冻水饺，切一点儿葱花、香菜做个水饺汤。在我叫她吃饭之前，我把刀洗干净、擦干，再锁进那个抽屉里。

她的胃口好像不错，吃了十二个饺子，往汤里加了更多醋。

"酸汤水饺。"她对我说，冲我笑了一下，"你小时候发烧，吃什么都吃不下，就是爱吃酸汤面叶，要放很多番茄，很多醋，面叶要吃我手擀的。"

"我记得。"我说，"吃别的都会吐，只有这个开胃。"

过一会儿，她有点儿讨好地看着我，问："吃完饭可以去阳台上看看吗？"

"不行。"我说。

临睡前，我确认大门和通往阳台上的门都锁好了。阳台上的门是我回家以后新装上的，本来，厨房是直通到阳台的。我躺在床上看了一会儿书，察觉到她房间里已经没有动静，不知道她睡着了，还是躺在那里耽于她那奇特的幻想。我合上书，起来关掉房间里的顶灯，只留着床对面矮柜上那盏黄光的小台灯。我躺在昏暗的光线中，有种没入黑暗之水的困倦和休憩感。小台灯的光经由灯罩在天花板上打出一个圆圆的、柔和的光圈。突然，我回想起一张纸，那张纸的样子那样清晰、生动地跃入我的脑海里，带着它上面蓝色的圆珠笔笔迹，以及它特有的边角处的折痕。那是她写给我的第一封信，也不算信，就是一张留言条。因为她出差了，她临走时给我留下这张纸，上面写着："小亮，妈妈要出门几天，但是妈妈在外面，心里也会一直想着你。妈妈回来的时候，会给你带你想要的火车模型。"

我那时候还不到六岁。每天放学回来，我都会先看看钉在墙上的这封信——是的，它是用两个图钉钉在墙壁上的。后来，妈妈回来了，她说这封信也没有用了，但我不让她扔掉。她问我为什么，我说，这样我长大了还可以看到这封信，就不会忘掉。我的回答显然让她大吃一惊，她说她会一直保存着这封信。我最后一次看到这封信，是在我上大学以前。那时我无意中翻看一个相册，发现它被对折起来，卡在相册里嵌照片的透明薄膜里。当然，它那时并没有怎么让我感动，不过是一件寻常旧物。但现在想起它，它还是当初被妈妈钉在墙上的样子。我似乎还能看到它的下半部分被从门缝、窗口透进来的风吹得轻轻卷起来，发出轻微的沙沙声，因为那两个图钉仅仅固定住了它的左右上角。记忆是奇怪的东西，有些细微并不那么重要的东西会莫名地清晰如昨，譬如这张纸，但有些东西却在你记忆里完全褪去了形迹，譬如她过去的样子。这就像一个人在长途跋涉中失去了所有贵重的大物件，最后，一张经年的、毫无用处的小纸团儿却还留在他褴褛的衣服口袋里。

有时候，我努力回想她年轻时的样子，或者至少是中年时的样子，我想，这样也许能让我多爱她一点儿，多一点儿耐心。我反复翻看那些相册，但旧相片根本帮不了我，它们只是存在于过去某个时空中的孤零零的影像，和现在、未来全然割裂了关联。在我脑海里，她的样子固定不变，无法和照片里那个年轻些的女人相互映照、融合，她的样子始终就是她老了以后的样子，现在的样子。

我睡着了，但和平时一样，半夜无缘无故地醒来。矮柜上那盏小灯仍旧孤寂地亮着。我听了一会儿：隔壁一片沉寂，连她翻身时引起的床的轻微响动、睡梦中的咳嗽声和叹息声都没有。她或许睡得很沉，我想。但慢慢地，我感觉到这静寂里的异样，一股彻骨的凉意爬到我后背。我跳下床，径直走进她的房间。她的床上是堆成一团的被褥，她不在那儿。

我又来到客厅、厨房、洗澡间，在这狭小的空间里，她并没有可以藏身的地方。我盯着门——门纹丝不动地反锁着。冷静，冷静，我对自己说。我又转回去她的房间。青色的布窗帘拉得严严实实，我走过去拉开窗帘——背后的窗扇都好好地反锁着。我站在窗边眺望，对面楼房里的大部分窗扇都黑沉沉的，只有楼下街道上的路灯孤寂地亮着，一辆车无声无息地驶过去，仿佛在梦中滑行，车灯光游移般扫过昏沉的街道和楼壁。我已经想到她在哪儿，但我却在她床上坐了下来。我觉得我累极了，身躯沉重得几乎没法动弹。难得有这样巨大的、黑暗的安宁！我感到这巨大、黑暗的安宁笼罩着我。我想：她这次可能真的像鸟儿一样飞走了。

窗户紧闭，但不知从哪里透进来一丝风，窗帘里面那层白色镂纱在微微拂动。那是陈旧得发黄的白纱窗帘，吸满了岁月的尘埃，灰突突的已经裂开的边缘垂落在地板上，沙沙拂动。我伸手摸了摸她的被褥，大部分凉了，中间还余留着一点儿她的体温……我猛然惊醒过来，奔出房间、穿过厨房。果然，从厨房里侧一角通往阳台的那扇小门关着，但锁开了，我藏在大衣柜一套被褥里面的黄铜色小钥匙就挂在锁上。

拉开门的那一瞬间，我感觉到心狂跳着快要冲出胸腔，我预见到那空荡荡的阳台，觉得我的世界下一秒就会轰然倒塌，什么都不剩。然而，如同令人惊奇的幻象一样，她双手扶着栏杆，稳稳地站在阳台上，朝我转过身来。她穿着肥大的印花棉睡衣，像个憨憨的、面相老成的孩子。她脸上还残留着一些轻松、愉快的神情，但又有点儿困惑、负气，仿佛我打扰了她正专注于其中的游戏。

"你怎么不睡觉？"她问我，好像我是那个捣乱的半夜不睡的小孩儿。

"你怎么不睡？"我反问她，走过去站在她身边。

她看着我的眼睛，慢慢地，她胆怯了。

"我睡不着……出来透透风。"她嗫嚅着说，"我就想到阳台上站一站、看一看，你不让我来，我自己拿了钥匙……"

"没事儿，没事儿。我也睡不着，陪你透透风。"我说着，拉住她的手——一双干燥、皱巴巴但很温热的手。

　　我感到心脏重新在我的胸腔中平稳地跳动。现在她再也飞不走了,我抓住了她,抓得很紧、很结实。我和她又连在了一起,无论是身体还是命运……这比什么都好。

原刊于《江南》2020 年第 2 期

时尚记者李晓枫的意外生活

黄佟佟

一

毕业三个月后，九〇级外语系女生李晓枫失恋了。

辞职离开北京，南下广州时只带了一只背囊，袋子里有两件换洗衣服和一双高跟鞋，还有八百八十四块钱，是的，李晓枫是一个拿了八百八十四块钱在广州白手起家的女人。

记得那是整整一天两夜的绿皮火车，眼泪一刻也没有停过，到广州的时候，刚好是黎明，薄雾里缓缓映入眼帘的是窗边大朵大朵的火红的吊钟花。啊，南方到了，这就是南方，李晓枫轻轻对自己说，这就是南方，南方会对我好的，《易经》上说了，南方属火，利女人。

完美地错过了招聘季,万般无奈只得在同学周蜜的宿舍里借宿了半年。

周蜜有一个好爸爸,也有一个好男友,一毕业就分配到了广州商业局下属的一家外贸公司,那时外贸公司是最有油水也最有前途的单位,周蜜那间小小的单人宿舍堆满了花花绿绿的香港物资,"蓝罐曲奇,送礼体面过人",这是周蜜教李晓枫的第一句广东话,也是李晓枫第一次吃到来自香港的食品,过了多少年,李晓枫也忘不了那浓郁的牛油香气。

当时两荤一素的盒饭是二块五毛钱,一天吃饭至少得五六块,李晓枫所带的钱勉强只够两三个月的花销,什么叫生活逼人,这就是生活逼人,一分一厘都打跟头翻到你面前,容不得半点含糊。

李晓枫告诉自己必须在这两三个月里找到工作,不然就只能回老家的钢铁厂,而厂办秘书的工作已经给了另一个子弟,她回老家其实意味着自取其辱。

没有熟人介绍,只能在南方人才市场里瞎找,外企国企都不在招人季,剩下的全是二打六的小公司,就算以李晓枫当年的眼光,都能看到每一张招聘后面充满了陷阱,会打字会翻译性情温顺长相漂亮体重在五十公斤以下的总经理助理,你去吗?包食宿一万元保底加提成的酒店公关经理你去吗?月入八千包食宿,地址在中山坑镇,你听都没听过的地方,你去吗?……

在人才市场晃到第六天的时候，李晓枫是真的有点绝望了，感觉满大街都是狼，满大街都是坑，只等不谙世事的年轻女孩跳进去。若是真的不懂事倒好了，偏偏李晓枫又还略懂一点事，所以尤其觉得可怕。

最后李晓枫是靠一张皱巴巴的破报纸改变了自己的命运。

在那个绝望的中午，她坐在人才市场外面的花坛边，发了半天呆，随手捡起身边一张烂报纸，鬼使神差，一眼就看到《粤城新报》的招聘启事，一看地址倒是离人才市场不远，李晓枫心想反正闲着也是闲着，背着包就径直走了过去。

1994年11月的广州，还是热得只能穿单衣，虽然到处乱哄哄的，但很明显看得出这是一个欣欣向荣的城市，到处都是人，从内地跑出来想要争取更幸福生活的人们。李晓枫想："他们和我不是一样的人吗，如果他们可以找到工作，那么我李晓枫也可以，我又不笨，我又不傻，我又不懒。"

这样一想，李晓枫的心情就好多了，她哼着歌穿过了一个城中村，左右密密麻麻层层叠叠都是小盒子一样的房子，还有密如蛛网的线，把碧蓝的天空划出许多几何图案。

发廊里坐着许多穿吊带装的姑娘，倒也并没有浓妆艳抹，只是不停地对着外面的行人微笑，有一个圆脸姑娘看上去还完全是个孩子，却姿态老练纯熟地往巷子里的脏水里吐痰，隔壁士多店在昏天黑地地播刘德华的《忘情水》，"给我一杯忘情水，换我一天不流泪……"店主在用广东话吆喝,"最平最平,今日最平……"

李晓枫就是这样单枪匹马冲进了报社,在一个乱哄哄的下午,冲进了十五楼一个乱哄哄的屋子。"谁是主编?我是来应聘的。"李晓枫问。

"欧阳,有靓女找!"有个留着极长头发歪嘴抽着烟的戴眼镜的男人眯着眼睛看了李晓枫一眼,用手指了指,"你去里面吧,欧阳在里面和人聊选题。"

李晓枫径直走了进去,拿着毕业证书,"听说你们这里招人。"

屋里的四五个人愣住了,一个穿着大了两码的明显没怎么洗过的白衬衣、比李晓枫大不了两岁的男人翻看了一下她的毕业证书,说:"南湖大的啊,师妹啊……现在只有副刊缺人,你不是懂外语嘛,帮我们翻译一点外文资料呗……"这是李晓枫第一次见欧阳,一个戴着巨大方形眼镜、眼睛奇大脑袋奇大的瘦弱的湖南男人,那时他还算是一个地道的书生,没有变成"一个离过两次婚炒过无数人的无耻老板"——这评价不是李晓枫说的,是欧阳自己评价自己的。

这一干就是二十年,进去的时候也不是不委屈的,南湖大学的英语本科生,同学里有人进了商业部,有人进了广交会,有人去了外企,只有脑壳进了水的李晓枫,居然为了爱情跑到北京,结果三个月就大逃亡,跑到广州进了这种十三不靠①没编制没名头的小报。

---

①十三不靠:麻将的一种和法,指的是十三张牌哪跟哪都不挨着。

当时的《粤城新报》只不过是主报旗下一个闲置了多年的小报刊号,大老板根本没有抱任何希望,派欧阳下去挑头想着随便招一点年轻人做一份八卦小报挣点广告费,聊聊克林顿、邓丽君、伟哥、伊妹儿……谁知道欧阳居然带李晓枫她们这帮乱七八糟五湖四海的外乡人做成了一个名震全国的报纸,欧阳说这一切都是因缘际会,不是他有多英明,就是撞上了时运而已——他们恰好碰对了热气腾腾的九十年代,一个遍地奇迹的年代,能让一个最初只有七八个人上班的破报纸营收上亿,也能让李晓枫这种把 GUCCI 拼成GOCCI 的穷鬼变成时尚媒体界的老行尊。

算起来李晓枫还真是看着时尚业如何一步一步在中国兴盛起来的,从海飞丝、潘婷,皮尔·卡丹、CK 到现在……品牌在这个全世界最大的消费市场大把大把地散银子做启蒙,每隔一年或者半年就推出一个新概念,讲各种故事。他们讲故事就需要有媒体,要写手,而李晓枫恰好就在此时此刻撞了进来。

那时真是时尚业的史前时代啊,什么都没有,没有互联网,没有资料,李晓枫只好托当时在英国留学的同学寄资料过来,书、杂志和报纸,反正她能拾到的各种各样过期的时尚杂志和报纸,那些年全靠海外信息支援,李晓枫才在报社立下脚跟。李晓枫把那些英文杂志或书稿翻译过来再加点自己的理解,写写弄弄就是一个整版,标题是《巴黎制衣作坊里的天才们》《为什么卡地亚是世界名牌?》……翻译是李晓枫的老本行,她学的就是英文专业,不费什么劲儿。而且最重要的是，坐在家里，不用采访，很省时间，那个时候也没有版权概念，把图扫下来，就可以赚一个版面的钱，一个整版是二百，如果都是自己写，那稿费是八百，一周四个版，一个月最少挣六千。

第一个月看到工资条的时候，李晓枫简直不敢相信自己的眼睛，天哪，老娘有钱啦啦啦，比外企的工资还高啊，真是高兴啊！那时钢厂秘书一个月才八百，总算是扬眉吐气了。

于是她拼命地干啊拼命地写啊拼命地挣啊，才一年的工夫，就名震新报，成了首席，欧阳常年表扬的骨干，后来又有出版社来找李晓枫出书，抱着挣点外快的心，李晓枫曾翻译过两本国内最早的时尚书，一本是英国时尚女杀手的发家史，一本是伦敦女人的品牌指南，不知道为什么这两本书后来莫名其妙成了这个行业里后辈入行必读的两本书，所以十来年李晓枫就莫名其妙有了一点小名气，居然成了这个圈子里最有学问的人。

二

业内谣传李晓枫天天五点起来写稿，这也真是以讹传讹，只不过有几次出差因为下午要发稿所以早上五点起来赶过几次稿，就把同屋的同行们吓坏了。2005 年以后进入时尚行业的女孩们大部分是娇生惯养的中产女孩甚至是富二代，哪里像李晓枫她们这些九十年代就加入这一行的老记者这么捱得和拼命——报纸节奏快，当天的事情当天见报，当然要快手，而时尚杂志一个月才出一本，小女孩真是少见多怪。

当然李晓枫也不介意这种以讹传讹，在这个圈子里，想要被人记得就要有一个标签，比如《京华快报》跑时尚的大美女记者刘挺挺就以一撮彩色的毛出名，也不能叫毛，其实是头发，原本一个很文气的主播头，但她很匪地把左侧头发全部铲掉露出青森森的头皮，右额前方一缕长发，今天染闪电蓝，明天染粉红，再配合她的黑色细条缠身皮背心，再加上长靴和短裤之间的那一段赛雪欺霜的雪白大腿，有一种挥之不去SM气氛，让人惊艳。

有她的大长腿在先，别人就势必不能再走这个路线，好在女人除了腿还有胸。《新鲜时尚周刊》的女记者安吉拉以低V绝杀全场，每次出场必露雪白乳沟三寸以上，双眼涂得黑雾迷离，把每个牌子的外国总监都看得目眩神迷。

而电视台大BOBO走的是丰满大模风，她一个人有安吉拉两个这么大，别人这么肥肯定难看死了，但大BOBO生得五官鲜明，当得起盛唐美人这四个字，而且她永远穿着来自云南的大袍子，黑的白的紫的蓝的红的，脚下再踏一双巴黎世家当季新款的黑白厚底鞋，一出场必然像一尾七彩大锦鲤跃入鱼池，把静悄悄的会场搞得水花四溅，认得的不认得的都给个热气腾腾的拥抱，胸脯往前一顶，怎么样你也难忘那销魂多肉的挤压感……

你看，要在一个圈子里混出名，总归是要有绝活的。

李晓枫胸无四两肉，貌不出众，标签就是勤奋吧，虽然这个标签有点 Boring（闷），但胜在得来全然不费工夫，别人好意相赠，只好顺势笑纳了。勤奋就勤奋吧，总比说你土老肥好，这个圈子最怕的不就是土老肥么，但李晓枫偏偏又真的是有点土老肥的。

有时候，李晓枫用她尊贵的同行的眼光来看待自己，着实是捏了把冷汗，"土老肥"这三个字还真是跑不掉。

首先李晓枫肯定是肥的，小学的时候李晓枫得了一场肾炎，吃激素吃得肥成了球，然后这个肥就一直保持到了大学，这导致李晓枫度过了四年黯淡无光的大学时光。

老呢也真的是老，她入行的时候甚至连时尚这个行业都没成形，《ELLE》刚刚从季刊变成双月刊，林青霞老公的那个服装牌子刚刚进上海开店，路易·威登的广告词还是"旅游的真谛"，杂志上的女模特都化着浓妆，梳着大波浪，涂着鼻影，穿大垫肩的西装，最红的明星是江珊、王志文（很多人现在都不知道这两个人了……），商场里播的背景音乐是《梦里水乡》，而报社甚至根本没有时尚这个版块。

土呢，就更没办法了，刚入行的时候有长达三年的时间李晓枫把 GUCCI 拼成 GOCCI，她刚开始全部的时尚经验来自周蜜带她们看的那几部六十年代的奥黛丽·赫本的时装电影和图书馆里的《ELLE》《上海服饰》，这是当时国内仅有的两本可以称得上时尚的杂志——真是不敢和人说啊，但你让一个出生在湖南三线城市炼钢厂的子弟懂什么叫时尚也真是有点为难——毕竟李晓枫一出生闻到的就是空气中无处不在的烟尘味，夹杂着煤味灰味土味钢铁味，那是钢厂生活的一部分。

说起来，连入这一行都是一个意外。

但人生不就是由一连串意外构成的吗？

三

李晓枫最意外的事是自己居然会成为一个单身女郎。

李晓枫承认自己长得不漂亮，可是她有丰富的灵魂啊。"你以为我是一架没有感情的机器人吗？你以为我贫穷、低微、不美、渺小，我就没有灵魂，没有心吗？你想错了，我和你有一样多的灵魂，一样充实的心。""我越是孤独，越是没有朋友，越是没有支持，我就越得尊重我自己。"这些英国女人趴在小桌上写下的励志句子一直刻在李晓枫的心上，一直在她的脑海里闪闪发光，"就算我长得不漂亮，我一生也应该有一次真正恋爱的机会吧。"信奉爱情热爱帅哥的李晓枫攥着拳头咬着牙说。

可是这么多年，就真的是一次也没有撞到。

这说明，鸡汤是鸡汤，但生活仍然是生活，滚烫的鸡汤除了让你的体温升高几度，它改变不了生活的冰冷。

相过无数次亲，都是一见没。

唯一向李晓枫求过婚的是郎教授，著名的艺术史教授。报社组织了一次文化论坛"人应该如何诗意地生存"，李晓枫居中协调，认识了教授。在活动上郎教授以一己之力忽悠了将近二百个企业家进了快报智库系统，报社社长欧阳给郎教授的报酬也相当丰厚，郎教授当然特别高兴，喝醉了就拿着李晓枫的手说：晓枫，你是我见过的办事最靠谱的女孩，你太可爱了。

他们约过几次会，在江边散过步，拉过手，甚至看着月亮也接过吻，接完吻，郎教授说：晓枫，我们结婚吧！

这是人生中第一次有人向李晓枫求婚，李晓枫突然觉得一切来得太快，有点诡异。

但事情也依然朝着可进行的状态前进，因为那阵子李晓枫妈催婚催得实在是急，快三十了，还不结婚怎么行。

"去我家吧？"郎教授说，"去我家喝个茶？"李晓枫知道这句话意味着什么，想了一想，答应了：嗯。

他们一路走一路聊，郎教授又在跟她讲康德的美学，此时校园特别空旷，空气中有泥土和叶子的味道，萤火虫在他们身边飞来飞去，李晓枫突然觉得有一种轻飘飘的快乐感。啊，原来，又进入了一段恋爱，啊，原来，这么快就要结婚了，这真的太快了，像做梦一样。

接着他们上了楼，进了门，李晓枫被郎教授的房子惊呆了，满屋子都是书，书上全是灰，他红着脸说，家里太乱，我来帮你泡一杯咖啡，结果他在咖啡机那里捣鼓了半小时也没有把咖啡弄出来。李晓枫笑起来，你平时是怎么生活的啊？

"都是我的研究生帮我收拾房间，"郎教授有点负气地说。李晓枫看出他有点恼，大概是气恼李晓枫为什么这么不懂事不主动上前帮他，作为一个能干靠谱的女孩不应该像在上次活动中一样，在他想到任何事之前就替他做好嘛，"我和太太前两年分手了，找漂亮女人真的靠不住，我这几年的生活过得特别糟，我还有三本书在写，还有很多活动要和人谈，我需要像你这么能干的贤内助帮助我……"教授一边鼓捣咖啡机一边说，"不排除，我们将来还可以生个孩子……"

李晓枫站在那乱成一团的房子里突然灵魂出窍，她看到未来做他妻子的状态。她必须把这么乱的房子收拾得一尘不染，她还要做一日三餐然后叫在桌子上勤奋写三本书的教授来吃饭。温柔的妻，注视着她白发苍苍的老公，将精心做好的汤奉上，看着他喝下，露出心满意足的笑，然后催促他把饭吃下，然后替他接下无数电话，成为隐在他身后的师娘，谈合同泡咖啡和女研究生们周旋还要喝止满屋子乱跳的小孩子……

那里有所有的一切，唯独没有她自己。

如果她想要婚姻，郎教授这一段已经是这个世界能给她的最好的一段。可是，这不是她想要的生活。

她还是喜欢她的旧生活，四仰八叉地躺在床上，看书，听碟，撸猫，有很多朋友，可以看戏看电影，不用她泡咖啡，不用她擦地——郎教授看错人了，他以为李晓枫是他需要的那种全能型女人，那种女人李晓枫也不是不能成为，只是她为什么要去成为呢。

"给你最后一次机会，你要选择去做一个男人的高级保姆和经纪人以及保育员吗？"心里有个声音问自己，李晓枫听到的答案是斩钉截铁的"不"字。

她按了一下手机，她手机上设了一个键，按下就会自动响，像是有电话来，在郎教授试图要拥抱她的时候，电话响了，李晓枫一扭身就接起了电话，"哦哦哦哦，好的好的，我马上回！"

她张皇地冲郎教授说道：报社有个急稿要撤换，我得马上回去换稿子。

然后，不由分说，逃走了。

事实证明，李晓枫逃得很对，后来李晓枫听说郎教授找了附中一个教音乐的女老师，很快生了孩子，朋友圈里有结婚照，女孩挺可爱挺年轻。但三年后李晓枫在一个画展上见到教授夫妻时，她发现郎教授白发变青，精神奕奕，而他的新太太看上去已然像个中年妇女，两人站在一起，倒完全看不出来差着三十岁的年纪。李晓枫倒吸了一口凉气，亲眼见证采阴补阳，郎教授果然是美学大拿。

于是人过了四十之后，她就把相亲这件事从计划表里勾掉了。

男人，电脑里有的是。

有一阵是布拉德·皮特,有一阵是梁朝伟,有一阵是唐泽寿明,有一阵是宋承宪,有一阵是凯文·科斯特纳,有一阵是休·格兰特,有一阵是莱昂纳多……每一个李晓枫都认真地爱过,随着年龄的增长,以一年一至两位的速度在不断增长。

李晓枫是那种喜新不厌旧的女人,时常还要把旧的拿出来温习一下,这导致每天上完班之后都极端忙碌,李晓枫忙着和这些美好的男人约会。李晓枫把他们的剧集全部下齐,整整齐齐排在她电脑里面,只要她乐意,可以随时在后台整整齐齐的三百多部戏里任意地把其中一个调出来陪自己,今天可以约布拉德·皮特,明天是唐泽寿明,后天可以和承宪哥哥……

如果有人在李晓枫的小公寓架一台摄影机,每天晚上都会拍到的一个几近失智的女人,她抱着她的肥猫,长时间地呆坐在电脑前,双眼注视着蓝色的屏幕,脸若银盆嘴角含春灼灼的目光贪婪,她的肉身还在,心却早已飞进那些男人给她的美好世界,灵魂飞升,柔情逆流成河,天地之间,只有爱爱爱,只有纯纯纯。

什么是爱情?这就是爱情。

任何一个世间的男人给过李晓枫纯度这么高的爱情吗?

没有。

纯度这么高的爱情是布拉德·皮特、梁朝伟、唐泽寿明、宋承宪、凯文·科斯特纳、休·格兰特、莱昂纳多给李晓枫的,他们让李晓枫体验到人世间纯粹的爱,而且他们永远不会离开李晓枫。

他们每天乖乖待在电脑里，等李晓枫下班回来，等李晓枫临幸，等李晓枫再爱一次他们。这样的恋爱真是让李晓枫觉得安稳极了，也温暖极了，这才是李晓枫生活里永不消逝的爱情电流。

四

李晓枫第二件没想到的事就是从报社辞职。

她原本的如意打算是在报社做到退休，稳稳地拿一点退休金，谁知做满二十年编辑之后，每天听到的都是报社要垮的消息。

那天报社人事部找了李晓枫去办公室，进去一看，坐了满满一屋子的人，都是各个部门的老人，主任副主任首席记者一大堆。

那个胖胖的平时总是笑眯眯的、据说是某一任市领导转弯抹角亲戚的刘主任一脸寒霜抱着手站在办公桌前，待李晓枫坐定之后，宣布报社要实行新的坐班制度，以后大家除了采访之外都得到单位坐着，还要打卡，不然视作旷工处理，五次旷工就要开除，尤其主任们要起带头作用云云……

李晓枫在报社待了这么多年，发现报社最大的秘密都挂在人事部刘主任的脸上。

刘主任那位市领导亲戚早就退休了，她之所以永远稳坐钓鱼台的原因是她永远第一时间毫无质疑地会对报社每一任最大领导都表现出绝对的忠心。多年观察的结果，她的这张脸完全是大领导内心的风向标，如果此时报社领导欣赏谁，她就会对谁笑眯眯。早些年，她见到李晓枫时恨不得要扑上来才好，满脸笑意，端详半天，努了一百分的力气想找夸你的点，最后总归会是同一句话：哎呀，晓枫，你这皮肤啊真是没谁比得上啊，太好了，用哪个牌子的化妆品啊？

李晓枫知道她根本不关心她的皮肤，也根本就不想知道她用哪个牌子的化妆品，她就是想拉拉近乎，她背地里说过多少李晓枫的坏话啊，她说这姑娘怎么永远一张臭脸啊，这姑娘不讨喜欢，这姑娘脾气古怪所以嫁不出去啊……刘主任讨厌她，可是又不敢得罪她，因为她是实权派欧阳的基本班子呀。刘主任就是一条人族里的草履虫，全身透明，忠实地反映着上层领导内心最隐秘的嗜好，领导讨厌谁，她就表现得更讨厌，领导喜欢谁，她就表现得更喜欢，领导想炒谁呢？她就立刻与你不共戴天。

社办里的这十五六个人，平时刘主任对这帮人不知多恭敬，今天的脸却比广州最冷的冬天还要冷几度，简直恨不得要下冰雹，李晓枫明白，这就是要代领导赶人了。

到报社二十年，当记者二十年，从来没有说要记者坐班的，记者满天出差满天写稿，正是这份灵动才有了记者的手眼通天，以前欧阳在大会上就讲过："记者不要老回报社，只有庸才才会死死地待在报社，记者就要跑，要去建立自己的关系网，要有自己的人格魅力，要有自己的信息源，你们只要交来好稿，搞来好报道，我才不管你在哪里……"

虽然欧阳这人贪财好色,但欧阳是懂行的,要记者坐班无疑就是把李晓枫这帮老记者的翅膀一一绑住,但这些话没法同刘主任说,也没必要和她说。第一你同她吵是没有意义的,她只是一条忠心的草履虫,第二她一定会比领导说出来的话更难听。果不其然,其他几个主任七嘴八舌和她理论时,她脸上浮现出一种不屑一顾的神情,双手抱在胸前,像主宰蝼蚁命运的小型皇帝,甚至不耐烦听这些蝼蚁发表意见,只是抬高音量慢慢说道:这是报社的集体决定,其实如果觉得自己不能遵守,可以主动辞职的。

刘主任是个厉害人,虽然只读到初中,但她看得清现实的本质,李晓枫她们这些小文人们在她眼里都是些大大小小的蠢货,是这个世界上最可笑的一种生物,因为他们从来不曾真正明白自己的真正位置。那几年,这帮人耀武扬威,这帮人觉得舍我其谁,一纸风行的某些时候甚至还会产生我是世界之王的幻觉,李晓枫的男同事们尤其如此,他们在饭桌上挥斥方遒,俨然可以左右这个世界。其实,不过是一些蝼蚁,人家要你写你才能写,不要你写,连遣散费都要省下来。根据劳动法,辞退要赔钱,所以就尽量不辞退,做一个局,要你难受,要你憋屈,要你受辱,要你自动消失,这就是真相——刘主任才代表这个世界的真相,残酷凶猛,辣手无情。

在一片吵闹声里,李晓枫悄悄退了出来。

"这个报社真的待不了了。"心里有个声音一直在说。

其实欧阳在被抓之前，他也曾经跟李晓枫透过一两句底，"师妹，报社是肯定不行了，你得给自己找下家，找出路啊，"李晓枫听了不作声，谁不知道报社不行啊，但关键是要去哪里呢？要是有出路，李晓枫不早就走了吗？

没有后台，没有人脉，没有钱，打工二十年之后的小记者，依然是三无人员。

其实欧阳也是一样，要不然他怎么会被抓呢？

他们在本质上都是漂到这座城市里来的无根无蒂的浮萍，欧阳那些年当然是多搞了一些钱，也多搞了一些女人，所以摔得也更惨。他被捉的场面很有戏剧性，当时他正在台上开着全报社的总结大会，突然冲进来几个便衣，把他架走了，这种惊吓想必人一辈子都不会忘记吧，无论是台上的他，还是台下的李晓枫们。

坐在李晓枫身边一个主报的退休的老编辑偷偷跟李晓枫说，欧阳这辈子算是完了……

李晓枫说不会吧，欧阳平时交往那么多人，找找关系，应该可以早出来，刘欢说了大不了从头再来，这位跑过时政线的老编辑淡淡地说：晓枫，你太年轻了，真正出事的时候，是找不到人的，谁也不想惹这麻烦事儿，我们这些小萝卜头不用说了，有心无力，官越大的人越怕沾惹上这些是非……谁都避之不及，而且你以为坐牢真的只是坐牢啊？坐牢是会彻底把一个人的精气神给打折的，你见过骨折的人吗？他们的脸都是灰的，上面写着四个字：万念俱灰。出狱的人就是那样的神情，整个儿都给毁了，女人还好一点，男人尤其是，顺风顺水半辈子的男人尤其是，你等着看吧。

李晓枫目瞪口呆坐在椅子上，感觉曾经熟识的一个时代在被架走的欧阳身后慢慢崩塌。

曾经在报界风起云涌的欧阳师兄就这样消失了，罪名是贪污公款生活腐化，判了十年。他的房子被没收了，他的家也瞬时散了，十来年前，他抛弃了他的大学同学，改娶了一个小他十来岁的实习生，后来又出轨了电台主持人。十来年间倒是结了三次婚，校友聚会的时候，他的同班同学笑话他，欧阳，求你千万不要再结婚了，你再结婚我们都要破产了，你的份子钱把我们都亏死了……

一听这话，欧阳笑得不知多开心，那时的他，是 King of the World，大到省长，小到流浪汉，谁不识他赫赫威名，他做了多少惊天动地的大报道，到后来，却只是一场梦而已。在他被抓的第二天，他的第三任太太、那位电台主持人立即在朋友圈宣布和他离婚，这就是夫妻，夫妻就是同林鸟，大难临头各自飞。

也没有错啊，有得飞有得逃为什么不走了，李晓枫作为他一手带大的基本班底，去看过一次欧阳吗？没有啊，没这个本事，没有金刚钻，不揽瓷器活——讲到底，大家不过都是求生的人。

李晓枫坐在报社外面的星巴克想了一下午，前前后后，左左右右，心乱如麻，原本以为自己死皮赖脸扒住报社这艘大船，就可以安安稳稳驶向老年，可是到头来，却发现死皮赖脸也需要心劲儿，她根本就没那个韧性。

人家刘主任只是脸色不好，还没指着你的鼻子骂呢，你就已经羞愤交加要自动辞职了，你知道什么样叫死皮赖脸吗？你知道什么样叫动心忍性吗？差太远了，"你们还是太年轻，没经历过真正的风雨啊！"李晓枫想起老编辑批评她的话。

从星巴克望出去，可以看见马路对面的华侨友谊宾馆，一栋通体白色、弧线优美的豪华大厦，白色的碎玉石墙壁，衬白色的透光玻璃砖，每一层都有一个白色的小阳台，精致中带着高贵，高贵中带着雅致，那出自当年一个著名香港设计师的手笔。

九十年代，这里曾是广州最高档、最繁华、最神秘的地方，华侨友谊宾馆六个鎏金大字在蓝色天际白色背景中闪闪发光，这里没有会员资格你根本进不去，门口停满闪闪发光的大奔和宾利，连咨客都是盘靓条顺可以选港姐的大靓女。1998年，欧阳曾经带着李晓枫们在这里开过一次会，那是李晓枫生平第一次去这么豪华高档的地方，印象实在太深刻了，地毯踩上去软软的，厚厚的，每一脚都有踩到草丛的失重感，酒店的房间名全用宋词小令命名，李晓枫去的那间叫"如梦令"。

房间全都是硕大的水晶灯配大圆桌，套间里全套花梨木的家具，罗汉床，挂着清代的酸枝瓷板画，或者名人字画，小几上放一只高脚白玉兰花盆，探出一支姿态优雅的兰花，William Morris的壁纸，沙发桌上摆着白色金边的茶具，当时只疑惑为什么这些杯子端上手又轻又薄，后来才知道他们用的瓷器居然全是英国Wedgwood骨瓷。

饭桌上是浆得笔挺的白色亚麻餐巾和闪闪镶银的贝壳筷子，再一看菜单，全部都惊呆了，天哪，这里一壶茶就是八十，一盘虾饺是六十，才三只，听说自助餐更贵，每位二百八，天哪，那时李晓枫钢厂的小学同学上一个月班工资才二百八呢。

那一次谈的事完全忘记了，李晓枫记得自己算开了眼，什么叫高级，什么叫有钱，欧阳得意地瞄着他们这帮土包子编辑记者目瞪口呆的样子，豪情万丈地说：把副刊办好，时尚生活版做起来，以后我们月月来这里吃大菜……

言犹在耳，欧阳已进了牢房，而他们呢，也都从二十几岁的愣头青变成四十啷当的老油条，而当年曾经那样高不可攀贵不可言、被闪闪发光的大奔和宾利围绕的、只接待外商和港商台商需要会员才能进入的华侨友谊酒店，同样在经过十多年的风雨之后，也变得落魄不堪。

外墙上的细白玉碎石也发黄了，透光玻璃砖破的破，掉的掉，白色小阳台堆满了桌子，门口的喷泉是早就不流水了，花坛荒草一堆，门口柏油沙石路车道缝里长满了草。现在谁还记得这酒店辉煌的过去呢，年轻人去的是天河珠江新城、CBD，这里早就沦落成谁都能去的大爷大娘们喝早茶的所在了。地毯上沾满污迹，房间里的壁纸换成了廉价的紫色，那些家具和画早已一去无踪影了，房间里充斥着一股说不清的霉味，Wedgwood 茶杯上到处都是多年摔下来的豁口。

时易世移，俱往矣。

你的时代过去了，你就要去找新的方向，呆死在一个地方，可不就面色发黄被人泼一身菜汤吗……

往前走吧，管它是死是活，树挪死，人挪活，走吧，李晓枫，你没退路了。辞职吧。

五

第三件，也是李晓枫最意想不到的，是她因祸得福，在四十六岁的时候，居然拿到了三千万。她和几个同事一起合作了一个公众号，奋战三年居然估价过亿，成为媒体口中风口中上的猪。而与这巨大的幸运一起来到的是第四件意想不到的事，因为上市之前太过辛苦，她得了一种奇怪的眼疾，完全看不了电脑，只能黯然退出，可是这对她来说，未必不是好事，因为她离开以后，他们那个公号就进入无休止的KPI考察期，她的那几个同事累得哭爹喊娘，但根本没办法，因为没有人接手，套现套不出来，只能捱着。

而李晓枫得病后也消失了，广州时尚圈的人谁也不知道她去了哪里，有人说她沉迷于算命，有人说她专心开始练气功，有人说她眼瞎了，有人说她嫁去了澳洲。

只有最熟的几个朋友才知道，她只是去了上海看病兼养生。

她的养生方式很特别：在上海远郊租了一套景观特别好的小别墅，在附近一家园林公司找了份园艺师的工作，具体就是给树木花草浇水，移盆分枝，属于有点技术含量的粗活，工资也不高，五六千，刚好够租房子吃饭。

她每天第一个来单位上班，五点按时走，单位没有一个人知道这个眼睛有点不好、四十多岁的、默默无语的单身女人，银行里居然有三千万的存款，每个月的利息比工资高。

李晓枫每天骑一辆小电动车上班，下班的路上，会经过一大片高大的杉树林，李晓枫喜欢在那里待上一阵，因为那片树林很像大学时代和初恋男友常常流连的那片树林。

有一天，她突然想起一件往事，就是在树林里，男友曾问她未来最想做的事情是什么？她坚定地说，"和你结婚，生一个孩子，做一个幸福的白领。"

"啊，真的，生活真是充满种种意外啊。"她微笑起来。

收录于黄佟佟《头等舱》一书，东方出版社，2020 年 11 月

分夜钟

朱文颖

一天以后

一

院长问了女艺术家喻小丽大约七八个问题，然后便沉默了下来。

事情听起来简单却又离奇。就在昨天，这家精神病院同一科室的三位患者，在暴雨倾盆的黄昏时分，穿着雨衣打着雨伞，"乔装打扮"骗过保安，顺利出逃。

"她们……实在是太有想象力了……"院长显然是焦躁不安的，

从屋子的这一头走到那一头，然后再走回来。

逃出去的三个人基本都属于轻度或中度癔症患者。所以说，除了追究医院的疏忽大意，暂时不必担心会造成过于严重的社会危害。

院长踱完步，坐回到黑色靠背椅上。他冷冷地审视着当值的保安——那个精瘦精瘦的家伙吓坏了，一条腿站得笔直，另一条悬在半空，正在轻微地发抖。

"她们……是三个人。"保安说。

"我知道她们是三个人！"院长狠狠地瞪了他一眼。

保安急剧地咳嗽了起来。过了十来秒钟的样子，才又接着往下说："她们是从六……六楼下来的，其中一个穿着外套和雨衣，装成出院病人，另外两人一左一右搀扶着她，嘴里大声叫着'家属！家属！'……对了，她们三人都穿着拖鞋。"

"明知道她们穿着拖鞋，你还放走了人！"随着院长愤怒地一拍桌子，保安吓得往后退了两步，整个身体蜷缩成了一只刺猬的样子。

精神病院位于城西一座湖心小岛。湖面如镜，波澜不惊，有一座木桥曲曲折折通向对岸。

岸边是野蛮生长的芦苇和水草，大风过处，飘摇如同疯狂缠绕的乱发。除了有几只灰黑色的野鸭偶尔在水草丛中冒一下头，湖面的这一带通常是平静的。运送物资和药品的船只每两天一班，清晨六点静悄悄地靠岸。

有意思的是那座通向岸边的木桥。平时，它悬浮于水面之上，差不多在每天傍晚五点四十左右，湖水开始涨潮，二十分钟过后，桥面就慢慢淹没在一片汪洋之中了。

据保安的回忆和后来调取的监控录像推论，三位患者离开住院大楼的时间大约是傍晚五点十五分……也就是说，即便她们向着木桥方向一路狂奔，留给她们的时间仍然是非常紧张的。

更何况，那天的雨下得就像一个毫无顾忌的疯女人。

"她们有可能会淹死的……真是疯了，连命都不要了。"院长长出一口气。

"你在说谁呢？"喻小丽突然追问一句。

院长愣在那里。没有回头，那个木然的背影就这样停了好几秒钟，仿佛正在凝结成冰的雨雪一般。

"说你妹妹，喻小红。她是领头的那个。"院长缓缓地答道。

二

上午去城里接女艺术家喻小丽的，是医院派去的一艘小船。

航程很短，船老大像个谍报人员，一声不吭。船至湖心时，喻小丽已经遥遥看到院长站在岸边。或许是一夜未眠的缘故，院长显得面色苍白，心事重重。

"已经有快二十年没见你了……"在办公室，院长的眼睛久久纠缠在喻小丽身上，仿佛他正上上下下打量着的，是一件珍贵无比的瓷器。

"是啊，二十年了。"喻小丽似笑非笑地眯了眯眼睛，眼角额头和眉梢即时露出了几丝笑纹和鱼尾纹。

"但是你没变，真的，一点都没变。"院长舔了舔干裂上火的嘴唇，语气愈发柔和下来，"对了，这些年，你一直都在哪里？"

"我走了很多地方……"喻小丽慢慢沉浸到回忆中去，"每到一个地方我就写信，拍照，然后寄给喻小红。但是，她从来都不回复我。"喻小丽摇了摇头说："没有人能勉强她做任何事。从来都没有。"

院长静静听着，一边听，一边喝着滚烫的浓茶。他手里端着白瓷的茶杯，退后几步，靠在办公桌的桌沿上……又仿佛突然意识到什么危险似的，伸出另外一只手，死死撑住。

"但是——你从来没有给我写过信。这么多年，一封都没有。"院长的眼睛盯住喻小丽，又仿佛早已了然于心，很快垂下了眼睑。

"没有人能够勉强我。这一点，我和喻小红一模一样。"喻小丽放低声音，但是一字一顿非常清晰地回答道。

"是啊，很多年前，你就那样不顾一切地跑掉了。而现在，你妹妹，也是这样不顾一切地跑掉了。你们，真的就像一对孪生姐妹。"院长的声音听起来有一种无可奈何的缓慢和拖延。

"昨晚的雨……我是说，已经很久没看到这么大的雨了。"喻小丽看着窗外，喃喃自语着。

"是的。你是知道的，你妹妹，一到暴雨季节就会发疯。"

"我也一样。"喻小丽冷冷地说。

这时有人敲门，送进来一沓文件之类的东西。

院长签了字。然后那人离开。

过了大约三五秒的时间，院长突然转过身去，打开一扇藏在书架后面的木门。门后赫然呈现一排橱柜，里面放着高高低低的玻璃酒杯。

"我们喝一杯吧？"院长拿起酒杯。喻小丽看到他的手在发抖，轻微地下意识地然而绝对无法控制地发抖……喻小丽盯着那只手，看了很久。

<h2 style="text-align:center">三</h2>

"你确认……你妹妹……"说到这里，院长停了一下——"我是说，喻小红，她昨天晚上从这里逃出去后，没有联系过你？"

"没有。"喻小丽坚决、怅然，几乎是闭着眼睛回答道，"当然没有。"

院长向前走了几步，在办公室的窗口驻足。从院长站着的这个位置，大约可以看到医院五分之四的院子，四周围绕着高墙，墙头连着铁丝网（然而就这样看起来，那些铁丝网并非匀称分布，反而有些部分密集，有些部分稀疏。高高低低，却也绵延不断）。墙外，目光所能及处，可以看到再度恢复平静的湖面。正午的日头下，芦苇的顶部齐刷刷泛出白光，仿佛有什么东西手拉着手，正一起咧开嘴微笑似的。

那座连接对岸的木桥，则在更远些的地方，特别安静，对于世界没有任何企图与奢求的样子。

院长把喻小丽唤到窗前。"你看那边。"院长抬起左手，指向院子的某个角落。院子里有一群人正在跑步，还有几个停了下来，他们都穿着款式统一的白色病号服。

"你看到了吧，墙边那个六十多岁的老太太……"

喻小丽追随着院长的视线，然后点了点头。

"那个老太太一直坚信自己是个舞蹈家。当然，你可以看到她确实手臂纤细、双腿笔直，做几个舞蹈动作也是像模像样的。当然，坚信自己是舞蹈家也不是不可以，多多少少，我们每个人都曾经有过跳舞或者飞翔的梦想。然而这位老太太——"

院长说到这里，突然停顿了一下，仿佛很难克制、并且还有点滑稽地挑了挑眉毛："开始的时候，老太太在客厅里跳，后来，有一次，家里儿女不在的时候，她突然想方设法爬上了屋顶……"

喻小丽歪歪脑袋。现在，她已经把小半个身子靠在了窗台上。

或许，这样的姿势可以让她的视野更为开阔些吧。

"还有那个人。"院长的手指向距离舞蹈老太太十来米远的地方，有一个瘦小蜡黄的矮个子男人正蹲坐在围墙下面。

"看到他了吧。我们都叫他大暑。因为他的生日在大暑。而他的脾气暴烈也像大暑。"仿佛为了配合"大暑"这个字眼，院长点燃了一根烟。他抽第一口烟的时候，不知为什么给人一种穷凶极恶的感觉。

"大暑其实没有多少问题。他只有唯一一个问题。他骂人。持续不断地骂人。充满了攻击的力量。他仿佛是老天专门派到这个世界上来骂人的。"从喻小丽的这个角度，确实可以看到，那个男人的嘴不停地在动，张开，闭上，再张开，再闭上。

"当然了。"院长继续往下说，"弗洛伊德认为，攻击性是人类的两大动力之一，当人的生命力展开的时候，必然会有攻击性……"

"还有一个动力是什么？"喻小丽插话道。

"是性。"院长说。

四

下午一点多的时候，派出所过来两个人。

一胖一瘦两个警察。医院同样派了一艘小船去接他们。院长同样站在岸边，看着小船徐徐靠近。他的手贴在两边的裤缝那里，身体微微倾斜，有一簇头发被风吹起，像业已解散并且正在风中打转的蓬乱鸟窝……所以说，无论从哪个角度看起来，船上走下来的两个人都是规整的，甚至他们发出的咳嗽声也是规整的。或许只是受了湖风邪湿之气影响的缘故。

院长和他们握手，神情有些卑微。

大约五个月前，也是这两个警察在一个午后上岸来到医院。那一回，当值保安也是一副被吓坏的样子，"他……他真的把自己弄死了。"当值保安不断地重复着这句话。有几个瞬间甚至有点眼泪汪汪的。

胖警察看都没看他一眼，快步走在前面。

瘦的那位则和院长并排走着。两个人都在身后留下长长的歪歪斜斜的阴影。

"什么时候发现的？"瘦警察表情忧郁地问道。

"今天早上。"当值保安回答说，"但是，大约有整整半年的时间，他每天都在病房里说，他准备要去死。"

"你是说，他很早就宣布自己要自杀？"瘦警察皱了皱眉头。

"不知道……我真的不知道……他有很严重的躁郁症，但是医院里很多人都有严重的躁郁症，也有很多人每天都在病房里说，他们准备要去死……"当值保安把话说得断断续续的。

"你居然从来就没有想到过，有些人这样说了，是真的会去做的？！"

走在前面的胖警察突然转过身来，非常突兀地大叫一声，脸上的表情因为愤懑而变得扭曲起来。

自始至终，院长一直沉默着，只字未说。

而现在，我们可以看到一胖一瘦两个警察跟着院长走进了办公室。院长或者两个警察里的一个随手关上了办公室的门。所以很难确切看到里面发生的一切（也可能只是被树干和枝叶遮蔽的缘故）。但过程应该是明确而清晰的。院长叫来了昨晚当值的保安、负责楼层的护士以及管理护士的护士长。然后两个警察开始盘问，或者一个盘问，另一个记录。无论记录还是盘问都将是明确而清晰的。至于主犯喻小红的姐姐喻小丽，她更多时候将作为旁观者存在。当然，因为与失踪人有着直接的联系，她也免不了会被警察们观察与询问。

有些问题是千篇一律甚至明知故问的。

"你是喻小丽？"

喻小丽点了点头。

"你确认……你妹妹……我是说，喻小红，她昨天晚上从这里逃出去后，没有联系过你？"警察一边看着她，一边不由自主地眨着眼睛。

"没有。"

提问的警察沉默了一会儿。记录的那位则抬头望了望窗外的天色。他们两个人停顿的动作与延续的时间，有着因为长久以来的配合而形成的默契。仿佛正在说：我们见得多了，也仿佛有着懒洋洋的暗示：我知道……我其实是知道的……

就像后来，胖警察突然而又似乎完全不经意地问了一句："你妹妹是怎么疯的？"

"她并没有真的……发疯，她只是受了刺激。"

"什么刺激？"警察转过头来。

"她的一个很好的朋友……死了。二十年前。"喻小丽说。

二十年前

一

院长姓浦。

二十年前的小浦二十二岁，是一所综合院校戏剧社团的社长。他几乎是同时认识她们的——二十岁的喻小丽和十八岁的喻小红。学校里风传，在她们尚年幼的时候，她们的母亲突发心脏病去世，父亲又常年在外地工作……两个人一起长大，形影不离，样貌又相似，有时看起来确实像是孪生的。

那年临近夏天的时候，剧团开始筹备一台节目。于是，暑期里的某一天，他去她们家做客。临走时，妹妹喻小红突然踮起脚尖拥抱了他。他有些不知所措地僵在那里。后来，她开始解释：

"那天早上我离家上学，母亲在窗边向我挥手……后来我就再也没有见过她。从那以后，就仿佛强迫症一样，每次出门，我都会和屋子里的每个人拥抱告别，即便只是去街对面取牛奶也是如此。"

小浦有点恍然地点头，接着，又有点恍然地走向大门。

忽然看见小院角落里一双冷峻的眼睛。是姐姐喻小丽，她手里拿着写生板，正在描摹一株墙角的金色向日葵。

"你好。"她说。她笑的时候，很像向日葵背光的那一面。

接下来的那段时间，小浦经常去找喻小红和喻小丽。有时他见到喻小红，有时则见到喻小丽，而更多的时候她们两个都在。

墙角的向日葵开得狂野而神秘。当然，他是喜欢妹妹喻小红的，在他面前，她就像一只娇憨的猫咪，或者黏人的树懒。她向他倾诉说，她害怕一切的无常以及分离。事实确实如此，这种如同露珠般闪亮的脆弱相当地撩人爱恋。然而，与此同时，这也让他产生某种黯然之感——仿佛，这所有的一切只是洒向空中的雨露，而他，无非只是与可知或者不可知的万物分享罢了。所以，他应该是更迷恋姐姐喻小丽的。她坚硬、偏执，甚至有些疯狂。她第一次看向他的那种清冽的眼神，于他来说，直到他和她有了恋人的种种亲热举动之后，依然是无法破解的谜团。

他会和她聊一些事情。比如说，即将排演的剧目，又比如说，她死去的母亲。

"母亲死了以后，我和喻小红更像一双孤儿。"喻小丽说。

"哦。"他稍稍有点惊讶。

"有时候我想，如果我和喻小红是龙凤胎……她会是女的，我则更像其中的男胎。她会是另一个我。"

"另一个你？"他吃了一惊。

"是的，说来也怪，从小到大，我们有很多事情都很像。非常奇怪的相似。比如说——"喻小丽停了下来，把脸凑到年轻小浦的面前——他几乎能听到她"嗞嗞"的鼻息声，她继续往下说，一字一顿地："比如说，我可以肯定，我妹妹喻小红，她一定也很喜欢你。"

他有些尴尬地笑了笑，又耸耸肩。

很快，他扯开了话题。

"你妹妹说，自从你母亲走了以后，每次出门，她都会和屋里的每个人拥抱告别……"

"她是这样的。"喻小丽打断了他，"她，比较多愁善感。"

"但你不是……"

"所以，我刚才说，如果我和我妹妹是龙凤胎，她会是女的……我和她，在有些方面很像，非常像；而在另外一些方面则非常不像，甚至截然相反。"喻小丽如同巫女一般，把一段没有什么逻辑关联的话，断断续续说完。

二

而就在这时，那个琴师很快登场了。

琴师三十来岁的样子，或许还要更年轻些。他有着浑圆如同蛋壳的头形，头发是寸头与半寸头之间的长度。他穿的衬衣长长地盖过臀部，没有什么皱褶，更谈不上曲线，只是很安静地垂下来，像水。细灰色，比白糜烂，比黑颓废……

他显得很淡定的样子，对着剧团里的人微微欠身：

"你们好。我叫净空，是弹古琴的，家就住在庆元寺旁边。"

庆元寺是座江南名寺，寺边有一片名叫鸳湖的水域。在一些比较特殊的日子，城里的人会去那里求签。年轻的小浦就记得，有一次他在车上睡着了，醒来的时候，看见庆元寺外满眼的树，高到参天。

而现在，这位家住庆元寺旁边的净空琴师开始弹琴。他弹古琴，他待人处世的姿态就仿佛那些古琴曲的名字。他是淡的，顺着命运来的，流淌着。

有一件不可思议的事情很快发生了——喻小丽、喻小红同时疯狂地爱上了他。

没有人知道，那阵子的小浦究竟在想些什么。有人在学校小树林里看到过年轻而阴郁的小浦。他在那里散步，抽烟，有时似乎正安静地读书。只是他身边仿佛有个极其虚无的空间,这多少令他显得有些心烦意乱。

这段时间里,也有人曾经见到喻小丽和喻小红。她们在树林后面的池塘边大声吵架,然而最终又抱头痛哭起来。

只有庆元寺的净空琴师,仍然穿着那件长长的灰色衬衣,背着他的那床古琴……后来人们回想起来,说他走路有点芭蕾舞步的感觉,稍稍踮起些脚尖,挺起的后背和脖颈把他和真实的外部世界轻轻隔离开。

这件事情的高潮和结尾都发生在隔年的一个春夜。这也记在了派出所当时的笔录里。概要是:这一天,四人(小浦、琴师、喻小丽、喻小红)一起去庆元寺和莺湖踏青。到了晚上,突然暴雨倾盆,琴师净空不幸在莺湖边失足溺亡。喻小红则因为惊吓过度,在精神状态方面出现了极其严重的问题。

"什么也没有。"他说

一

"二十年前……那个时候,你差不多十九岁吧?"院长老浦又打开了那扇藏在书架后面的木门,紧接着是一声沉闷而又突兀的开瓶盖的声响。

"不,你记错了。那年我二十,喻小红刚好十八。"喻小丽接过院长递给她的红酒杯。

"哦。记忆这东西,总是……很奇怪,非常奇怪。"院长抬了抬手腕,把杯中之物一饮而尽。

下午,大约四点来钟的光景。院长和喻小丽一起去湖边送两位警察。

陆陆续续有消息返回,说是逃出去的三位患者中,已经有两个辗转回到了家里。然而,保安口中那个"戴着雨帽,笑的时候露出一整排雪白牙齿"的主谋喻小红却仍然杳无音讯。

天色慢慢暗沉下来,到处是蓝一块灰一块的色调。然而边缘部分,却是暴雨过后或者黄昏将近时惊人的亮色。所以,如果从这个角度来讲,其实整个天空的颜色并不那么和谐:仿佛随时可能再次下雨,也仿佛很快就会堕入深黑的暗夜。

两个警察坐的小船渐行渐远。他们一个坐在船头,一个蹲在船尾,沉默着,并没有太多的交流。只是瘦警察会不时抬头望望天色……雨没有下下来,但到处又都给人一种要下雨的感觉。因为风向的缘故,小船返回的时候显得缓慢而又颠簸。所以至少从视觉上来看,船上的两人显得孤零零的。孤零零,然而又吃力地抓住船舷,像风中的枯叶一样渐行渐远。

"喻小红不会有事的。她……只是需要那种不顾一切的感觉。"喻小丽喃喃自语。

"你的意思是,她确实从来没有发疯?"院长冷不丁地冒出这么一句。

片刻的沉默。

"就像你一样?"院长甚至轻声笑了起来。

"那么,到我那里,再去喝一杯?"喻小丽听到院长老浦这样说。

二

院长办公室。他们正在看一部短纪录片。喻小丽在影碟堆里随意挑的一张。而院长老浦一边看,一边不停地走动,不停地喝酒。

屏幕左上方跳出一行字:

1966 年 9 月 6 日,南非总理和国民党领袖亨德里克·维尔沃德博士在议会上被一个白人极端分子用刀刺死。

"是 1966 年的'南非刺杀总理案'?"喻小丽试探地轻声问道。

"对,这件事曾经轰动一时。"院长在喻小丽旁边坐了下来。

"刺客是个白人。"喻小丽盯着屏幕。

"不，那人其实是黑白混血儿。"院长纠正道。

"那么，不是因为种族隔离……"

院长张了张嘴，合上，又张开："这个黑白混血儿在小时候就被判为白人。所以，他一直试图隐瞒一个真相：他父亲其实是黑人。后来，他又遇上了一大堆麻烦事，生病，因为身世没有国籍，爱上了一位黑人女子……你耐心看下去，这部短片的结尾很有意思。"

喻小丽点点头，安静了下来。

这时屏幕变成了黑白色。或许从头至尾其实一直是黑白色。经历了一阵快速的变动，跳跃，闪烁，以及尖叫声，终于一切归零，回到制作者与凶手之间的一段对话。

制作者名叫西奥皮斯。

"你为什么刺杀总理？是因为种族问题吗？"西奥皮斯问。

"是，但……又不是。"

"究竟因为什么？你的刺杀动机是什么？"西奥皮斯继续追问。

"因为，我有一个女朋友。我爱她，但是……在这个国家，我既不是白人，也不是黑人。我不能和她结婚——还有——"

"还有什么？"

"还有，当时我正在生病。讨厌的蛔虫。厌世，浑身不自在。"刺客有些不好意思地笑了笑，"后来，我冲了上去……"

"那个瞬间你在想什么？"西奥皮斯将前面四个字的发音拖得很长。

"什么都没想，一片空白。"刺客漠然却又真诚地回答道。

三

酒后的院长变得有点焦躁不安起来，就连说话的声调也稍稍提高了："所以说，很多事情有着让人出乎意料的答案。答案或许只是精神创伤，甚至……甚至只是一些小小的蛔虫。是的，小小的蛔虫。"

院长像只没头苍蝇般在屋里来回踱步，并且很快又传来了一声沉闷而又突兀的开瓶盖的声响。

他站起来，又重新坐下。"小丽……"他唤她，身体向她的方向倾斜过去。仿佛有什么东西回来了，他的眼睛凝视着她，晶亮有光。她的脸沉浸在阴影里，有一种力量隐藏着，要把他推开。

"这么多年，我一直都无法忘记你。这是件多么奇怪的事情。即便你抛弃了我，爱上了别人，甚至怀上了别人的孩子……"

"孩子——什么孩子？"喻小丽皱了皱眉头。

"你和……净空的孩子。"院长仰起头，长长地吐了口气，一阵芬芳而又幽深的酒气骤然在房间里弥漫开来，"二十年前的那个夜晚，也是狂风连着暴雨，电闪雷鸣，我们四个人都喝醉了。我趁着酒意大哭着试图再次挽留你，而你只是面无表情地告诉我，你已经怀上了净空的孩子……"

阴影里的喻小丽寂然无声。

"那个孩子……"院长这时似乎感到了空虚，或是一股莫名的寒气。他仔细地端详着自己的双手，现在它们交叉在一起，蛇一般扭动着："他，或者她，怎么样了？"

"没有那个孩子。"

"什么？"

"如果我告诉你，其实那个孩子根本就不存在；如果我告诉你，当年我对你撒谎，只是为了让你彻底死心离开我……你会不会恨我？"喻小丽的声音像天空中的滑翔伞，一点一点低下来，再低下来。

"你骗我……"像闷雷一样的声音。

"是的，但不是……"

"你为什么要骗我？"院长把几乎变形的脸伸到喻小丽面前，一字一顿地问道。

"我——"

"为什么?！"院长的语调变得咬牙切齿起来。

"因为净空……他是……那么好，"喻小丽有些胆怯地躲开了院长，小心地选择着一种安全的语调，"你不知道，后来，那天晚上，他准备了一个字条，装在密封的袋子里，上面写了很多字。就在莺湖的岸边、水里，他举着那个字条给我看……虽然很不幸，那样的风雨交加中，他失足溺亡，最终没能从水里回到我的身边。但他是个痴情的人，从一开始我就知道。"

"哈哈！"院长这时突然出人意料地大笑了起来，"一个痴情的人……"他的脸上露出奇怪的光泽和红晕，恍若圣灵降临。他继续说："你们这些无可救药的浪漫主义者，你，喻小丽，你的妹妹，喻小红，还有那个会弹好听曲子的琴师净空……你们就像天使一样地相爱着。你爱净空，你的妹妹也爱净空。净空死了，你们一个跑了，一个疯了……"

"是的，"喻小丽眼眶微微有点泛红，"这样的事情谁遇到了都会受不了，我妹妹一到暴雨天就会发疯，我也再不想回到伤心之地——莺湖。溺亡……"

"但是，那不是溺亡！"院长的眼睛放射出雪亮的光芒："溺亡？以那种方式？那样懦弱的一个人，怎么可能？你们为什么从来没想过那不是真正的溺亡？为什么没想过我会发疯？没想过为了你，我可以脑子里一片空白地去杀人？为什么你们从来没想过真正的疯子其实是我！是我！你听到没有？是我！"

院长慢慢地蹲下身子，如同一团倔强韧性的稀泥。他双手紧紧抱着自己的头，柔情抚摸，如此爱怜而又呵护，如此不舍而又悲悯："二十年了，我一直躲在这里。因为我才是真正的疯子。"

"你——走吧。"院长朝喻小丽的方向挥了挥手。

四

那天晚上，喻小丽坐船逃离小岛的时候，整个湖面出奇的平静。船至湖心，她突然听到四周响起了钟声。

"你听到什么了吗？"她问摇船的那位疲惫的船夫。

"什么？"他漠然地看向她。"什么也没有。"他说。

备注：

欧阳公《诗话》讥唐人"夜半钟声到客船"之句，云："半夜非钟鸣时。或云人死鸣无常钟；疑诗人偶闻此耳。"予尝过姑苏，宿一寺，夜半闻钟。因问寺僧，皆曰："分夜钟。何足怪乎？"寻闻他寺，皆然。始知"半夜钟"，惟姑苏有之，诗人信不谬也。

——《类说》

盒人小姐

沈大成

"你觉得怎么样？"他问朋友。

在场的有好几个朋友，他只向其中一个人硬邦邦地发问，而且问好后胸口往前抵住桌面，目光咬紧那人，样子很凶。实际上，他的脸在灯光下泛红了，一直红到耳朵上，他在害羞，放松不下来，只好盯着一个人，好像可以把窘态缩到最小一样。

大家都了解他，不以为意，一听他的问题就取笑他，坐在旁边的人还用肘部捅他。由于大家同时晃动身体，被他看住的人从目光中逃脱了。接下去，他胡乱看向每个人，都是活泼开朗的脸。在这间餐厅里，他们刚吃了一些切得大块的营养很足烧法却很粗的食物，也喝了酒，神情很松弛。只有他，虚张声势。

他是一个恋爱中的青年，因为爱情苦恼，他在聚会中问朋友，自己与那女孩有没有希望？但是没有获得支持，大家都哈哈笑着回答，"一点没希望""想得太多了"。还有人说，"你最多和我姐姐在一起。"

"什么，我和她？"他僵硬地靠到椅背上拒绝，"不要你姐姐。"

对方登时认为受到侮辱，要和他争一争自己姐姐的好坏，虽然平时大家一起玩，就数这个人说自己姐姐坏话多，当她是开玩笑的好材料。争论并不认真，也不持久，逐渐被别的话题消解了，体育比赛啦，周末打牌啦，一种新的娱乐科技啦，大家开始谈这些。但是男青年的愁绪没有过去，聚会结束后，他走在夜晚的路上，还是忧伤。

人家说"一点没希望"是符合现实的，青年边走边想。

青年也知道爱情无望，所以才想从朋友的嘴里寻求假话当作安慰，可是大家整晚都说些有的没的。他奇怪，以前感兴趣的话题，怎么今夜兴味索然了。后来，他忍不住再次为朋友开脱，也嘲笑自己：我都不敢相信的事，却期望别人说它会变为现实，算不算是一种思想上的栽赃？他庆幸朋友没中计。

走着走着，路灯劈头洒下苍白的光，照得独行的青年感到了冷。经过路边隐蔽处的高智能感应喷头，喷头精确地转向他，呲一声，朝他喷出细密的水雾。他从小到大被喷习惯了，只是在刺激下眯一眯眼睛，不停顿地往前走去，走几步路又是一个喷头，又朝他喷射，他穿过一道又一道水雾，走了不太远，裸露在衣服外面的皮肤更加凉了，心情是痛苦难堪。

青年走到了人流更密集的地方，周围楼宇气派了，霓虹灯装饰着广告牌，到处是声音和闪光。在一个路口，他和一些行人被交通信号灯拦下。停下的这个地方，周围竖着七八根黑色细杆，从地面一直伸展到人们头上，细杆顶部向着区域中心位置稍微弯折下来，这样就把所有人包围在一个笼状的空间里。一个电子声音从多个角度向站在里面的人说话，声音综合了男声和女声的特点，用凌驾于两类人之上的威慑力，清晰地反复说："请在此等候。请在此等候。"每两句要求或者说警告之间，插入一次短促的蜂鸣声。青年在它的监督下，在此等候。陆续又有人来了，在他前后左右站定，等候。大水雾洒下来了。

大水雾从细杆顶部的喷头中落下，经过科学计算，笼罩住他们。和青年一样，人们都默默忍受，脸上的表情显得好像完全没有这回事，既没听到电子声音，也没被淋湿，仍继续打他们的电话，相互闲聊，或者就是一动不动地瞪视着马路对面。喷洒持续了八秒至十秒，在此期间电子声音又把同样的话重复了六遍，忽然喷头一下子收住，那声音也沉默了，信号灯紧接着跳转成绿色，被喷淋的小集体得到这三重允许，可以离开了。他们向马路对面走去。他们刚走开，信号灯转为红色，拦住了下一批行人，电子声音也开始重复说道："请在此等候。请在此等候。"新的一批人马上就要享受属于他们的喷淋了。

细杆子里流的是消毒药水，喷头把它们喷出来，对人消毒。

青年刚才在小马路上已被消了好几次毒，是小剂量和快速的，到了热闹街区，必须接受一次正规全面的大型消毒，而且此后，和走在小马路上一样，随时会被补喷一点消毒药水。到处都安装着自动设备，监测人群密度，计算喷洒频率，以保证药水有效地沾到人们身上。不久前，青年和朋友们聚在一起吃东西，餐厅的墙上也有喷头转来转去，定时对准每桌喷一次，有人会若无其事地用手遮一遮餐具，仿佛顺着聊天比了一个可多可少的手势，就此把饮料食物与药水隔开，但是更多人根本不理会，药水早已渗透他们的身体，再吃点喝点也没关系。

喷消毒药水的原因是，这里已经沦为疫区很多年了。在青年这一代小时候，一种不断变异的病毒曾经差点杀了所有人，它让医院尸积如山，墓园一穴难求，在人们心头留下许多苦痛。至今病毒仍没有消除干净，谁染上就会死，传给别人，别人也会死。传染速度之快，像把一样东西递给旁边的人，病程迅速又激烈，拿到手的人立刻与传给他的人一起死了。人们发现，唯有积极消毒能够弱化病毒活性，防传染，保平安。人们还发现，和死亡比起来，淋点药水实在很好忍受，青年和他的朋友们伴随日益升级的检疫措施长大了。

青年过了这个路口，就越过了一条界线，以外是检疫级别较低的平民区，是他日常生活的地方，以内是都市繁华区，同批被消毒的行人走进来后分散了。人们出入于五光十色的奢侈品店。酒吧与咖啡馆的外面摆着小桌子，坐满对对情侣。一条歪曲的长队从知名餐厅里延伸出来，顾客执着地等候座位。这里还有数之不尽的高级酒店、手工艺品店、画廊、剧院、歌舞厅，等等。

无视消毒而尽情享乐的人们，脸上尽露欢愉，但时常也会控制不住地泛起抽搐，因为除了感应喷头，还有神出鬼没的小针。人们一天之中要被针扎好几回，被扎时，有另一个电子声音会提示说，"验血，请不要动。"小针和针筒从墙壁、桌子、椅子、树干或任何地方突然冒出来，神秘消失时带走采集到的一小管血。人们避免看向针头，像喷头一样忽视它。

显性的困扰，或许还数空气。在疫区中心日夜不打烊的销金窟里，空气尤其湿，待久了，遍身湿漉漉的。消毒药水在空中凝成雾，成群的人把雾搅来搅去，就在雾最浓的地方，有一类和青年样子不同的人，那正是青年今夜烦恼的源头，那是一些盒人。假如喷消毒水、抽血验血、湿空气全能忍受，不能忍受的是什么？青年想，是差别。

主张对病毒进行极端防御的人，把自己装进盒子里生活。盒人数量不多，因为盒子很贵。青年爱慕的女孩最近成了一个盒人，他和她暂别了一段时间，于上周再次见面时，不由大吃一惊，原来她豪掷千金，对自己做了改造。

眼前的马路上就有好几个盒人。青年先看到一个男性盒人从一家事务所走出来，他风度翩翩，穿高级西装，涂抹了充足的发油，使发型饱满地立在头上。他全身是干爽的，因为他被封闭在一个类似玻璃制作的透明盒子里，不吹风，不淋雨，免受消毒药水喷洒。盒子的八角尖尖、棱线直直，又明亮又气派。男盒人从容地走，罩在外面的盒子随着移动，为他在路上开拓出一大块只给他用的地方。男盒人的盒子来到附近，一把顶开青年，迫使他让出道路。青年咽下骂人的话，目送盒子扬长而去。

"逮捕。逮捕。"一辆无人驾驶的医疗车尖叫起来，车顶的红蓝两色爆闪灯冲破浓雾，车开过去时，就连男盒人也慌忙退避，车越过他又往前急冲。此处紧张的气氛缓解了，远处传来骚动声，那里有个人几分钟前被小针采集的血样，送到后台检测后判定不合格，警用医疗车正在抓捕此人。此人前一刻应该还不知道自己将被批捕，不知道会有医疗车直冲自己驶来，他被采完血后，或许正在走路，或许排到了知名餐厅门口的队伍里，他确实感到身体里有点异样，但病毒暂未造成明显不适，毕竟病毒只要攻击他一次他就会死，他发病前对于它极不熟悉，他看到医疗车出现并停在面前，一定会万分吃惊。

青年曾经目击过几次感染者是如何被医疗车带走的，其实只要一次就够了，一次的印象就会永恒地刻进大脑。青年的印象里，有个感染者决定不顺从，拔腿逃亡，一瞬间就被从医疗车车厢里伸出来的机械装置钳制住并拖了进去，可能是害怕，可能是病发，但更像是害怕，感染者浑身剧烈颤抖，身体像一具有机乐器大声哀鸣。一入车厢，人们顿时听不见感染者挣扎了，应该是被制伏了。传说中感染者会被送去一个地方等死，不过很多人怀疑不存在那个地方，那个地方就在车里，抓进车里就地扑杀。片刻间，医疗车响起一种与来时不同的警笛声，比较悠闲，比较快乐，它开走了。最后，从高处，从四面，粗如儿臂的管子冒头，消毒药水大喷大洒，对出事地点及附近的人进行强消毒。这就是一般的逮捕过程。

此时，青年及周围的人们发现自己是安全的，又走动了，又翻搅着雾气，雾气把刚才紧张的气氛掩饰过去了。人们都想，幸好不是自己，万幸不是自己。可何时轮到自己呢？

接下去，两个盒人结伴来了。他们是一对非常漂亮的人，男性是一位绅士，女性是一位婉约的小姐，年纪轻轻，都穿高档时装，他们轻快地走着，盒子上反射着霓虹灯光。不同于前一个男盒人，两人为打扰别人表示抱歉，向两边路人微微颔首，宛如皇室成员行过红毯。这也因为他们实在是太占地方了。盒子做了"接驳"，两个立面紧贴，很仔细地对准了边线，因此两只大盒子整齐地并列在路上移动时，是前一个男盒人碍事程度的双倍。盒中两人的关系俨然是情侣，被阻隔在独立的立方块中，做不了普通情侣肯定喜爱的各种身体接触，但他们给人的印象是，觉得这样很好。看得出来他们在谈一件趣事，雪白的牙齿露出来，对着彼此情深意切地微笑，但人们听不到说话声，他们把对外的声音通道关闭了，交谈被限制在两个盒子中。等他们走到某个地方，他们停下来做了一次告别，各用手指沾了一个吻，涂在盒壁上。随后，两个盒子解除接驳，往两个方向离开了。

情侣盒人再次触动青年的心事。这里离他爱慕的女孩住的地方不远，他想起上星期他们约会的情景。

那天天气晴朗，下午时分白云像打开的桌布逐渐铺到蓝天上，风是清新的，这样的天有利于消毒药水挥发，空气稍微地不如今夜湿。他收到女孩的召唤，穿了最好的衣服等在她门口，注意到她新换了大门，移走了本来放在门两边的盆栽，那里原先栽种了一些樱桃红的小花，还有一根长茎上串着许多钟形花朵的花，花连同它们的小叶子，喜欢无害地骚扰人的腿，现在没了。他特地跑到旁边住户的门口，通过确认邻居没错，确认地点是对的，再转回来时，大门正巧向两边打开，露出一个很大的缺口，成为盒人的女孩四四方方地走了出来。"怎么回事！"他听见自己轻声说，"怎么回事？"

他一定是没把表情控制好，也管理不了身体，他向左边和右边分别转身，仿佛旁边站着一些智慧的朋友可以解答疑问，最后他终于转回去面对焕然一新的盒人小姐，结结巴巴地问她，"你怎么，你为什么？"

盒人小姐饶有兴致地看着他团团转，"我做好了'装盒植入手术'，觉得怎么样？"从她嘴里说出的话，通过盒子上半部分的扩音器传到外面，他听来很不习惯，声音有少许延迟，还有一点变形，造成一种错觉，好像不是女孩在说话，是盒子根据嘴唇动作在配音。

"啊，"他说，"手术，是做好了。"

他多少镇定了一点，主要是他开始理智地思考，自己没有立场挑剔她的做法，他们还算不上男女朋友呢，他是单方面地爱慕她，所以他才不知道她消失一段时间竟是去做手术。不但不是男女朋友，自己还是一个外围的人。

外围，他想，现在真的是在外面。

他们并肩走，他看着盒人小姐的侧面，努力转换心情，开一些小玩笑，出于自尊心，想擦除刚才误建的一个没有见识的笨蛋男子的形象。她在盒子中央，无论他站在外面什么位置，她都像一个装在玻璃柜里的展品，离开他几乎五十厘米远。他为了寻找一个合适的地方陪伴她走路，与她交换了几次位置，左边，右边，左边。在那过程中，盒子锋利的四条棱像刀刃似的切割了他好几次，身上很疼，但他说着"对不起"，努力不表现出疼来。同时他猜测，盒子被碰到的感觉会传递到她身体——就是说内部的那具身体——上吗？应该会的，盒子此刻是她的一部分了，两者是一体的，共用一套机体循环系统。后来他决定走在她左边，他在讲些无聊琐事的时候，一直从左边观察她。

手术后，她连人带盒比他高大，造成压迫感。但盒子内部的她，样子比以前更精致美丽了，以前也好看，现在仿佛提升了两个档次，吸引他目不转睛地一直看下去。盒子用了某种技术，使五面盒壁腾空在她周围，她踩在脚下的那层则富有弹性，可以适应大多数地面的状况。仔细看，盒子内壁上有些近似透明的小按钮、可以上下拨动的小开关，时隐时现微妙的光，她能用它们完成一些他还不了解的操作。

他的视线落在他们之间的那层材料上，上面有刮痕。"这里有刮痕。"他说了出来，甚至用食指擦拭了几下，"对不起，我……你不介意吧？"盒子是温热的，这样做，仿佛不受邀请就摸她身体，很不礼貌。青年回想起来，那天他接二连三地做错事。

"这里也有。"盒人小姐没有责怪他，反而原地转身，给他看另一个面上的刮痕。这次他聪明地后退一步，留出空间给立方体旋转用，避免再被割伤。果然另一个面上也有，是某种硬物与它激烈摩擦后形成的。

"我看到了。怎么回事，你有什么感觉吗？"他控制住又要去摸的冲动问道。盒子作为身体一部分的话，那么它们就好比是身上的伤疤了，难道留下时不疼吗？

"因为这是二手的呀。"盒人小姐笑着，态度如同谈论一件衣服。

她告诉他，正巧有一个老盒人死了，人们把那位老太太从盒子里拖出来埋葬，对空盒子进行检疫、消毒和维修之后，就又能拿来给别人用了。"新的当然好，所以要登记排队等很久。不过这个也不错，我的前任始终小心谨慎，把盒子维护得很好，除了你看出来的小毛病，像新的一样。"

他们就死去的老太太谈了一会儿，他问盒人小姐：她的死法是什么样？你以前见过她吗，他们给你看她照片或者其他资料吗？你会不会有时能想出来她从前就站在你现在站的位置的那副样子呢，想到时你害怕吗？有几个问题，他问出来就后悔了，它们继续标示出他位于她新生活的外围。

她挑选了一些问题回答，由于回答不太连贯，青年就加上想象。那天之后回想起来，不清楚哪些部分是听来的，哪些部分来自想象。

这个老盒人，要把她归入时代的推动者行列，但她不是台面上的决策人，她是实验室里搞科研的，人到中年时已是某课题的骨干，这一课题和盒人技术平行发展。"平行"说明白点，就是他们这组人反感盒人技术，认为它属于由资本推动的机甲研发，偏离了纯粹的科学精神下的病毒研究方向，重视它就等于降低自己课题的地位，因此两方面长期是竞争关系。直到发生了一场重大事故，打破大家的立场。在实验中心，有名研究人员操作不当，致使活性很高的病毒泄漏了，他当机立断地做出英勇表现，立刻启动实验中心应急机制，定义危险级别为五级中的第二级——这是准确的，电脑迅速封闭大片区域，他连同附近几个实验室的无辜者被封锁在内。死亡来得很快，其他科学家在玻璃墙外，在监视器前，集体观看了惨况，甚至采集了数据。没有人特别责怪那位研究人员，这虽是事故，但也是牺牲，是对科研的终极奉献。事故削弱了各个研究室的实力，没预料到的是，很多科学家从此调整了研究方向，A站到了B的小组中，B站去了C的小组，C新建了一个小组，他们从同一事件得出不同结论，都鞭策自己从此以后朝着各自结论所指向的方向加倍努力，目的都是早日做出成就，解救人类。于是科研队伍重新洗牌了。

老盒人有一个亲密同事死于事故，传言这种亲密关系也长时间地延续到工作以外，不知她经过哪些思考，当她最终站出来后，就坚定地宣布放弃原先立场，余生将全力支持盒人技术。正是在她的领导下，又经过多年奋战，人们终于攻克了该技术最后一道难关，可投入民用的盒子造出来了！这时她在科学界已获得极高地位，她要求把自己植入盒中，理由是必须有专家从盒子内部继续深造该技术，她在盒中将近十年，继续完成一些重要论文。到了这天，人们看到她的盒子横倒在街头，老科研工作者的身体不再位于立方体中央，像风一吹，一朵老花飘落下来，掉到了盒子内壁上，皱缩得比她活着时小了一点。人们摸摸盒子，已经冰冷了，敲敲它，里面的人没有反应。好心人试着把盒子扶正，她顺着一面内壁滑到另一面上，仍然趴着没有反应。于是专业的救护人员被叫来了，他们开另一种医疗车，运走老盒人，在救护中心打开盒子，将她与盒体分离。她死于衰老。

青年闭上眼睛，看见老人像一只贝类动物从壳里被剥出来，而在意识的一角，他也想象了走在身边的盒人小姐日后将迎来的大结局。

　　青年沾了盒人小姐的光，路上的行人由于盒人走过来了，自动让开路。路上还有少量别的盒人，他看到，盒人们用目光向同一阶层的自己人互致问候，一个帅气的男盒人目光灼灼，从远处开始，视线就黏在盒人小姐身上，然后像渔夫收紧钓鱼线一样向他们直走过来。青年吃惊地想：一个人怎么能保持这么长时间不眨眼！男盒人走到他们面前，用力盯看一眼盒人小姐，挤出自负的笑与她打招呼。青年又气愤地想：他看上了她，对她有兴趣，想接驳！似乎听见青年的心声，男盒人最后用余光冷酷地一扫他，瞪着眼睛走到他们来时的路上去了。

　　当他们停在一个以前去过的街心花园时，青年的头发湿了，他不安地用粗大的手掌将头发从额头往后撸，衬衫现在贴在他胸口上，肉的形状从布料下透出来，因为一路上喷头一遍接一遍地喷他，而且消毒药水刺激到皮肤，擦伤的地方在弹跳，让他除了疼还分心。他殷勤地为盒人小姐移开一些障碍物，在花园里一棵树下整理出一片容得下她的空地，她走过来，整洁如初，让盒体轻轻倚靠在那棵树的树干上，高处的枝叶垂下来，盖住部分盒顶，在她周身打出美丽的阴影，她双脚悠闲地交叉着，偶尔用一只脚擦擦盒底，在盒子和泥土之间，压着几片落叶，她的脚描着落叶的形状。他仍然距离她约五十厘米，感到了两人在病毒面前的阶级差异，尽管女孩用的只是二手盒子，自己还是显得卑微。

那天他们究竟做了什么有意义的事情吗？回想起来不过是他接到电话后见她了，这么走了走，谈了谈。

他记起其中一件事，她聊到了正给爱狗定制盒子，快要交货了，马上就能把小狗植入了，熬过短暂的分别，等小狗有了小盒子，就可以和自己的大盒子接驳起来，共同生活，狗再也不用经常抖它的湿毛，冒被感染的风险。她说这些话大约是在回答他的问题，因为他好奇她的选择，关心她的感受，虽然现在记不太清，当时肯定是笨拙地问了许多要如何处理各种事情之类的问题，于是通过扩音器她的声音传到树下，她说，甚至不会寂寞，她还能养狗。

"啊，这样很好，很不错。"在她说话时，青年多次回应道。

青年皱起眉头，眉心的皱纹扭成一个歪的大叉，在他脸上停留了很长时间。她的话不费解，解释了一些表面问题，然而他还是不理解埋在那下面的、位于她思想中的东西。

青年倒不是说他认为自己活得好。事实上，糟死了。不能彻底消灭病毒，人们每天都面临危险，病毒总是变异，消毒药水也得跟着升级，有时候的药水像臭袜子、烂水果和死去两周的小鱼混合后榨的汁，不小心跑进鼻子或嘴里，恶心透了，即使是最温和的配方，也让人如同日夜被泡在福尔马林里，却还活着，能走路，手脚的皮肤皱巴巴的。监测系统还会使你老觉得被偷看、质疑自己不干净。

就更别提被针扎，还有谁也不知道何时会在雾中被医疗车带走，被扔在隔离区一个人悲惨地死去，或者更糟，在车里就被分解成没有生命的碎片。这种生活谁能真的乐此不疲？虽然有时候忘了理解现状，但只要仔细一理解，就绝对理解不了。青年理解不了这种生活，不过，他也理解不了几乎脱离了这种生活的盒人，可以说，更不理解他们，他们把自己制成了昂贵的标本。他有些责怪刚听说的老盒人，责怪她在科学问题上转山头，又一次责怪使人产生差别的金钱，当然他始终责怪病毒。

"可恶。"看到树的阴影在盒子中移动，反复触摸他喜欢的女孩，她的头发、肩膀、手臂、腰和腿，他却永失机会了，他在心里说道。也可能他实质上想表达的是"可笑"，再或者就是他和她以及全部的人可笑的同时也很可悲吧。

这时，盒人小姐第一次轻敲盒子，用的是食指的第二个关节，敲了两三下，盒子发出的声音类似在交响乐队中最次要的乐器三角铁，音色清脆但音量微弱，在花园中曼曼回荡。

"什么？"鲁莽的青年不及细想也伸出手，掌心贴住盒子，和她的手之间只相隔一层材料。他感觉到一些温热和震动。他们都没有很快撤回手，直到盒人小姐微微一笑，手垂落身侧。她敲盒子是想提醒从刚才起就出神的他：应该走了。他们从街心花园出发，再次经过一些马路，回到她安装了两扇大门的家，其间不怎么讲话了。在门口，她与他告别，到此结束了约会，此后也没再联系他，仿佛那是特地做的永远的告别。

今夜，在聚餐中受到朋友嘲笑，散了长时间步仍排解不了忧愁的青年，发现自己又一次走到了这里。

大门紧闭。极力抬头往围墙上方看，一栋现代建筑的最顶部露出来了，是灰色、精简和阔绰的。几个房间亮着灯。他听见里面有小男孩为了反对什么而阵阵怪叫，再一听，不是男孩，猜是那只即将装盒的狗在睡前叫叫玩玩。

青年徘徊在门口。今夜这附近明显不欢迎他，感应喷头喷出来的药水过多，次数过密，衣服吸饱水分逐渐沉重，头发往后撸了几次后有点打卷，几缕又散落到了额前。另外，光是站在这儿，他就被从墙上蹿出的小针戳了两次。

他没有摁门铃，摸出手机，拨打之前，脸仰着再向房子看一看。"逮捕。逮捕。"一辆医疗车在看不到的地方叫了几声，今夜车真忙啊。这之后，青年的周围非常安静，突出了一个微弱的声音，是机械装置在暗中运动，他知道喷头又一次瞄准了自己，便把脸向预测将会喷出消毒药水的相反方向紧急一扭。但预测失误，药水迎面洒来，像一小股喷泉。他擦了一把脸，挫败地低下头，盯着手机屏幕看，手指十分珍惜地放在盒人小姐的名字上，在那上面滑来滑去。

今晚我正好在附近，不知不觉走到这里，想来看看……见见你。也许你觉得现在不太晚，现在是有点晚，我意思是，想再见你。

青年练习要说什么。通过合成在盒子里的通讯器，女孩可以接听来电。

不知不觉走到这里。不知不觉走到你这里，也没什么事。

他又试讲了几遍，都不太满意。突然他泄了一口气，手指一滑，点中通讯录里的一个人，在他后悔之前，对方已经迅速接起电话。

"嘿，你在干什么？"他只好说，"你弟弟在干什么，到家了吗？不，别叫他，不是找他。"

对方正是吃饭时说"你最多和我姐姐在一起"的那位朋友的姐姐。她有点儿粗俗，容易快乐，任何一次出现在聚会中大家都欢迎她，却也不重视她。想起她的样子，现在让他轻松。

"你喜欢约会吗？"他突如其来地，流利地就问出来，"比方说，就是今天，现在。"

青年决然地离开盒人小姐的大门，往大马路走去，从大马路上又能重回平民区，回到属于他们的地方。他一面说，"不，'现在'不是指一分钟后，也不是指五分钟后，哪有那么快！但是我正在赶过去，等下见好吗？"他讲着电话，渐渐走到新起的浓雾里去了。

收录于沈大成《小行星掉在下午》一书，广西师范大学出版社，2020 年 1 月

二十一楼

李晓晨

一

敲门声响起时大概是下午三点钟，起先有点窸窸窣窣，后来响起来一阵急促的有节奏的嗒——嗒嗒。荆枝正在午睡的后半段和一个穿着浅色卫衣的男人商量怎么才能煲出一锅上好的腊味饭，恍惚觉得他追到自己家来洗手做羹汤了，停顿几秒才明白外面确实站着个人。

门警惕地打开一道缝隙，阳光热辣辣涌进来，照在脸上暖暖和和的。她的视线几乎被一个硕大的轮廓遮住，跃入眼里的还有一头金色的卷发，再飘来一股若有若无混杂着香水、洋葱的乱七八糟的味道。荆枝忍不住一连串打起喷嚏。

　　立在门外的人说，她叫叶芙根尼娅，以后可能要住在她身旁。荆枝的大脑高速运转起来，模模糊糊记得公司好像要安排个俄罗斯同事住在隔壁房间，办公室管公寓的大姐还嘱咐她尽量尊重别人的生活习惯，省得跟国际友人闹出什么不愉快的事情来。

　　荆枝憋着一口气深深地拥抱了那个壮硕的身躯和有些呛鼻子的味道，默默地从一数到三打算松开双臂，冷不防双脚离开了地面，叶芙根尼娅在午后的阳光里把她抱起来，不费吹灰之力。"一定是个好兆头。"她想着，卖力地把地上的行李箱拖进门里。

　　叶芙根尼娅是公司新招的俄语销售，会一点点英语和汉语，专门负责跟俄罗斯客户打交道。荆枝到现在也记不清她一连串啰里八嗦的名字，索性就叫她莎莎，这是她们老家对俄罗斯女人的通常叫法。一段日子过下来，她和莎莎的交流基本上只限于大学四级英语和各种夸张的表情手势。她们相处得还不错，莎莎从来不会带些莫名其妙的男人回来，也不喜欢招一堆人来房子里开 Party，甚至连烟都不抽一根。她喜欢在厨房里炮制各种料理和中药，那些葱姜蒜香叶咖喱和中草药的味道让荆枝整日整夜地睡不好，连绯红色的梦里都晃着一阵阵莫名其妙的味道。有天晚上她从一种特殊的苦而酸的味道里惊醒，迷迷糊糊觉得自己好像在印度取经。

　　像一头充气的玩具大象似的，荆枝每天都把一些莫名其妙的味道吸进鼓胀胀的肚子里，它们从鼻子和嘴巴扩散到全身的各个器官，直到蔓延至身体里的每一根毛细血管。她有时候觉得自己的呼吸是焦糖味的，有时候是迷迭香的，更多时候自己也搞不清楚呼出来的到底是什么味道。莎莎把工作之余的所有闲暇都投入到了对味道的研究上，还说要开发一家气味博物馆，她顿时觉得以后是没什么希望了，就字斟句酌地写了一封几百个单词的短信反反复复背诵，直到可以用英语流利地表达保持室内空气自然清新的诉求。

莎莎和他们民族的飞行员一样颇具战斗性。她略一思索，便操着一样烂得稀碎的英语说："人生而不同，希望你能像尊重我的信仰一样尊重我的生活习惯，不然我可能会死。"To be or not to be，活着还是死去，荆枝没什么本事剥夺别人的生命，所以往后的日子里屋里继续涤荡着各种稀奇古怪的味道，后来还时不时响起不知道是祈祷还是唱歌的喃喃自语。"是不是加入了什么邪教组织，那可就有几分性命堪忧了。"她有些暗暗地担心。

"你有病啊，撵出去！"杨六郎的电话像一阵风吹散了俄罗斯女人聚拢来的阴霾，荆枝正被隔壁的艾灸呛得七荤八素，眼泪鼻涕一把一把往下落，跟电影里犯了鸦片瘾的毒虫一模一样。

六郎是个娇小玲珑的姑娘，却像个男人一样怕日子不够折腾，就得了这么个名号。荆枝第一次来北京就住在六郎家，跟着她钻进到处贴满小广告的黑乎乎的出租房门洞，整个人都吓了一跳。六郎却自得其乐地跟开电梯的阿姨打招呼，熟门熟路穿过邻居吵架的动静和土豆炖茄子的香味，径直走进自己家五十多平方米的两房一厅。地板是纯水泥的，厕所还是蹲坑，厨房更小得可怜。而杨六郎就是杨六郎，在那里住得怡然自得，还妙手回春把个老破小收拾得井井有条，摆了绣球石榴贴了壁纸电视墙，真真的是一颗将星下凡！

荆枝忍不住笑出声来，"你以为这是我的房子啊，真有意思。"

"那就买一个！缺钱，姐借给你！"六郎歪在家里墨绿色的皮沙发上，肩膀上的睡衣带子时不时滑落下来。这豪迈几乎让荆枝哭出声来。

杨六郎一度是荆枝的指路明灯。她俩其实有过一点点分歧，仔细想想应该是六郎有了宝宝以后，她和老公合开的公司不得不搁浅，然后竟然不能免俗地像所有赋闲的宝妈一样做起了微商，自然也像往常从事任何职业一样以一股持之以恒的打鸡血劲头投入到了那份美好而伟大的事业之中。

说实话，六郎不是那种让人讨厌的微商，她只会不动声色地丢过来个西冷牛排北极甜虾的链接，在春暖花开的时候送一个明黄色的双肩包暗示可以购买她推销的旅行团购。荆枝每次都假装听不懂她在说什么，其实总会很认真地点开看那些视频和图片，但死活不会花一分钱买点东西或交几百块会费开个全球买卖的商场。

原因很简单。荆枝本来就是个懒得和人废话的闲散人，更觉得这行为很有几分交智商税的意思，几百块钱不在乎，但发现自己是个笨蛋却坚决不能忍。就这么着，她俩有点儿渐行渐远，六郎大概觉得她没什么心肝地抛弃了她的事业，荆枝呢也不想每次聊天都被人劝入伙再拒绝。但六郎确实是神人，很快就在微商界风生水起，虽说没能喜提高铁飞机之类的，却硬生生成了养家糊口的顶梁柱，带着公公婆婆轰轰烈烈地投入到了充满光明和希望的生意之中。

在人们痴迷李佳琦李子柒的时候，六郎又跟着风口开启直播大业，鸦没雀静地攒了十几万粉丝，每天在直播平台上知心姐姐一般同大家分享育儿心得，不遗余力地卖锅碗瓢盆和米面粮油。她笑起来和说话的时候真像一阵和煦的风吹过，温暖着每一颗冰冷的心。荆枝和六郎保持了一种貌离却神合的友谊，不是塑料姐妹花一类的，毕竟眼见着彼此经历了许多难以名状的日子，那句话怎么说的：一起同过窗，一起扛过枪……

二

每个房产中介的电动车后座都散发着不一样的气息，但归根

结底还是钞票的味道。荆枝第一次下决心看房带着几分壮士一去
兮不复返的悲壮，生怕被人卖到深山老林当压寨夫人。小潘是她认
识的第一个房产中介，叫潘什么齐来着，长得高大粗壮。在一堆乱
七八糟的门店名字和电话号码里挑中他，完全是因为这哥们儿的
长相，个子高高的长相朴实，五官很开几乎没什么重点可言，总而言
之一句话看上去特别特别的土气，恰恰是这土气让她获得了难得
的安全感。

　　第一次看房终归忐忑不安，心情起伏得让她记起初恋那会儿
担心跟谁接吻就得嫁给谁。荆枝磨蹭到最后一刻，咬咬后槽牙戴上
口罩奔赴前线。小潘忍不住笑起来。他没再说什么，指了指电动车
后座。

　　他身后那台深蓝色的电动车看上去有些年纪了，座位的黑皮子
开始慢慢脱落露出乳白色的海绵垫子，一股老化胶皮的味儿钻进
鼻子里。房子在四环外的一栋商场旁边，一群大爷大妈正推着小车
拎着小儿女满院子溜达，小区中心有个不算小的清澈的人工湖，几
十条金鱼追着面包屑和小虫游来游去。初夏的林间传来麻雀叽叽
喳喳的叫声和乌鸦的哀号，还有人在空地上放起淡蓝色的蜈蚣风
筝和火红色的太阳风筝，线没放很长，分明就是哄孩子的把戏。

　　房子朝东，一大早就会有阳光透进来。一个穿着毛茸茸的黑白
斑点睡衣的男人开了门，荆枝一脚踏进卧室就看见床上躺着一个

头缠白色绷带穿着同款毛茸茸的黑白斑点睡衣的女人，她的脑海中迅速填满了香港电影的经典镜头，心慌慌地随便编个理由就离开了。出门的时候，对面邻居的门悄无声息地开了，有个打扮得很是妖娆动人的男生冲她抛了个媚眼，也穿着睡衣，怀里还抱着一只纯白纯白的巴儿狗。

"不行。"她斩钉截铁地告诉小潘。

"您觉得哪儿不行呢？"小潘倒是相当镇定自若。

"人太怪了，我想要新一点的正规的一室一厅，最好邻居素质高一点，别看上去都跟混社会似的。"荆枝缓缓漫步在院子里，觉得那湖水有些深不可测。

小潘没说什么，点点头带她去了另外两个房子。

那栋房子就在附近没多远，她一进去就被扑面而来的小广告和满坑满谷的垃圾震慑住——简直是个没有止境的充满陷阱的黑洞。小潘见多识广，不动声色地告诉她房价比周围可是每平方米便宜快一万，虽然表面看起来破但精心装修一下也分明是个温暖心窝的小家。她四处溜达着才恍然大悟，小潘想让她明白刚才黑白斑点睡衣的房子多么靠谱新鲜。

六郎的电话响了，特意问问买家感受如何。

"光怪陆离。人尽可夫。"荆枝词不达意吐出这么一句，隔着手机仿佛都能看见六郎笑得前仰后合的样子。

小潘的电话再打来那天荆枝喝多了。已经是第二天早上十点，头痛欲裂，嘴里又苦又干，太阳穴仿佛火烤一般，她挣扎着打开窗户，一阵清冷的风吹进暖烘烘的房间。主路对面的酒店玻璃幕墙反射出金灿灿的光辉，她盯着那面墙看了好几分钟，直到带着几分沉醉地发觉那金光隐隐拼出了三个字——伏特加。似乎喝了两杯伏特加吧，里面还掺着朗姆酒、柠檬汁和薄荷酒。酒是很早以前莎莎刚搬进来时送她的，在俄罗斯有句谚语是这么说的——如果没有伏特加，会更健康，但却不会幸福。

　　荆枝深以为然。

　　头天晚上刚进门她就听见了叽里咕噜的俄语和特意压低的哭声。哭声伴着开门声戛然而止，但很快又低吟浅唱，莎莎打开了自己的房门。

　　地上已经堆满了各种空荡荡的酒瓶，红酒、啤酒、清酒还有好几种叫不出名字的空瓶，莎莎一边哭一边往外蹦英语单词，那意思大概是说她被一个男的给踹了，居然还被坑了一笔钱。荆枝从没见过莎莎这么哭天抢地，她顿时有些慌了手脚，再加上彼此语言也不大能明白，只能拍着她的肩膀递过去一张张纸巾。纸巾瞬间就被无尽的泪水吞噬了，莎莎变成一个永不干涸的泉眼——冒，冒，冒，不管扔什么进去都无济于事。

"My vodka. Where?"莎莎突然记起了那瓶伏特加。荆枝这会儿被两罐啤酒灌得乐不可支,醉马刀枪,莎莎不死心地拿着空酒瓶往嗓子眼儿里狂倒。她跟跟跄跄地走去翻箱倒柜找出来那瓶酒,莎莎两眼放光,隆重地把剩下的几种酒掺和在一起缓缓地倒进两个浑浊的高脚杯,特别像在午夜的明月下作法的巫师。忽明忽暗的那个瞬间,她有些恍惚自己下一刻会不会变成狼人。

朗姆酒的甜足以掩盖伏特加直入口鼻的呛辣,再加上薄荷的清香混淆了视听,让人并不觉得喝下的是烈酒,两个人操着三种语言各诉衷肠,最后喝晕了躺在床上。莎莎的哭声一直似有似无地穿梭在荆枝的梦里,她梦见自己在热带雨林里跟着一群鸵鸟呼哧带喘地逃避鳄鱼,不知怎的就被它们衔着衣角飞到半空,在越过树梢的片刻它们齐刷刷地松口,害她重重跌落下去。周遭只剩下一片片四散而飞的鸵鸟的羽翅。

倒春寒来得猝不及防,气温比前一天低了差不多十几摄氏度,路上的人少了许多,人行道旁的紫藤刚结出的花苞被冻得蔫头耷脑没什么精神。每个人都行色匆匆,再不见以前驻足赏花的淡然。

还好没坐电动车。六郎开着自己的Mini Cooper,她们亲昵地管它叫小黄,像家里养的一条狗。小潘还骑着那台饱经风霜的深蓝色电动车,貌似剪了头发穿了新的工装制服。俩人不禁莞尔,这年头马路上最热爱穿正装的恐怕就要算房产中介了,还一定要打上颜色鲜亮的统一款式的领带。

去的是个还算新的小区,只有一栋楼也谈不上什么绿化带中心湖,为了多建几间房子,唯一的一栋楼设计成了正方形缺一边的样子。六郎一进小区就忍不住撇嘴,小潘立马明白了。

"这个小区虽然一般,但是2000年以后的,将来真要买也能多贷些款,而且邻居都是附近上班的白领,安稳。"

"这跟大学宿舍似的,这么长的走廊一溜十几间,怎么住啊?"六郎显然完全看不上这儿的房子。荆枝拽着她往走廊深处走去。

房主正坐在五十平方米开间的沙发上,对面墙上挂着一幅大部分是白色的世界地图,零零星星的几个地方涂上色彩,标志着主人已经去过这里。那对小夫妻很殷勤,应该是第一次卖房,他们在这里住了三年多,多多少少攒点钱打算换个大点的房子去生儿育女。房子是婚房,保养得煞有介事,木地板铺得齐齐整整很是规矩,四面墙壁雪白基本连个手指印也没有,芥末绿色的橱子、柜子光洁如新,仔细闻一下除了隐约的饭菜味之外没什么特殊的味道,荆枝朝六郎递个眼神,意思是这一对确实是正经过日子的,房子自己也算很中意。

男主人客气地招呼她们仔细看看阳台外的景色,虽然外面有些局促。这些看着簇新簇新的家具也都可以送给她,一瞬间荆枝觉得自己就是这房子的主人,目光渴望地扫过浴室、厨房、卧室和阳台——这里可以打一堵墙隔开一小间卧室，那里放个餐桌就好了，阳台上再种几盆好养活的花，下午的阳光灿烂得让人觉得有些可惜。

　　荆枝后来一直搞不明白六郎是没看见她的眼神还是从进小区开始就打定主意不让买，总之接下来噼里啪啦细数了一堆这房子的缺陷，共计有十几条，比如，位置远离地铁公交站不太方便，将来出租就不划算；开间比不上正规的一室一厅，隔开缺少光亮；楼型设计实在太奇葩，像 20 世纪 90 年代大国有企业的宿舍；楼下停车场太小，实在没有足够的车位停车……最后她抛出一个决定生死的句子：便宜八万！

　　女主人腾地一下子站了起来，"那就这样吧。"荆枝像看见肉联厂送进冷库的一柜一柜猪肉，片刻就速冻得硬邦邦的。

三

　　早上，屋里弥漫着混合了阳光和辣椒的刺鼻气息，荆枝没忍住打了几个喷嚏，猜想莎莎可能在炮制什么新的秘制酱料，昨晚她好像是枕着浓浓的苹果姜醋睡过去的。荆枝一边起床一边细细琢磨，额头上爆出两颗带着白头的痘痘，"相亲也看不了这么仔细吧"，她拿遮瑕膏狠狠涂了又涂。

男的是一个朋友介绍的，大学经济学讲师，年龄略大她几岁，看照片个子不高但很老实耐看，唯一的缺点就是头发比别人少许多。第一次见面约在胡同里的一家云南菜馆，荆枝下地铁跟着导航七拐八拐了很久才找到地方。馆子看上去开了好几年，桌子椅子都透着几分油烟气息，饭馆周围是夏天常见的槐树、蔷薇和梧桐，从二楼露台望出去一片蓊郁青葱，院子里另外一家酒吧的乐队正在调着吉他和键盘，准备开始演奏。

除了头发这段日子又稀缺起来，男人和照片上差不多，看荆枝来了赶紧热情招呼，炸牛干巴、米酒、煮青菜、汽锅鸡、炸蜂蛹……荆枝指到哪儿就点哪儿，他只是偶尔推荐几道觉得不错的特色菜。相互的试探自然必不可少，父母啊工作啊收入啊户口啊房子啊等都在假装不经意的聊天之间摸排清楚了，开始相谈甚欢，荆枝毕竟在广告公司的公关部上班，应付个陌生人还不如鱼得水？男的喜欢脱口秀和旅行、瑜伽，顺嘴还来了段郭德纲、于谦的相声。

最后一道菜——汽锅鸡上来了。

他绅士地帮荆枝盛了一小碗鸡汤鸡肉，然后给自己也盛了差不多的一碗。相吃也甚欢，人和菜都热气腾腾，红光满面，鸡汤蒸腾的热气和下肚的两杯米酒好像加了层滤镜，影影绰绰让荆枝觉得对面坐着的人好像也能凑合过下去。喝完两碗她就结束战斗，他索性把汤碗端到面前吸溜吸溜地喝起来，直到把最后几块鸡骨头也塞进嘴里嚼得稀烂粉碎，偶尔发出咯吱咯吱的声音。一张嘴被填得满满当当的，深粉红的肉色混杂着米黄的鸡肉让她猝不及防。

"走吧。"荆枝把剩下的纸巾放进包的夹层。

"好。"他嚼完最后几口，擦擦嘴跟在后面从木质的楼梯上慢慢走下去。

经济学老师竭尽全身力气嚼碎鸡骨头的样子深深地留在了荆枝的印象中，以至于有天做梦她都梦见在奋不顾身地吃鸡。那一幕实在有些惊悚，一个人类恶狠狠地嚼着没有肉的骨头而且一定要嚼得碎成渣吐出来，真像一只生活在森林里的兽。假如说她对没有头发还可以稍微容忍一些，那这一幕就没办法劝自己得过且过了。

经济学老师后来又约过她一回，荆枝本来想拒绝但还是慨然允诺，打算找个价位差不多的馆子回请，毕竟都是不知道怎么牵到一起搭错的线早点说明白也是好事。

那家湘菜馆子在北京小有名气，干锅肥肠、爆炒牛蛙和农家小炒肉是招牌菜，经常有食客特意开车从二三十里外的地方跑来过嘴瘾。他们那天点的爆炒牛蛙烧得格外入味，可能厨师腌制烹炒的时候心情格外舒畅。牛蛙端上来已经是第三道菜了，蒜瓣的辛香配上红艳艳的辣椒和碧绿的青蒜让人直流口水。菜显然很对经济学老师的胃口，一上桌他就拿起筷子稳准狠地对着牛蛙肥肠小炒肉努力奋斗，举筷的频率完全不亚于荆枝。如果，如果一顿猛吃能蒙混过关倒也不失为一件好事，他还是在停筷喝水的片刻问了个问题，"我有个一百平的房子，你呢？"

"正看呢。"荆枝轻轻说着，心里气短了一截。

"那……"他没说出后面的话，能看见打分的牌子上肯定倒扣十分。

"咱们还是不大合适。"她终于把压箱底的那个万金油句子说出来了。

他愣了一下，绷得直挺挺的上身终于慢慢放松下来。

四

鸵鸟又出现了，它们三心二意衔着荆枝的衣角，一只叼着围巾的家伙差点让她窒息。地上追逐奔跑着一群鬣狗，龇牙咧嘴，面目狰狞，她清清楚楚看见这群动物的模样，真不是什么好鸟。荆枝被梦吓醒，摸摸手脚齐全才重重吐口气出来。

再看房已经是几个月以后。大雨。荆枝躺在被子里两面翻腾，门外飘进丝丝缕缕水烟的味道，最近莎莎又添了新的爱好。房主人已经开车特意从西边赶过来了，她毅然从暖烘烘的家里出门，一脚深一脚浅走进密不见人的雨帘里去了。雨下得紧可没持续太久，一两个小时以后就悄无声息地消失在车来车往之间了。

房子在二十一楼，女主人提前早到几分钟开了房门，防盗门的周围贴着一副对联——"每临大事有静气，不信今时无古贤"。字马马虎虎，可居然是翁同龢的联。女的说这对联是她老公写的，他就喜欢这种多少年前的东西，天天泡在旧纸堆里。从淡淡的语气里，荆枝听出来不露声色的炫耀。

朝南的落地窗外两棵几米高的青松在一片清肃里傲然挺立，远处的柳树早就干秃秃只剩下枝杈。小潘一边同主人寒暄一边不失时机地推荐一二，六郎没像上次那样激烈地鄙视和千方百计阻挠。二十一楼的客厅方方正正不算小，但面积有限卧室就缩水很多，荆枝对这没什么意见。在六郎的提点下，她发现最大的问题是客厅采光有些幽暗，特别阴天时全部的光源被一堵承重墙挡得严严实实，不见天日。

怎么也算个硬伤，她打算拿这当理由跟房主谈判。女人一听皱起眉头仔细思忖，男人基本上没说上三五句话，全程都跟参观博物馆似的东走走西逛逛，要么就坐下盯着手机里的股市发呆。

小潘努努嘴，示意搞定这女人房子就差不多了。

"这女的看着就不是善茬，表面仁义道德，底下男盗女娼。"六郎说。

小潘比荆枝着急多了，电话一个接一个讨债一般。她有些犹豫。

六郎又开着小黄来了，顺手扔给她一个黑色的银行卡，"记得写借条。"她点起一根"黄鹤楼"，一副起然烟卷觉新凉的样子。"还记得我买房那会儿吗？"她亲亲热热摸摸荆枝的脸，恶狠狠亲了一口。

　　那年冬天下了第一场可以算得上雪的雪，落在脸上硬硬的凉凉的，全不像南方的雪不清不楚，割舍不明。六郎和她仗着喝下去的二两白酒闹腾着出去拍照，到处都是看雪的人，商场外的空地上闪烁着五光十色、扑朔迷离的灯光秀，好像幻境一般。雪扯开一个弥天的谎言，遮盖住大地的本来面目。

　　六郎一直想买房子，每个不直播不卖货的日子她基本都坐在中介的电动车上满大街小巷地溜达，从二环一直到三环、四环、五环、六环，以至于后来听到《五环之歌》都能胸有成竹、如数家珍地说出五环那些小区的名。关于房子，她基本上已经能写出一本厚厚的指北手册了，朝向、光照、楼层、防水、走线、格局……懂得太多，唯一的问题就是有限的金钱和日益增长的房屋知识之间的矛盾。她剧烈地崩塌粉碎，瘫倒在灰白黑间放声大哭。

　　"我想有个家！"六郎抱着地上一身银白的大熊。荆枝坐着滑梯朝她飞过去。雪落在她身上，也落在六郎身上，更多的都落在地上了。

　　黑色的卡面上印着一串金灿灿的数字，落在沙发垫子上格外显眼。荆枝决定正儿八经跟房主好好谈谈。总共就那么大的房子来回来去已经看了两次，连书柜里摆了几本书她都了然于胸。女人让小潘告诉她可以再让一点，就是得再见见买家看看是不是有足够的诚意。

看能看出诚意？荆枝怀疑。难道他们还专门请了个算命看相的大师来瞧她？倒也刚好，那样就麻烦大师帮忙解释一下那个关于鸵鸟的梦到底是怎么回事吧。

女人搬把竹子做的椅子坐在她对面，泡了一杯普洱端在手上，慢条斯理地盘问起各种八竿子打不着的事儿——在哪里读书啊，为什么来北京，在大概什么样的地方上班，有没有男朋友，打算贷款多少，现在住在哪里，那天一起来的小姑娘怎么没来呀……她节奏均衡的南方口音一旦排布起来很像唐僧念起紧箍咒。荆枝像台机器一样按部就班地回答提问，甚至连反驳一句凭什么都力不从心，由着她从东到西、由南到北打探个底掉。

她喝干了玻璃杯里的茶，问了最后一个问题："房子便宜多少你能接受？"词是之前早已经套好了的，"五万。"

"五万可太多了呀，你个小姑娘开口杀价不要这么狠的，都要让出一个平方米了呢！"

小潘自然而然接过这个聊到现在最有实质性的话题，之后荆枝就负责听着和间或偶尔帮个腔。"你看小姑娘是真心实意想买，做商贷也快，就是人刚工作没几年，要不再让一点。"

"我当年也是自己买的呀，橱柜、地板、卫生间都是精心装修的，连每个莲蓬头都货比三家呢！"女人撇一撇嘴，两只细白的手叠拢在大腿上。

"谁都不怎么容易，您多少让点她也能少借点不是？"

"诺，你到底是谁的中介哪，屁股坐在哪边说话的啦？"

"姐，您还不知道我是什么人嘛。"

"这年头！小姑娘，你中介费谈到几个点啊？"她突然把话头转向荆枝。

"当然是市价啊。"小潘赶紧补上一句。

"我就不信，你别太黑心哪，吃了卖家吃买家。"女人又去给普洱续了些热水。

荆枝打算接受这价格，她抽身出来冷眼旁观。小潘和那女人像分别拉着一个巨大的钢锯试图割断一头牛的庞大的身体，割得深对面的就叫喊着浅一点别伤及骨肉，手上稍微松点劲肌肉和筋膜又血赤呼喇地割舍不断。一来二去，你吼我叫，终于把一头好端端的牛锯成许多个完整的碎块，不伤肝脏脾胃大肠小肚。

后来想起，荆枝眼前就只有这个现代版的庖丁解牛，不怎么成功但总算解开了。

"我们打算卖了房子去大理，开个民宿享享清福，上些年纪就不打算再拼命，带着孩子野生野活。再让个几万装修钱都出来了。"女人又呷口茶。

"早点卖出去不就能早些去享受大自然嘛，小孩儿可一天一个样啊。"小潘给她又续点水，"再熬上半年孩子可就又长大好多呢。"

荆枝想起一个跑到大理租院子的朋友，天天在朋友圈发花木葳蕤，海晏河清。她之前在上海经营一家小小的酒吧，靠贩卖以次充好的红酒和乱七八糟的鸡尾酒存下一笔横财，也不知道哪根筋错位稀里糊涂跑去大理。目下所见，她开的那家民宿经营惨淡，平日里有七八个客人老板就格外感激涕零，最近好像正为房子是不是违建抓耳挠腮。她想想没说这些，掏出手机给女人看那些精修过的图片和视频，"大理真不错，适合人类居住！"

五

风吹起来刮得玻璃窗发出尖厉的呼啸声，一丝凉意从门窗的缝隙里顽强地钻进来，初秋的寒来得猝不及防，像壁炉里的火不打招呼就唐突熄灭。莎莎正在厨房里烤面包，烤箱里飘出来黄油和牛奶巧克力的香味。今天应该是打首付款的最后期限，荆枝盯着银行卡上的七位数看来看去，上下嘴唇都咬出深深浅浅的泛白的裂痕。不管怎么说，这笔钱先到银行，要等俩月以后才能进入个人账户，想到这里她心里松快一下。

缴税大厅熙熙攘攘，小潘带着另一个男人热情地招呼他们赶紧进去找个座位，女人的老公跟着走进来，人变得密密麻麻，空气开始污浊不堪。房主说要出去买些吃的。就在这离开的空当，小潘突然凑过来，"待会儿你就说他们的购房发票找不着了，一定记得。咱们试试能不能少交点钱。"

荆枝有些发蒙，不大明白小潘葫芦里卖的什么药。女人一家进来，他又重复一遍。

他们开始仔细地询问，他们在一摞摞档案卷宗里翻查着什么。"没找到，按老规矩缴1.2%吧。"戴着套袖烫着小卷的女办事员懒洋洋地说。"这就成了？"荆枝狠狠捏了自己一把，"就这么省了十几万？"她问六郎，对方半晌没什么反应，然后悠悠地吐出一句，"你走了什么狗屎运啊？"

"你是将星，我是福星！"她也不知道自己究竟在说什么，惊喜还是悲伤。

过户约在一个下午，荆枝和六郎盘算着先去家具城转转挑个吉祥如意的物件。家具城种类不怎么齐全，但贵得让人印象深刻，她有次陪老板的太太去选餐桌，被一盏十几万的灯吓得瞠目结舌。逛商场几乎是女人最喜欢的消遣，有些人爱趁打折捡点便宜货，有人则喜欢那些踮起脚跟才买得起的东西，荆枝和六郎应该属于后一种。

家居商场堆满了这个城市最富裕的人情味，每个精心布置的空间里都亮着深浅不一的灯光，湖蓝色沙发上坐着大小不一的公仔，书柜里高高低低摆着几本高深莫测的书，儿童房的床单被褥一定灿烂绚丽。人和人穿梭往来，调试或明或暗的灯光，用力拍拍桌子椅子的木板，抚摸着一个个可能据为己有的东西。荆枝觉得这就是人生必须到达的某个阶段，即便买不起大件的先挑个小的也可以凑合着意思意思。六郎把她带到最顶层卖沙发的空间里，"选一个吧，送你！"她缩在微凉的真皮沙发里注视着荆枝，像个暖黄色的落地灯。

荆枝从没这么仔细留意过沙发的样子，那个红色的单人沙发就这样落在她眼里，真皮表面因为做了磨砂处理暖意十足，人体的整个曲线刚好完整地包裹在其中，小腿下的挡板还可以随着按钮慢慢升高，很像飞机上的头等舱座椅。对，就是头等舱的感觉。六郎猫在里面四仰八叉、扬扬得意。对荆枝来说，这个单人沙发将是第一件入驻新房子的家具，她顺手又挑上款白色的台灯，灯罩上粘满层层叠叠的一根根白色羽毛。

手机上躺着好几个小潘的未接来电，她赶忙拨回去，没三下就接起来，里面响起结结巴巴的声音。"房主今天赶不过来了，他们的车被人撞了，现在正缠在一起麻烦呢。她让我跟您说声抱歉，等处理好了就跟您过户。""可真麻烦，讨厌！"荆枝站在电梯上一手举着电话一手在两旁的特价区摸来摸去，挑了个粉彤彤的大章鱼玩偶扔进六郎拎着的筐里。

"不过户了？"六郎的耳朵陡然敏锐十足，荆枝突然被从头浇下一盆冰水，前额开始渗出一层层细细密密的汗珠，胸口堵着大团大团烂棉花，她赶忙坐下来，心脏突突的跳动声清晰可闻。那女人的脸上带着若隐若无的微笑在她眼前转来转去，这些脸堆积成山，几分钟后才渐渐消融。

"必须盯死小潘！"她告诉自己，抱着白色羽毛灯坐上小黄一路回家。车过东风桥她开始给小潘打电话，说着说着就歇斯底里起来，睫毛眼影粉底乱七八糟混成一坨糨糊，似乎被人无端端随便涂抹几下就推上台去一样。她尽力克制着眼泪和语气，小潘告诉她刚才又去检查了一遍房屋的产权，房子没有抵押也没被拍卖之类的，正常得不能再正常了。

"您放心！他们家可能真出事儿了。"他说。

六郎一边开车大脑一边飞速运转，她怎么都不信二十一楼在这个节骨眼上能碰见什么大事情，从统计学上来说这概率小到就像走在路上邂逅得癌症的前男友。她有种不太好的预感。荆枝的首付已经打进银行去了，俩月以后这颗定时炸弹随时都能把她炸得尸骨无存。她一言不发，从车两侧的反光镜里隔三岔五打量着荆枝。

荆枝进门时并没注意到莎莎的微笑，径直走进卧室砰一声甩上房门。一个个镜头录像机似的回放着过去一帧一帧画面：和人家谈判，第一次看房，认识小潘，坐在沙发上，小区中心的湖水，小潘的电动车，乱跑的小朋友，挑沙发……头疼得厉害，她使劲拍几下也没能止住疼，瘫在床上一个字也说不出。荆枝盯着手机通讯录恍恍惚惚，愣许久想起有个朋友在房产公司上班，好像还有个人在某个银行上班，她以为里面能跳出一个戴着头巾赤裸上身的灯神。接着又拨女人的电话——"您拨打的电话暂时无人接通""暂时无人接通""无人接通""通"……

六

六郎的微信不时响起，荆枝心情好的时候就回一条，她搜索了所有可能的诈骗模式，看看哪个好像都可能发生在她身上，有个人把房子卖给好几个买家，骗上好几千万偷偷跑国外再找不见什么踪影，一琢磨那卖房子的女人可能这么来骗她，电话哭哭啼啼打到小潘那儿。

"他们说三天以后给信儿！"

"三天！"荆枝半倚着床头大口呼吸几下，无所事事，只能穿好衣服下楼去铺子里挑几瓶红酒拎上来。手边放着一个不知名的人写的《长征手记》,长征,买这二十一楼跟长征也差不多了,还不知道能不能活着走到最后。她咕咚咕咚咽下一大口,酸,略微有些涩,还上头。

荆枝一睁眼就琢磨自己的钱会落进谁口袋里,也没什么主意可想索性走去中介公司。小潘正忙乎着跟新客户应酬,满脸红通通热情似火,看见她有些张皇失措。他坐在对面椅子上结巴得厉害,一会儿接个电话一会儿送人离开,不大的店面里热热闹闹。这人世间的悲欢啊,本来也不相通,她不知从哪琢磨出这么一句,一板一眼重重地敲着眼前的办公桌。

"她的房子就算不卖给您也交易不了,还能扔下几百万骗上首付逃跑?"小潘递给她杯纯净水。

"我喝热的,不舒服。"荆枝哭丧着脸,普天之下已经罗织成一张密不透风的网,正等着久不见的鸟雀飞进去。小时候父亲常在下雪时带她去捕鸟,野地里支起个竹编的圆形大篾子,撒上把苞米谷子就等小鸟来自投罗网。他们把捕捉到的小东西养在家里,麻雀是决计养不活的。"这鸟,心事太大。"母亲说。

这一天基本没吃什么,傍晚荆枝爬起来煮了一碗香辣牛肉面,放进香葱、辣椒碎和鸡蛋,还淋了几滴醋和几滴麻油。食欲一点儿也没有。她生生咽下去一大筷子,噎得打满好几个饱嗝。窗外传来球迷们看世界杯时的声音,"进喽!进喽!""你大爷的!"她也听不出到底在支持哪一方,每个人都义愤填膺。"妈的!"她随手把珍爱的泰迪熊狠狠扔到墙上,隔壁隐隐传来几声狗叫,是那头蠢乎乎的法国斗牛犬?她平时每次见到都忍不住摸几下,这会儿却恨不能毒哑这个不安分的家伙。

毛茸茸的泰迪熊从宽阔的穿衣镜前滑下来,细长的红酒瓶子在它脚下熠熠生辉,荆枝向前几步走过去,把绛红色和周围可怕的寂静一股脑儿倒进嘴里,液体顺着口腔、咽喉、肠胃缓缓滑下去。她喜欢这种瞬间被点燃的感觉,空气里飘浮着大朵大朵的粉红色和白色的花瓣和羽毛。

一种异样的感觉在周围弥漫,升腾起来,扩散到周围,她觉得有谁一直在注视着自己,起初不明白这是怎么回事,她很快发现射出这道光的是一双迷离的眼睛,一双距离略微有点远的眼睛。她发现这眼睛十分熟悉,一只眼皮间还浅浅印着颗褐色的痣——是她自己。荆枝不想吃饭,不想说话,不想理会这无边无垠的寂静,不想从谁那里得到任何东西。整个房间无法自拔地封闭在黑暗之中,犹如一口钉死了的棺材。空气的密度越来越大,她实在支撑不住,倒在床上。

莎莎一大早就出门见客户去了,她不知道荆枝最近每天在忙什么,只听见夜晚厕所的门一遍遍响起。二十一可能真是个邪门的数字，2114，荆枝有些后悔买下二十一楼，听着就不像吉祥如意的，心脏又节奏不均匀地跳动起来，恨不能从嗓子眼儿蹿出来蹦上十几米。她照例醒来先给小潘打电话，那边态度好得像在哄自家女儿，"今天都最后一天了，再等等！"心脏仿佛得了命令突然停止奔跑，欣欣然和光同尘。她追溯起从自己家到二十一楼的路线，不放过每一个便利店、酒吧、菜市场学校和地铁站，一块深蓝色招牌定格住画面。

派出所真是集奇形怪状的人物之大观，荆枝打量着四周形迹可疑的身影，把随身带的帆布包紧紧贴在胸前。她花几秒组织好语言，坐在一扇玻璃窗后面颤巍巍提问。"得去法院，我们不管。"窗户里抛出一个女人的声音，听起来像冰面碎裂一样。

敲门声早得有些不可思议，荆枝少见地看见这城市苏醒过来的一幕，她闭着双眼假装刚刚醒来，像模像样打个哈欠伸个懒腰，太阳红澄澄地从云层中奋力跃出，大朵大朵的云拼命阻拦过去，天光已经开始大亮。门外站着睡眼惺忪的杨六郎，手里拎着油条和豆腐脑。她拍拍荆枝的肩膀，径直走进卧室。

乳白色的豆腐脑上均匀地播撒着碧绿的香菜和小葱，六郎特意给她放上一勺红色的辣子，她拿塑料勺子搅和几下，那乳白和碧绿和鲜红就融为一体了。荆枝想不起来有多长时间没吃过这豆腐脑了，读书时她和六郎几乎每个礼拜都要去学校小树林里的老太太那儿买上一碗，颠倒着没等到宿舍楼就干净水滑地各自干掉一整碗。"你说她会打给我吗？"她委屈巴巴地抬起头，仿佛大几百万已经被人拐到外太空去。"废话，才七点。"六郎的语气让她不由不信。

头天晚上那女人可没这么暗示。荆枝从生活费里挤出两千块预约了个据说很灵的女人算塔罗牌。当然，是在网上。她在对方所说的吉时准点上线，洗干净双手默默地从一堆牌里选出一张。女人的语言短促简洁，也看不见神情只在非常必要的时候才告诉她下一步该做什么，四五二三一地抽选半天，对面陷入完全的沉默。解牌大概花了二十多分钟，很多细节荆枝以后不可能记得那么清楚明白，但她永远都忘不掉自己抽中的结果牌是"皇后"的逆位，女人说现在对于皇后牌的主流诠释大部分都是和"丰收""欢乐"有关，一般而言皇后牌是正位往往都是朝着充满光明与正面意义的方向来诠释意义，但在逆位时却可能代表欢乐的短暂消失，收获的折损和事业的小挫折。

荆枝不认为自己能狭路相逢勇者胜，她狠狠吞下去几大口酸酸辣辣的豆腐脑，远处似乎现出一条通往朦胧不清的洞穴的小径。

她们等在小潘电脑前有点紧张，小潘前面坐着三个客户问东问西，一时半会儿顾不上她们。荆枝有些拿不准，自己成了别人案上的鱼肉，那个鸵鸟羽毛的梦是不是也意味着随风而去？她不敢想下去，心脏又跳得捉摸不定。

"她让我把这个邮件转给您。"荆枝愣了愣，点开邮箱图标上的红色圈圈。

小姑娘：

你好。

虽然有些不情不愿把二十一楼卖给你，我们可没想到让出来十几万便宜到你头上，任谁都不甘心吧。但现在这世道，契约精神，各负其责，我们也认栽。

这几天想必对你非常难熬吧，你应该知道没人可以随随便便顺顺利利达成自己想要的目的。不过，并非故意，这也是我接下来必须向你说明的——

我的父亲，已经八十五岁的父亲得了喉癌，医生给出的结论不怎么乐观，他随时可能离开，所以我必须守在他身边，不然会后悔一辈子。也许你还不到有这样经历的年纪。好羡慕啊，但你应该能理解人都会走过这样的日子。我无意违反合同，但确实无能为力。他是我的父亲，哪怕支付违约金也没问题。

没想到我们的交易居然以这样的方式来进行。如果您有耐心，那么希望可以等到他离开；如果等不了，该赔付的我们一并赔付。毁约，也可以理解。

　　请您谅解，我们的最后。

　　世事即无常，不是吗？

肖小河

即日

　　荆枝读完邮件的最后一个字，她迷茫惘然得很，身边全都是缥缈不清的幻影，不管怎么睁大双眼都无法洞悉这其中的秘密。周围响起酒瓶互相撞击的声响，还有她在地毯上和床上翻滚的动静，她已经不再是刚才的自己，五官一点点暗淡萎缩下去。荆枝仔细窥探着小潘的一举一动，注意他脸上的表情和肌肉，生怕落下一丁点儿确凿的证据。小潘的手隔几秒钟就不由自主敲击桌面，那双手青筋暴露，暗黄如头顶的灯光，它们有时安详平静，有时怒不可遏，还有的时候却那么无所依傍。屋里唯一的声音来自墙上绛红色的石英钟，三根细细的指针冷漠无情地向前迈进。

　　荆枝把手机递到六郎手里，她实在读不懂这封信的意味，甚至连那个最简单的信息都无法捕捉到。啪嗒一声，不知道谁无意间触碰到灯的开关，这唯一的光的来源。她第一次看见杨六郎也熄灭了光火，黯然失色。荆枝有些混沌，她拿不定主意，一动不动地坐在那里，像一只冬天四处觅食不小心钻进罗网的鸟雀。她又想起那些满地飞散的鸵鸟的羽翅，只感到莫名其妙的乏力。这屋子像一口储存冬菜的地窖一样寒冷、阴森，堆满了尘封发霉的琐碎，角落里还结满蛛网。那台自己千里迢迢从家具城买回家的台灯，此刻正兴高采烈地端放在桌前，洁白如雪，光阴似箭。荆枝无法自拔地同情起它来，怀抱着它的情景历历在目，一种属于她的少女的远大前程和光明理想，隐隐约约间正从她身上慢慢脱落。

原刊于《十月》2020 年第 5 期

局

小珂

　　他站在窗边，看着街景。柏油马路在黄昏的侵染下呈现出肮脏的土黄色，空中飘着轻薄的烟雾，正在西去的太阳形状模糊，像布面上一块尴尬的破洞。车辆是一个个笨拙的移动土块，行人则是一群毫无主见的蚂蚁——它们都在做着自以为是的无序运动……他看着这幅景象，心慢慢沉下去。过了一会儿，他下定决心般狠狠拉上窗帘，坐在电脑桌前，点上一根烟，没好气儿地思考今后的打算。他怀着编剧梦在这个只有二十平方米的开间住了五年，这里的厨房由角落里的电磁炉与水池充当，卫生间窄小得几乎无法转身，屋里总有一股发霉的味道，象征失败的味道，而他的梦想也在残破的现实中逐渐落空：这些年，他写了很多自认为杰出的剧本，却无一部上映——想到这里，他猛吸一口烟，愤懑和烟雾同时在肺里涨大——难道真的比别人差吗？他把烟按灭，觉得胃里心里全都空落落的。我不属于这里。他在心里咂摸着这句话。也许该离开了。

他想去厨房随便找点东西吃，电话却在这时响了，是李昂。

"嘛呢兄弟，吃饭了没？"李昂亢奋的声音从手机里传来。

他把手机放在桌上，按了免提，盘算着如何快速结束这场对话。"马上吃。"他说。

"别凑合了，出来吃点吧。"李昂的声音像一把劣质的剑。

"不了。"他斩钉截铁地回道，心里越来越厌烦。

"我跟你讲，我组了个局，一个特别有名的制片人会来。相信我兄弟，过来吃饭，不然你会后悔的。"李昂并不打算放弃，执意劝说他。

在他的感官世界里，李昂尖利的话语声转换为蚊子的嗡嗡叫声。好几次，他都伸出手臂，在空中扇了又扇，想把这只无形的蚊子赶走。然后他知道，挂掉电话是唯一的办法。他寻找合适的时机，盘算着在对方苦口婆心到口干舌燥，乃至不得不停歇喘气的时候，迅速道歉并挂掉电话。机会终于被他找到了。在李昂长篇大论描述了该制片人的独特眼光和运作能力后，终于有了短暂的空隙——李昂似乎在思索，而他则准备着措辞：对不起兄弟，我身体不舒服，下次再聚吧。就这样，拒绝掉这只热衷于饭局的花蝴蝶，享受一个清净的夜晚。就在他要说出第一个字时，李昂突然叹了口气，缓缓说道：

"唉，其实我早就跟他提过你，只不过那时或许他太忙，没太上心，我以为他看不上咱……可是前两天，他突然主动提出要见你。我觉得，这是个机会吧。"

听李昂这么说，他沉默了。然后，他像个傻子一样忘掉了刚才找的蹩脚理由。

他鬼使神差刮了胡子，换好衣服，叫了车，随着咯吱作响的电梯下到一层，步入喧嚣街景中。实际上，他坐在车里还不到十分钟就后悔了。正值下班高峰，车没开几步，就被死死堵在路口处了。司机查看地图良久，发现没有其他路线——无论如何都要经过这个十字路口。"其实……地铁站离这里不远……"司机小心翼翼地提议，却在后视镜里撞上他愤怒的目光，吓得不敢再吱声。他也不知道为什么不采纳司机的提议，这里绝对有赌气的成分。此时，十字路口彻底瘫痪，不耐烦的车辆横蹿到路中央，被紧追其上的其他车紧紧围住。没人愿意认真想想这里发生了什么，人们能做的只有按喇叭，制造噪音。他在浓密的音墙中产生了一个想法：拉开车门，去坐地铁，到火车站，现在就买票离开吧。可事实是，他连迈出第一步的勇气都没有。

过了一会儿，交警到来，疏通了车辆，他们畅通无阻了一阵，马上又陷入堵塞，如此反复数次，在一个半小时后，才到达这个离他家仅有五公里的大厦，其间李昂催促多次。他上到五层，发现这是间古香古色的高档餐厅，没有散座，只有几栋独立的古代建筑，充作包间。他踩着鹅卵石甬道，在假山中穿梭，寻找名为"如梦"的包间。这时，一位穿着汉服、梳着发髻的女子走来，殷勤地对他说："先生，请问您去哪个包间？"他打量了女人一番，从牙缝里蹦出两字：如梦。女人微微一笑，走到前方带路。他边往前走，边欣赏着女人扭来扭去的腰肢，并不时萌生出捏女人屁股一把的念头。不一会儿，他被指引到一座红墙绿瓦的建筑前，看到屋檐下挂着"如梦"的牌子。他深吸一口气，打开门——

"老刘，你怎么来这么晚啊！快进来！"

他刚一进门，就被李昂喷薄而出的话语打了个措手不及。包间明亮的光与走廊昏暗的光形成鲜明对比，让他产生一种奇妙的错觉：仿佛这是一处异域，墙壁不仅隔绝了外面的假山假水，更消去了真实世界的属性——他看见李昂歪着身子站在桌边，不怀好意地看着他。此人高瘦，喜欢穿松垮的衣服，远看像一个衣服架子。他浏览一周，迅速了解到现场状况：房间里装点着书、画、瓷器，有古风之韵；巨大的圆桌上摆满盘子，多已见底，看来大家已经吃饱了；男士面前有红酒，女士喝果汁；一位肥头大耳的光头男士坐主位，穿白色真丝衬衫，盘着两粒文玩核桃，正笑眯眯地望着他；光头男右侧是李昂，左侧有两个空位，李昂的旁边顺次坐着三个女人，两个很年轻，头发一长一短，大眼无神，却都拼命装作机灵的样子；

还有一位美艳少妇，一直在低头看手机，对他的到来毫无兴趣。

"小刘，幸会幸会，快坐！"光头男士伸出一只粗壮的手指，对着少妇旁边的空位指了一下。少妇心领神会地往年轻女孩儿那边挪挪，留出宽阔的地方让他落座。

光头男不是一个简单人物，从他淡定的姿态，以及女孩们看他时局促的眼神便可得知，他富有到可以掌控大多数饭局。而他，一位陌生饭局的闯入者，不得不抱有谦恭的态度，才能迅速融入这里。他首先倒了半杯红酒，一气喝下，以表达迟到的歉意。这时，服务员进来加菜，李昂趁这空当向他介绍："这位是王总，著名制片人。"当然，这是王总，密闭世界的暂时领导者，仿佛大米蔬菜都要看其眼色行事。"这是飞飞，瑶瑶，演员。"当然，这样年轻貌美的姑娘坐在这里，好像不做演员就会吃亏似的。"这是林总，'悦乐'养生品牌创始人，美女总裁。"好吧，怪不得她如此冷漠，其实人们根本不知道她的职业是什么，她的生活是个谜，也许只有爱马仕和美丽的脸蛋是真的……一切就绪，全新的世界此刻在他眼中逐渐成形。

"小刘，大编剧，久仰，久仰，哈哈哈，今天终于相见。听说你很有才华，真是幸会，幸会啊！哈哈哈！"与其说这些字句是从王总嘴里流出来的，不如说是随着他的笑声连滚带爬出来的。然后，王总豪迈地倒了半杯红酒，率先一饮而尽。既然王总如此有礼数，他当然要更胜一筹。他把杯子满到三分之二处，毫不犹豫地仰脖喝下。

"好！"王总豪声赞叹，并伴以炮仗一样的击掌声。

他谦卑地坐下，低着头，摆弄面前的餐具。此时，场面有短暂的寂静。为了不让空气凝固，他拿起筷子，在面前的碟子里翻来找去——他真是饿坏了，可是盘子中只剩下几个蔫葱段儿和一块小海参，他犹豫着夹起海参，却听王总说道："别吃那个，我又点了两个菜，一会儿就来。"他只得放下筷子，随着王总一并端起酒杯，往前一送。"来，先喝酒！"王总说。

第二杯红酒下肚，他的胃像是受了一波轰炸一样叫嚣起来。他明显感觉到，酒精的部队正迫不及待地顺着食管，侵占"胃"这个领地，惹得那里战火连连，而他却分身乏术，无法应对身体发出的警报讯息。幸好，王总及时把注意力转向了短发的演员姑娘，因为这姑娘突然把手机摔在地上，并夸张地大叫一声，所有人心知肚明，这不过是姑娘博关注的小手段——却给了他短暂的喘息时间。过了一会儿，酒精放弃了胃，向肠道进攻，强波逐渐远离大脑，他觉得稍微缓和一些了。慢慢地，酒精在身体中发酵，余韵产生香气，他甚至感到些许恨意。他点上一支烟，情不自禁地把目光向旁边送去——林总，这位冷艳的美女，一直低头看手机，好像他根本不存在——他无趣地把目光收回，觉得这样有钱又美的妞儿也不过如此。而那些娇嫩的小花朵儿呢，显见更无聊。看吧，短发姑娘脑袋空空，无法长期获得王总的关注，不一会儿，王总就摇晃着手中的红酒杯，把头转回他，询问起他的个人状况来了——他在心里冷笑一番，打起十足的精神，接起王总的招儿来。其间，李昂做着插科打诨的角色，时而拍王总马屁，时而真诚地吹嘘他，忽东忽西，变幻莫测。是的，饭局需要李昂这样的角色，因为这里谎言满天飞，只有把所有搅拌在一起，才不至于太过荒诞，从而面临消失的危险。他们开始喝酒，一杯接一杯，然而——这似乎是一个机械装置——他们举杯的次数越频繁，王总的问题也就越密集。十分钟后，他们喝了足量的酒，他回答了过量的问题，开始有些烦躁了。又过了十分钟，王总的精力不减，他越来越不耐烦。终于，半个小时后，他被排山倒海的问题彻底砸成了一只呆头鹅。他无数次地倒酒、起身、敬酒，一切混乱不堪，不过这不是重点。重点是：

王总的发问越来越聚拢，直至完全锁定他的工作状况。可事实是，这有违他的初衷——他，一个决心与影视圈断绝关系的人，只想轻松吃好这最后一顿饭，并不想再被提起伤心事。

王总不明就里，持续发问："小刘擅长写什么样的故事？"

当然，这不怪王总，怪他没有跟李昂说清楚。可是这种事要怎么说呢，难道要光明正大地告诉这些成功人士，或者正在准备成功的人士，他要偃旗息鼓了？在他的余光里，林总仍然玩着手机，头也不抬，可是那两位演员姑娘却做出专心的样子，睁着大眼睛，在等待他的回答呢。

这简直是一场煞有介事的无聊玩笑！

"悬疑！刘老师很擅长悬疑题材，我们合作过多次。"李昂连忙帮他解围。只是他明白，李昂在说谎。

"悬疑好啊！悬疑最好做了，成本小，肯定赚钱！"王总信以为真，激动地直搓手。

"对！对！悬疑好！你们多合作啊！"快散架的衣服架子拼命挤眉弄眼，举起酒杯，里面的红色液体紧张地左右摇晃。

于是，三人又让了几回酒，直喝得他头晕眼花，叫苦不迭。他十分明白，空腹状态下喝快酒是很危险的，然而这位王总偏爱险中求胜。现在，由于酒精的纠缠，一些十分具体的幻象出现了：这里有内外两个世界。内部，暗红色因子在血管中肆意遨游，闯入大脑，将清醒驱除，稳稳占据司令部；外面，王总和李昂像两台坦克，高举红色毒药，缓慢而沉重地向他进攻——两个世界都处于濒战状态，这可不是个好兆头。

幸好这时服务员上菜了：花胶炖猪蹄，凉拌秋葵，还有一盅甲鱼汤。他如获大赦，赶紧埋着头，大喝起甲鱼汤来。美味的汤汁流入胃里，稍微浇熄了战火，把他带往缓冲地带。王总为了能让他好好吃饭，体贴地把头转向两位姑娘，与她们攀谈起来。饭局领袖转移了风向标，作为随从的李昂当然紧随其后，一时间，没有人关注他了，这让他感觉很舒爽。他用很短的时间解决掉甲鱼汤，开始攻击猪蹄。他夹起一块滑溜溜的猪蹄，一口咬住，湿润的脂肪在他嘴里爆开，与此同时，其他人开始谈起最近大火的一部外国惊悚片，只听短发姑娘说道：

"我看的时候，真是心潮澎湃，是我这几年看过最好的一部电影了！"她把双手放在胸前，一副虔诚的样子。

"剧情饱满，人物立得住，结尾还很感动，太高级了！"可怜的长发姑娘，在饭桌上一直是个小透明。但显见，她对电影是怀着真诚的热爱的，只不过天赋不够，导致她炽热的眼神中自带了些楚楚可怜。

"嗨，我不懂艺术。"李昂往烟灰缸里啐了口痰，"但是电影好不好看我可知道，这电影，真牛！"

几人七嘴八舌，竞相交换对该电影的意见，王总在一旁笑呵呵地听着，并不说话。而他则吃完了五块猪蹄，骨头堆满盘子，开始悠闲地对付起花胶和秋葵来。他告诉自己，绝不能主动参与无聊的讨论，这样会显得低级。他要专心吃他的饭，在王总发问时，才悠悠说出这样的话："其实，这部电影不算佳作，剧本架构未免简单，整个基调有些故弄玄虚，仅靠特效博人眼球是很粗暴的做法，况且，导演借鉴昆汀有些太明显了，很多处血腥镜头都是直搬昆汀的拍摄方式。总而言之，这部陈词滥调的电影只能哄骗一些业余人士，而对王总这样的内行是绝对起不了作用的。"对——他边细嚼慢咽着秋葵，边在心里遣词造句——最好说得再专业些，把王总的位置抬高，然后再给这些影视民工集体一闷棍，直羞得他们抬不起头来。他就这样盘算着，不知不觉冷笑起来。这时，场面寂静下来，王总要发话了。可他没想到，王总把头转向林总，说：

"小林，你对这部电影怎么看？"

话既出，所有人把目光聚集到林总身上。而林总似乎十分不愿意挣脱手机的辐射，良久，才缓缓抬起头来。这是他第一次仔细观看林总的样貌，那真是一张妩媚的脸，高挺的鼻子，完美的下颌线，狐媚的细长眼睛，还有完美得像是翠竹屏障的秀发……他有些失神，一片柔雾裹着香气笼罩住他，让他飘飘欲仙。一瞬间，他的心里填满了很多东西，因为他看见林总挑起一侧眉毛，再露出一排牙齿，又天真又邪恶，只说了两个字：无趣。便重回她的手机世界里去了。然后，场面再度欢腾起来，王总顺势开了几个玩笑，众人便把这个电影置之脑后了。除了林总岿然不动，其他人纷纷坐不住了，两位姑娘也用酒替换了果汁，离开座位，敬起酒来。他一度陷入混乱的漩涡，喝了无数杯酒，讲了无数句话，只觉得眼前五彩缤纷，有如天堂。人们在他面前来了又走，赞赏、建议、关切、祝福，弄得他时而兴奋，时而伤感。他逐渐忘了来这里的目的，他曾有过目的吗？当然，他也忘了他即将做的决定，仿佛世界从未抛弃他。只是，一件事盘亘在他心里，让他久久不安。那是他捕捉到了，林总在说"无趣"二字时细小的表情，那是一种挑逗的神情，对王总。

晚上九点，饭局彻底陷入迷乱。

李昂像软面条一样飘来飘去，一会儿到两个姑娘身边，说一些黄色笑话，以便给姑娘们灌下酒；一会儿走到他身后，对他又捶又打，诉说真情，并有意撮合他与那位长发演员姑娘；不一会儿，又走回王总身边，摆出殷勤的嘴脸，对王总吹捧有加，引得王总数度狂笑。现在，大笑声、低语声、娇嗔声、碰杯声、拍桌声……全部交叠在一起，浓浓覆盖住一切。除此之外，这里空气污浊，烟雾缭绕，酒气与烟搅在一块，变成绳索，捆绑住每个人。然后，他开始觉得一切都没意思……显见，王总看上了短发姑娘，所以长发姑娘落了单，李昂就拼命想把她塞给他——这简直可笑，因为他现在都分不清到底长发姑娘叫瑶瑶还是短发姑娘叫瑶瑶。她们全都一个样，尽管长发姑娘曾经数度试图与他聊电影，可是他觉得很没意思，疲于应对。而那位高高在上的林总呢，此刻也挡不住王总的劝酒，把自己喝得脸红红的。他看见林总那张冷若冰霜的脸上多了几分娇媚，再一次心动了。

　　他的心虽然逐渐沉没于孤寂的荒草，身体却止不住地手舞足蹈起来，最要命的是，他的心思总控制不住地飘到林总身上。他看见林总已经逐渐放开了，虽然仍然不怎么说话，但她经常撑着脑袋，扬起脸儿，眯着眼睛微笑——当然，是对王总。这个女人穿着真丝连衣裙，留着瀑布般的长发，眉如细柳，眼若星辰，美得不可方物。可是，她与他根本就是两个世界的人，他觉得胃部一阵痉挛。

　　这时，王总拍了下桌子，对短发姑娘说："瑶瑶，来唱个曲儿。"

　　他于是知道，短发姑娘叫瑶瑶，长发姑娘肯定就是飞飞了。叫瑶瑶的短发姑娘不知喝了多少酒，得到王总的指令后，虽然忍不住地身摇尾摆，却不得不强装镇定，站起身，摆好架势，酝酿气息，把手妩媚地往前一推，开口唱起了昆曲。这不唱不要紧，一唱使得众人都很尴尬。也许是喝多了酒，或者本身功力粗浅，瑶瑶的声音粗糙，音调不稳，几乎可以用难听二字来形容。这时，飞飞起身，趁机坐在他旁边的空位上，专注地望着他。他实在不敢接飞飞的目光，因为那双眼睛似乎比星星还要亮，晃得他很不舒服。

胃里又是一阵痉挛，他差点吐出来。

瑶瑶唱完一曲，王总带头爆发出剧烈的掌声，其他人也拍手附和，可是谁都知道，这是噪音，应该说，这戏码就是一种侮辱。旁边的飞飞还在不停对他提各种与电影相关的问题，他觉得很伤感，因为如果是平常，他一定十分愿意跟她好好聊聊，可现在，他没兴趣，实际上他心里厌烦得要命。瑶瑶唱完，场面再度活跃起来，无聊与厌恶在他心里膨胀到极点，他又有了想吐的冲动。为什么要跟一个肥老头眉来眼去呢？还不是因为他有钱有势。他边熟练地做那一套喝酒流程，边在心里指责林总。"他虽然是个著名制片人，但我敢肯定，他连希区柯克都没看过，更别说了解三大电影运动，更别说知道伯格曼、塔可夫斯基、费里尼、德莱叶、戈达尔、侯曼……"他兴奋地默念这些名字，走到王总身边，与王总碰了一杯，说道："王总，今天真的太幸会了，我看过您制片的《魔洞》，很有安东尼奥尼的风格，您一定很喜欢他吧。"不过这是屁话，《魔洞》那个烂片怎么与电影大师的作品相比？没想到，王总咧开大嘴，笑了一声，竟接起他的话来："对，对，小刘，你看电影很认真啊！就是那个安东奥……""安东尼奥尼。"他贴心地为王总解围。"对！对！就是他，哈哈！"王总使劲拍了他后背一下，拍得他差点把晚饭吐出来。然后，王总的目光开始游移，而他在心里冷笑。

"我想，您也一定喜欢陀思妥耶夫斯基吧，您制片的电影很有那个味道呢。"他谦卑地说道。

"对……对……"王总的声音微弱下来，并开始左顾右盼，像一个心理素质不佳的小偷，"是陀……陀……"

"陀思妥耶夫斯基。"他微笑着说。

"对！就是这个导演，他不错！"王总高声叫道。

"可是……"

还没等他可是完，王总便立即把头转向瑶瑶，大手一挥："瑶瑶！再来一曲儿！"

风吹柳叶一般的瑶瑶只得再次强撑着站起来，他着急了，怎么能又让这个破锣嗓子占据制高点呢。

"可是王总，陀思妥耶夫斯基并不是导演，而是一位作家！"他趁着瑶瑶还没开唱，连忙说道。也许是太急了，他下意识攥住王总的胳膊，一坨汗渍渍的肉在他手里绽开。

王总被他攥疼了，以一种阴冷的目光看了他几秒，但马上又换上笑模样，说道："你说是作家，就是作家，哈哈哈，不过，再好的小说也比不上咱瑶瑶唱的曲儿啊……"王总顺势挣脱开他的手，坐下，气定神闲地揉起文玩核桃来。他突然觉得这个王总是个很无情的人。一具没有血肉的傀儡。

瑶瑶深吸气，眯着醉眼，刚唱出第一个字，就被他宽阔的嗓音盖住了："王总，恕我直言，这曲儿唱得实在无趣，还不如陀思妥耶夫斯基的小说！"他不知道自己是怎么了，不受控制地执意要与王总争辩。这下好了，所有人停止动作，齐刷刷看向他，形成一幅具有魔幻色彩的图景：

瑶瑶以一种十分别扭的姿势站着，古怪地望着他，并控制不住地打哈欠；飞飞本来已经趴在桌上睡着了，现在抬起头，睡眼惺忪地看着他，不明白到底发生了什么；李昂为了掩饰尴尬，试探性地吹起了口哨，冲他直皱眉头；林总平静地望着他，仿佛在等待他继续说下去；王总也饶有兴味地看着他，在期待着他接下来的高见。

也许他们并没有期待他说下去，一切只是他的幻想，是他自以为是塑造出的肮脏的宇宙模型。因为他们根本不把他当回事，他们看他就像看一只笼子里的猴。也许这根本就是一出滑稽剧，他们都是观众，是上帝的选民，只有他是演员。他们配合他是为了更有力地嘲笑他。可问题是，如果他的职责就是逗他们开心，那为什么还要挣扎呢？

他开始自说自话：

"无趣啊，确实无趣……不过，别误解我的意思，我不是针对昆曲,更不是针对这位漂亮的姑娘,我是说,这一切都很无趣!怎么说呢,电影太无趣了,尤其是现在的电影。其实小说也无趣,瞧瞧那些乏善可陈的造句,还有惊人雷同的寓意!大家好像陷入一个怪圈,故事与道德的怪圈,或者单纯地说——就是文字的怪圈。也不对……这样说太狭隘了……不如说所有的所有组成了怪圈吧!这座城市根本就是被诅咒了,那一道道环线把中心地带圈得牢牢的,好像生怕什么东西从那里跑出来。我们站在这个圈儿里,虽说没有危险,但却不得不接受无聊的现状……是啊,无趣,无聊。为什么非要拍那些感人的爱情电影?激情的励志电影?虚伪的现实主义电影?自以为机智的悬疑电影?……为什么大家不跳出这个圈儿?我是说,为什么不拍这样一个电影呢:一个编剧,才华横溢,入行五年,写了无数个精彩绝伦的故事,始终无人赏识,甚至要靠兼职做软文写手度日。最后——我是说,最后!在他心灰意冷,决定离开这座城市的前一晚,参加了一场饭局,遇到一个他自认为千载难逢的机会,于是,故事达到高潮。可是最后,你猜怎么着?这个机会根本就是假的!他最终还是灰头土脸地离开了!根本没有什么救赎与不负辛劳,有的只是失败,数以亿计的失败!"

　　他说完上述话,虚脱了一般瘫坐在椅子上。包间里的寂静像是一个巨大的秤砣,狠狠压在房顶上,让他时刻怀揣着可能被砸死的担忧。实际上,他不知道这静里包含着什么,也许两位演员姑娘觉得他在胡言乱语,所以寂静代表疑惑;李昂正对他撇嘴、皱眉,寂静代表指责; 至于林总……他已经不愿再去想这位高高在上的女人的心思了; 而王总呢, 在他发表完演讲, 王总以一种奇异的眼光望着他, 那是邪恶与惊喜交杂的眼神, 他从那浑浊的眼球中读出了一种特殊的警示意味。

几分钟后, 王总突然摇晃着脑袋, 鼓起掌来。

"好! 说得好! 没想到小刘老师还真有两把刷子啊!"

洪亮的声音像是一种暗示, 大家纷纷放松起来, 回到各自的醉酒状态中去了。王总却不尽兴, 继续说道:

"小刘啊, 你的见解独特, 创意也非常好! 说得没错, 我们为什么不能拍一个失败者的故事呢! 这是一个独一无二的切入点啊! 这样, 你把大纲写出来, 我马上找人投资! 我有预感, 这将是我职业生涯的巅峰之作啊! 哈哈哈!"

他仔细辨别, 觉得王总的话语里没有丝毫虚伪、敷衍、嘲弄。这真奇怪, 这位大人物好像是真心赏识他的。他与王总接触了一晚, 早看出王总是个表面慈祥、实则心怀鬼胎的人, 可是——真奇怪, 他无论怎样挑剔、思虑、琢磨、观察, 都找不到王总承诺话语中的不真诚。

这不是最奇怪的, 最奇怪的是, 林总居然主动跟他说话了。只见她轻轻转过头, 低垂着眼睛, 像一阕柔静的月光, 温柔地说:

"刘先生, 我们能加个微信吗?"

这是一个不同寻常的夜晚。

闪亮的霓虹灯，黢黑的树影，热闹的街边店铺，行人如蚁，车辆如龙……这一切都跟往常一样，可是他又觉得，今天的夜晚有些不一样的感觉。他与李昂，这两个亢奋的醉鬼，大呼小叫地在街边拦车。十分钟后，好不容易有辆出租车停下，他们赶忙坐上去。"去——三里屯！"李昂发号施令，司机则把两面的车窗都摇下，生怕他们吐在车上。其实他们没喝那么多，起码他的感受是完全没有醉，只是有点兴奋。他把半个头伸出车窗，迎着呼啸而来的风，观看城市中的万千灯火。他看见中央电视台与他们擦身而过，城市仿佛突然张开了嘴，要将他们温柔吞下。于是他确定了，今晚确实有些不同。

李昂在他旁边不停地说着："兄弟，太牛掰了兄弟！我说什么来着，你肯定行，被我说准了吧！哈哈！我跟你讲，这个王总很挑剔，能让他直接在饭桌上拍板的，独一份！兄弟，听我的，这次准成，哈哈哈……"这让他不知不觉思考难道这是真的吗？这个夜晚真有如此魔力？实际上，他参加过无数个类似的饭局，得到过无数种类似的希望，但最后全部落空了。可如果深究的话，这只是表象，事物多多少少会有些相同之处，可是这并不代表它们会带来相同的结局。况且，他还有一个重要筹码：今晚是第一次有林总这样的女人主动加他微信。

这么漂亮的女人他只在电视中见过，或者在大老板的身边见过，不一会儿她们就会坐到老板的大腿上，就像她们根本就是老板腿上长的一株植物。而这个活生生的漂亮女人刚才竟在他身边坐了几个小时，末尾还要了他的微信，这简直难以置信。

难以置信的事情不止这些，绚烂的夜晚正在慢慢掀开幕帘，向他展示一些无法辨别的东西。不一会儿，他便和李昂出现在太古里三楼的一个露天餐厅里了。这里灯火幽暗，响着风情万种的墨西哥音乐，服务员戴着巨檐草帽，穿梭其中。李昂带他走向一张长桌，桌边坐满了人，足有二十个，桌上放着薯条之类的小吃，更多的是酒杯、酒瓶。他们坐在长桌的一角，与五颜六色的人们混为一谈。他看到一个颇有姿色的姑娘，在饭桌的另一头，此刻正搔首弄姿地与身旁一个胖子说话。远不如林总，他暗暗做了比较，然后礼貌地对左边的丑姑娘点了点头。这时，李昂向他介绍道："这位是爱德弗里斯商贸公司的李总，这位是弗斯爱里德投资公司的张总。"他看见两个瘦小的男人坐在李昂旁边，都戴着眼镜，留着同样的发型，一副精明又冷漠的气质。他与李总张总握了手，并且接过丑姑娘递给他的杯子，喝尽。这是一种鸡尾酒，温和的橙汁裹着辛辣的洋酒，使他黏腻的口腔瞬间清爽了许多。然后他发现，他分不清哪个是张总哪个是李总，就像他分不清瑶瑶和飞飞，这两对人，老板和演员，拥有同类属性的灵魂。

李总和张总不仅长得像，连说话的语气都一模一样。他们你一言我一语地说着，仿佛在唱双簧。更奇妙的是，当一个人说话，另一个人便成了那人的倒影，就像一人明亮，另一人就必须黯淡。

"啊，编剧，不错。"

"嗯，年轻人，有前途。"

"不过现在影视市场很乱啊。"

"热钱太多，就像暴雨。"

"雨总有下尽的时候不是？"

"可不是，资本才是王道。"

两人对完一轮话，同时举杯，他、李昂、丑姑娘也连忙奉陪。他边喝酒，边觉得自己像是掉进大海里的小玻璃球，身边围绕着各种各样喧嚣的海浪。然后，李总和张总又开始聊起来了。

"我说，不如开公司。"

"对，必须要开公司。"

"不然你版权放哪儿？"

"为人作嫁衣裳的事情不能干。"

"现在任何事情都要做成体系。"

"只做其中一个环节，很容易被人利用。"

一轮激烈的对话结束，他们又喝了一回酒。这时，他看见李昂正冲他挤眼睛。这个瘦高个的中年男人，他们认识快五年了，而他却对此人几乎一无所知。他回想那些夜晚，与李昂串各种各样的局，说很多的话，结识不同的陌生人，而他却从没想过问李昂：你结婚了吗？有孩子了吗？日子过得怎样？他觉得很荒唐，仿佛掉进了一个陷阱中。李总和张总还在不停聊着，而他却恍惚间看到了林总。那是他一转身，骤然发现林总就坐在尽头。可是不对，那不是林总，而是那个颇有姿色的姑娘。那姑娘像朵曼陀罗一样四处释放着毒气，与林总截然不同，他不应该把她与林总混为一谈。那么谁才是林总呢？难道是这个坐在他旁边的丑姑娘？他发现，这姑娘一颦一蹙间确实有些像林总。可这明明是个丑姑娘啊。

这时，他看见了饭局上一个奇巧人物。那是一个脸盘肥圆、头发糟乱的中年男子，穿一件破旧的衬衫，像一个落魄的幽灵，围着长桌打转，口中念念有词。这个人到底缘何出现在这里呢？他伸长脖子，想找出一个王总式的人物。这里必须有一个王总式的主人翁，饭局才能保持平稳。可是那些人，都像是花花绿绿的盆栽，这似乎是一个没有国王的国度。

"刘老师刚跟著名制片人王总签了合同，不出一年，一部惊世巨作就要上映！"他听见李昂这样吹捧他，看见奇怪的中年男子绕到他身后，他赶紧往后仰，想听清这位先生在念叨什么。事实不免让他失望，那位先生一直在小声嘀咕着：没意思，没意思，没意思……

与此同时，李昂的吹嘘仿佛一针强心剂，让两位老总陷入亢奋当中。他们同时做出手忙脚乱的样子，不是你碰倒了酒杯，就是我掉了叉子，然后，他们把在黑夜中仍然略显炙热的目光同时投向他，开始了一番激情四射的混合演讲：

"既然是王总制作，那必火无疑啊！"

"人怕出名，接下来的事情更要打算好。"

"对，我们说什么来着，还是要做资本。"

"做公司！必须公对公。"

"从商业的角度来讲，公对私是很有风险的。"

"一切都要商业化，不然会很麻烦！"

他无法阻拦两位老总蹿天猴一样的激情语句，只得用不停喝酒来阻止字词带来的眩晕。他打眼看去，没意思先生正巧绕到颇有姿色的女人身后，嘴唇不停蠕动。然后，没意思先生飘飘忽忽绕了个小半圆，进入长桌的外侧，向着他的方向走来，无数个"没意思"随之舞动。他感觉一种软乎乎的触感覆盖在他的手上，几乎不用转头就知道，是丑姑娘拉住了他的手。此时，他的手机亮了，林总发来微信：我到家了，改天聊。

李总与张总陷入高潮，这出交响乐瞬间丰富起来。

"张总，投资吧，给刘老师做个文化公司。"显见是李总的男人对张总说。

"好，不要跟我抢，明天我就开始办。"显见是张总的男人对李总说。

"我们可以谈谈股权问题。"

"谈谈就谈谈。"

"势在必行！"

"无可阻挡！"

…………

男人们的话语是昂扬的小提琴，丑姑娘的叹息是神秘的单簧管，李昂激动的附和声是尖利的小号，林总的微信是似有若无的三角铁，再伴以无止境的"没意思，没意思，没意思"。酒精变成了他的影子，在他耳边不停诉说夜的迷人与危险。然后那种感觉又来了，这是一个巨大的陷阱，是某人给他布置的，他正倚在入口，一只脚已经探入了，并且考虑着要不要把另一只脚也伸进去。

这里出现了一串奇怪的镜像反映：他坐在墨西哥餐厅，仿佛回到了王总身边；他拉着丑姑娘的手，却体会到了林总给他的心动；李总和张总的脸和声音不停变幻，最终与飞飞和瑶瑶融为一体……归根结底是因为他喝多了，他喝了无数杯橙汁兑威士忌。不知道几点，有人突然站起来，宣布聚会结束。大家七扭八歪起身，向出口拥去，他也麻木地跟随着。然后他又听见有人高喊："谁去KTV，跟着我！"人群密密麻麻，像是暴雨天空中的雨线，让他无法断定到底是谁在喊，或者这人到底是不是在对他们喊。一切都乱了，没意思先生踏到他身边，低声说着没意思。突然一个闪念，他和李昂来到大街上。于是他知道，他们没有跟去KTV。他们沿着马路向前走，勾肩搭背，又唱又闹。时间变成了凌厉的刀片，把酒后的夜晚切割。他已无法在乎路人的眼光了。实际上，如果他所见所感是真实的，便可以这样推断：此时夜风清爽，路灯清幽，街上行人无几，偶有一辆车开过——就算不看表都知道，现在已经是凌晨了。

他离开王总的饭局时十点，在墨西哥餐厅也没有待很长时间，那么中间的时间去哪儿了呢？

"我们要上市了！我们要发财了！我们要成名人啦！"李昂走着八字，挥舞着手臂，用浓重的醉音喊道。

于是他醒悟，这一切都是真的。王总、林总、飞飞、瑶瑶都是真正存在的人。王总是真的要给他投钱拍戏，绝不是敷衍，而林总的信息也真实地躺在他的手机里，很难想象这么严丝合缝的图案里会有纰漏。李总和张总也确实提出要给他开公司的邀请，话语一旦从人们嘴里说出来，就成了天空中难以磨灭的印记。于是他看到了，这个与众不同的城市之夜为他编织了一幅完美融合的图画，让他不得不信以为真。

他看着李昂摇晃的身影，难以言说的倾诉欲向他涌来。他赶忙拉住李昂，问道："李昂，你结婚了吗？有孩子吗？为什么我们认识了那么久，你从来没跟我聊过这些事？快告诉我，你的家人在哪里？他们生活得怎么样？你平常有什么爱好？害怕什么？喜欢什么？为什么我觉得好像从来没认识过你……"

连绵不绝的语句从他身体里飘出，让他像失去了灵魂一样，处于停滞状态。周围的一切像是为了配合他，也全部静止了：没有车辆，没有行人，只有一片宽阔神秘的马路，路面闪着磷光，天空中呈现出诱惑的淡紫色，路边包子铺飘出烟气，老板站在屉旁，像一个剪影……他有些疑惑，难道天快亮了吗？这时，李昂缓缓转过头，向他展露出一张苍白得吓人的脸。那根本不是他所认识的李昂的脸，而是深化了的李昂的脸……他还没来得及吃惊，就被一阵清脆的高跟鞋声吸引了注意——在不远处，一个女人娉娉婷婷走过。他看见那个女人穿着真丝连衣裙，留着长至腰部的秀发，妖娆地走过他们，头也不回，仿佛对他们的勾当早已了然于心。他的眼睛圆睁，嘴巴也逐渐张大，像一只濒死的鲶鱼，对着女人远去的方向，不停翕动着嘴唇，吐着虚幻的泡沫。"林总……"他失声叫道，双腿不自觉地活动起来。可是，林总依然自顾自往前走，根本没听到他急迫的脚步声。他开始心虚了，跟在林总后面，低着头，不知如何是好。然后他发现，这个性感的女人才是他今晚的死结。

时间不知该如何计算，他仿佛做了一场梦。等他醒过来，已经坐在KTV的沙发上了。

"兄弟，太牛逼了！咱们要上市了！"李昂夸张地叫道。

他看见李总和张总坐在李昂旁边，露出双胞胎一样的微笑。丑姑娘坐在他左侧，挽着他的胳膊。仿佛一夜之间，他不仅拥有了事业，还拥有了爱情。那个被他误认为林总的姑娘站在点歌台旁拍着手铃，而她旁边的胖男人，则卖力地演唱着筷子兄弟的《老男孩》。

他还看见了许多人，他们全是一副样子：脸蛋通红，醉眼迷离，全身躁动不安，像是即将被烤焦的蚯蚓。巨大的音乐声覆盖了所有，狂欢进入尾声。

突然，古怪的倾诉欲又来了，他抓住李昂的胳膊，刚要问出那些话，却见到没意思先生走过他面前，口中念念有词。"这是谁？"他竟问出了这么一句话。

李昂瞅了没意思先生一眼，不屑地说："嗨，是个诗人，精神有点不正常，不用理他。"

他于是知道了，没意思先生是这里最正常的人。突然，他觉得头晕得厉害，连忙站起身，甚至无法顾及李昂是怎样呼唤他，急忙跑出包间。他一直跑，路过很多声色犬马的包间，与很多个沉迷于夜色的人擦肩而过。可是他知道，不能停，因为一旦停下来，他就一定会吐出来。只能不停跑，跑出去。他不想被束缚在电梯，于是慌里慌张跑下五层楼梯，跑到灯火通明的大堂——这里仿佛根本不知夜晚为何物。他想都没想，便跑出大门，来到大街上。让他吃惊的是，凌晨的街道仍是那样繁华，仿佛城市只有一种模式。

他看到天边隐约的鱼肚白，于是知道天快亮了。一切即将明亮起来，希望就要来临。他突然发现，他放弃了生命中最重要的东西，却换取了可以期待的前景。这似乎是一个契约。而此时此刻，在他决定进入这个局里的时候，他早已失去了自由。不对，也许他并没失去自由，因为他从没拥有过自由，他失去的是一种比自由更珍贵的东西。

　　不管怎样，一切都要好起来了，他终究会得到想要的一切。想到这里，他俯身吐了出来。

原刊于《收获》2020 年第 5 期

作者简介

邵丽，中国作家协会主席团委员，现任河南省文联主席，河南省作协主席。创作小说、散文、诗歌数百万字。代表作品《我的生活质量》《第四十圈》。作品发表于《人民文学》《收获》《当代》等刊物，部分作品被译介到国外。曾获《人民文学》年度中篇小说奖、《小说选刊》双年奖、第十五届和第十六届百花奖中篇小说奖、第十届"十月文学奖"中篇小说奖等。中篇小说《明惠的圣诞》获第四届"鲁迅文学奖"。

盛可以，20 世纪 70 年代生于湖南益阳，后移居深圳。著有长篇小说《北妹》《死亡赋格》《野蛮生长》《子宫》，中短篇小说集《福地》《留一个房间给你用》，散文绘本《怀乡书》，儿童文学绘本《骑鱼去旅行》等。作品翻译成英、法、德、意、俄、瑞典语等十五种语言在海外出版发行。曾获多种文学奖项。

叶弥，本名周洁。1964 年生于苏州，祖籍无锡。江苏省作家协会副主席，中国作家协会第九届全委会委员。1994 年正式开始文学创作，成名作《成长如蜕》。著有中短篇小说集《天鹅绒》《亲人》《钱币的正反两面》《桃花渡》等，长篇小说《风流图卷》《美哉少年》。曾获第六届鲁迅文学奖短篇小说奖。作品译介至美、英、德、法、日、韩、俄罗斯等国。

张怡微，上海青年作家，文学博士，现任教于复旦大学中文系。出版有《细民盛宴》《家族试验》等二十余部作品。

蔡东，小说家，现居深圳，供职于某高校。在《十月》《收获》《人民文学》《花城》《当代》等刊发表小说若干，出版小说集《星辰书》等。

淡豹，沈阳人。曾学习社会学及人类学，现写作小说、随笔，有作品发表于《小说界》《鲤》等杂志。2020 年出版短篇小说集《美满》。

孙频，江苏省作家协会专业作家，出版有小说集《松林夜宴图》《鲛在水中央》及《疼》《盐》《裂》等。

黄咏梅，广西梧州人，现居杭州。出版小说《一本正经》《给猫留门》《少爷威威》《走甜》等。曾获十月文学奖、《钟山》文学奖、林斤澜优秀短篇小说家奖、汪曾祺文学奖、第十八届百花奖、第七届鲁迅文学奖等。

文珍，青年作家。已出版小说集《夜的女采摘员》《柒》《我们夜里在美术馆谈恋爱》《十一味爱》，散文集《三四越界》，诗集《鲸鱼破冰》。曾获老舍文学奖、十月文学奖、上海文学奖、山花双年奖、华语青年作家奖、华语文学传媒最具潜力新人奖等。

张天翼，生于天津，英文学士，古文献学硕士，现为自由职业者。曾获朱自清文学奖、在场主义散文奖等，出版散文集《粉墨》、小说集《荔荔》《性盲症患者的爱情》《扑火》，有小说改编成电影已上映。

巫昂，诗歌、小说、随笔创作者，先后毕业于上海复旦大学中文系和社科院文学研究所。曾供职《三联生活周刊》，出版有《我不想大张旗鼓地进入你的生命之中》《瓶中人》等书。2015 年创立了宿写作中心，现居北京。

孟小书，1987 年出生于北京。加拿大约克大学毕业，著有小说集《满月》，长篇小说《走钢丝的女孩》。曾获西湖中国文学新锐奖。《当代》杂志编辑，现居北京。

郭爽，青年作家，1984 年生于贵州。作品刊发于《收获》《钟山》《山花》《上海文学》《单读》等。出版《正午时踏进光焰》《我愿意学习发抖》。获台湾第七届华文世界电影小说奖首奖，第二届山花双年奖·新人奖，第七届西湖·中国新锐文学奖，2019 诚品阅读职人大赏·年度最期待作家奖，第五届华语青年作家奖·非虚构作品提名奖，第二届《钟山》之星年度青年作家奖。

梁鸿，文学博士，中国人民大学文学院教授。致力于中国现当代文学研究，乡土文学与乡土中国关系研究。著有文学代表作《出梁庄记》《中国在梁庄》《神圣家族》等，学术著作《黄花苔与皂角树——中原五作家论》《新启蒙话语建构：〈受活〉与1990 年代以来的文学与社会》《外省笔记：20 世纪河南文学》《"灵光"的消逝：当代文学叙事美学的嬗变》等。曾获第十一届华语文学传媒大奖"年度散文家"、首届青年作家、《南方人物周刊》2013 年度"中国娇子青年领袖"等。

张惠雯，1978 年生，祖籍河南。毕业于新加坡国立大学商学院。1995—2010年居新加坡，现居美国波士顿。小说家，新加坡《联合早报》专栏作家。作品刊发于《收获》《人民文学》《上海文学》《花城》等。出版短篇小说集《两次相遇》《一瞬的光线、色彩和阴影》《在南方》，散文集《惘然少年时》。

曾获新加坡金笔奖、首届人民文学新人奖、中国作家新人奖、上海文学奖、储吉旺文学大奖、中山文学奖、首届曹雪芹华语文学大奖等。

黄佟佟，湖南湘乡人，《VOGUE》《ELLE》《GQ》《COSMO》《MC》《瑞丽伊人》特约人物采访记者，新浪、腾讯特约评论员，英国金融时报网特约撰稿人，在《南方都市报》《新京报》《京华时报》《上海新闻晨报》《广州日报》等全国数百家报刊开设情感娱乐观察专栏，被誉为"最懂女人心的专栏女作家"，曾任职时尚杂志编辑主任、文学杂志编辑总监多年。出版有散文随笔集《最好的女子》《最爱的男子》，及长篇小说《女人是比男人更高级的动物》等，现居广州。

朱文颖，当代作家，生于上海。著有长篇小说《莉莉姨妈的细小南方》《戴女士与蓝》，中短篇作品《繁华》《浮生》《凝视玛丽娜》等。部分作品被译介至英、法、日、俄、韩、德、意、白俄罗斯文等国。现居苏州。

沈大成，在《萌芽》杂志开设有短篇小说专栏"奇怪的人"。著有短篇小说集《屡次想起的人》《小行星掉在下午》。

李晓晨，生于山东济南，山东大学比较文学与世界文学专业硕士，现供职于文艺报社。有若干小说、评论、随笔等散见于《十月》《北京文学》《青年文学》《海燕》《人民日报》《文艺报》《文学报》《青年报》等。

小珂，1988年生于北京。小说散见于《收获》《十月》《天涯》《西湖》《长江文艺》《青年文学》《青年作家》等，有作品入选《小说选刊》《中华文学选刊》《中篇小说选刊》等选本及排行榜。曾获"紫金·人民文学之星"长篇小说佳作奖。